新考　源氏物語の成立

西村　亨
Tōru Nishimura

武蔵野書院

新考　源氏物語の成立

——目　次——

I　源氏物語とその作者たち

Ⅱ　論文三編

Ⅲ　知られざる源氏物語

付　折口信夫の山田孝雄観

I

源氏物語とその作者たち

序の章　作者としての紫式部

源氏物語の作者

源氏物語の作者は誰か。誰が源氏物語を書いたのか。

こんな問いには誰だって答えられる。紫式部だと答えるに決まっているだろう。けれども、紫式部ひとりが源氏物語の作者なのか、あの長い物語全部の作者なのか、と重ねて問われたならば、答えはやや揺らいでくるに違いない。源氏物語の作者ということには意外に難しい問題が絡んでいる。われわれが『坊っちゃん』の作者は漱石で、『暗夜行路』の作者は志賀直哉だと認識しているほどに明瞭な問題ではない。源氏物語の作者についてはじっくりと考えてみなければならない、むつかしい問題が含まれている。

紫式部が源氏物語の作者であることは、紫式部日記に信頼できる証拠がある。大体、女房日記というものは女房自身の行動の記録ではなく、女房が仕えている貴族の身辺のことを記録したものというのが原義なのだ。紫式部がお仕えしていた彰子は一条天皇の中宮となっていたが、出産のために父藤原道長の邸、土御門殿に下がってくる。寛弘五年（一〇〇八）秋立つ頃のことだ。ここで皇子（後の後一条天皇）が誕生されるが、その前後の有様、中宮の身辺や祝宴の模様などがこの日記に式部の筆によってこまごまと記されている。それが今日に残っており、その中に以下に述べるような記述が含まれている。それによって紫式部が源氏物語の作者であると認定されるのだ。それは五十日《いか》の祝い、皇子誕生後五十日目の祝賀の宴の模様が描かれている箇所の記述だ。

十一月の一日、若宮の誕生後五十日というので、朝から女房たちも正装して参集する。儀式の中心は若宮に祝いの膳を差し上げることにあるようで、雛遊びのお道具のような小さな御台《みだい》・お皿・箸の台・洲浜などが用意され、祖母君に抱かれた若宮に祖父に当る道長が餅を含ませるなど、これは形だけを演ずるのだろうが、人々の注目を集めている。その間、祝賀に参上した上達部《かんだちめ》（上流の公家たち）は東の対の西面《おもて》に集ってこちらを望んでいる。その席には酒食が供されているからはや座が乱れ気味で、寝殿へ渡る橋の上あたりまで出て来て、酔いに任せてわいわい言っている者もある。そこへ御前に召すというお許しが出たから、一同どっと寝殿へと移ってくる。若宮や祖母の君の座はしかるべく遮蔽されているだろうが、御簾を捲き上げたから、女房たちは几帳以外に身を隠すものがない。右大臣までが「さだ過ぎたり」（いい年をして）と顰蹙されているのも知らないで、近くへ寄ってきて几帳のほころびを引き破いたりする。几帳というものは横木に懸けた布と布との間を全部縫ってしまっては風をはらむので、少しずつ間を開けてある。それを「ほころび」というのだが、その縫い目を引き裂いて中を覗き込もうとするのだ。右大臣顕光はこの時六十五歳だという。その高位の老人までがそんなに浮き立っているのだから、この一事によっても、饗宴の乱れた気分が分かる。そんな中で左衛門の督《かみ》藤原公任《きんとう》が

あなかしこ、このわたりに若紫やさぶらふ。

失礼します。この辺に若紫さんはおいでになりませんか。

と、様子をうかがいながらうろついている。きょうのこの邸の宴会には邸に仕える女房たちが全部参集することは誰もが知っている。紫式部も当然いるはずだ。もっとも、この時点で紫式部はまだ「紫式部」の名をもって呼ばれてはいないだろう。「紫式部」の名は「紫の物語」（源氏物語）を書いたことによって、その評判が世間に流布して、紫の物語を書いた式部さんという意味で呼ばれた名前なので、この時分がまさにその名の生まれようとする揺籃期だったと言っていい。見方を変えて言うならば、左衛門の督公任のことばは「紫式部」の名の生まれようとする状況を記録した生きた証拠だと言ってもいい。

この時分の紫式部が普通には何と呼ばれたかと言えば、おそらく「藤《とう》式部」だっただろう。女性の本名は日常呼ばれることがないので、いろいろ資料を集めて考証すれば別だが、女房の名などはまず分らないというほうが一般だ。貴族に仕える女房たちもあだ名のような通称で呼ばれている。その呼び名は女房の父兄や夫の官名を用いることが多く、右近の少将季縄の娘だから右近、赤染氏の右衛門の志（志は衛門府の第四等官）時用の娘だから赤染衛門というふうに呼ばれる。受領（地方官）階級の出身者が多いから、その関係で和泉式部とか、伊勢・大和・讃岐といった国名で呼ばれる者も多い。紫式部の場合、父藤原為時が式部の丞であったことから「藤式部」と呼ばれたと考えられるわけだ。

さて、その藤式部を捜すのに公任はなぜこの辺に「若紫」さんはいませんか、と問うたのだろう。公任と言えば詩と和歌・管弦の三つの道に優れ、三舟の才を兼ね備えたと称せられた当代一、二を争う文人だ。「藤式部さんいませんか」などとやぼったい尋ね方はしたくない。近頃世間でもてはやされている紫の物語を書いた藤式部がこの邸にはいるはずだ。あわよくば今夜はその当人に会えるかも知れない、話を交す機会に恵まれるかも知れない、そう思ってひそかな期待を持って出かけてきたのだ。だから、ここはしゃれた言い回しで、もし当人が耳にしたら心を動かすようにしむけなければ……。そういう心づもりがこの時の公任の心の中にはあったはずだ。あるいは、公任は手を回して紫の物語をすでに手に入れて読んでいたかも知れない。ここの場面は千年後のわれわれに、そういう人物の心理を手に取るように感じさせる描写がなされている。

「紫の上」という呼称

さらにわれわれの関心をそそるのは、ここで公任が「若紫」と言っていることだ。若紫は源氏物語の第五番目の巻の名であるとともに、その巻に初めて登場し、これから光源氏の恋の対象となり、やがて妻となり、終生を共にする女性の物語上の呼び名でもある。その全生涯を念頭に置いて言う時は「紫の上」と呼ぶのが一般だが、その若い時代、北山の僧坊で無邪気に遊んでいるところをかいまみられ、光源氏に攫《さら》われるようにして引き取られる、そうしてその邸で女性としての生涯を送ることになる女主人公の少女時代を意味するのが「若紫」という呼び名だ。公任が若紫さんはいらっしゃいませんかと呼びかけたのは、「若紫」の物語を書いた方という意味に重ねて、きっとその作者も若紫の君同様に可愛らしくて才気のある方だろうと思いますよ、という追従の心を見せているのだ。そんな甘いことばで反応を試しているところはいかにも才人公任らしい王朝貴族の遊び心が現れている。

しかし、そういう策略におそれと乗せられるようでは宮仕えする女房の生活は勤まらない。こういう男性たちの誘いかけにいかに対応するかに女房の才気が試されているのだし、その機会に人物の個性も現れる。この時の紫式部は右大将藤原実資の応接に当っていた。実資はいかにも落ち着いた感じで、几帳の裾から押し出されている女房の衣裳や袖口など襲《かさね》の数や色合いを数えたりしながら話しかけるのだが、どうせ皆さん酔いの紛れなのだし、こちらが誰

か分かってはいないのだからと気を許して応対していた。そして公任のことばを、

源氏に似るべき人も見え給はぬに、かの上は、まいていかでものし給はん。

私の書いた物語の源氏様に似ていると言えそうな人だってここにはいらっしゃらないのに、ましてあの上様

――紫の上様（に比べられる方）なんかいらっしゃるものですか。

と思っていた。

これが紫式部自身が書き残している自分の反応だが、源氏物語の著者の感想として大切なことばと見なくてはならない。紫式部が書いた作品の世界は、決して一条朝時代の社会の写実ではない。当時の社会の現実には十分の批判を持っていながら、もっとすばらしい、自分たちが夢と思うような世界を空想の中から紡ぎ出してきたのが源氏物語なのだ。だから現にそこらあたりにうろうろしている男たちの中に源氏様（光源氏）に似ていると言える人だっていないし、まして私が理想の女性として描き出した紫の上様に比べられる人がいらっしゃるはずがないじゃありませんか――。若紫さんいらっしゃいませんか、と言った公任のことばに対して、少しエキセントリックとも言えるほどの反撥《はんぱつ》のことばが記されている。紫式部という作家の性格や思考を語るものとして、源氏物語に関心のある読者が記憶にとどめておいていいことばだろう。

公家と女房の遊戯めいたやりとりのことばとして以外に、源氏物語の成立に関心の深いわれわれには、もうひとつ注目せられることがある。それは「かの上」と言われた「上」という語の用法だ。「上」は貴族の北の方を指して言うことばだが、邸の主婦と言うべき人を呼ぶのに用いるのが本格で、「若紫」が若紫の巻から紅葉賀・花宴・葵・賢

木の巻あたりでの呼び名としてふさわしいとするなら、その時分の紫の君はまだまだ「上」と呼ばれるような女性ではない。それどころか、物語の文章を厳密に調べていってこの女性が「上」と呼ばれている事例を求めてみて確認されるのは、それがずっと先の方、薄雲・少女の巻あたり以後だという事実だ。

この辺になると、紫の君も光源氏の妻らしい重みがそなわってきて、世間の人々もこの人が光源氏の第一の妻だと認めるようになってきている。「上」とか「紫の上」「春の上」という呼び方がこの辺から後には普通のことになってくる。つまり、公任のことばに対する紫式部の答えの中では、「上」と呼ばれることがふさわしい時期のこの人が意識されているのだ。公任と紫式部と、同じ作中人物のことを言うのに、意識されている作中の時期が違っている。「若紫」が世間の評判になっている時期に、作者の意識の中には「上」と呼ぶにふさわしい「紫の上」が確然と存在している。構想としてだけか、あるいは下書きくらいできていたか、すでに一部の世間にはそんな巻々が広まり始めていたか、その実態は分らない。が、少なくとも作者の頭の中で、主人公の少女時代から壮年に至る一連の物語が、この時すでに存在していたことだけは認められるのだ。

源氏物語の原本

紫式部日記には源氏物語の成立に関して、いろいろ関心をそそられる記事がある。前述の物語執筆の時期を窺わせる記事と共に心を惹かれるのは物語の草稿本もしくは改稿本についての記述だろう。

五十日の祝いから半月ばかりも経って、内裏への還啓の時が近づいた、とある時分のことだ。彰子はじめお側の女房たちの一団は物語の作成に日を送っている。物語は当時の貴族階級の女性たちの楽しみの第一に挙げられる対象で、更級日記の作者などは物語なしには夜も日も明けないというような傾倒ぶりを見せている。それほどでないまでも、この時代の貴族の姫君とその側近の女房たちは例外なく物語のファンだったようだ。紫式部日記のこの場面は源氏物語の中にもよく似た場面があって、連想を誘わずにおかない。蛍の巻の末近く、

長雨例の年よりもいたくして、晴るゝ方なくつれづれなれば……

で始まる一段だ。梅雨の長雨が降り続いて、ことに五月は物忌みの月なので、女性たちが無聊に苦しんでいる。こんな時の楽しみには物語に勝るものがないというので、六条院のあちこちの御殿においては、物語を読んだり、書いたり、写したり、あるいは草紙に仕立てたりと、あちらでもこちらでも物語のことに明け暮れている。そんな有様を光源氏は、女というものはうるさがりもせず、こんなものに興味を持って、よくよく人に騙されようとして生まれてきたものだなあ、などと呆れたように言いながら、そう言う自分も心を惹かれて物語の論評に加わってゆく。いかにも大貴族らしい大様で屈託のない性格が巧みに描かれている。

紫式部日記の記述のほうでも、

明けたてば、まづ向ひさぶらひて、色々の紙選《え》り整へて、物語の本《ほん》ども添へつつところどころに文書き配る。かつは綴ぢ集めしたたむるを役《やく》にて明し暮らす。

とあって、同じように物語作成の様子を描いている。ここでも物語好きは彰子を第一として、女房たちみんなが朝か

ら物語のことにかかりきっている。字の上手と言われる人のもとにいろいろの色に染めた紙を選び揃えて、写してもらう物語の原本と一緒に持って行かせるというので、手紙を書いて添えて遣り、一方書写が終って戻ってきたものには表紙などを付けて綴じて仕立て上げ、巻を揃えて整理する。本を一冊一冊手作りで作るのだから、大変な仕事だ。そんなことに夢中になっている女性たちを道長がひやかしながら、それでもいい紙や筆・墨など持って来たり、硯まで持って来て差し入れる。彰子がそれを式部に与えたというのでおおげさに惜しがって見せたりする。大様で冗談やからかい好きなところなど、蛍の巻の光源氏とよく似ている。しかし、考えてみると、枕草子に書かれている道隆なども人を笑わせては好々爺ぶりを発揮する。当時の大貴族に共通して人前で見せるポーズなのかも知れない。

そんな中に源氏物語の次々の巻も含まれていたらしい。式部が作った物語も体裁を整えて持ち帰られるというので、物語の原本なんかを私宅に取りにやって局《つぼね》に隠しておいた。それを御前に出ている間に殿（道長）がおいでになって漁り出して、「よろしう書き換へたりし」はみな内侍の督《かん》の殿《との》のほうへ差し上げておしまいになった。そういう記述が残されている。

「内侍の督の殿」というのはやはり道長の娘である妍子《けんし》のことで、彰子の妹に当る。この一年余り後に東宮（後の三条天皇）の後宮に入って道長の外戚政策の一角を形成することになる娘だから、こちらでも入内に備えて、いわば嫁入り道具の一種として物語は必要だったのだ。彰子のほうには紫式部自身が付いていることだから、妹娘のほうに肩入れしてやらなくてはという積りなのだろう。それにしても荒っぽいやり口だけれども、こんなところが当時の大貴族らしい自由さなのかも知れない。

ともかく、紫式部が彰子のために用意していた、あとは製本さえすればいいように「よろしう（まずまずという程度に）書き換へたりし」本はみななくなってしまった。そして、その結果「心もとなき名（気がかりな評判）」を取ったことだろう、というのが紫式部の感想だ。このところちょっと文章に飛躍があって、まずこれで良いというつもりでいた本がみんななくなって、それではどうしたのかが書かれていないけれども、おそらくもう一度書き改めるだけの時間の余裕がなくて、草稿をそのまま彰子のための物語に仕立てたということなのだろう。これが源氏物語のことども、どの巻あたりのことともはっきり書いてはないけれども、源氏物語のそれも紫の上が「上」と呼ばれるようになったあたりまで進んだ部分であったのではなかろうかと推測される。

紫式部日記にはこのほかにも、天皇（一条天皇）が源氏物語を人に読ませて聞きながら、なるほどこの人は日本紀《にほんぎ》を読んでいるのだねと感心されたことから「日本紀の御局《おおんつぼね》」というあだ名が付いたとか、道長が彰子の前に源氏物語があるのを見て、式部を「すきもの」と呼んでからかったとか、そういう二、三の記述があるが、ここでは深入りしないでおきたい。

作品に対する権利

道長のような当時の大貴族ともなると、物語の所有権が作者にあるなどとは考えてみたこともないだろう。娘のために捜してきて仕えさせている女房など、全人格的に自分の自由になると信じている。ただその女房に対する自分の評価だけが処遇を左右している。だから必要とあればその私室に立ち入ることも構わない、その所有物を掻き回して目的とする物語の本を持って行くぐらいのことは別に良心が咎めもしない。あとはまた当人がよろしいように処置するだろう、そのくらいのつもりでいる。そういう時代の常識の中に生きているのだから、式部のほうもひと言の不平を漏らすでもなく、ただ改稿した本文を失って下書きのまま世間に出さざるを得なくなった作品の評判の芳しくないことを憂えているだけなのだ。こういう社会の通念は時代時代によって変るものだから、それぞれの時代に即して理解するよりほかはない。

それよりもわれわれが注意しなくてはならないのは、源氏物語という作品に対する評価が高いことによって、作品と作者の名とが結び付いたことだ。少なくとも、物語に関するかぎり、源氏物語以前に作者の名がはっきりと後世に残ったものはない。竹取物語も伊勢物語も作者は誰か伝わっていない。今日残っているものと同じかどうか疑問はあるけれども、源氏物語に名の見えている宇津保物語にしても同じことだ。そういう状況の中で源氏物語が初めて作品と作者とが結び付いて名が残ったことは、やはりそれだけ高い評価が世間にゆきわたっていたからだと思っていいだろう。

第一章　物語の不思議な構成

問題の多い冒頭部分

序の章では紫式部が源氏物語の作者であるとされる根拠を確認した。紫式部日記に拠ると、作中の紫の君が登場する若紫の巻から、紫の君が「上」という敬称で呼ばれるようになるまで、その部分がかなり高い信頼度をもって紫式部の作だと言うことが許されるだろう。源氏物語の中で相当程度の確実さで作者を特定することができるのは、今のところそれだけだと言っていい。これ以外に源氏物語の作者として名を挙げて論ぜられている人はいないし、紫式部その人にしても、その他の部分については作者と断定するには困難な問題が伏在する。

本章以下ではそういう前提に立って、物語のいろいろな側面から源氏物語の作者の面影を追求してゆきたい。本書は作者としての紫式部の筆と確認される部分を考察すると同時に、紫式部以外に参画し得た人物としてどのような人があり得たか、常にその関心を保ち続けてゆきたいと思う。

前章では「紫の物語」のことがひとつの焦点になったけれども、源氏物語は紫の君の登場から話が始まるのではない。若紫の巻は現在ある源氏物語の第五番目の巻で、すでにそれ以前に話は始まっている。源氏物語は古くは「源氏の物語」とも「光源氏の物語」とも呼ばれているように、基本的に光源氏が主人公となっている物語で、若紫の巻以前にすでにある程度の量の物語が読者の前に語られているのだ。

源氏物語は光源氏の誕生するところから書き始められて、延々とその生涯を叙述してゆく。それが物語としての根幹なのだ。「いづれの御時にか……」と書き出された物語の冒頭はやや時代をおぼめかしているが、全体としては、時にモデルを思わせたり、史実を交えたり、近い昔くらいの感じで、ある帝の時代にこんなことがあったのです、とひとりの皇子の誕生の経緯から話が始まる。それはさして身分が高いわけではないけれど、帝の寵愛がとりわけ深かったひとりの更衣があって、そのお腹に玉のように美しい皇子が生まれたということの詳細から始まる。これが光源氏で、母の更衣と共に帝の大きな寵愛を受けている。ところが、後宮の生活では、その背後にさして大きな勢力を持っているでもない女性が帝の特別な寵愛を受けることは周囲が許さなかった。帝の愛情に発する待遇も、政治的な意味から逃れることができないというのがこの社会の現実だった。陰に陽に妬みを受け、迫害を加えられて、更衣は病に臥し、はかなくその生涯を終えてしまう。光源氏はこうして母を失った子となって、帝の庇護だけを頼りとして成長する。

桐壺の巻にはこういう情況を芯にして、帝が病篤くなって退出する更衣との別れを惜しむ場面、更衣の死後帝のお使いが更衣の母の邸を訪ねて哀惜のおことばを伝え、ふたりが追憶にふける場面、その帰りを待つ帝が壺前栽《つぼせんざい》（中庭の植え込み）に向って悲傷にくれている場面などを描き出して、読者に感動を与えている。それらは物語の叙述として力がこもっている場面であり、評価も受けている。

それはそれとして、物語の筋立てとして大切なのは少年となった光源氏が藤壺の宮にひそかな慕情を抱くことだろう。帝は光源氏の母である桐壺の更衣のことが忘れられないで年月を経たが、ある時先帝の皇女のひとりが亡くなった更衣によく似ていると告げる者があった。帝は心を動かされ、皇女の身辺を調べてこの人を后妃の列に加えることにする。これが物語の上で藤壺と呼ばれる女性だが、光源氏は亡き母に似ている人というので最初から藤壺に好意を寄せている。光源氏はまだこどもだというので帝が方々《かたがた》を訪ねる際にも簾の中まで随いて入ることが許されている。女性たちもこどもの前ではさほど恥じ隠れることをなさらない。元服まではそんなふうにして藤壺に馴れ親しんで暮しており、花や紅葉につけても志を見せる——好意を示すことを怠らなかった。

光源氏は十二歳で元服する。当時は元服がかなり早く、年若いうちに行われており、光源氏もその童姿を変えることを惜しまれながら成人の姿に移ったのだった。それればかりでない。元服と同時に結婚もした。これも当時の貴族の慣習として珍しいことではなかったが、帝の配慮として左大臣が大事にかけて育てているひとり娘を妻とすることになった。この左大臣は帝の妹を妻とし、長くその任にあって信任が厚く、もう一方の勢力者である右大臣を抑えるような形で拮抗していた。

皇子として生まれた運命

物語の上で、光源氏のいわば敵役のような立場でこれから大きな存在となるのが、右大臣とその娘の弘徽殿《こきでん》の女御の一族だ。

右大臣の勢力はこの娘が早くに入内し、第一皇子の母となり、一族が次代の政権を握ることがほぼ約束されているところにある。弘徽殿の女御は、すでに押しも押されもしない第一の女御として後宮に厳然たる勢力を持っている。その存在は物語の上ではっきりとではないけれども、当時の読者ならば当然藤原氏の有力な血統の一族なのだな、と分かる書き方がなされている。それに対して、新しく登場した藤壺は宮廷の血筋の女性だ。先の天皇の皇女というところに大きな権威を持っている。光源氏の母であった更衣は背後にそれほどの勢力もないのに帝の寵愛が大き過ぎた。そのことが悲劇を招いたのだったけれども、藤壺の場合は事情が違う。帝から大切に扱われるのが当然だと、誰もが納得するだけの背景がある。

この藤原氏など臣下の血筋の女性と天皇家の血統の女性とが后妃として並ぶ形は、歴史の実際においても、上代以来の日本宮廷のひとつのパターンとなっている。宮廷の信仰は太陽神に対する信仰だが、臣下の家々が持つのは水の呪力についての信仰で、日本の国を支配する天皇はその双方を一身に兼ねなければならないものと考えられていた。例えば古代の偉大な天皇としてその事蹟が伝えられている仁徳天皇の后としては、大和の大きな豪族だった葛城氏の出身の磐之媛《いわのひめ》が配せられている。この后は烈しい「うはなりねたみ（嫉妬）」をしたことが古事記などに記載されている。そのため、妃の中には宮廷を去って行く者もあったほどだが、天皇が后の不在中に異母妹に当る八田若郎女《やたのわきいらつめ》を宮廷に納《い》れたことによって、それを知った磐之媛はそのまま宮に帰らなかった、と伝えられている。嫡妻にそういう嫉妬のあることについてはまた別の機会に説明するが（第五章・八三頁参照）、ここでは古代の天皇に宮廷の血筋と豪族の血筋と両種の后妃を妻に持つ必要があったと考えられることを心に留めておいていただきたい。仁徳天皇の場合は水の信仰の力を持つ磐之媛と日の神の信仰の力を持つ八田若郎女の二人を后妃として並べる必要があったのだ。天皇や大貴族ともなると、結婚も嫉妬も個人の問題ではなくなってくる。

源氏物語の時代には、もちろんその理由など忘れられているだろうが、今日から見て意外なほどに、遠い古代社会の論理が形だけにしても継承されているのを見出すことがある。桐壺の帝が第一の女御として右大臣の娘である弘徽殿の女御を重く扱っている一方に、宮廷の血筋である先帝の皇女を納れて対立の形を整えていることには——作者が物語の上にそういう論理を描き出していることには、その心理の深層に継承されている古代社会の思惟があることを考えないではいられない。

それはともかくとして、帝は権勢に誇ろうとする右大臣・弘徽殿の一派に対抗する力として左大臣に好意を寄せている。だから、第一皇子＝右大臣の一派に対して、第二皇子＝左大臣という形で愛している皇子光源氏を庇護する勢力を考えたのだった。それがなくては、右大臣側からあの憎らしかった更衣の生んだ皇子ということでどんな迫害が加えられようかも知れない。光源氏はあくまでも憎しみの目を負って生まれてきた存在であり、また、皇子であることは皇位を狙う簒奪者となる危惧を抱かせる場に立っていることでもあった。

もちろん源氏物語はそんな政治的な関心を表面に持つ物語ではない。作者も、読者も、そんな物語を期待してはいない。だから作者は慎重に物語の舵を取ってゆく。帝はこの子の将来を考えて、庇護者としての左大臣を指定するとともに、その生涯の道筋をも設定したのだった。

帝はかねてから思うところあって、この皇子にはしっかりと学問をさせておおきになった。その方面でも利発で聡明で、父帝を驚かすことが多かったが、その将来についていろいろと考えた末に、帝はひとつの方向を心に定められた。帝は日本古来の観相の術を身に付けていられて、その術をもって光源氏の相を占ってごらんになったが、たまたま高麗の使いに随行して来た相人にも見せたところ自分の考えと一致したので、いよいよ心を定めてこの子を臣籍に下すことにする。一般的に考えても、母方の勢力を持たない皇子が天子として位を保つことは至難のことなのだ。たとえ左大臣在世中はその擁護があったとしても、後々のことまで考えれば、血縁のない天皇を一族が結束して守り立てようとするかどうか、前途がやすらかだとは思われない。帝の心中にはそういう配慮があったに違いない。結論として、この皇子を臣籍に下し、官途に就かせ、その方面で能力を発揮させよう。そういう決心をされたのだった。

その前例としては、平安朝初期からいろいろ事情あって臣下に下り、（皇族には姓がないのだから）新たに姓を賜わって新しい家の祖となった皇子がたくさんいる。それが「源氏」という名で総括される臣籍降下の元皇子たちだ。その姓は橘・源・平などが代表的なものだが、ことに「源」は新しい家の始祖という意味が好まれて、嵯峨源氏・宇多源氏・村上源氏など幾流もがあり、「源氏」という語が臣籍に下った皇子を意味するようになった。架空の人物ではあるが、「光源氏」もその意味での源氏のひとりであり、光り輝くような臣籍降下の皇子様という賛美の心を示す呼び名だった。

添臥しの妻、葵の上

宮廷で、帝の御前で元服の儀式が行われた後、光源氏はその夜から左大臣家の婿として生活することになる。そういう相談は帝と左大臣との間で人を介して進められていて、光源氏にも伝えられているのだ。儀式の際にはいわば烏帽子親の役を左大臣が勤め、座が改まって祝宴になったところで、左大臣がこれから婿と舅になるのだから、その御挨拶めいたことを言いかけるが、光源氏は恥じてはかばかしい答えを返すこともできない。そこらあたりもよく実感が出ているが、帝が左大臣に、あなたが結んでやった初元結に行末長くという心を込めて結んでくれましたか、と歌をもって問いかける。

いときなき初元結に長き世を契る心は結び込めつや

帝がそこまで思い遣ってくださっていたかと、左大臣も恐懼してお礼の歌を申し上げるという場面だが、いかにもその場に参列していた者が書いているかのようなリアリティがあって、当時の読者が感銘を受けたところだろう。こういうところに物語の作者の目の位置が据えられているということも、源氏物語の読者の心に留めておくべきことだろう。

ともかくそういう経緯があって、光源氏は左大臣とともにその邸に退出する。そうして妻となる葵の上に初めて対面することになる。葵の上はこの時十六歳。光源氏より四歳の年長だ。これも当時の結婚として珍しいことではない。貴族の結婚生活では、第一の妻が年長であるのは一般で、これを「添臥《そいぶ》しの妻」と呼ぶ。「添臥し」は母親が幼児に添い寝するのと同じように、年長の妻が夫となる男性の結婚生活の手引きをするという語感がうかがわれることばで、これにも遠い古代以来の伝来のあることだった。葵の上は左大臣のひとり娘で、右大臣が後見している第一皇子の妻にという話もあった。第一皇子は数年前に皇太子となっていたから、左大臣の娘をその後宮に納れることで左右両大臣がやがて訪れる新しい天子の時代の輔翼の臣となるようにという右大臣の希望だったのだが、左大臣はわが娘は光源氏にと思っているからその話には見向きもしない。何彼につけて対立せざるを得ない両家の間柄なのだ。

葵の上は光源氏の第一の妻であり、左大臣の娘という社会的地位から言っても押しも押されもしない存在なのだから、源氏物語の読者の間では最初から「葵の上」と「上」という敬称を付けて呼ばれている。物語の用語としては、この辺では「姫君」という左大臣家の家庭内での呼び名が通用しているが、このお姫様の気分の重さが光源氏の最初の結婚を重苦しいものにしている。桐壺の巻ではまだその実態にまでは踏み込んでゆかないが、「通い婚」の社会だから、光源氏はいつも左大臣家にいるのではない。帝が光源氏の亡き母の邸を修復してくれた二条の院を住み処として、左大臣邸に通って行く。そんなふうに新しい生活が始まるのだ。光源氏は左大臣家がいやだというのではないけれど、なんとなく気に染まないで、二日三日おきくらいに通って行く。そして、修復のできた二条の院に帰ると、こういう所に思うような人を置いて一緒に暮したら、などと空想している。

この巻の終末近く、世間ではこの才優れ容姿美しい御子のことを「光る君」、そして帝の寵愛やんごとない、これまた才色兼備の藤壺の宮のことを「輝く日の宮」と称して、二人を並べ誉め称えたと記述する。「光る君」は「光る源氏」と言い換えても同じことで、狭い宮廷社会では誰を指すか取り違える虞《おそ》れはない。光源氏は臣籍に降下しても、宮廷内では「光る君」の名で通っているし、少し改まって臣籍に降下したということを明示したい時には「源氏」の語を用いればいいだけのことで、両様の表現に気持の差異など存しない。特に主要人物の二人を対照的に並べて言おうとする時には「光る源氏」「輝く日の宮」という並べ方が音律の上からも、修辞の美しさからも、人の心に美的な感覚を呼び起す。これからどんな美しい物語が展開されるだろう。そういう予期を持たせて冒頭の巻の結びとも、これから続いて展開する巻々への期待を呼ぶ予告ともなっている。

予期しなかった続き具合

ところが、桐壺に続く帚木《ははきぎ》の巻を開くと、読者はことの意外さに当惑させられてしまう。現代の読み物でも、読者が次の巻を開いてあっと驚くような展開がそこに待っているということは、いくらもある。それは作者が意図して読者の心を引き付けるために構想する物語のしかけであることが多いから、読者は驚きはするものの新しい情況に対応して展開を楽しんでゆくことができる。だが、ここで源氏物語の読者が当面するのは当惑と言っていいだろう。話がまったく違っていて、共通点は光源氏が主人公であることだけだと言っていい。その光源氏さえも皆が賛美し、もてはやしていた光源氏ではなく、言い貶《けな》されている光源氏なのだ。帚木の作者が語り始めたのは、理想的な主人公の物語ではなく、光源氏にもいろいろと世間の人の悪口の種になるような隠れた失敗があるのですよ、という滑稽譚の主人公としての光源氏の物語だ。そんな作者の態度に当面して、とまどわなくてはならないのだ。

　光源氏や輝く日の宮の優美な物語を聞こう、読もうとしていた読者は肩透しをくらうことになる。始まったばかりの美しい物語は消えてしまって、思いもかけなかった事態に当面する。読者は啞然とするばかりなのだ。

光る源氏　名のみこと〴〵しう、言ひけたれたまふ。とが多かなるに、いとゞ斯《カヽ》る好色《スキ》ごとゞもを、末の代《ヨ》にも聞き伝へて、軽《カロ》びたる名をや流さむ、と忍びたまひける隠ろへごとをさへ、語り伝へけむ、人のもの言ひ、さがなさよ……。（折口信夫「伝統・小説・愛情」より引用。折口信夫全集〈新版〉第一五巻）

　これが当の帚木の巻の冒頭部分だが、この箇所は、実は源氏物語の中でも難解な文章のひとつで、皆が解釈に苦しんでいる箇所なので、その理解には十分な用意がなくてはならない。本書では源氏物語に対する深い理解を示している折口信夫の説を拠り所としたいので、折口がこの箇所について論じ引用している論中の本文を借用したが、本文の用字や清濁・句読など、漢字に略字を用いた以外はすべて折口全集の本文に従った。折口信夫がこの箇所の本文を引用しているのは物語の作者が主人公を紹介する小説的な技法を説明するためなのだが、折口はそれを「主人公初出の方法」と言っている。折口も、帚木を桐壺からつながるものと単純に見てはいない。そしてこの箇所の自らの理解を明らかにするために、この部分の自身の訳文をも添えている。それをもここに掲げておく。

照り輝くやうな源氏と言ふ人、その人は、評判ばかりはぎやう〳〵しく、言ひけなされていらつしやる。人には欠点といふもの、多い中でも、当人思ひ設けた以上にこんなにまでひどい、下《シモ》が、つた性関係のことを、末の代までも聞き伝へ言ひひろめて、其為軽卒らしい評判をひろめる事にもならうかと、其で目立たぬやう〳〵して居られた隠れごとまでも、語り伝へた所の、人の口さきの遠慮のなさよ。……

折口の本文引用で目につくのは、原文の第一行、「言ひけたれたまふ」の後に句点を置いていることだ（訳文では、「言ひけなされていらつしやる。」に相当）。古くはここの解釈はここで切ることをせず、「言い消していらっしゃる咎《とが》（欠点、非行）がたくさんあるのだが……」と下へ続けるのだが、それでは「言ひ消たれ」の「れ」が尊敬になってしまう。主人公光源氏に対してそんな軽い尊敬語を使うのはおかしいので、これは受身の「れ」でなくてはならない。そういう文法上の問題もある。もうひとつ、その点は問題がなくなる解釈で、世間であれでは「光る」の名に反すると言いけなされなさるような非行がたくさんある、という解釈がある。このほうは「れ」を受身と解している点では問題がないが、やはり「……言ひ消たれたまふ。」と切ることをせず、「言ひ消たれたまふ咎多かなるに」と続けてしまうものだ。

これに対して、折口信夫の解は、物語の作者の複雑で微妙な姿勢を解き明かしている点で独自なものだ。光源氏が評判ばかりが仰山で、一方では言いけなされておいでになる、というところは大筋として変りはないが、その後が違う。「とが多かなるに」から新しく言い起して、人には欠点というものは数多くあるけれども、その中でも光源氏自身が軽々しい評判の立つことを顧慮して内緒にしようとしていた性的な方面のことまで聞き伝えて言い広めてしまう人の口というもののなんと性悪《しょうわる》なものであることよ、と光源氏を擁護すると見せながら、実は作者の本当の計画はこれからその実例を語って見せようというのだから、なかなか屈折している。そのあたりに物語作者に対する折口の独自の見解がある。

私見を加えれば、この後半を、仏の戒める咎がたくさんある中で、こんな口さがない話を引き出してくるとはしようのないことですね、と五戒のひとつの妄語戒などを念頭においてのことばと見たいのだが、そう言いながら実は光源氏の隠し事を暴いて見せようとする、そんな形で読者の関心を誘っていると解するのがこの箇所の最も正しい解釈でないかと思われる。

光源氏の隠された一面

光源氏、光源氏ともてはやされてなんの欠点もない貴公子とばかり見ているのではおもしろくない。それでは余りに人間らしくない。光源氏だって人並にそこらの女に心を動かすこともあるだろうし、色事の失敗だってするだろう。光源氏のそんな一面を皆さん見てみたくはありませんか。実はこんな話があるのですよ。そういう態度でこの巻の作者は読者を誘い込もうとする。

帚木の巻に登場し、光源氏との間にその交渉が語られるのは空蟬《うつせみ》と呼ばれる女性で、この巻と次の空蟬の巻とにわたって光源氏がこの女性をかいまみたり、その臥《ふ》し処《ど》に忍び込もうとしたりする。これは光源氏十七歳の夏のことだ。桐壺の最後が十二歳、その後の五年ばかりのことはなんの説明も断りもなしに、突然光源氏の別の面が語り始められる。読者はとまどってどういうことなのかと首を傾けるが、その空蟬の話に入る前に、これからの話の前置きというふうに置かれているのが「雨夜《あまよ》の品《しな》定め」と呼ばれる部分だ。源氏物語では、読者に印象づけられているある部分、ひとつの纏まりをもって誰もがああ、あの話と分るような箇所が特別な呼び名で呼ばれることがある。先に触れた桐壺の巻の帝が中庭の植え込みに向って悲傷に暮れている部分に「壺前栽《つぼせんざい》」という名があり、玉鬘の巻の正月の晴れの衣装の見立てが行われる部分に「衣配り《きぬくばり》」の名があったりするが、いずれも読者にとって印象の強い部分に名付けられた通称なのだ。

「雨夜の品定め」というのは五月雨の降り続く頃、宮廷内の光源氏の宿直所《とのいどころ》、母のゆかりの桐壺（淑景舎）にある一室に、光源氏とその周辺にある親しい若者たち、左大臣の嫡男頭の中将ほかいずれも官途にある四、五人が集っての雑談が自然女性の話になって、あれこれと体験を語ったり、女性の品評になったり、はてはては「あやしきこと」になってというのは、お決まりのエロティックな話になったと言うのだろう。そんなことでひと夜を明かしたのを少ししゃれて「雨夜の品定め」と言ったのだ。

源氏物語の作者も読者も品定めということは大変好きだったようで、物語のあちこちに品定め、あるいは何々の「定め」ということが登場する。一番本格的なのが「春秋《はるあき》の定め」だが、これは日本文学のほとんど最初から顔を見せる主題だ。古事記の中巻の最後にある春山秋山の章が春秋の対立の知られるかぎりでの最も古いものだが、万葉集になると天智天皇が御前に群臣を集めて「春山万花の艶」と「秋山千葉の彩」を競わしめたという詞書を付けて額田王の長歌が載せられている。春秋の論争が形式を整えて行われているのだが、古今集の時代になるとこれは珍しいことでもなくなる。おそらく中国での文学論議に倣ってのことだろうが、春の桜と秋の紅葉の優劣ばかりでない。鶯と時鳥、待つ恋と暁の別れというようにいろいろ対立する題目を捜して論議を楽しんでいる。源氏物語ではそれが、ことばの上の争いばかりでなく、春が好きな紫の上と、秋が好きな、その呼び名も「秋好む」と名付けられている秋好中宮とが、生活の上にも、さらに人格の上にもそれを具現して美しい争いを演じている。源氏物語が読者を喜ばせ、憧れさせる要因はこういうところにもあったのだ。

対立する二者の優劣でなくとも、あるテーマに関しての議論も「さだめ」という語で言い表されている。あるいは「論」という語で言ってもいいだろうが、ある主題に関して、問題を整理して考察してゆく。貴族社会ではそういうことがいかにも知的な作業あるいはゲームとしても喜ばれたのだ。教育論（少女の巻）とか物語論（蛍の巻）とか、そういう部分も読む人をおもしろがらせたことが推察されるが、ここの女性論はとりわけ読者に気に入られたものと見られる。量的にも大きなものだが、あるいは実例を挙げたり、それぞれが経験談を披露する後半部などは後から継ぎ足したり、書き入れたりしたのではないかという推測も呼ぶところだ。

この時代の知識階級らしい論理として注目されるのは、女性を上中下の三階級、さらにそれをそれぞれ三つに分けて九階級に分類し、その特色を論じてゆくところだ。これは仏教のほうの仏の階級分け、上品《ほん》上生《しょう》から上品中生・上品下生・中品上生……と部類して下品下生に至る九階級があるのを援用したものだが、上の品の女性というと后妃や皇女などどやんごとない方々を論じることになるので自分たちの及ぶところではない。また、下の品になると貴公子方のお相手にはならないから問題外だ、というわけで、中の品だけが取り上げられる。この品定めは結局中の品の女の論になるのだ。

中の品の女との出会い

その品定めの翌日、光源氏は早速に中の品の女性に出会うことになる。降り続いた長雨もきょうは晴れて、暑い夏の日がやって来た。宮廷から左大臣邸に下がってきた光源氏は、衣服の紐など解いて、葵の上はなかなか出ても来ないので、若い女房たちを相手に気楽に過しているところへ左大臣がお話し相手にとやって来る。この暑いのにと、光源氏は顔をしかめているが、暗くなる頃になって今日はこちらは中神のいる方角です、方違《かたたが》えをなさいませんと、と言う者がある。この時代は陰陽道が信じられていて、方角とか日を選ぶということがやかましく言われたのだ。陰陽道ではいろいろな禁忌があるから煩わしかったことだろうと思われるが、中神というのは天一神のことで、この神は六十日を周期として天上と地上を巡回している。地上に下りて来ると、まず北の方に五日、北東に移って六日、東に五日、南東に六日というふうに四方にあること各五日、四維にあること各六日と移って行き、その後天上に移り(「天一天上」と言う)、十六日後にまた地上に下って来る。この神の居る間はその方角を忌まねばならない。この日宮廷から左大臣家はその忌みの方角に当っていたのだ。

二条の院も同じ方角に当っているから今夜ひと晩を明かす所を探さなければならない。この暑いのに今からどこかへ出かけるのは御免だよと光源氏は寝所へ入ってしまうが、そうなると迷信深い老い女房なんかがいて、それはいけませんとうるさく言い出したりする。それならどこか車のまま入れる所ならとしぶしぶ承諾するのだが、実はその光源氏の内心にはひそかな期待のようなものが首をもたげていたかも知れない。

このようにいろいろな禁忌によって方角を変えることを「方違え」と言うのだが、結婚している男性にとってはこれは公然と余所へ出かけて行くチャンスであったとも言うことができる。この上ないもっともな口実が生れるのだから、方違えを種に内緒の行く先を作っている男もいる。「忍びの方違へ所」などという成語ができているところを見ると、そういう事例は決してまれではなかったのだ。独身の男にしても、たまたまの方違えが思いがけないチャンスになるかも知れない。光源氏の心にも葵の上に満たされない屈託があるのだから、まして前夜の品定めでまだ知らぬ女のおもしろさを聞いたばかりなのだから、方違えと聞いて漠然とながらある種の期待が生じたとしても不思議はない。

　こうして光源氏は、これから出かけてゆく中川の家で、物語の上で「空蟬」と呼ばれる中の品の女と出会うことになるのだ。空蟬という女性は衛門《えもん》の督《かみ》だった人の娘で、光源氏もなかなかプライドの高い娘だと聞いたことがあったが、両親に死別して身寄りもないままに老齢の伊豫《いよ》の介《すけ》の妻になっていた。夫が任地に赴いている間に都合で先妻の子である紀伊《き》の守《かみ》の家に来ていた。ここで光源氏と出会うことになるのだ。光源氏と紀伊の守とは、紀伊の守が邸に出入りしている、いわば親方・子方という関係にある。

　この時分の宮廷社会の役人たちはおおよそ勢力者の配下に属している。藤原氏その他の有力な家筋に頼ったり、光源氏なども官位は中将（近衛府の次官）に過ぎないけれども、時の帝の特に寵愛厚い御子であり、左大臣家も背後に控えている。その邸に出入りして御用を勤め、ことがあれば奉仕を怠らない。そうしていれば官位の昇進などの折は推薦もしていただけるし、何彼につけて戴き物もある。そんなふうにして身を立てていった時代なのだ。だから、光源氏の側近の惟光《これみつ》などはそういうところにすぐ頭が働く。紀伊の守が近頃中川のほとりに家を造りまして、庭に川の水を引き込んで大変涼しげだということです。そこなら源氏様もお気兼ねには及びませんし、というようなことで、おことばが伝えられる。紀伊の守は承知して御前を下がったが、父の家の女たちが来ていて、失礼なことがなければいいがなどとこぼしている。それをまたお耳に入れる者があると、光源氏が、いやその人気《ひとけ》が遠くないのがいいのだ、女気の遠い旅寝はもの恐ろしくて、などと言う。ここらの光源氏はへんに大人びていて、疑問も生じるが、十二歳で結婚する時代だから、十七歳というとこんなもの言いをしたのかも知れない。

　ともかくこうした経緯で光源氏が中の品の女を対象に恋のアバンチュールを試みる、そういう物語が展開されるのだ。巻名の「帚木」は東山道にある名高い歌枕で、箒を逆さに立てたような大樹が遠くからは確かに見えるのだが、近寄ると見えなくなってしまう。空蟬が光源氏を避けて逢おうとしないのを「……帚木のありとは見えて逢はぬ君かな」の古歌を引いて嘆く光源氏の心境によって名付けたもの。「空蟬」というのは蟬の抜け殻のことで、作中で女の寝所まで忍び入った光源氏がみごとに抜け出されて、残された小袿《こうちぎ》を抱き締めているというところから付けられた名だ。

桐壺から帚木へと、源氏物語の読者は、なぜこの奇妙な巻の繋り方なのか、違和感を持ったまま読み進まなければならない。その疑問が解決されるのは、ひと通り冒頭部分の巻々の様相を知った上でないと話が難しい。やがてそれを解くことが本書の目的のひとつであることも理解されるはずなので、課題を抱えながら話を進めるものと了解していただきたい。

第二章　巻々成立への関心

巻と巻との繋がり方

帚木の巻の光源氏は一度は隙を突いて空蝉に逢うことができる。けれども、身の程を弁えている空蝉は、それ以後は思慮深く身を守って二度と光源氏に逢おうとしない。帚木の巻の最後は、またしても手ごわく拒まれた光源氏が、空蝉の弟の小君をかたわらに置いて嘆いている場面で終る。そうして巻が代って空蝉の巻は、光源氏が「寝られ給はぬままに」お前の姉さんはなんて冷たい人なのだろうと愚痴をこぼすところから書き継がれている。

話はまったくひと続きで、二つの巻の間には空白がない。そして、この巻では、懲りもせず小君の手引きで忍んで来た光源氏が、継娘の軒端の荻と碁を打っている空蝉の姿をかいまみる場面、その後ふたりが寝ている寝所へ入り込む場面というふうに、この巻のやま場を展開する。空蝉は間一髪のところで気配に気付いて生絹《すずし》の単衣を身に纏っただけで寝床から逃れ出る。この場面によってこの巻は空蝉と名付けられたと考えられる。

この場合、こういう巻と人物との名付け方は源氏物語の鑑賞に慣れている人には小さな違和感を残すことになるかも知れない。源氏物語の登場人物の呼び名は自然発生的に読者の間で付けられたと言っていいだろう。桐壺の巻でそのおおよそが語られる人だから「桐壺の更衣」、夕顔の巻の主人公だから「夕顔」というふうに呼ばれ、それがいつしか物語の人物の呼称として使い習わされるようになっている。もちろん、作者のほうでもそうなり、そう呼ばれることを期待しているという一面もあるのだが、今のように本名が人物のレッテルみたいにその人に貼り付いている時代ではない。本当の名を呼ぶことが儀礼的にも、霊魂信仰の上からも忌まれた時代なのだ。実名を避けて官位で呼んだり、誰の娘である人、妻である人という言い方で呼ぶのが一般的だった時代だ。物語の中の人物でさえ、なんの巻に出てくるお姫様というような言い方で呼ばれ、あるいは巻中の印象的な和歌の語句をもって婉曲に示されたりする。

いま当面の話題になっている女性も、本来ならば最初に登場した巻の名によって「帚木」と呼ばれていいはずなのだ。それが続きの巻の名を取って「空蟬」と呼ばれる。それは話の眼目になる一場面、光源氏に不意を襲われて蟬が脱け殻を残すように、掛けていた夜の衣を脱ぎ滑らせて身ひとつで抜け出てきた、それが最もスリリングで読者の感興を呼ぶ場面だったから、そしてまた、この場面の後に、光源氏とこの人との間に空蟬（蟬の脱け殻）を修辞の焦点とする和歌の応酬があったから、この人のことを指示するのに「空蟬」の語をもってした。それで巻の名前も空蟬、女主人公の名も空蟬となったのだ。

しかし、そうなると帚木の巻とその巻名が印象が薄くなる。同じように歌語を採用して、存在が見えているのに近付くことができない、「……ありとは見えて媾《あ》はぬ君かな」という歌も光源氏の嘆きをよく伝えている。にも拘らず、この人を「帚木の君」と呼ぶことにならなかったのはなぜだろう。そのために帚木の巻はどこか印象が薄くなってしまう。また実際の順序は逆なのに、空蟬の巻の亜流のような印象を残している。源氏物語を何度も読んでいると、そういうところに小さな棘があるように心にひっかかるのだ。

その答えはおそらくひとつしかないだろう。帚木・空蟬はもともとひとつの巻だった。そう考えることが最も妥当なやすらかさをわれわれに与えてくれる。雨夜の品定めから「からうじて今日は日のけしきも直れり」ということで左大臣邸に下がってきた光源氏がいやいやながら、とは言うものの噂に聞いた女に会えるかも知れないという期待も持って中川の家に出かけて行く。ここからが物語の本筋に入るので、「雨夜の品定め」は枕にふっただけの話だったのだろう。それが作者の予期した以上の好評を受けて、読者がそのまま作者にも変身する時代なのだから、物語が何人かの手を経て行く間に不均衡な程に話がふくらんでしまった。なにしろ「雨夜の品定め」はエピソードを並べて行く形の部分もあるのだから、書き入れ・書き加えはわけもないことだ。

その痕跡と思ってみれば、書き継ぎ、書き加えの跡と見られる箇所はいくらもある。最も目に付きやすいのが「雨夜の品定め」が前半と後半とに二分されることだ。いわば、女性論の概論と言うべき前半と各論と言うべき後半との継ぎ目が際立っている。それも各論の方はいろいろな性格を持った女のエピソードの羅列だから、いくらでもふくらんで行く可能性がある。事実、各論の部分は概論の部分の一・五倍くらいある。その概論の部分も話がいくらでも詳しくなって行く傾向を見せている。そうして帚木・空蟬を通じて見るならば、その全体の構成において「雨夜の品定め」が占める量は下のようになっている。

帚木と空蟬を比べると、アンバランスに帚木のほうが量が多い。空蟬物語の白眉であり、空蟬の名の拠り所となる場面を含む空蟬の巻は、源氏物語五十四帖中でも、同じ程度に短い花宴や関屋などとともに短いなりに内容のある好短篇を形成している。そうは言っても、話の進行としては帚木の後半

帚木（全巻）			495行
（内訳）	序		16行
	雨夜の品定め		302行
		導入	31行
		概論	104行
		各論	148行
		付言	19行
	空蟬との交渉		177行
空蟬（全巻）			115行

（阿部秋生校訂『完本源氏物語』〈小学館〉を使用）

と併せて一話を成していて、量的には帚木のほうに傾いている。そして帚木の巻においては、空蟬物語の前にその倍にもなろうかというほどの量を持つ「雨夜の品定め」が厳として位置を占めている。頭でっかちな、不思議な構成と言うべきだろう。おそらくこういう姿は物語が成長と分割、そしてさらに成長という過程をある時期に経過した結果と見なければならないだろう。

推論か空想か

源氏物語の研究の上では、近年ずっと物語全体がどのように作られていったかについての議論、いわゆる「成立論」が避けられている傾向がある。戦後の一時期こそ盛行したが、やがて関心が失われていったように感じられる。それは成立論に根拠が少なくて、論者の自由な空想が幅をきかせているように思われたからかも知れない。学問の世界で根拠のない空想が横行してはならないことは言うまでもない。しかし、源氏物語のような場合、外部に求められる根拠は乏しく、いきおい物語自身の中に根拠を求めなければならないとなると、乏しい資料を生かし、また外部から見た蓋然性をも考慮に入れて、作品自身が示している特性をいかに納得のゆくように説明できるかに力を注ぐ以外に方法はないのではないだろうか。帚木・空蟬二巻の示す不思議な事象も、源氏物語の持つ数多い謎のひとつとして解答を求められているものに違いない。

空蟬についてのお話はこれで大半が終る。この後、空蟬の老年の夫伊豫の介が間もなく亡くなって、空蟬は寡婦になる。すると、継子の紀伊《き》の守《かみ》がなにやかやと言い寄るようになって、耐えがたくなった空蟬は思い立って出家してしまう。哀れに思った光源氏は経済的に面倒を見ることにして、やがては別邸（二条の院の東の院）のほうに住み場所を与えて、終生その庇護のもとに置く。空蟬もそれを受け容れて、ありがたくその好意に身を任せている。これは別に恥ずべきことではない。当時としては、光源氏ほどの有力者の好意は受け容れるのが当然で、空蟬もお蔭でやすらかな晩年を送ることができたのだ。

話は変って、次は夕顔の巻ということになる。光源氏が六条あたりに気に入った女を見出して、そこに通っている間に大変に危険な、そして奇異な事件に遭遇するという話だ。これも中の品の女の話で、空蟬の話と並列されている。そして巻の名も空蟬が夏の動物関係であるのに対して夕顔は夏の植物、双方ともにはかない感覚を持つものとして和歌の上に常用される用語だ。そういう対置ばかりでない。物語の内容の上でも夕顔の巻の話は「雨夜の品定め」で語られる話のひとつと繋がっている。そして巻の終り近くには空蟬の消息や光源氏への病気見舞いの文のやりとりなどの記述もある。この二つの巻は対偶的な一組として作られ配置されていることが明らかだ。

しかし、だからと言って短絡的に同じ作者によってそのように企画構成されたと即断することは許されない。二つの巻の作者が同一人だと決定できる証拠はないし、題材の選択、語り具合、物語の肌触りなど、相違する点が多い。別人と仮定して見たほうが納得しやすいのではないかと思われる。

一番はっきりしているのは、帚木・空蟬に見られた光源氏に対する冷かすような気分がないことだ。帚木の巻の冒頭にあった断り書き、光源氏は評判ばかりが仰山で、その実は言いけなされていらっしゃる、だからこんな失敗談もあるのですよ、という皮肉な態度が夕顔の巻には継承されていない。ここでは源氏物語の主流である光源氏賛美、光源氏擁護の態度がはっきりと見えている。おおざっぱな言い方をすれば、冒頭部分の作者の光源氏に対する第三の態度がここに見られることになるのだ。光源氏賛美と、中の品の女を持ち出しての批判性と、同じく中の品の女を対象としながらも光源氏容認と、その三種の内の最後のものが夕顔の巻の作者のあり方ではないかと思われる。しかし、ここではまだその問題に深入りするには早すぎる。もう少しいろいろな巻々を展望してゆく間に、おのずから判断も決ってくるだろう。まず夕顔の巻に話を集中しよう。

雨夜の品定めの各論に相当する中に、葵の上のきょうだいで、光源氏の従兄弟にも当る頭《とう》の中将が、

なにがしは痴者《しれもの》の物語をせむ。

と前置きして語り出す一話がある。「痴者」は愚か者、うつけ者ということで、せっかくいい女を手に入れながら、配慮が足りないばかりに失ってしまった、その後悔を主題とした話なのだ。頭の中将は女が気に入っていながら、そしてかわいい女の子までできていながら女を軽く見て、熱心に通ってもいかなかった。そのうち、訪れがとだえている頃、女のもとから心細げな消息が送られてきたりしたが、放っておいたところ、女は行方知れずに姿を隠してしまった。今になって悔まれて、どんなにか心細い境涯にさすらっていることだろう、と思い遣られる。そういう概略の話なのだ。

これは雨夜の品定めの中では、中の品の女に恋の対象とするにはいろいろ困った点があるという話題になった中で、信頼のおけない女の例として挙げられているものだ。これが夕顔の巻の前提としてあらかじめ意図的に置かれたものなのか、たまたまここで出てきた話を夕顔の巻の作者が利用してこれを種に新しい一篇の物語を創り出したのか、にわかに判断を下すことができない。しかし、夕顔の巻の存在がこれと繋っているのは紛れもない事実であって、そういう形で空蟬と夕顔は二巻一組としてわれわれの前に存在しているのだ。

「夕顔」の文章のテクニック

六条あたりの忍び歩きの頃、と話は語り出される。これは光源氏が前坊《ぜんぼう》（前の皇太子）の未亡人である六条の御息所《みやすどころ》と関わりを持ってひそかにその邸に通っていた時のできごとだと時期を指定したもので、われわれの手にする源氏物語の九番目・十番目の巻である葵・賢木《さかき》の巻あたりで話の中心となる女主人公とまださほど深刻な間柄でなかった時分の話なのだと読者に知らせようとしている。ただし、それは巻々が今日ある順序に置かれていて、それに従って物語を読んでいる限りにおいては効果のないことで、先の方まで読んでいる読者であって初めて作者の意図が理解できることなのだ。源氏物語を読んでゆくと、しばしばこういう事象に行き当ることがある。源氏物語はすでに一度読んだことのある読者を対象として書かれているのだろうか――そんな矛盾した疑問さえ浮んでくる。

その六条通いの途次でのことだ。光源氏が幼い頃大事に育ててくれた乳母《めのと》が大病を患って尼になったと聞いたので、道の途中でもあるし、ちょっと見舞ってやろうと五条あたりのその家に立ち寄ったという説明で話が始まる。この乳母が腹心の従者惟光《これみつ》の母親だという設定は、実はここで初めて明かされることなのだが、作者はごく自然な筆付きで話を進めて読者に作為を感じさせない。光源氏が門前に車を止めて惟光をお呼び出しになる。そしてその後の対応の間に、惟光がこの家の人としてふるまい、母へのお見舞いを恐縮しているので、両者は母と子なのだと分かってくるし、光源氏から言えば惟光は乳母子なのだ、それならば惟光が光源氏に忠誠を尽くすのももっともだ、と納得する。そんな巧みな操作もほどこされている。

惟光が出てくるまでに少し時間がかかるので、光源氏があたりを見回していると、隣の小さな家の様子に目が止まった。その家は檜垣《ひがき》を新しく結って、簾なんかも掛け替えてある。その透き影で人が何人も動いている様子が分かるので、これは逗留客でもあるのだなと思って関心を引かれる。切掛け——横板を隙間を置いて並べた塀——に蔓草が這い懸かって白い花が咲いている。

何の花かなと思わず口に出すと、聞き付けたお供の随身《ずいじん》が「夕顔と申します」と答える。こんな下々の垣根に咲く花で、と言うのに興味を引かれてひと枝折ってこいと命ずると、随身がそこまで入っていって折り取ろうとする。そこへ女の童《めわらわ》（使用人の小さな女の子）がひとり出てきて、扇を差し出して言う。「枝の風情もない花ですから、これに置いて差し上げてください」と。家の中から見ていても、どれほどの身分の方の車か、様子で分かるのだ。その高貴な方が花を召そうとなさっている。塀に咲いた花とはいえ、わが家の花がお召しの名誉に浴するのだから、多少なりとも形を整えてというわけで扇を持って来させたのだ。それに歌が書いてあって、女方からの言いかけがある。下層の者の住み処《か》と軽く見ていたのに、意外に風雅を解する人が住んでいたのだ。おや、生意気なというくらいだろうが、風雅の挑戦を受けて光源氏の心が動いた。もちろん、この家の主か、客の訪れ人か、心得のある女性のふるまいと分かるから、光源氏が見過しにはしない。けれども、そこへ惟光が出てきたので、小さな事件はいったん打ち切りになる。

滅多に高貴な客人を迎えることがない惟光の母の家では正門の鍵をどこかへ見失って、それで大変にお待たせしました、こんなごたごたした小路にお立たせしまして、と惟光が恐縮して御挨拶する。ここまでの成り行きの間に読者はいろいろなことを教えられる。惟光が出てくるのにずいぶん時間がかかっている。咎めるほどでないにしても、無意識のうちに読者はそんなことも感じているものだ。作者としては、ここで光源氏の恋の対象となる中の品の女を登場させようと計画しているのだが、夕顔の花に関するやりとりなどに不自然に時間をとっては読者の心に作為を感じさせるだろう。そういう配慮があって、作者は、門の鍵を置き惑わしてこんなごたごたした所に長い時間（車を）お立たせして、という惟光の弁解を持ち出している。それで中の品の女との最初の交渉を描く時間を得たわけだ。そればかりでない。惟光の母の家は客を迎えるような正式の門のある邸だ。下級貴族ではあっても、その程度の住まいは持っている。それに対して、中の品の女の家は、「この（惟光の）家のかたはらに」とある。惟光の母の邸に比してどのくらいのものであるか、女の身分が思い知られることばづかいがなされている。

光源氏がどうして中の品の女と知り合うことになるのか、なぜそんな地域へ出かけて行ったのか、その必然的な成り行きと時間の経過を読者に不審を起こさせないようにという配慮を作者は細心に巡らしている。近代の小説にもめったに見られないほどの技巧的な作者と言えるだろう。そういう作者が千年以前に存在したということに驚異を感じないでいられない。さらに言えば、この後、光源氏がこの女のもとに通うようになって後、女の種姓がなかなか知れなくて光源氏が困っている時に、惟光にこの家の内をかいまみ（覗き見）するようにとひそかに命ずる。作者が呼ぶところの「惟光が預かりのかいまみ」にも具合のよい両家の位置関係だということがあらかじめ分かるように配慮してある。

そういう用意の周到さは現代ならば劇作家などに見られるものと通じているが、これが同時代に類例を有するか否か、寡聞にして知るところがない。

荒れ邸でのひと夜

それはともかくとして、乳母の見舞いを終えた光源氏が、別室に移ってのことだろうが、先刻の扇を明るい灯のもとで取り出して見る。すると、使い慣らして持ち主の香のかおりが滲み込んでいるのに、

心当てにそれかどぞ見る白露の光添へたる夕顔の花

と書かれている。即席の贈答の歌としてなだらかな調子だし、字も「そこはかとなく書きまぎらはし」てあるのが上品で悪くない。女の文字は――ことに手紙の場合、しっかりと書き据えたりせず、余韻を漂わせているのがいいのだ。思いがけず、これは風情のある女に出会ったものだと、源氏の心が動き始める。惟光にこの隣にはどんな人が住んでいるのかと訊いてみるが、惟光はまた「例のうるさき御心」と思ってはかばかしいお答えもしない。作者は別に光源氏の好色を憎んだりしていないが、惟光が反応を見せるところは書き落さない。帚木・空蟬の作者とはまた違う批評があるらしい。光源氏はおおよそのところだけ聞き出して、とりあえず返歌を詠んで自分の扇に書いたのを随身に持って行かせる。こうして光源氏の新しい恋が始まるのだ。

光源氏は噂の漏れることを恐れて、身分を隠している。女のもとに通うようになっても名も明かさないし、顔さえ包んで、というのは当時本当にそんな恋の習俗があったのだろう。女のほうも、事情があって身の上を隠していた。互いに心競べをしているうちに、光源氏としては耐えがたくなってくる。なにしろ小さな家に大勢が住み込んでいる宿りでは恋を語り合うことさえ窮屈で、どこか広くて静かなところでと思い詰めて「そのわたり近き某《なにがし》の院」へと誘い出す。その行った先で事件は起ったのだ。

五条あたりの家から近いところで、広くて静かな邸と言えば、当時すぐに思い浮べられたのが六条河原の院だ。大体京の街は御所のある北半分のほうに大きな邸宅が集中していて、南のほうには大きな邸が少ない。その少ない中のひとつが源融《とおる》の造った河原の院だ。融は嵯峨天皇の皇子で臣籍に下り、左大臣にまで至った平安朝初期の大貴族だが、その融が別邸として造ったもので、賀茂川の水を引き入れ、奥州塩釜の景色を移し、日ごとに難波の浦から海水を運んで塩焼く風情をまなばせたと言う。しかし、源氏物語の時分には住む人もなく、管理も行き届かないで荒れるに任せていたものらしい。『今昔物語集』などにはこの邸に融の幽霊が出た話とか、ここに宿った人が怪しいものに取り殺されたとか、恐ろしい話が語り伝えられている。

だから、光源氏がそれではないかと思われる邸に夕顔を連れ出したという話になると、読者は止せばいいのにとか、なにかが出はしないかと、はらはらしながら読み聞きしたに違いない。源氏物語にはそんな怪談の要素も含まれている。作者もそれを意図しているらしく、光源氏に、

気疎《けうと》くもなりにける所かな。さりとも、鬼なども、われをば見赦《ゆる》してむ。

ぞっとするほどにひどく荒れてしまった所だな。けれども、(こういう所にいそうな)鬼なんかもおれのことは見のがしてくれるだろうよ。

などと言わせている。女がひどく気の小さい怖がり屋なのを光源氏は知らないでいる。ここへ来てからはさすがに顔を覆っていたものは取って、そうすれば光源氏だということはひと目で分かるのだろう。それほどに光源氏は美しく、高貴でもあったという作者のつもりなのだが、おれが一緒なら鬼だって大丈夫と冗談まじりに言ったつもりのことばが恐ろしいものを呼び出してしまった。聞く者を怖がらせる怪談の手法が巧みに使われている。

その直後、うとうとと眠ったかと思う夢の中に心魅かれるような美しい女が現れて、私がこれほどお慕いしているのを見捨てて、こんなどうということもない女をちやほやなさる、と言いながらそばへ寄って来てかたわらの人を引

き起こそうとする、と見えて目が覚めた。いつしか灯火も消えて、真の闇……というふうに読者を十分緊張させるように描きながら、この女が六条の御息所ではなかろうか、と思わせるように筆を進めて行く。この作者はそういう技巧に長けた人なのだ。御息所の六条の住まいに近いあたりに話の舞台を設定し、その人でないかと思われるような女性の怨霊を出現させる。しかも、その出現の直前には、光源氏が御息所のことを思い出している。いろいろのお膳立てを整えて、伝承的な怪談の型に光源氏の物語の個性を重ねてゆく。

六条の御息所の物語

個人としての六条の御息所は決して恐ろしい女性ではない。高貴な奥まった感じの、そしてその奥深さが光源氏に気持をやすらがせてくれない息苦しさを感じさせはするものの、上品さ、教養の高さ、つつましやかな貞淑など、上の品の女性として申し分のない美徳を備えている。ただ、それが余りに完全であり、隙がないために男を寛がせることがないのだ。そして、その愛情の深さが男をも自らをも苦しめ、生きて生霊《いきりょう》となり、死んでなお怨霊となって周囲の人を苦しめた。気の毒と言おうか、哀れな女性なのだ。光源氏がその筆跡の見事さに惹かれて言い寄ったことからその人生は悲劇的なものとなったが、こういう人生を創出して女性の一典型を描き上げたことも、源氏物語の功績のひとつとして忘れられないだろう。

先にも述べたように、六条の御息所が登場人物として正面切って活動するのは葵・賢木の巻でのことで、光源氏の北の方である葵の上との間にトラブルを生じて、嫉妬と抑圧とに耐え切れなくなった御息所の霊魂が生霊となって肉体を離れ、葵の上のもとに現れて悩ませる。それは源氏物語の中でも指折りの迫力ある場面だ。それを契機に、光源氏と御息所との間柄も変転せざるを得なくなる。上流の女性の恋と嫉妬との根深さを描出して後世の読者にまで感銘を与えているが、影響は実は源氏物語の成長過程において既に現れていることなのだ。

源氏物語では読者が作者に転じてゆくと見られることがしばしば見受けられる。夕顔の巻の作者も、おそらくは葵の巻の生霊の出現に感銘を受けて、それに倣って某の院のひと夜を構想したに違いない。前述のように、現存する源氏物語においての巻の順序は葵より夕顔が先なのだが、成立の順は葵が先であるに違いないと考えられる理由が何箇条か上げられる。これまでの記述の中でもそれに触れているが、後の章で改めてその問題に触れることになる。

ここでひとつ確認しておきたいのは、夕顔の巻の作者は荒れた邸の一夜に現れた怪異について、ひと言もそれが六条の御息所の怨霊だなどとは言っていないことだ。右に見てきたように、あちこちで六条の御息所を連想させるように叙述されてはいるが、狙いは読者にそういう連想を起させることにあるので、怪異の本体を特定しようとはしていない。作者の立場はそういうところにある。

ところが葵の巻の発展として構想された話題は、源氏物語のずっと先の方にもある。光源氏の晩年、御息所のことを語ったことを恨んでその怨霊が紫の上に付いて重病を煩わせたり（若菜下）、女三の宮が柏木と事件を起し、その結果として宮の出家に至った場面で御息所の死霊が現れてからからと笑い、一連の成り行きがみずからの仕業であると告げたりする（柏木の巻）。そこなどはあまりに露わで余韻を欠いている恨みがあるが、ともかく葵の巻の印象が物語自身の中に反映しているものとして注目しなければならない。

事件の後始末

某の院のあの夜、光源氏は夢の中で女の出現を見、みずからへの恨みのことばを聞き、隣に寝ている女を引き起こそうとすると見て、目が覚めた。闇の中で光源氏は太刀を抜いて魔除けとし、夕顔の宿からただひとり連れてきた右近という女房を起して灯火を持って来させようとする。しかし、これもものに脅えており、怖がって行こうとしない。しかたなく自身で命じて来るが、やっと持って来られた灯の明りの中に夢に見えた女の姿が瞬間見えて消え失せる。こういうところも作者はしっかりと書き留めている。女は光源氏が夢に見ただけのものではなかった。夢に見たのと同じ姿の女を一瞬であるけれども、光源氏は自身の目で認めたのだ。それを読者が確認し、納得するように書き留める。筆力の並々ならぬ作者であることを窺わせている。

さて光源氏としては、この後、事件にどう対処したらよいのだろう。光源氏が必死になって「あが君、生き出でたまへ」と呼びかけても女は意識もなく、ただ冷えに冷えて行くばかり。頼りに思う惟光は御用もないようだからと帰ってしまっていた。その家に使いを遣っても行き先が分からない。惟光は惟光でおのれの恋に忙しいのだ。やっと夜が明けて惟光が来て、善後策を講ずることになる。なんと言っても、世間を知らない光源氏では手の施しようもないのだが、世慣れた惟光の知恵でことは運ばれる。この邸の番人などにことを知られてはならない。あなた様は早くここを出て、お邸にお帰りなさい。女は父の知り合いで東山に尼となっている者の庵室に移しましょう、というふうに方策を立てて、ひそかに事を運んでゆく。

こういう箇所での光源氏はまるで無能力で、でくの坊のように見えるのだが、当時の価値観では惟光のような従者を持つことも貴族の人格の一部なので、惟光は手足として働いているばかり、その意向は光源氏の人格に帰属しているのだ。だから、女の死を夕顔の宿に知らせてはならない、女たちが騒ぎ立てて世間に洩れる恐れがある。そう考えて、知らせずじまいにしたことは光源氏自身の意志と受け取って構わない。夕顔の一家の者たちの困惑は推量しながら、知らぬ顔を決めこんでいる。夕顔には右近ひとりが付いて来ただけなので、行方知れずということになったが、その右近を光源氏は手許に引き留めて返さない。お前だけがあの人のかたみだからせめて私のもとに居てくれと言っているが、そう言うことばの裏には、秘密を守ろうとする光源氏の強い意志がはたらいている。納得させての上ではあろうが、禁足して連絡を絶たせてしまった。一介の女房などの抵抗できるものではない。

夕顔の巻はこうして特色ある一巻として源氏物語の冒頭近く特異な位置を占めることになる。しかし、話はこれで終るのではない。この巻に関連しては、物語の成長をもたらしたひとつの大きな話の筋が生まれている。夕顔の女はもしや「雨夜の品定め」に頭の中将が忘れがたいと嘆いていた女ではなかろうか、と光源氏が疑っていた、その推測は当っていたのだ。

頭の中将の話から受けた印象にこの女が似ていることもあったが、惟光のかいまみの報告に、ある日家の前を通る行列を女たちが簾越しに見やりながらあれ誰さんが、あれ誰さんもいらっしゃる、と言い合っていたのが頭の中将のお通りだったという報告があった。もしやという光源氏の推理はやっぱり正しかったのだ。右近も夕顔の死後には、今となっては何を隠しましょう、と謎だった女の境涯を詳しく語った。頭の中将との間には可愛い女の子まであったのだ。じゃあその子を引き取って、あの方の形見におれの子として育てよう。光源氏はそうまで言ったのだが、夕顔の巻ではそこまでしか書いてない。

それから二十年近くが経過して、光源氏が三十五歳になり、社会で第一の人と皆が認めるようになった時分のこと、行方知れずになっていたこの女の子が右近によって見付け出されて光源氏の前に現れる。その子にまつわる玉鬘十帖の物語には夕顔と並ぶ程の筆力ある作者を感じさせる巻もあるが、両者のつながりは今のところ不明と言うほかない。

第三章　紫の君の物語

紫の君の登場

現存する源氏物語の第五番目の巻が若紫で、ここで初めて紫の君が登場する。光源氏の物語と織り交ぜられた紫の君の物語が始まるわけで、ここでは紫の君は十歳くらいの少女に過ぎないが、これから四十三歳の御法の巻での死去に至るまで、主人公光源氏に寄り添う副主人公として、読者の心の中にも長く活動を続けることになる。もっとも、花散里の巻のようにその存在にも消息にも全く触れない巻がないではない。

光源氏の伝記的な記述は桐壺の巻に十二歳で元服・結婚の記事があったが、その後明確な年月の指定はない。ここでは前後を綜合して十八歳になっているはずだと算定されている。しかし、光源氏の年齢や成長に伴う記述はないから、その意味では桐壺を継承する巻ではないのだ。源氏物語の発端部は全く謎に満ちていて、発端であるはずの桐壺の巻さえも首尾を整えるために後から書いて冒頭に据えたのではないかという考えが出て来るほどで、それも無下に退けるわけにゆかない可能性をはらんでいる。

これまで見てきたところによっても、源氏物語の冒頭の部分がいかに理解の届かない、不条理の多いものであるかはお分かりいただけるだろう。その不分明は以後もまだ少し続くのだけれども、不分明なりに流れが生じてくる。光源氏と紫の君、藤壺の宮を要として、それに加えて何人かの女性をその巻その巻の女主人公として物語が展開する。物語の上に時間の流れが見えてきて、読者はよほど楽に読み進むことができる。しばらく物語の流れを追って、概況を把握しておくことが全体の理解のために有効な条件となるだろう。それまで謎は謎としてひとまず預かっていただきたい。若紫の巻は紫の君の物語の発端として大切なばかりでなく、源氏物語全体の理解のための出発点ともなるだろう。

光源氏が瘧病《わらはやみ》（周期的に熱の出る病気。「わらは」という病名はこどもがかかりやすいからとも、高熱でこどもの姿を幻覚に見るからとも言う）におかかりになって、その治療のために評判の高い聖《ひじり》の修法を受けてみようというので、北山へ出かけておいでになった。その折のことだが、というふうにごくあっさりした筆付きで叙述は始まる。同じようにひとつの話の発端になるような巻でも、帚木のように改まった前置きを置くこともあれば、夕顔や若紫のようにあっさりとすぐに話の内容に入ってゆく巻もある。

また熱が出ないよう、治療に念を入れておこうということで光源氏はひと晩ここに泊ることになるが、ここには知り合いの名高い僧都の庵《いおり》もある。つれづれの慰めにそのあたりに行ってみると、女の住む気配がある。興味を起して近付いてみると、それは僧都の妹の尼が住んでいるのだった。小柴垣のあたりから覗いていると、ぱたぱたと十歳くらいの可愛い女の子が駆けて来て訴える。「雀の子を犬君《いぬき》が逃がしつる」という有名な場面になるのだが、このこどもらしい活発な女の子が紫の君の最初の姿として読者に印象づけられる。光源氏がその女の子に注意を引かれたのは、忘れることなく恋い焦れている藤壺によく似ているからだった。だんだんと読者に分かってくるのは、光源氏の幼い時分の思慕の対象だった藤壺の宮が、今はのっぴきならない恋の対象として心を占めている現実だ。二人の間には、すでに一度は契りを交したことがある。そんなことがだんだん明らかになってくる。女の子はその藤壺に酷似している。それで女の子の姿を見た光源氏が心に衝撃を受けたのだった。

僧都のほうでも光源氏のおいでを聞き知って、それならば私どものほうへおいでくださいと招かれる。それではということになってそちらへ移って、僧都といろいろ話している間にあの女の子が僧都の血縁で、兵部卿の宮の娘だと分かる。母はすでに亡くなって、祖母である僧都の妹の尼のもとに引き取られてきていたのだ。兵部卿の宮と言えば藤壺の宮の兄、二人は叔母と姪との間柄になるのだ。驚くと同時に光源氏はあの子を自分の手許に引き取りたいと思い、そのことを僧都に申し出る。母の無い女の子がその前途に望みをかけがたいのはこの時分の常識だ。だからこういう話はさほど突飛なことではない。光源氏が妻のひとりに望んでいると思った僧都はまだ幼稚な娘ですからと言う。光源氏がすでにその姿を見ているとは知らないのだ。その心の内にはなお思い及ばない。そういうことで話ははかばかしく進まないが、光源氏としては話の緒《いとぐち》だけは付けたというつもりだろう。

推定される物語の欠落

北山でよく似た女の子を見たせいだろうか、光源氏の心には耐えがたいまでに藤壺に対する思慕が募ってくる。この時分の貴族社会の恋愛で、男女が媾おうという場合、何よりも力になるのは女房の存在だ。藤壺と光源氏との間に介在したのは王命婦《おうみようぶ》という女官だ。この人については系図や経歴など作中に記されていないけれども、呼び名の命婦は後宮に出仕する女官であること、すなわち藤壺付きの女房であることを意味しているし、「王」と冠しているのはこの人が王氏の出、つまり皇族の血筋であることを示している。おそらく皇女である藤壺と近親の血縁の間柄で、その信任の厚さから見て心を許すことのできる女房なのだと感じさせる。呼び名ひとつにどういう立場であるかが示されている。

光源氏はこの女房を媒介として、藤壺に迫ってゆく。王命婦も光源氏に十分の好意を持ってはいるが、桐壺の帝の寵愛第一の女御にこれまた帝の深い信任のある御子を取り持つなどという恐ろしいことがたやすく勤まるものではない。必死の思いで逃れようとするのを光源氏が狂乱したように迫ってとうとうそのむつかしい機会を作らせてしまう。藤壺が体調すぐれぬことがあって里下りした折に光源氏を導き入れたのだ。その場面の記述の中に、作者は、

宮（藤壺）もあさましかりしを思し出づるだに、世とともの御もの思ひなるを

という一句を挿んでいる。あの自分でも驚き呆れるような成行きだったできごとをお思い出しになるだけでも、生涯忘れられない煩悶の種だと、最大級の用語をもって藤壺の苦しみを表現しようとしている。当然そうあるはずの重大な事態を指し示しているのだ。しかし、それほどのことが二人の間にあったとは、読者はこれまで知らされていない。一体どんな成行きでどんなことがあったのか、読者が知りたく思うのは当然で、古今東西どんな作者であろうとも、男女の恋を描くのに最初の交情を省略して二度目の機会から読者に教えるようなことはするはずがない。

一体、光源氏と藤壺の最初の場面はどこにいってしまったのだろう。源氏物語にそれはありません、ですむような問題ではない。二人の恋は二回めから始まりました、と言っているようなものなのだ。

この問いに答えられる唯一の解答は、それはあったのだ、あったけれども、失われてしまったのだ、という以外にはないだろう。この事態を説明する他の解答があるとは思われない。若紫の巻のこの箇所は、作者と当時の読者が共有する知識を頭に浮べながら叙述されているに違いない。しかも、この若紫の巻の作者は本書の冒頭で述べたように、

現存する源氏物語の中でも紫式部自身である確率が最も高いと言い得る巻なのだ。

紫式部が彼女の源氏物語を執筆している時、彼女の脳裏に置かれていたもうひとつの源氏物語があったのではないかという空想は刺激的なものだが、それが具体的に物語の形として、執筆する式部のかたわらにあったのか、ただ知識として知っていたのか、そういう細部は一切解らない。ただ、源氏物語について考え、思い見る時、そういう可能性までを考える自由をわれわれは持っていることが望ましい。広い考察の幅を確保しておきたい、と思うのだ。

書き入れられた話柄

右のような事実と反対に、物語がいったん成立した後に書き入れられたのではないかと思われる一節をも、われわれは若紫の巻の北山の場面に見出すことができる。

いったん収まった病気の熱がまたおこるといけない、お気になさらないのがいいのです、気晴らしに外の景色を御覧になっては、というので、光源氏が勧められて屋外に出てあたりの景色を眺めている場面でのことだ。お側の者たちが地方の国々の景色のすぐれた土地の話をする。そういう土地土地の景色を御覧になったらお好きな絵の道もどれほどか上達なさいますでしょう、と言ってあちこちの風光すぐれた場所の話をする。すぐれた風景と言えばまず富士の山、それから何とかの岳《たけ》などと言い出す者がいる。また西の方の国ではどこそこの浦や磯と言い続ける者がいて、「……よろづに紛らはし聞ゆ」とある。その後へうまく話を導いたつもりだろうが、

近き所には、播磨の明石の浦こそなほことにはべれ。

と明石の浦の景色がすぐれていることを言い出す者があって話題が大きく転換する。

話は景色のことをそっちのけにして、その国（播磨）の前の国守であった人が変り者で、理解しがたいような人生を送っているという話に深入りしてゆく。その男は大臣の家筋で、もっと出世もできるはずの家柄だった。それがなんと考えたのか、近衛の中将の官を捨てて播磨の守に任命してもらったにも拘らず、土地の人たちから軽んぜられて、もう都にも帰れないと言って髪をおろし、かと言って山に籠るでもなく、若い妻子がかわいそうだというので海に近いところに広壮な邸を構えている。さすがに国司の権力でやったことですから、余生を送るには何ひとつ不自由のない設備を整え、後生を願う勤めなども怠りなく、法師顔負けという有様です、などとこまごまと語られる。

さらに光源氏の、その娘はどんなふうなのだという問いがあって、今度は娘のことが仔細に語られるが、光源氏の気を晴らすための会話が絵や景色の話から逸れて、不自然なほど詳しく明石の娘の噂になってしまう。

須磨・明石の巻まで読み進んだことのある人にはすぐに気付かれることだが、ここのこの話題は、光源氏の須磨への流離を機として登場する明石の君の話の伏線となっている。明石の君の話はここ以外にそれまで全く物語の上に触れられておらず、須磨の巻で初めてその存在が語られ、光源氏が暴風や落雷に脅かされた後に明石へと移っていよいよ物語の上に登場することになる。その段取りは巧みに仕組まれてはいるものの、やはり唐突であることは否めない。明石の君はこれから光源氏の主要な思い人のひとりとなり、ことにその品位と奥床しさが光源氏の心を捉えていることで紫の上の嫉妬を呼ぶ対象であった。またその生んだ娘が中宮となり、東宮の母ともなって、一族の異常なまでの繁栄を招く原点となった人として読者に強く印象づけられる重要な人物なのだ。

明石の君の登場が唐突だということは、意識するとしないとに拘らず、誰しもその印象を持っていたことだろう。

物語が人の手から手へと伝播し、人の手によって写されていた時代、一人のこざかしい読者が、若紫の巻のこの箇所に明石の君の噂など入れておけば予備知識として理解に役立つのではないかと思い付いたとしても、そしてそれを実行したとしても、さほど不思議なことではない。

これはひとつの推量に過ぎない。しかし、こういう推量をしてみたくなるのは、既に述べたように北山の高みに立った光源氏とその供人たちが気晴らしの会話の中で話すにしては、量が多く、微に入り、細にわたりすぎるという印象を受けるからばかりではない。書き入れの筆者は、そのさかしらに溺れて大きなミスを犯している。それは実の作者にはおそらくあり得ないことだと思われる。作者というものは作品の構想については細心であり、執筆に関しては念には念を入れるもので、めったにこのようなミスを犯すことはないからだ。

明石の君の年齢

源氏物語の作中の人物の年齢は時として詳しく記述されることもあるけれども、王朝文学において女性の年齢については、本来はあまり触れられてはいなかったのではないかと思われる節がある。その点では源氏物語は新しい世代を開いていると言えるだろう。古くは、物語というもの自体が素朴で、それほど読者を顧慮せず、思うがままに話柄を展開して行くものだったと考えていいのではないだろうか。これは改めて検討してみなくてはならない問題だけれども、人物の年齢を問題にして作中に取り上げるようになったのは、物語が多くの読者層を持ち、人気を博し、話題の対象となって批評を受けるようになって以来のことではないかと思われる。作中の人物が品評され、その行動の適否が論ぜられ、あるいは人物の生涯なり、人生のある時期が描かれてその顚末が批評されるようになると、年齢が無視することのできない人物描写の一要素となるだろう。源氏物語のようにある主人公の生涯を描き、またある状況に際会して半生を回顧しようなどとすると年齢を問題にせざるを得なくなるのではないだろうか。

六条の御息所が光源氏とのもつれた恋を断ち切って伊勢へ下ろうとする時、娘の斎宮に付き添って最後の参内をする。その哀れな心のうちを描く時、作者は、

……もののみ尽きせずあはれに思さる。十六にて故宮に参り給ひて、二十にて後れ奉り給ふ。三十にてぞ、今日また九重を見給ひける。（賢木）

と描写する。哀れ深い場面であるけれども、われわれが少し違和感を感じるのは、源氏物語にしても、女性の登場人物の年齢をこのように判然と書き記すことはあまり類例がないからだ。

紫の上ならば、若紫の巻に「十ばかり（に）やあらむ」と言われて後はっきりと示されることがなく、年齢が記されるのは第二部の若菜下の巻にその心身の衰えを描こうとする箇所になって初めて見えることだ。

今年は三十七にぞなりたまふ。（若菜下）

という記述は、その数え方が源氏物語の古い注釈書以来問題になっている。それはともかくとして、三十七は女の重厄で、藤壺が亡くなったのもこの年齢だった。そういう注意の喚起があっての年齢の記述だ。（なお、玉鬘の巻に、紫の上が二十七、八だという記述があるが、これは脇筋の玉鬘の話が本筋へ合流しようとする箇所で、迎える側の紫の上がその

くらいの年頃だという描写と見ておきたい。)

登場人物の年齢は物語の整合性に関して作者の注意を払わねばならぬ課題だった。にも拘らず、須磨・明石で年ごろの女性として登場し、その後の記述から当時十八、九歳と認定される明石の君が、若紫の巻当時に何歳かということを考え忘れて、妙齢の娘であるかのように話題に上せてしまったのは、言い逃れようのない物語の傷になっている。若紫で十八歳の光源氏は、明石の巻の初めで二十七歳。それから逆算すれば、男たちの会話に上った明石の君は当時九歳のこどもだったはずだ。男たちの噂の的となって風評せられるには幼すぎる。これはこの箇所を書いた作者に責めを負わせる以外にないだろう。


若紫の巻の話は、これ以下二つの大きな主題のもとに進められる。光源氏は北山で見出した少女——紫の君——と接触を保ち、交渉を進めようとしているうちに、少女の庇護者である祖母が病死し、父の兵部卿の宮はやむなく継母に当る北の方のもとに紫の君を移そうと決意する。そうなっては手出しができなくなると考えた光源氏は、移転前夜にほとんど奪うようにして紫の君を二条の院に連れてくる。紫の君は以後その生涯を光源氏と共にすることになる。

一方、藤壺はますます悩みが増して、光源氏の文にも応えようとしないし、光源氏としては絶望を深めるばかりだった。ところが、藤壺はあのはかない逢瀬によって光源氏の子を身ごもっていたのだ。ふたりの間はいよいよ苦しく、宿命的なものになってゆく。

若紫の巻は、光源氏の生涯にとって大変重要なふたりの人物との経緯を描くことに主眼を置いて、ほとんど他の話題に転じていない。光源氏の関心事に一巻全部が集中している。そしてその筆法もどちらかと言えば、平面的だ。なるほどこれが公任はじめ当時の貴族階級を席捲して人気を博した文章なのだと納得させるだけの話題の組み立て、描写力、迫真性、同感を誘う親しみ易さなど数々の美点を備えているが、夕顔の巻の作者に見られた立体的な構想力、頭脳的な物語の組み立てはここには見られない。

源氏物語は物語自体の中に物語の進歩の跡を留めているのではないかと思わせることがあるが、ここには文章についてのそれを如実に感得させるものがある。そういう観点から言えば、若紫の巻の文章は源氏物語の文章として最も基準的なものという評価を与えるのがよさそうに思われる。

紫と紅との対照

若紫の次には末摘花という巻が置かれている。末摘花とは紅花《べにばな》のこと、花冠を採取して紅《くれない》の染料を作るところから「末摘む」という名が付けられている。王朝において紫は最も高貴な色として尊重されたもので、源氏物語においては藤壺が最高の高貴な女性として紫をもって象徴され、紫の君がそのゆかりの人、それを継承する位にあるものとして若紫の名をもって呼ばれたものだった。

紅は紫に次ぐ色としてこれも重んぜられたものだが、末摘花の巻における紅はちょっとひねった使い方がされている。この巻の女主人公はかつて世に重んぜられた親王家のひとり娘の姫君で、両親に死に別れて、琴を相手にひとり寂しく暮らしているという設定だ。なるほど高貴の色である紅をもってその象徴とするのだと見えて、実はこれが鼻先の赤い、――くれないのはなに象徴されるとんでもないお姫様だったという皮肉を込めた名付けだった。この一事が示しているように、末摘花一巻は全巻笑いに満ち、読者の気分をくつろげることを目的として書かれている。おそらく、若紫の巻の重苦しさを一掃して、読者の心を寛げようというところに作者の狙いがあったのだろう。

口先のうまい女房から話を聞かされてロマンチックな空想を抱いた光源氏がその琴の音を聞いてみたいからと姫君の邸の女房の局《つぼね》（控えの部屋）に訪れる。そういう場面からして、若紫にはなかった異風な展開を予想させるが、従兄弟の頭の中将が嗅ぎ付けて、なるほどこういうところにおもしろい女がいたか、おれこそ出し抜いてと競争心を起して、負けずに言い寄ろうとする。そこらは「雨夜の品定め」の発展のようで、もともと上の品であった女性が今は中の品に落ちぶれている、そういう中にいい女がいるものだという論議を思い出させる。作者もそういうことを意識して書いているのだろう、この巻には作者の意図について考えさせる要素がたくさん含まれているようだ。

紫と紅の対比については作者の悪いしゃれという以上に含意はないだろうが、この巻の結末に、末摘花の姫君の悪意はないけれども世間離れした言動に呆れてしまった光源氏が、二条の院での生活に慣れ、光源氏との日常にも馴れた紫の君と心許して遊んでいる場面を描出する。絵など描いて、髪の長い女を描いた光源氏がその女の鼻に紅を着けて、絵に描いてさえ厭だななどと姫君を思い出して溜め息づき、さらに悪乗りして自分の鼻に紅を着けて鏡台に写して眺めている。紫の君が笑うので、拭っても取れない振りをして「まろがこんなになってしまったらどうなさる」などとふざけちらしている。

この時代の日本人の笑いはまだ洗練されていなくて、弱者・卑者を笑い物にするという範囲を抜け出ていないが、この箇所などは少し度が過ぎていようかと思われるあくどさがある。そのあたりは作者の個性と見ていいかとも思われるが、一方ずいぶん達者な筆づかいだと感心させられる。

それにしても、一点気にかかるのは、これに続く紅葉賀の巻で光源氏と頭の中将がまたしても同じように、今度は老女を中に挟んでふざけ散らす場面が展開される。末摘花と紅葉賀の巻の笑いの場面の先後はあとで説明するが、似たような滑稽が重なることが読者としては気にかかってしまう。

醜女と老女と

紅葉賀の巻で笑いの対象とされる老女は源典侍《げんてんじ》と呼ばれている。典侍は内侍司という女役人の役所の次官（定員四人）で、長官は名目的に置かれることが多いから、次官に任ぜられるのは実務に長けた老女が多かったことだろう。典侍は天皇の側近に侍して奏請・伝宣・陪膳などのことを掌る。源典侍は文中に「五十七八の人」とあるから、それが二十前後の男性二人と色めいた応接をしている場面の描写はさぞや笑いを誘っただろうとは思われるが、少しあくどくもある。

末摘花のような醜女や源典侍のような老女をなぜ光源氏の対象として描くのか、一度は考えてみなくてはならない問題だろう。

醜女のほうで参考になるのは、古事記・日本書紀ともに伝えている天孫降臨の際の話だ。邇邇藝《ににぎ》の命《みこと》の降臨を迎えた大山祇《おおやまつみ》の神が命のために二人のわが娘を奉ろうと申し出る。ところが、送られてきた二人の内、姉の石長毘女《いわながびめ》は醜く、妹の木花佐久夜毘女《このはなさくやびめ》は美しかった。邇邇藝の命は妹だけを留めて姉を送り返すが、父の神は二人の姉妹を奉ったのは、天つ神の御子のお命が雪降り風吹くとも石《いわ》のように堅固に、また木の花の栄えるごとく栄えなさるようにと思ってのことだった、いま石長毘女を返されたからには御子のお命は木の花のはかないようにはかないことであろう、と言った――。記紀が共に伝えている神話だが、この大山祇のことばは詛《とこ》いと考えていいだろう。女性にはそれぞれが保持する霊魂・霊力がある。その女性と媾う男は女の持つ呪力に感染してその特性を持つことができると考えられていたものだ。もちろん、そのような古代的論理を光源氏の時代に人々が意識していたわけではないが、それでも心理に潜在して意識下の指針となっていることはあるだろう。

老女に媾うことについては確たる説明があるわけではないが、民俗の上で村の青年たちに性の手ほどきをするのが後家やその他の老女たちであったということなどが参考とされている。鎌倉時代のものだけれども、『とはずがたり』には高貴の男性に対してそのような教育に任ずる年長の女性の存在がやや職掌化している様相を窺わせる記述がある。それらが参考となるかも知れない。さらに、長寿を保った人間の霊力に感染するという考えも伏在すると見ることができよう。長寿の老人が出て舞を奉る習俗は歴史の上に見えているし、雄略天皇には召すことを約したまま忘れて八十年を経過した老女が訴え出た時に、天皇がいたく感激したという逸話なども伝えられている。

しかし、いずれの場合にしても、全篇恋をもって彩られている源氏物語にあって、これらは「恋」の語をもって呼ばれるにはやや異質であって、せいぜい「色ごと」と呼ぶのがふさわしいできごとだった。たとえ、光源氏が末摘花の身分を顧慮してこれを妻の一人として遇し、終生変らぬ待遇を与えたとしても、「恋の物語」の名をもって遇することには読者がためらいを感ぜずにいられないだろう。

末摘花や源典侍との交渉について気にかかるのはこれらの話を書いている作者が光源氏にどのような感情をもって対しているのか、そのあたりが把握しにくいことだ。帚木・空蟬の巻の光源氏は、空蟬の隙を狙っては失敗を繰り返す滑稽な側面が描かれている。空蟬の閨に忍び込んだ光源氏がみごと失敗した後、小君を起して帰ろうとする場面など、ずいぶん際どく、危うくその企図が暴かれそうになったりするのだが、読者を危ぶんだり笑わせたりしながらも作者は光源氏の味方であり、空蟬に真剣に恋していることへの同情が失われていない。ところが、末摘花の巻の光源氏は親王家の遺児への配慮は忘れていないものの、恋の気分を持っていたのは末摘花の正体を知るまでであり、それ以後は形式的な待遇に終始している。そうして、過大な期待から滑稽な成行きに陥った光源氏を作者は読者と共に笑いながら見ている。紅葉賀の巻になると、源典侍という遠慮のいらない対象が相手であるだけに笑いは一段と露骨であり、光源氏や頭の中将に対しても容赦のないものになっている。

ただし、お断りしておかなければならないのは、右に述べているのは、源氏物語の巻の進行に伴って笑いの仮借なさが度を加えていったと言おうとしているのではないことだ。これまでにも若干述べているように、現存する源氏物語の巻の順序は決して書かれた順序を示しているとは考えられないからだ。その点についてはよほど慎重でなくてはならないだろう。

心に留めていただきたいのは、主人公光源氏に対する作者の親愛感、敬愛の情や距離の取り方が、末摘花や源典侍を対象とする話でははっきりと違っているという一点だ。これは作者が誰かという問題に関わっている。

物語の進行と執筆の順序

紅葉賀という巻は上皇の御所である朱雀院に帝の行幸があって、おそらく紅葉を観賞する宴が催されたのだろう。その試楽——予行演習で光源氏の舞った青海波の舞がすばらしい出来で、その後で光源氏が藤壺に送った消息に対して、さすがに藤壺も忍びかねて返しがあった。そういう話から始まって、相も変らぬ二人の苦しい恋が叙述されて行く。若紫の巻にはあの夢のような逢瀬によって光源氏の子が孕まれたことが記されていたが、この巻ではそれがふたりの間の新たな苦しみの種となっている。そして出産の後は、早くひと目でもいいからその顔を見たいと願う光源氏と、その子が光源氏にあまりによく似ているからと、その恐れにおののいている藤壺と、ふたりの苦悩を描くことがこの巻の主眼となっている。

作者の筆は藤壺との交渉、その苦しさを和らげる紫の君の存在、相変らず打ち解けない、あるいは二条の院に新たに迎えた人があるということでますます不機嫌を見せる葵の上と、この三者をめぐって書き進められて行くが、ほとんどその範囲を出ることがない。その点では若紫の巻と同様であり、事件性に乏しいだけに若紫の巻以上に鬱屈した気分が続いていると言えるだろう。若紫の巻の重苦しさを一転しようとして末摘花の巻が構想されたとするならば、同じことが紅葉賀の巻ではひとつの巻の中で行われたと見ることができるかも知れない。

紅葉賀の巻の源典侍をめぐる話の部分にははっきりと前後の文章との区画が見えている。それだけを取り出すことが容易なら、取り出した後の前後を繋げて読むことに違和感も感じられない。光源氏との生活に慣れてきた紫の君が光源氏の留守を淋しがるので、これまで光源氏の通っていた女性たちのもとへの訪れが間遠になる。約束された訪れさえ急に不都合ができたからと取り消されることがある。二条の院に人を据えているようだという噂はいつしか誰もが聞き知るところとなって、帝までがそのことで心を痛めていられる。そういう記述があった後に「帝の御年ねびさせたまひぬれど……」と、この宮廷に容姿のすぐれた女官が多く、光源氏がそういう女官に関心を持っても不思議はないのに、これまでそういうことがなかった。それが、ある朝帝の理髪の間に居合せた源典侍と色めいたやりとりをしていて、その現場を帝に見られてしまうという記述になってゆくのだ。いかにも無理のない運びであり、もの慣れた叙述だ。

これから光源氏と源典侍との間に噂を知った頭の中将が割り込んで、さんざん笑いの場面が演ぜられるが、その最後に、

……この御仲どもの挑みこそ、あやしかりしか。されどうるさくてなむ。

このお二人の間柄の競争心は不思議な気がするほどでした。でも、こまごまとお話しするのも煩わしいので止めておきます。

と、ひとつの巻の結末のような結びのことばが付けられている。が、さらに付け足すように、その年七月に藤壺の宮が后の位にお就きになり、光源氏が宰相に昇進したなどの実務的な記述があり、若宮が成長するにつれて美しく、光源氏と月日のようだと世間でも思われていたという本当の巻末の一段がある。源典侍を対象とする一挿話は、取り去っても物語としての構成には少しの傷もつかない。

末摘花の巻が若紫の巻の重苦しさの後に、気分転換として添えられたものと見るならば、光源氏が源典侍と交渉を持つ一節は、作者が紅葉賀の巻の鬱屈を払おうとする目的をもって割り込ませたと考えることもできるだろう。

桐壺から紅葉賀に至る七巻は現存する源氏物語の冒頭部として、物語世界の概略を紹介すべき重要な任務を負っているにも拘らず、

▽一貫した時間が流れていない。
▽作者の主人公光源氏に対するスタンスが一定しない。
▽巻と巻との関連が明らかでないものがある。
▽話に欠落があるのではないかと疑われる。

などという不思議な何箇条かがあって、読者を疑惑の雲に包んでしまう。源氏物語が一方に大きな人気を持っていながら、他方読みにくい、分からないと言われ、敬遠されている最大の理由はここにあるだろう。

第四章　本格的な物語の構築

軌道に乗った進展

若紫の巻と末摘花の巻との対偶には、前章で見てきたような特別な経緯がある。後者の作者については、この段階では不明と言うほかないが、これに続いて紅葉賀と花宴、葵と賢木の対偶というふうに、しばらく二巻一組の巻の配置が続いている。若紫以前の巻では空蟬・夕顔が対偶を意識していると見られることがあったが、夕顔はおそらく空蟬を承けて後から書き加えた対偶だろう。若紫に対する末摘花にも似たような事情があるのでないかと考えられる。そういうふうに、物語としての進行はいくつかの岐路を分岐させながら巻を重ねてきた。しかしながら、紅葉賀と花宴、葵と賢木、それから花散里の巻は別として須磨の巻と明石の巻の対偶、この三組六巻の対偶には物語として一貫した事態の展望が開けて来る。この進展は、おそらく作者の全体を把握しての構想に基づくものと考えられる。

紅葉賀が秋の紅葉の賀を機として構想されているのに対応して、花宴は春の桜花の宴を機として光源氏が知り合ったひとりの女性との恋を主題に描かれてゆく。この人との関係が光源氏の須磨流離の素因となる。そして、一方では六条の御息所とのこじれた関係が破局を迎えようとしている。

六条の御息所がひとつの巻の主要人物として登場してくるのは葵の巻が最初だが、光源氏とこの人との関係はこれまで読者に説明されているものではない。光源氏が書に関心を持って女流の手本を集めていた時分、この人の書いたものに心を打たれ、それが契機になって深い関係を生じたという。しかし、それはずっと後年になって、光源氏が往年を回顧しての話の中に出て来ることで（梅枝の巻）、今の時点では何も語られていない。葵の巻の冒頭は、桐壺の帝が譲位されたことから語り出されている。新しく即位したのは光源氏の兄の朱雀院の帝、右大臣の娘弘徽殿の所生だから、これからは政務万端、右大臣の意向に左右されるようになる。光源氏にとっては陽の当らない時代が訪れたわけだ。葵の巻の書き出しにも、「世の中変りて後よろづもの憂く思され……」とあるように、とかくおもしろくないことが続く時世になったのだ。

そういう時勢を背景として光源氏の憂鬱な気持を述べたのに続いて、六条の御息所が登場する。作者はほんにそう言えば思い出しましたという口ぶりで、御息所のことを語り出す。

まことや、かの六条御息所の御腹の前坊の姫君斎宮にゐたまひにしかば……

と、皆さん御存じのあの六条の御息所がお生みになった姫君が今度伊勢の斎宮におなりになったのですよ、と巧みに話題を振り向けてゆく。実は伊勢や賀茂の社には特別な敬意から帝位にある天皇の実の娘、皇女が奉られて奉仕の任に就くのが正規の形だった。だから天皇の直系の皇女が神に仕える巫女として生涯を捧げるはずなのだが、人間的な感情がそれを免れさせたいと思うところから便法を講ずるようになる。皇女でなくとも天皇家の血筋であるならばというように制約を緩めて、籤などもその時々に適当な人に当ったりする。それでも信仰に基づく決定なのだから背くことはできない。

斎宮の場合には宮廷内での物忌みから始まり、嵯峨など都の郊外といった辺りで野の宮という仮の殿舎を設け、長期の物忌みを行なった後伊勢へ発向する。出発に先立って、宮廷に参上して天皇に最後のお別れを申し上げる。神への約束で皇女としてお仕えする人だから、実の姫君でない場合には天皇の養女としてその資格を与えられている。多くは年若い女性が遠く都を離れて人気《ひとけ》離れた生活を続け、いつ都に帰れるか、天皇の御世が代るか、何かの変事でもなければそういうことも望まれない、厳しい任務なのだ。

「まことや」ということばを冒頭に置いて語り出すのは作者が読者と共通の知識を持つ主題について新たな情況を話題にしようとする時に用いる常套的な語法であり、慣用句なのだ。ここでも御息所所生の姫君が新帝の時代の斎宮の選に当った、それで光源氏との煮え切らない関係に決着を付けるため、いっそ斎宮の介助を口実に都を離れ伊勢に下ってしまおうか、そんな思案に迷っているのですよ、と新しい情勢が生じたことを読者に告げようとしている。

しかし、これまでにいったいこの両者にはどんな恋があり、悩みがあり、縺《もつ》れがあったのか、私たち読者は知らされていない。これは藤壺の場合より、より以上にはっきりと失われた物語の存在を感じさせる。源氏物語は一体、どういう事情があって、前提となる物語の存在を感じさせながらそれについての手がかりをほとんど残さないという不思議な情況を見せているのだろう。そういう疑問に捕われずにはいられない。これは光源氏と藤壺の最初の密事同様に大きな疑問だ。

しかも両者に共通して、当の女性が物語の上の主要な人物として登場し、読者に強い印象を与えて間もなく、その存在は舞台の後景へと押しやられてゆく。六条の御息所はこの葵の巻から賢木の巻への展開の間に伊勢へと去って行くし、藤壺は同じ賢木の巻で桐壺の帝崩御の後落飾して俗界の人ではなくなってしまう。その後も物語の登場人物として作中に存在することは存在するが、主要人物ではなく、少なくとも光源氏との交渉の深さを失ってしまう。その後、物語の上でこの人が印象深く扱われるのは、その死を描く薄雲の巻においてだろう。それも光源氏の心情を通してのことだ。

女性たちの二つのグループ

源氏物語の舞台の前景から退いて行く女性の中には葵の上も入れておいていいだろう。物語の冒頭、桐壺の巻から登場して、光源氏の第一の妻として確固たる存在でありながら、夫婦仲がむつまじくないばかりにこの人物は読者にあまり好感を持たれることがなかった。六条の御息所との車の所争いにおいても、その傲慢さ、思い遣りのなさが御息所を深く傷つけ、光源氏を嘆かせたことだ。しかし、御息所の生霊が産褥にある葵の上を苦しめるようになると、一転して弱者・被害者の立場に置かれ、病床に見舞う光源氏にも弱々しい気持を見せ、二人の間には初めて夫婦らしい感情の交流が見られる。しかし、それは最初にして最後のことであって、出産直後人々が気を許した隙に絶え入って、若い生涯を終えてしまう。作者としては巧みな筋の運びだが、これも藤壺や御息所と一括して「去り行く女たち」の仲間としていいのではないだろうか。ただ、この人に関しては失われた物語があったと考えるべき点は特に見当らない。

この一群の女性たちに対して、対照的に新しく登場してきて、舞台の前面に大きく座を占める女性たちのグループがある。その代表が紫の君であることは言うまでもない。その記述が光源氏との出会いから始まっているのも、古来の女性の伝記の約束と言ってもいいだろう。記紀その他の古代の記録を見ても、女性の伝記は対象となる男性との出会いから記述されることが多い。女性が幼くて家にある間は私人であり、男性との交渉によって公的な存在となるという考えが行きわたっていたことが推測される。紫の君はやや早く、成女戒以前から物語に登場したけれども、光源氏との出会いがそれをさせたので、例外というほどのことではない。

花宴の巻では、宮廷の南殿における花の宴が果てた後、酔い心地にそぞろ歩きしていた光源氏がふと弘徽殿の三の戸口が開いているのに気付く。弘徽殿の女御その人は帝に召されて参上しているので人少なな様子だ。この御殿がいわば敵方の宮廷内の拠点であることを知ってはいる。けれども、祭りの後の、酒も入っている心地には、それも切迫しては感じられない。「かやうにて世の中の過ちはするぞかし（こんなふうなことで世間における間違いを人は起してしまうのだなあ）」と思いながら、光源氏は奥のほうへ入って行く。するとこれも今夜の興奮のなごりが冷めないのだろう、並の女房とは見受けられない品位のある女性が「朧月夜に似るものぞなき」と古歌を口ずさみながらこちらへやってくる。嬉しくなって袖を捉えて……というような成り行きで、誰とも分からぬままに交渉を持つ。この段の叙述は実に滑らかな、みごとな筆の運びを見せているが、これが何日かの後、右大臣家の藤花の宴で再会する朧月夜の君なのだ。

敵対する家の娘と知りながら、互いに惹かれ合うままに光源氏は忍んで右大臣家に通って行くようになる。それが雷雨の夜に見顕されて、このままではどのような罪に当てられようやも知れない情勢になる。それは賢木の巻の末まで進んでの局面だが、こういう概略を述べただけでも朧月夜の君という人物がいかに物語の骨格に深く絡んでいるかが分かるだろう。物語の進行に伴って新たに登場する女性たちの中でも最も重要な任務を負っているひとりなのだ。

そうして事態はいよいよ光源氏に不利となり、ついに須磨への退去ということになる。貴種流離譚という古代以来の物語の話型がここに大きく働きかけていることは周知の通りなので、本書ではその説明は省いて事態の進展を追うことにしたい。須磨の住まいも暴風雨や落雷・火災と相次いで耐えがたくなったところへ夢に桐壺の院が現れてこの浦を去れと諭され、折しも霊夢の告げによって明石の入道が迎えの舟をもって現れたのに従って須磨を去る。こうして舞台は明石における寂しいながらも風雅な生活へと移って行く。その明石での生活の核となるのが、明石の君の存在だ。

現代では、この人を呼ぶのに「明石の上」という呼称をもってすることが多い。それは千年をも越えようという源氏物語の長い読者の歴史が生み出した習慣を踏襲するものなのだが、必ずしも正当な呼び方だとは言えないだろう。序の章（七頁）にも述べたように、貴族の家庭で「上」と呼ばれる女性は邸の主婦というべき人に限られ、そう誰にでも使うことばではなかった。明石の君は鄙（地方）に生まれ育って、それだけでも当時の都の人のこだわりを感じる生い立ちであり、また、光源氏などとは関わりを生じることさえあろうと思われない境涯であった。それが光源氏の須磨流離に際会し、思いがけない機縁がこの人を都に呼び寄せ、光源氏の妻の一人となり、それだけでも奇とするに足りるが、さらにその生んだ娘が宮廷に入り、東宮の女御となり、中宮となる。この異常なまでの一族の繁栄を招き、その原点となったというので、物語を読む人たちの間でいつしか「上」という敬称をもって呼ぶようになったものだ。しかし、源氏物語自体の中ではこの人を「上」と称した例はひとつも見当らない。本書では「明石の君」、そして後半では「明石の方」と呼ぶことを原則としておく。

明石の君は先にも述べたように、若紫の巻にその噂が語られるが、それを後人の筆と考えれば、須磨の巻にその存在が語られ、明石の巻に初めて登場する。これから宇治十帖に至るまで物語の上に存在し、主要人物のひとりとして読者に親しまれる。

花散里への疑問

明石の君などに比べれば影の薄い嫌いはあるけれども、花散里という人もやはり見過すことのできない存在だろう。光源氏が関わりを持った女性たちの最も大きな共通項は、父桐壺の帝の宮廷の関係者ということだろうが、その典型的なひとりがこの花散里という人だ。桐壺の帝の後宮に麗景殿と呼ばれた女御があり、この人はその妹だ。宮廷生活の中で何かの機会に光源氏が知り合って親しくなったと、おおよそだけの説明がある。花散里の巻になって初めて出てくる話だ。麗景殿の女御その人も皇子女などなく、帝の崩後は淋しく暮しており、それを気の毒に思った光源氏が花散里との関係もあるので心を寄せて、時々訪れている。花散里自身もこれという人の心を引くほどの特色を持った人でないので、光源氏もその程度の心寄せなのだと、暗示的に述べられている。「例の御心なれば、さすがに忘れもはてたまはず」とものやわらかな言い回しながら、分かるところは分かるように書いている。

このような紹介はすべて花散里の巻になってからのことで、これが花散里についての初めての記述だ。花散里が新しく登場してきた女性グループのひとりであることは疑いがない。

花散里の巻は四百字詰めの原稿用紙に写せば五枚ほどに収まってしまう、ごく短い巻で、源氏物語の中でも短いほうの首座を篝火の巻と争う巻なのだ。右のような人物の紹介と、おもしろくない世間の成行きに屈託している光源氏がふと思い出して麗景殿の女御を見舞い、花散里をも訪ねてみようと五月雨時分の或夜出かけてきたというだけの内容なのだ。人物紹介とその道筋の描写に半分、麗景殿との応接に残り半分のうちの三分の二を取って、あと三分の一足らずが花散里本人との場面になる。それは二百字余りの量なのだから、二人のやりとりの会話があるでもなく、花散里がまれな訪れにも不満を言うこともない穏やかな人柄だということだけで巻を終っている。

しかし、だからと言って、この巻はなにかの断片が紛れ込んできたというのではない。花散里のこのような性格がまた貴重なもので、光源氏のそういう扱いに満足できない女性は離れていってしまった。先程ここへ来る道すがらその前を通ったので思い出して、惟光に命じて反応を試させてごらんになった女の家があった。それなどは冷たい反応だったが、それは光源氏に背いて離れていった女だったのだ、と光源氏のいろごのみ――対女性の応接法――に関しては見逃すことのできない一点を含んでいる。そのような女もあるが、だがこの人はそんなところを見せず、光源氏の扱いに従っている。それで光源氏が心に留めている人なのだ、とそれをこの小文の結びにしている。そういうところを見ると、この一篇も源氏物語の中で果すべき役割を持っていることが納得される。

花散里は、ここに登場したのに続いて、須磨の巻ではいよいよ光源氏の都離れが現実のこととなって、心を痛める人が多い中にその名を挙げてあるし、出立が間近となってひそかに別れを告げる数の中にも入っている。光源氏の告別のことばもあるし、和歌の応酬もある。花散里の巻にこの程度の叙述があったならという気もするが、光源氏が須磨に移ってからも文通する人の中に数えられているし、時世変って光源氏帰京の後は新たに造られた二条の院の東の院の統括を任せられている。また夕霧の母代りとしてその養育に当ったりもしている。光源氏の信任厚い人として物語の中に座を占めるようになる。六条の院への移転の後は夏の町の主として、玉鬘の後見を託されるなど、春の町の主である紫の上に次ぐような位置を与えられて、物語中の人物として揺るぎのない地位を占めることになる。

しかし、物語の進行に従ってそれだけの肉付けを与えられたにしても、その登場があまり映えなかったという印象は拭えないのではないだろうか。この人の登場に相応する量的な重みを感じさせることが、物語の構築として必要だったという批評は甘受しなくてはならないだろう。

物語が構想される場

若紫に始まって、末摘花を除いて紅葉賀・花宴・葵・賢木と、われわれは紫式部自身の執筆と見てまず間違いなかろうという巻々に接してきた。須磨・明石も同様に見てこれも間違いないだろう。それらの巻々でわれわれは質量ともに申し分のない、構想力にも描写力にも人並すぐれた能力を見せる作者に接してきた。しかし、花散里の巻においてはかなり大きな違和感を覚えざるを得なかった。

序の章に紹介したように、紫式部日記には中宮彰子を囲む女房たちの一団が相当の熱意をもって物語の作成に当っていることが書かれている。日記の表面に出てくるのは筆写や製本、送達などの業務についてだったが、それに当っている間に彰子以下が物語の内容や表現について口にすることはなかっただろうか。

この人々はいわば物語の最初の読者であり、それもとりわけ熱心な読者だったと考えていい。源氏物語の評判が世上に流布したのもこの人々を起点として拡散することがあっただろう。少し憶測をたくましくするならば、物語の構想の段階からこの人々の意見は作品に反映していただろうし、それに纏わる論議が熱気をはらんだこともあったかも知れない。古い源氏物語に登場した人物に代って光源氏の愛の対象となる新しい女性たちについて、意見が交されたことまで考えることもできるだろう。裏付けのない想像は慎まなければならないが、そう考えることによって今日われわれの手に残されている源氏物語がより合理的に、よりあり得る姿として浮び上るならば、それも無益な憶測とは言えないだろうと思う。

紫式部にとって同時代の好敵手と言うべき清少納言は、『枕草子』の成立について、ある程度実感的にその成立を推察させる記述を残している。伊周から贈られた紙に何を書いたらよかろうかという定子の問いに応じて、「『枕』にするのがようございましょう」と清少納言が答える。その枕言《まくらごと》（その道その道に関する重要な知識。この場合特に和歌に関するそれ）を書き留める、いわば知識宝典にという意見に同感して、定子はこれを清少納言に賜わった。こうして『枕草子』の執筆が始まるが、和歌の道を主として歌枕その他の枕言が集め書かれる。加えて和歌や詩に関する宮廷生活中の周辺のエピソードが書き留められる。あの話は是非入れて下さいよね、と清少納言に言いかけた同輩のいたことまで知られるが、定子周辺の女房集団の間に『枕草子』編纂への関心が行きわたっていて、それに参与しようとする気持ちが敏感に働いていることが感取せられる。

後宮の女房集団というものはこういう性格のものだったのだ。彰子周辺においても、紫式部と源氏物語成立への関心が女房団全員に行きわたっていたことは想像に難くないだろう。忘れてならないのは、彰子の周囲には和歌の道に名のある女房たちが集められていたことだ。おそらく父道長の配慮によることだろう。紫式部自身がまずその一例に数えられるが、紫式部日記には同輩として赤染衛門・和泉式部・伊勢の大輔などの名が挙げられている。いずれも後世に名を残した歌人たちだ。和歌が宮廷社会に生活する者の必須の教養であり、娘を後宮に納れようとする貴族がその周辺に和歌に才名のある女房たちを集めたことは改めて指摘するまでもない。道長がそのために自己の勢力を存分に用いたことも想像に難くない。

花散里の巻の文章が和歌を散文に移したような趣であることを説明するには多言を要しないだろう。「五月雨《さみだれ》の空めづらしく晴れたる雲間」に出かけて来た光源氏が、昔ちょっとだけ交渉のあった女性の家の門《かど》を通りがかりに見て当時を思い出す。折しも時鳥が鳴いて渡る。その「あはれ」を見過ごしがたくて、歌をよみかける。けれども、「あなおぼつかな」などという返事しか返って来ないので見捨てて行く。久しぶりに訪ねた麗景殿のもとでは橘の花が薫り、話をしていると先程の時鳥が後を慕って来たのだろうか、同じ声で鳴く。これはまさに和歌の情趣であり、その世界に違いない。花散里の巻はそういう感覚をもって描かれている。

紫式部だってこういう情趣を描けない人ではないだろう。事実、花宴の朧月夜の君との出会いなどは和歌的な情趣たっぷりの場面を背景にして優婉な恋の成り行きを描いている。しかし、あちらでは、対立する勢力の間に立つ男女二人の心情が問題であり、その恋がいかに発展して行くか、物語的な関心が主題となっていた。花散里の巻のほうは和歌的情緒そのものを描くことが主眼になり、物語性は従の立場に置かれている。

ひとつの想定

細かい事情は一切分からない。しかし、必要に差し迫られて、源氏物語に花散里とでも名付けられることになる女性を主人公にした、その女性の登場を語る巻が必要になった。時間に差し迫られて、紫式部自身にはその余裕がない。大体の構想はできていて、その女性が特に美しいとか、才能すぐれているというのではない、どちらかと言えば平凡な、けれども性格が穏やかで、光源氏の心に背くことがない、そういう人を登場させたい。誰かその一巻を書いてくれないかしら。そこで、誰さんどう、誰さんは、というようなやりとりがあって、彰子の一声で決められた。さあ、ひと晩で書かなくてはならない。将来夏の御殿の主となる人だから、初めて登場するのも夏がいい、では「五月待《さつき》つ」という花橘によそえて、時鳥を取り合せて、その人のもとに光源氏が訪れてくる。そんなふうに枠組みが決められて、では早速局に下がって……。

この作者がただの人でないと思われるのは、この人が書いた小さな一篇にせよ、この一文のポイントとなる構想を編み出していることだ。花散里という歌語《うたことば》への理解とそれが「橘の花散る里の時鳥片恋しつつ鳴く日しぞ多き」という古歌（万葉集、大伴旅人）に基づくという知識を持っていて、それをどのように使えば伝統的な和歌のイメージを継承しつつ、その上に新鮮な情景を描き出すことができるか、知恵を絞って一篇の物語を構成した、その能力は評価に価しよう。ことに、道の途上にその声を聞いた、語らいかけるような印象を受けた時鳥が、訪れた先でも後を慕って来たかのように同じ声で鳴いている。時鳥のこういう情緒を描き出したのは、おそらく歌語の時鳥に新生面を拓いたものだろう。『国歌大観』によって勅撰集その他の時鳥の歌の持つイメージを通覧してみても、これ以前に後追いする時鳥のイメージを詠んだと見られる和歌は見出すことができない。実力ある歌人ならではの創案と見られるのだ。

時鳥は万葉集の時代からすでに季節の景物として日本人には親しまれている。その根底にあるのは時鳥と農事との関わりで、時鳥が鳴けば田植えの季節だ、時鳥が田植えの時節を報せている、とその声を聞くことがいつしか習慣となって、その初音に対する敏感さを養い、段々とその声を親しいものと聞く気持を育ててきた。そんな基盤の上に時鳥の文学が歌語としての領域を形成し、人間的感覚に引き寄せてしまった。右に挙げた旅人の歌は旅人の妻が亡くなった時の挽歌で、「橘の花散る里の時鳥」が鳴くように私も亡き人に「片恋しつつ泣く日が多い」という修辞なのだが、この種の修辞が時鳥を擬人化して感受されるところから時鳥に人間的感情を持たせるようになる。つまり和歌の約束として時鳥に恋の感情を与えることになり、時鳥を擬人化する結果となる。花散里の巻の作者も、そういう流れの中で光源氏の後を追ってきたかのように鳴く時鳥の存在を描いたわけだ。

これを紫式部以外の人の筆だと断ずる最大の根拠は、若紫の巻以来親しんできた紫式部の作風と距離を感じさせるところにある。紫式部は物語を書いている。もちろん物語の中で和歌的な抒情を必要とすることがあれば、それに応じている。北山の桜の美しさも、嵯峨野の秋のあわれも、遺憾なく読者の感受に伝えている。しかし、式部の筆は和歌的情趣に浸ることが目的ではない。その情趣を背景に人間がみずからの人生を演じている。登場人物の人生が感じられるから、われわれは感銘を受けるのだ。

そこから推論するならば、花散里の巻の最後に光源氏と向い合った花散里の心の動きがなぜ書かれないのか。光源氏がなぜ現在の自己の心境を語ろうとしないのか。物語の読者として、われわれはそういう欲求を持たずにいられない。和歌的な抒情もわれわれに訴えるものはある。しかし、物語に対している読者は主人公の、そしてその相手の心情を知りたいし、たがいの人間性が語られることばを聞きたい。

紫式部が物語作者として優れているのは物語の展開を見せてくれるところにある。若紫・紅葉賀以後われわれは十分にその手腕を楽しんできた。花散里の巻の作者は、凡手ではないだろうが、物語に展開が見られない。その違いが読者として違和感や物足りなさを感じさせるのだ。

物語誕生の一例

紫式部が源氏物語にかかずらっていた時分からほぼ五十年近くを隔てた天喜の時代に「逢坂越えぬ権中納言」という一篇の物語が誕生している。収容されている『堤中納言物語』については時代も編者も何も判明していないが、その短編集の内の一篇だけは小式部という作者が天喜三年(一〇五五年)、五月六条斎院禖子《ばいし》内親王主催の斎院物語合せにおいて披露したことが知られている。この当時小式部と呼ばれる女房は数名あって細目は分からないが、作品そのものはなかなかの出来と認められる。その女房仲間と推定される小弁という女房があって、同じ物語合わせと思われる機会に「岩垣沼」という物語を披露している。この方は作品そのものは現代に残存しないのだが、その場に作品を出すはずだったのが完成が遅くなって間に合わないというので、味方の人々が別の作品に差し替えようとした。それを列席していた関白頼通が差し止めて、小弁の作には見所があろうから、と物語の完成を待って勝負を続行させたという。

そんなことで小弁の名が挙がったが、この時代の物語制作の盛況と作品の水準の高さが推測される。それに伴って関心をそそるのはこの時同座してリーダーと言うべき位置にあった関白頼通の存在だ。本書「I 源氏物語とその作者たち」では最終章（一五二頁）に頼通を紹介しているが、源氏物語が誕生しつつある時に頼通は二十歳前後でそれに参加していたのではないかという推論がもたらされることだ。天喜の頃にはすでに六十歳を越える老齢で斎院の後見を勤めているが、和歌や物語への造詣が深く、時代の文化・文学のリーダーという存在であった。

源氏物語の時代も、花散里の巻の作者に擬すことのできる女房は、一人や二人ではなかったはずだ。和歌に名のある女性は時代としては数十人を数えただろう。彰子周辺の女房に限っても少なくとも数人はいただろう。その中の誰かが選ばれて参画し、この巻を書いたと考えることはさほど的はずれな推測とは思われない。

五節の君という人

花散里の巻にはもうひとり新しい女性が登場している。と言っても詳しく紹介などする余地のない巻のことだから、名前が出たに過ぎないという程度なのだが、ともかく光源氏をめぐる女性のひとりであるには違いない。

これから以後、源氏物語の三箇所ばかりに登場して「五節《ごせち》の君」と呼ばれている。ここでは光源氏が麗景殿の女御の邸へと志す途中でのこと、昔関わりのあった女性の家の前を過ぎて、ひと言反応を試した時のことだ。女は光源氏に声をかけられて、心が揺らいではいる。しかし、もう戻って行くことはできない境遇にあるのだろう。それで「あな、おぼつかな」などと返事をした。さあ、どなたでいらっしゃいましたかしら、というしらばくれた挨拶だ。光源氏はそれならいいのだと言わんばかりに立ち去ってきたが、残された女は「ねたうもあはれにも」（ねたましいようにも、しみじみ悲しいようにも）感じたという叙述がなされている。女は今ごろになってと、光源氏のしうちをねたましく思う一方、わが身の様を悲しくも思っている。光源氏に関わり合った女は、恋の成就しなかった女もみんな心を残している。結果がどうあろうと、女たちはみんな惹かれ続けている。

その箇所に、ほんのひと言なのだけれど、

かやうの際《きは》に、筑紫の五節がらうたげなりしはや、とまづ思《おぼ》し出づ。

という記述があって、その名前が挙げられている。「筑紫の」は今は筑紫にいると解していいと思う。筑紫に行ってしまったが、あの五節ならおれのことを忘れずに待っていてくれただろうに。今日から見れば、いい気なものだと映るだろうが、光源氏をそういう存在として描いたのが源氏物語だったのだ。

花散里の巻執筆の折には筑紫の五節のことを書いておきましょう、そういう予定があって、ひと言だけだけれども書いておいた。そんな内情があったのではないだろうか。それでなければ、花散里の巻に五節の名が出てくる理由が分からないし、また須磨の巻にはまさに予期した通りの五節が登場する。

須磨での生活が月を重ねて、都恋しさもひとしおとなった頃、筑紫から都へ上る大宰の大弐の一行が須磨を通りかかる。その妻は舟で浦伝いに見物などしながら上るのだが、舟の中に、かつて光源氏の愛の対象だった五節の君がいる。父親の大弐は人目を憚って光源氏のもとに顔も出さずに通り過ぎることを詫びる手紙を書いて、息子の筑前の守を代理として送ってくる。舟の中にいる人々も事情はよく知っている。兄が戻ってきての話を聞いて五節の君は耐えがたく、無理を押して工夫して歌を送ってくる。光源氏は期待どおりの成行きににっこりして返歌を作る。

須磨の巻ではこれだけの叙述があって、次の明石の巻では巻末に近く、光源氏が都に召還されてからのあれこれと多用な様子を書いた後のことになる。作者の「まことや（ほんにそう言えば忘れていました）」という断りがあって、明石の君に消息が遣わされたこと、花散里の君には消息が来ただけで恨めしげだということと共に、五節に対してもなんの訪れもないので、「人知れぬもの思ひさめぬる心地」がして、まくなぎを作って置いてこさせたという記事がある。「まくなぎ」は諸注不明とされていることばだけれども、投げ文のようなことをしたのだろう。誰からとも言わず、歌一首を書いた文を置いて来させたのだ。光源氏はそれと分かって返歌があった、とそれだけの叙述だ。

最後に、光源氏もこの頃では「さやうの御ふるまひ」は慎んでいらっしゃるとあって、以後五節のことはほとんど物語から消えてしまう。花散里の巻にあった、こんな折にはあの五節がかわいかったという感想はどうしたのだと言いたくなる。それともうひとつ、まるで親の代理みたいに息子の夕霧が五節の舞姫を勤めた女性と恋をして、これは末遂げて多くの子を産ませている。この話柄と何か関連があるだろうか、と気にかかる。そちらは少女の巻のひとつの核となっている話だ（第八章・一三一頁に詳述）。

第五章　「上」と称せられる紫の君

帰ってきた光源氏

物語の開始早々、冒頭部分で数々の疑問に逢着して途方に暮れる思いをした読者も、物語の進行につれて話が光源氏の運命の展開に絞られ、紫の君の登場、藤壺との恋、御息所との縺れ、そして朧月夜の君との関係の破綻から須磨への退居、明石への移転と話が進展するに伴って物語がいつしかひとつの主題に集中して、安定を得た思いを持つことになっただろう。

昔から、源氏物語を読み通すことはさほど容易なことではなかったと見えて、須磨・明石の巻まで読み進み、話が光源氏の帰京にまで至るとひと安心して、しばらく物語を手から放す人が多かったのだろう。思い出してまた冒頭から読み返し、というようなことが類例が多かったと見えて、そういう人を光源氏の帰京になずらえて「須磨返り」と呼んでいる。源氏読みの間に生じた通称だ。

そういう用語や事例が生まれるほどに、光源氏の帰京は物語の上の大きな休止点と読者に受け取られたのだ。事実、明石の巻の終りに帰京した光源氏は次の澪標《みおつくし》の巻では心にかかっていた女性たちを訪ねたり、危難を逃れもとの生活に復することができた感謝のために住吉の社に参詣に出かけたりする。物語の流れがたゆたっているのだ。しかし、作者には用意があって、そういう記述の中から新しいポイントが見えてくる。たまたま住吉では春秋の恒例の社参として詣でに来た明石の君の一家が行き合せるが、光源氏一行の勢威に気圧されて、到底自分たちの立ち交ることのできる世界ではないと悲観してその場から立ち退いて行くというひとつの事件が起こる。光源氏は後から聞いて気の毒がるが、明石の君にとっては前途が暗くなるほどの大きな衝撃だった。

明石の君のこれからの苦悩はこの一点にかかってくる。こどもの少ない――夕霧という男の子一人を持つだけだった光源氏にとって女児を得たことはどれほどの喜びだったか、現代のわれわれの想像を越えるものがあっただろう。上流貴族社会において、娘を宮廷に上げ、その后妃となった腹に皇子の誕生を待つ。端的に言えば、それが一門栄達のための最も近い道だった時代であり、社会だった。その期待が女児の誕生と成育には懸っている。明石の君の腹に女子を得た光源氏にしても、考えることはまずその一点にある。早くその子を自分の手許に引き取って、何ひとつ欠けることのない育て方をしなければ……。そういう思いからいよいよ女児が生れたとなるとすぐに乳母を明石に送ったり、早く早くと上京を促したりする。

しかし、明石の君の側からは、そうたやすく光源氏の言いなりにはなりにくい事情がある。明石の君自身もそうだけれども、父入道を代表として、この一族には高いプライドがある。明石の巻の光源氏とこの人との結婚の成り行きひとつを取り上げてみても、そのことが如実に感じられる。入道が光源氏の淋しい閨の慰めにわが娘をという意思表示をするのに対して、光源氏はそれでは参らせるがいいという態度で応じている。これは王朝の婚姻習俗で言えば「召す」という形の結婚に当るわけだ。男の身分に対して女方が格が低い場合、男は女を自分のもとへ召し寄せる。女は身分が低いのだから、御意に従って参上する。そういう形で結婚が行われる。光源氏は事情あって「都」から「鄙」へ流れてきた。それだけでも土地の人間との間に格差がある。しかも、ここは畿内の西の端である須磨から関ひとつを越えた播磨の国の明石なのだ。「畿内」と「畿外」ではまた一段の格差がある。だから、こんな地方の娘を当座の妻とするのに仰々しい格式が必要だとは思ってもいない。参らせるがいい、そんなつもりだっただろう。

あるいは入道のほうでも、それはしかたのないことだと諦めていたかも知れない。しかし、娘自身は承知しない。源氏物語はそんないきさつをくだくだしく説明したりはしない。なかなか埒が明かないから、催促もしたろう。入道も弁解したり、娘を説得しようとしたり、いろいろあったことだろう。書かれてはいないけれども、結局は光源氏が譲歩して、浜の館から娘のいる岡の館へ通って行くことになる。つまり「通ふ」という形の結婚方式を採ることになったのだ。なぜ光源氏がそれほど譲歩したのか。苦難に心が弱っていたというようなことではない。明石に移ってきて、明石の君の近くで生活するにつけて、光源氏にもこの娘がどれほど良い娘か、いろいろ知り得る機会があったのだ。この時代だから、当の本人と結婚以前に気安く会ったりすることはない。けれども、この娘についての情報は光源氏の側にも流れてくる。惟光のように耳聡《と》い従者も付いている。だから、光源氏としてはやはりこの娘を逃《のが》したくはなかったのだ。

各人各様の思わく

一方、明石の方の側に立つならば、生れ出た女の子は光源氏の血筋なのだから、いずれはその娘として、それにふさわしい境遇に移さなければならない。けれども母の出自は隠して隠し通せるものではない。あの人の生まれはという世評はその子に生涯付いて回るのだ。光源氏は明石の君を生まれた娘ともども引き取ればいいと考えて、新しく造った二条の院の東の院を割り当てて、花散里をここの中心として西の対に、客分ともなる明石の君母子を東の対に、そして多少の関わりを持つ手放しがたい人たちを広く造った北の対に分け住ませてと考えて、明石にも移って来るようにと勧めてやる。

しかし、明石の側はおいそれと応じてはこない。住吉での経験でも、光源氏との身分の差はいやというほど思い知らされている。相応の身分の人でさえ、捨てられはしないまでも冷たい扱いを受けて悩みの種になるばかりだと聞いている。まして自分のような者がどれほどの愛を受けたとうぬぼれて差し出がましくそんな中に出て行かれようか、姫君の面汚しになるだけだ。そう考えるからはかばかしい返事が出来るわけがない。光源氏がいらいらしてきた頃になって、入道が思いがけないことを言ってくる。

入道の妻、この人も仏門に入ったので明石の尼君と呼ばれているが、血統からは宮家の出だった。その祖父に当る中務の宮からの伝領で今の嵐山あたり、大堰《おおい》川のほとりに所領を持っていた。久しく忘れたようになっていたが、そこにある家に手を入れて、姫君と明石の方、後見役としての尼君と三人が移り住むことにする。そして、長年の夢がかなった入道は不要の存在、と言うよりは姫君の将来に邪魔になるばかりだからいよいよ世を捨てて山の奥に身を隠してしまおう。そういう決心を決めて、光源氏に心積りを告げてくる。光源氏としても随分驚いたことだろうが、ちょうど嵯峨の奥に御堂を造りかけている折からだ。惟光を遣って様子を見させると、なるほどそれらしく住まいが整えられている。嵯峨の御堂へ参籠のついで、あるいは参籠を口実としての訪問にも便宜がある。おそらくそれも明石の側の配慮の内だったのだろう。

この結果として、光源氏は時折明石の方のもとに「通ふ」ことになる。ここでも明石側のプライドが功を奏して、光源氏の流寓によってかりそめの妻となった明石の君も、今度は片隅ながら都に住まいを得て、その家に光源氏の訪れを待つ「明石の御方」となったのだ。この仔細を書いたのが「松風」の巻で、間に数巻を隔てているが「澪標」と対偶する巻だ。その巻名はいずれもままならぬ恋の煩悶あるいは待つ身の心の空虚を表す和歌の用語で、河海と山野の対照が舞台背景の相違を示しているだろう。澪標（＝水脈《みお》つ串）は航路の標識となる杭のことだが、身を尽して恋い焦れる苦衷を意味し、松風は風の音に待つ人の訪れを想う心細さを言うことで恋の境遇を想起させる。松風の巻は、右の経緯をこまごまと描いた最後に、明石の方の恋は光源氏の嵯峨野の御堂の念仏があるのを待ち受けて、

月に二度《ふたたび》ばかりの御契りなめり。

と言い、それでも七夕・彦星の年に一度の逢瀬よりはたち勝っているだろうという批評を加えている。

こういう明石の方の恋の成行きが光源氏の周辺に波紋を引き起さないはずがない。その一番のいわば被害者となったのが紫の君だ。紫の君はようやく二条の院をわが在り所と心に決めて、光源氏の妻としての自覚も身に備わってきた。その平和を破ったのは光源氏の朧月夜の君との破天荒な恋のあり方だった。都に残されて、心を痛めながら暮した二年半に近い日々、いつ再び共に暮らす日が来るのかも思い量られぬ辛い毎日をただ待ち続けることになる。それだけでも恨めしかったところへ、淋しく案じ続けていた当の光源氏が明石の地で新しく恋を得たなどということがどうして穏やかに受け容れられようか。

光源氏も紫の君の心を顧慮しなかったわけではない。明石の君に通い始めてすぐに、二条の君（紫の君）が風の伝《つ》てにでも漏れ聞くことがあったなら心の隔てがあったと思われようからと、とりわけ情愛こまやかな文を書いた最後に「あやしう、ものはかなき夢を」見たことです、と告白のことばを添えて送ってくる。もちろん、それがすんなりと受け入れられたわけではないが、一夫多妻の社会では女のほうにそれを責める正当性が認められているでもない。

おいらかな（おっとりした）返事に、

うらなくも思ひけるかな契りしを松より波は越えじものぞと

あなたが引き合いに出したあの「君をおきてあだし心をわが持たば末の松山浪も越えなむ」の歌のとおり、心変りはないものと信じておりました。それなのに、まあ……。

と書いてくるぐらいが精いっぱいの抗議だった。それが時代であり、社会であるのだけれども、紫の君の心がそれで収まったはずもない。この穏やかならぬ気持は長く尾を引き続けることになる。

嫉妬する妻の系譜

大堰の家に明石の方が居を据えたことも、光源氏は紫の君に隠したりはしない。また、隠しおおせることでもない。嵯峨へ出かけるからと言うついでに、あのあたりに来て待っている人もいるのでと、遠回しな言い方で明石の方のことを言うが、紫の君のほうでも情報は耳に入れている。婉曲な皮肉で応ずるのだが、大堰から消息が来たりすると、わざとそしらぬ顔をしている。夫婦の間にこれまでなかったような微妙な感情の行き違いが生じている。現代のわれわれには、そういう経験のあとで光源氏が紫の君を嫉妬深いのがあなたの唯一の欠点だと批判していること（朝顔の巻）などちょっと理解しにくいが、こういうケースでさえ、光源氏としては本質的にやましさを感じてはいないものと見られる。女性の側にそれを克服する責務があると、双方が考えており、それが作者の抱懐する理性や感性にも矛盾しないのならば、時代と社会と階級とが、われわれとどれほど違う世界が描かれているのか、よくよく考えてみなければならないだろう。

嫡妻の「うはなりねたみ」については、第一章（一六頁）に触れたところがあるが、仁徳天皇の嫡后磐之媛の場合などは、葛城氏という天皇を支えもし、みずからもそれによって権力を持っている豪族の、いわば利益代表といった立場がある。吉備の国から召されて天皇の寵愛を受けている黒日売などという女を見過すことはできない。吉備は勢力ある地方だし、女の背後にある海部直《あまべのあたえ》は有力な氏族なのだ。黒日売が恐れをなして郷国に逃げ帰ろうとする、その迎えに来た舟を高殿から望み見て天皇が未練の歌を詠んだというので、怒った皇后は人を遣って黒日売を舟から追い下ろして陸路を帰らせたという。古代の嫡妻の怒りとはそういうものなのだ。こうして天皇の愛を一身に保ち、わが子である皇子たちへの皇位継承を守ろうとしているのだ。

源氏物語の世界でこの嫉妬の系譜に連なるものを求めるならば、弘徽殿の大后などは、第一にそれに相当する人物だろう。さすがに「足もあがかに」（地団駄を踏んで＝仁徳記の表現）嫉妬したとは書いてないが、源氏物語としては十分読者に分かるように書いている。たとえば、朧月夜の君との熱烈な関係に陥った光源氏が右大臣の邸の朧月夜の君の私室にまで忍び込んでいて、雷雨の見舞いに来た右大臣に現場を見られてしまう。右大臣も短気な人だからかっとなって弘徽殿にそのままを語るが、弘徽殿は父親以上に激昂して、すぐにも光源氏を罰しようと言い出す。右大臣のほうがおろおろして、まあまあと止めにかかるという有様だ。光源氏が才色兼備をもって絶大な人望があり、父帝の信任も厚かった。長年わが子の皇位継承を脅かす存在だったが、わが子も今は皇位に就いているが、それだって光源氏の策謀でどのような事態が起こるか、分からない。弘徽殿としては気が気でない。そこへもってきて、入内が内定している妹の朧月夜の君が、人もあろうに光源氏にたぶらかされて、わが家の中で忍び逢っている。これ以上はないというくらいのひどい侮辱を受けているわけだ。

この場合は夫である帝の他者に対する恋ではないが、それだけに嫡后の置かれている立場というものがよく理解できる。夫婦間の問題でなくとも、嫡妻として何を望み、何を護ろうとしているかがよく分かる。

紫の君は幼い時分に奪われるようにして、光源氏のもとに連れて来られた。そこで成人し、そのまま妻となったのだから、「召す」という形でさえない。強いて言えば「盗む」という結婚方式に当るだろう。光源氏が紫の君との初夜に際して三日の夜の餅を用意させたのを見て乳母が泣いて喜んだ（葵の巻）のも、光源氏がこれを正式の結婚と意識している証明を得たからだった。とは言え、紫の君は式部卿の宮の正室の子でもない。光源氏の庇護によって、そしてみずからの聡明さをもってその地位を獲得したのだった。葵の巻で光源氏の嫡妻である葵の上が六条の御息所の生霊に祟られて急死するのも、紫の君の前途のために作者が案出した筋立てだったかも知れない。紫の君はみずからの聡明さをもって、またその境遇にも恵まれて前途が開け、周囲からその人格が認められて「上」と呼ばれるようになるが、そこに至るまでには人知れぬ苦労があったはずだ。

そういうことと紫の君の嫉妬とを、どのように関連づけて理解するかにはいろいろ考えが分れるだろう。しかし、光源氏の第一の妻として今やその座を固めようとしている紫の君について、嫡妻の資質とも言える嫉妬を話題にせざるを得ない気持が作者の意識を左右したくらいに考えることは許されるだろう。しかし、明石の方が姫君の将来を顧慮して、その成育と教育を紫の上の手に委ねることを決意する。わが生みの子に対する情愛ひとつを考えても、これがどれほどの犠牲と忍耐を要することか、想像に難くない。明石の方の奥ゆかしさと怜悧とを気に懸けずにいられなかった紫の上も、その決心を知り、そうして連れて来られた姫の愛らしさを見ればすっかり心が解けて、誠意と愛情とをもって養育に当るのだった。

「紫の上」あるいは「春の上」

明石の姫君が紫の上の手許に引き取られたということも貴族社会の話題として、当然その将来を予測させたことだろう。光源氏が娘を、信頼する第一の妻に託して皇太子妃となるにふさわしい女性に育て上げようとしている。そういう憶測が生れたことだろう。事実、事態はそのように進展して、結果は明石の方にとっても、その一族にとっても大変な名誉が訪れることになるわけなのだが、その過程において紫の上に寄せられた世間の評価も小さなものではなかったはずだ。紫の君と呼ばれていた当時から、事あるごとに寄せられた信頼・讃嘆の声は小さなものではなかっただろう。しかし、社会的なできごとに関してその存在がクローズアップされることによって、評価は不動のものとなる。

あるいは光源氏が自身の社会的な地位の向上に伴って、六条の院という大邸宅を造営して殿移りを行う。その邸宅の第一の区画は「春の殿《おとど》」として、春を愛する紫の上の心に叶うよう、花木をもって彩られる。物語の上でも「春の上」という人の心に印象づけられる美称が紫の上に用いられているが、これは物語世界の世間一般が紫の上に贈った讃辞と解していい。春の殿と対置せられる秋の殿の主となるのは今上（冷泉帝）の中宮、秋好《あきこのむ》の宮。六条の御息所の遺児で、光源氏が後見して中宮となっているが、六条の院はその一部に御息所の旧邸を取り込んで里邸としたのだ。秋が好きな人なので、秋の風趣を眼目とした築造がなされている。紫の上の春の殿とこの「秋の殿」との間に春秋の風雅の争いが展開されるが、そういう対比も紫の上の社会的な地位を象徴することになる。

こうして紫の君は名実ともに揺ぎのない「紫の上」として物語世界に君臨することになる。明石の方も六条院の一角を与えられて、これは冬の殿《おとど》。「夏の御方」と呼ばれる夏の御殿の花散里と共に、やや表立たないながらも六条の院の世界の一角を形成している。

このついでに指摘しておきたいのは、光源氏の「いろごのみ」の理想がこのあたりで物語の上に具現してくることだ。「いろごのみ」は折口信夫が古代日本の最上層の男性の理想としてその概念を規定した用語なのだが、「好色」という漢語と混同されやすいため誤解を受けがちな弱点がある。折口の理解に従って言えば、「いろ」は種別・階層を意味し、「このむ」はそれを選別してそれぞれにふさわしい執心・愛着を持つことを意味している。

古代の理想の男性としての天皇は、信仰的にも国中のすべての地方の信仰を統一しなければならなかった。それには各地方、各氏族の神に仕える巫女を支配下に置かなければならない。古代の天皇の地方巡狩、四道将軍のような名代《みよ》の派遣、あるいは地方的な信仰に仕える巫女の貢献、采女《うねめ》の制度化など、みなこの意義を持つものだった。そして、この女性たちにいかに円満な、充足した待遇を与え得るかに優れた天皇たり得る資格がかかっていた。

こういう根本義を持つことだから、いろごのみは極めて高貴な、限られた階層だけに持たれもし、望まれもするある種の道徳だったと言ってもいい。これが理想として保持されていたのはあるいは空想の上の古代だけのことかも知れない。その理想を高望みして実際にははるかに及ばない好色《すき》に堕した者ばかりが、とかく歴史の現実に横行していたとも考えられる。しかし、王朝社会が続いている間は、貴族階級にその理想が保持し続けられたと考えることは許されるだろう。光源氏は、物語の上に理想の男性をという要求に応えて登場した幻影の具現化された人物と言うことができるに違いない。

王朝の物語が十分に数多く残されているわけではないけれども、今日残存する資料を通じて、いろごのみの理想がどのような形で具体化されているかを見てゆくと、そのひとつとして「殿移り」ということがある。理想の男性がその理想的栄華を極める時、豪壮な邸宅を築造し、多くの妻と所生の子息・子女を率いて殿移りをする。これはいくつかの物語に描かれている場面があるし、「殿移り」を題とする物語も存在したらしい（枕草子）。

また、四季の御殿というイメージもこれに関連している。それぞれの季節にふさわしい樹林・花園を設け、池水を構築し、遣水や滝の趣向を凝らし、舟の遊びを楽しむ。あるいは清水の涼しさを納れ、馬場や蹴鞠の設けを持つ。そういう豪華を誇ることが栄華の象徴となったものだろう。この伝統は昔話の世界などになると、東の障子を開ければ春の景色、南は夏、西は秋、北は冬というような空想の御殿にまで転じてゆくが、光源氏の六条の院の場合は王朝盛時の宮廷社会に思い描かれた姿を具現して見せたものと言えるだろう。

少女の巻の末尾近く殿移りが行われ、早速に折からの秋の美しさを誇る秋好中宮から紫の上に風雅の挑戦が行われる。巻を隔てて、胡蝶の巻に翌年春の盛りを待ち付けての紫の上の返報が行われるが、その企画の豪華で時宜を得ていることは、物語の美の頂上を極めている。その描写に接すると、「春秋の争い」などもいろごのみの理想の変奏のひとつとして機能していることが納得されるだろう。

「上」の用例の初出

これまで「君」と呼ばれていた女主人公が「上」と呼ばれるようになるのは、先にも触れたように薄雲の巻以下のことだ。貴族の邸宅における生活を考えてみると、その呼称は納得がしやすいだろう。紫の君の若い時分は「西の対の姫君」あるいは略して「対の姫君」と呼ばれることが多かった。二条の院という邸宅の中で西の対を常居とし、その主人として生活する。物語の作者がその人物を描写しようという場合、奉仕する女房などの観点に立って「（西の）対の姫君」と呼ぶのが最も自然な呼称になるだろう。あるいは結婚している男女を呼び分けるのに「男君」の呼称に対して「女君」と言う。そういう中で女性が主婦としての重みを増してくると、おのずから呼び名にもそれは反映して「上」とか「対の上」に転じてくる。

光源氏が須磨から帰ってもとの官位に復し、さらに昇進し、勢威を加え人望を集める。そうなると、大貴族の邸宅の主婦である女主人公にも相応の敬意を込めた呼称が必要になる。紫の君の場合、それに相応するのが上・対の上・殿の上・南の上・春の上などの「上」を核心とする呼称だった。「紫の上」は女房の立場などと違って、もう少し客観性を持った物語作者の立場からの呼び名かも知れない。

ここまで長々と物語の筋を追って、源氏物語第一部も半ばを過ぎるところまできた。懸案の紫の上が「上」と呼ばれるまでに達したのだが、ここにひとつの混乱がある。物語の字面だけのことで言えば、紫の上が初めて「上」と呼ばれるのは四巻前の蓬生の巻だ。この巻は末摘花の物語の後日譚で、主人公の姫君は生活に困窮し、あばら屋となった邸に老女房たちと食うや食わずという生活を続けながら、光源氏の訪れを待っている。たまたまその邸の前を通りかかった光源氏が気が付いて、あれこれと手を施し、やがて二条の院に引き取って平穏な生活を送らせる、というのが概略だ。

末摘花のことはずっと忘れられたように物語に登場しなかったが、ここにその後が語られ、続く関屋の巻では、これも忘れられたままになっていた空蟬のことが語られる。ここには紫の上を呼ぶことばの用例は見られないが、ついでに概略を述べておくと、空蟬の夫の伊豫の介が今度は常陸の介に任ぜられて東国に下っていた。その任を終えて京に上って来たところで、たまたま石山寺に詣でようと出かけて来た光源氏の一行と逢坂山で遭遇する。たがいに思うところがあるが、何もすることができず、後日歌の贈答がある。それだけの話で、大変短い巻なのだ。最後にごく簡単に、その後間もなく老齢の前常陸の介がなくなったこと、空蟬は誰も心に懸けてくれる人がなくなったが、継子の河内の守が下心あって近付いて来た、という概略が記されている。憂き世を観じた空蟬は尼になってしまった、とある。

物語の内容はともかくとして、紫の君が「上」と呼ばれる問題に話を戻すと、蓬生の巻での「上」の呼称は、いずれも紫の君が直接場面に登場するのでなく、作者の知識の中であの方がどんなふうでした、あの方に源氏様がこうなさいましたと言われている中でのことばで、作者の知識だと言ってよい。実はこの巻が書かれた時点の作者は、紫の君を「上」として意識している人だったのだ。話は少し込み入ってくるが、その説明に入らなければならない。それが懸案となっている物語の冒頭近くの数巻の、そして蓬生・関屋にも関係する物語の錯綜を解くことにもなる。

巻々成立の前後

昭和二十年代に源氏物語の成立論が盛んになる契機を作ったのは、武田宗俊（一九〇三―一九八〇）の成立論の登場だろう。氏の論考がそれまでの成立論と違っているのは、巻々の成立順序について明確な証拠をもって登場したことだ。それが今日に至るまで確固とした立場を守っている。源氏物語の第一部（桐壺から藤裏葉まで）についてははっきり言えることは、巻々の間に二種の区別がある、そしてその差異がはっきりと分れているということだ。その主張は何よりも表で見るのが事実を把握しやすいので、氏の作った表をここに掲出してみよう（武田宗俊著『源氏物語の研究』〈昭和二十九年岩波書店〉より）。

この表は、光源氏は別として、巻々に登場する人物を一覧にして○印を付けてあるが、中でもその巻の中心になっている人物には□、他の重要人物には◎が用いられている。ざっと見ただけでも気付かれるのは巻によって登場人物に著しい出入りのあることだ。比較的全般にわたって登場する人物と、ある巻だけに、あるいはいくつかの巻々だけに偏って登場する人物とがある。それを分けて、「紫の上系人物」と「玉鬘系人物」と名づけて左右に分離して纏めてある。一覧して明らかなのは紫の上系のほうの人物は比較的全般にわたって登場しているが、玉鬘系の人物は登場する巻が非常に偏っていることだ。紫の上系の巻が執筆されている当時に玉鬘系の人物は作者の頭の中にその存在が構想されていない。反対に、玉鬘系の巻々が執筆されている時には紫の上系の人物は作者の頭の中に存在している。だから物語の上に必要に応じていくらも登場してくる。この表が示しているのはそういう事実だ。

巻名＼人物		玉鬘系人物										
		夕顔	空蟬	末摘花	玉鬘	軒端荻	右近	小君	紀伊守	末摘花侍従	髭黒大将	近江君
紫上系	桐壺											
玉鬘系	帚木	◎	◎		○			○	○			
	空蟬		□			○		○	○			
	夕顔	△	○		○	○	○	○				
紫上系	若紫											
玉鬘系	末摘花	○	○	□	○	○				○		
紫上系	紅葉賀											
	花宴											
	葵											
	榊											
	花散里											
	須磨											
	明石											
	澪標											
玉鬘系	蓬生			□						○		
	関屋		□					○	○			
紫上系	絵合											
	松風											
	薄雲											
	槿											
	少女											
玉鬘系	玉鬘	○	○	○	□		◎					
	初音		○	○	○				○			
	胡蝶	○			□		○				○	
	蛍	○			□							
	常夏	○			□						○	◎
	篝火				□		○					○
	野分				◎		○					
	行幸			○	□						○	○
	藤袴	○			□						○	
	真木柱				□		○				□	○
紫上系	梅枝											
	藤裏葉											
第二部	若菜上			○	○						○	
	若菜下				○						○	○

（□巻の中心人物　◎重要人物　○軽い人物　△死去）

巻名		紫上系人物																			
	人物	頭中将	朱雀院	冷泉院	葵上	藤壺	六条御息所	紫上	朧月夜尚侍	槿斎院	花散里	明石御方	夕霧	雲井雁	秋好中宮	明石中宮	蛍兵部卿宮	柏木衛門督	弁少将	惟光	右近のぞう
紫上系	桐壺	○	○		○	○															
玉鬘系	帚木	◎			○	○				○											
	空蝉																				
	夕顔	○			○		○													○	
紫上系	若紫	○			○	□	○	□				○								○	
玉鬘系	末摘花	○			○	○		○												○	
紫上系	紅葉賀	○	○	○	○	□		◎													
	花宴	○	○		○	○		○	□								○			○	
	葵	○	○	○	△	○	□	◎	○	○			○		○					○	○
	榊	○	○	○	○	◎	□	○	□	○			○		○				○		
	花散里										□									○	
	須磨	○	○	○	○	○	○	◎	○		○	○	○				○			○	○
	明石		○	○		○	○	○			○	□								○	
	澪標	○	○	○	○	○	△	○	○		○	◎	○		○	○				○	○
玉鬘系	蓬生																			○	
	関屋																				○
紫上系	絵合	○	○	○		○	○	○	○						◎		○				
	松風			○				□			○	□	○			○					○
	薄雲	○		○		△		◎			○	◎			○	○					
	槿			○		○		◎	○	□	○	○			○	○					
	少女	◎	○	○	○	○		○	○	○	○	○	□	□	○	○	○	○	○	○	
玉鬘系	玉鬘	○		○		○		○			○	○	○		○	○	○				
	初音	○	○	○				○			○	○	○		○	○			○		
	胡蝶	○	○					○					○		○		○	○			
	蛍	○						○			○		○	○		○	○	○			
	常夏	○						○				○	○	○		○	○	○	○		
	篝火	○											○					○	○		
	野分	○						○			○	○	○	○	○	○					
	行幸	○		○	○			○					○	○	○		○	○	○		
	藤袴	○		○				○					○		○		○	○			
	真木柱	○	○	○				○					○		○		○	○			
紫上系	梅枝	○				○	○	○	○	○	○	○	◎	◎	○	○	◎	○	○	○	
	藤裏葉	◎	○	○	○		○	◎				◎	◎	◎	○	○		○	○		
第二部	若菜上	○	◎	○	○		○	◎	○		○	○	○	○	○	○	○	◎	○		
	若菜下	○	○	○	○		○	◎	○	○	○	○	○	○	○	○	○	□	○		

話が複雑になって混乱を招く恐れがあるが、紫の君を「上」と呼ぶことが始まるのは蓬生の巻だと源氏物語の注釈書で述べているのは、蓬生の巻にその事実があるから止むを得ないけれども、実際には玉鬘系の巻々そのものが書かれたのは紫の上系の巻々が存在して以後のことなのだ。藤壺の死によって光源氏の意識の中で紫の君が大きく昇格し、紫の上系の巻々で「紫の上」と呼ばれるようになった。その巻々を知識に持っている作者が蓬生の巻を書く時にも昇格した紫の君を思い浮かべて「二条の上」とも「紫の上」とも呼んでいる。生前の藤壺を書いているはずの時点をうっかりしていたのだ。巻々の成立の時点が逆転しているのに気付かなかった。当初の作者が藤壺の死を重点として紫の君の呼称を変えたのに気が付かなかったのだ。千年後はそれを指摘されようとも思わなかっただろう。

武田宗俊説の及ぼすもの

武田氏は昭和二十五年六月、右の事実を核心として「源氏物語の最初の形態」という論文を発表した。源氏物語には、紫式部が石山寺に詣でて新しい物語の作成を祈念し、湖水に映る月光に須磨の海岸を想起して、須磨の巻の「今宵は十五夜なりけりと思し出でて」という描写を含む一節から書き起したという有名な伝説がある（河海抄）。これが伝説に過ぎないとしても、源氏物語が必ずしも「いづれの御時にか」から書き出されたとは限らないという考えは昔の人も持っていたらしい。源氏物語には成立説を受け容れる素地があるのだと思われる。武田説はとかく空想に陥りやすい成立論の中で、否定しがたい証拠を持つものとして高く評価されてよいだろう。そして、五十年以上を経た今日では、さらなる一歩を進めることもあって然るべきだろうと思われる。

武田説は、人物の出入りから巻々の成立が今日存在する源氏物語の順序通りでないに違いないと考察を進めたものだった。しかし、これはもっと大きな問題の緒となるものだろう。氏が「玉鬘系」と名付けた一群の巻々は作者の考察にも大きな暗示を与えている。「玉鬘系」に属するのは、

A　2帚木・3空蟬・4夕顔・6末摘花

B　15蓬生・16関屋

C　22玉鬘・23初音・24胡蝶・25蛍・26常夏・27篝火・28野分・29行幸・30藤袴・31真木柱

（数字は現行の巻の順序を示す）

の十六巻で、第一部三十三巻の半分近くを占めている。数字が示すように、おおよそ三か所に纏まっている。Aは冒頭近く、成人した光源氏が女性への関心に目覚めて、何人かの女性と関わりを持つ、それをバリエーションをもって描いたもの。Bは光源氏とAの中の二人の女性、空蟬と末摘花との後日の関わりを説明し、これが光源氏の庇護を受けるに至った事情を書いたもの。この二人はその後に物語の脇役となってCの中に流入する。CはAにおいて光源氏に強い印象を残した夕顔の忘れ形見が十数年を経て登場し、光源氏の六条の院に引き取られ、物語に華やかな色彩を添える。これが玉鬘と称せられた女性で、この人を核として物語が拡がるが、第二部以下にも物語のひとつの流れとなる。

「玉鬘系」という命名はA・B・C全部を包括して、その全体に共通する問題を論ずる対象としたものだが、玉鬘の登場がCの部分にあって空蟬や末摘花などの活躍と離れているために、多少A・B・C全体を包括していることが把握しにくい嫌いがある。夕顔が光源氏と相知る以前、頭の中将と親しく、その間に娘が生れていた。光源氏もそのことを右近の口から聞いて、夕顔の忘れ形見として手許に引き取りたいと考えていた。しかし、当時は世間を憚ってそういうこともままならず過ぎている間に消息を失い、その子がはたちを過ぎた頃偶然見付け出されたのだった。これが玉鬘で、美しい娘となって六条院の世界に登場し、光源氏の身辺にあって幻想的な絵巻を繰り広げる。源氏物語

の中でも特色ある部分だが、四季に割り当てた巻々の後になお物語は発展して「玉鬘十帖」と呼ばれる大きな部分を形成したものだ。

物語は藤裏葉の巻で少女の巻以来懸案だった夕霧と雲居の雁との結婚もめでたく成立し、明石の姫君の東宮への入内も実現する。紫の上は姫君に付添って参内するが、この時初めて明石の御方と対面し、その人柄に感じ、姫君の後見を御方に譲って退出する。冷泉帝は帝位を光源氏に譲りたく思っているが、叶わぬままに光源氏を准太上天皇として年官年爵を賜ることになった。こうして光源氏の栄華は頂点を極め、関係者もそれぞれ栄進して、物語は申し分のない結末を迎える。最後は天皇・上皇が相共に六条の院に行幸あるという栄光の場面をもって結びとする。

源氏物語はここをもって物語の終局としたはずだった。ハッピイエンドは物語の基本的な約束だった。昔話の「それで一期《いちご》栄えたとさ」を引合いに出すまでもなく、古代の物語の主題として有力だったのが英雄・偉人の生涯なりその山場を描く栄光の物語だった。源氏物語もその約束通り光源氏の生涯の頂上を描いて大団円を迎えたはずだ。

しかし、この物語の人気は源氏物語がそれで終結することを許さなかった。藤裏葉の筆付きは、誰が見ても物語を纏め上げてピリオドを打とうとする作者の姿勢をはっきりと感じさせる。にも拘らず、藤裏葉の次に若菜上・若菜下という大きな二巻を初めとする続篇が今日に残されている。光源氏には思いもかけなかった運命が展開してその晩年を彩るのだ。さすがにこの区切りはあまりに鮮やかなので、今日では藤裏葉までを第一部、若菜上からを第二部として扱うことが一般になっている。さらに光源氏亡き後が書き継がれて第三部ということになるが、それらはもう紫式部の関知するところではないだろう。ただ源氏物語の人気がいかに大きな余響を自身の上に残したか、われわれを驚かせるばかりだ。

第六章　紫式部の源氏物語

自作部分の検討

　本書が紫式部の書いた源氏物語の原態を知ることを主要な目的のひとつとしていることは、おおかた察していただいていることと思う。そのためには武田宗俊説が有効な示唆を与えていることもご理解いただけたと思われる。おおざっぱに言って、武田説の紫の上系が紫式部原作の部分であり、玉鬘系の巻々は複数の別人の筆であろうというのが、現在われわれの理解しているところと言っていいだろう。第四章（六六頁）で細かく検討した花散里の巻のような例外は保留して、おおまかな見当としてそう考えておくこととしたい。

　紫の上系がおおよそ紫式部自身の作であることはまず信じていいだろう。紫式部自身が自分の書いた「かの上」と言っているのだから、紫の上が「上」と呼ばれるまでの人生を書いている巻々はまず問題がないとしていい。巻頭の「桐壺」は紫の君登場以前なのだから、これは一応保留しておこう。そして、最後は「藤裏葉」までと考えるべきだろう。それには武田説が有効に働いてくれるのだが、九〇～九一頁の表では下端に藤裏葉の巻の次の若菜上・下までが参考として含まれている。これを見ると、ここには玉鬘や末摘花、髯黒大将や近江の君までが登場している。玉鬘系の人々に関する知識がないのが紫の上系の巻の特色だったのが、第二部の巻々ではその原則が成り立たなくなっている。端的に言えば、第二部の作者は紫の上系も玉鬘系も第一部のすべての内容を頭に置いて、第二部を構想しているわけだ。第一部の紫の上系の作者と異質な作者だということが示されている。

若菜上の巻をもし開いてみるならば、一読して作者の筆づかいの違いに気が付くことだろう。ここではこれまでその存在さえ触れられたことのない女三の宮（表記の上では「女」の字を添えて書くが、それは男性の三の宮と区別するためで、音読の場合はいずれもサンノミヤでよい）という人が話題の中心になる。それは新たに話題を作り、筋を発展させるための作為で、話はこの人の結婚相手の選定から始まる。この人は朱雀院の三番目の姫宮で、光源氏から言えば姪に当る。話は朱雀院が出家するにあたり、最愛のこの姫宮の前途を心配して、結婚させておこうと考えることから始まるが、理想に近い男性というとまず光源氏が話題に上がる。そのほか誰はどうだ、彼はこうだという話し合いが続いて、まず光源氏のところに打診が来る。光源氏はすでに四十歳を目前にしてそんな赤ん坊みたいな娘に興味はないという顔をしているが、女三の宮の母は藤壺中宮の妹で美しいという評判のあった人だとは知っている。その娘がどのような人か、関心がないでもない。

そういう小説らしい情況設定がなされて新しい話題が展開し始めるのだが、これまでの巻々はどちらかと言えばストーリイ中心に要所要所で心理描写や会話を挟むというふうだったのが、この巻では女三の宮の結婚の候補者を品評するにしてもじっくりと腰を据えて、誰さんはどうこうで、誰さんはしかじかでと論評を繰り広げる。会話にしても、姫宮はこういう方だからああかも知れない、こうかも知れないと論じ立て、いったい女の人生は……といったふうに延々と伸びてゆく。この作者はよほど粘液質なのだと感心させられてしまう。そんなふうだから話が細かく長くなって、量的には源氏物語五十四帖のうち約一割を若菜上・下の二帖が占めてしまっている。これに次いでは宇治十帖の巻々が量の多い巻として名を並べているところを見ると、若菜上・下が契機となって、写実的な作風が物語世界の主流を占めるようになったのではないかと想像せられる。

それはさておいて、若菜上から始まる第二部は、まず作者としての紫式部に関係ないものと考えられる。そして、第一部の玉鬘系も除外していいだろう。そうなると、われわれが問題なく紫式部の筆と安心して読めるのは紫の上系だけだということになる。この事実を事実として受け入れることには、あるいは抵抗を感じられる向きがあるかも知れない。源氏物語の誕生以来千年を経過して、その間に偶像化が極度に進んできたのだから、そういう抵抗感のあることはやむをえないだろう。しかし、紫式部の源氏物語があってはじめて、それに学びそれに倣って玉鬘系が書き加えられたのだし、その第一部で終ることに飽き足りなくて第二部が誕生し、さらに第三部までが書き継がれている。「雲隠六帖」とか「山路の露」など「補作」と呼ばれているものにはさすがに紫式部の名を冠することは遠慮されているが、その中間領域までのすべてを紫式部の名のもとに見るのが、源氏物語の読者の歴史だったと思わなければならない。

紫の物語の再検討

武田説の「紫の上系」という語を用いると桐壺の巻も花散里の巻も含まれてしまうから、少し慎重にことばを選んで「紫の物語」と言っておくことにするが、それは、紫式部が公任のことばに反撥して、いわば心の中のひとりごととして「かの上」と言っている作中人物「紫の上」の幼女時代から壮年に至るまでのいわば出世物語である源氏物語の第一部、その基幹系列の巻々を指すものとして理解していただきたい。

大伯父である僧都の縁で北山にある庵室で祖母とともに暮していたある日、たまたま来合わせた光源氏の目に留まるところとなる。叔母である藤壺の容姿と似通っていることから光源氏の心を引いて、ついには奪われるように二条の院に引き取られる。こういう偶然を案出したところから不遇の美女が高貴な男性の妻になる、説話の類型で言うならば「(女の)幸福なる結婚」の一例となる物語が語り出される。あるいは、この当時、御伽草子に見られるような「継子の幸運」は婚姻習俗の違いからまだ一般化していないけれども、継母に育てられようとした主人公がそれから逃れて幸福な身の上になるという要点は該当しているから、その一類と見てもいいかも知れない。そういう類型の物語が展開する。しかも、これが光源氏の物語という男性主人公の物語と綯い交ぜにされるところにひときわ複雑な様相を見せている。

紫の物語は若紫の巻を第一巻とする。次に位置する末摘花の巻は玉鬘系だから、そこに語られている二条の院の場面は紫式部の筆ではないことになる。末摘花の世間知らずと偏屈に呆れもし困惑もしながら、一方では二条の院に来て間もない紫の君をなじませようと懸命になっている光源氏がみずからの鼻の頭に赤い絵の具を塗ってふざけて見せたりする。その一節は国語の教科書に採られるなどよく知られているが、これも紫の物語ではない。そう思ってみればここの光源氏は悪ふざけの度が過ぎているように思われるのも、僻目ではないようだ。

末摘花の巻を抜いてみると、話はすぐに紅葉賀の巻に続くことになる。「朱雀院の行幸は神無月の十日あまりなり」と単刀直入に話題に入ってゆくのは紫の物語の巻々のひとつの特徴だろうが、この行幸の催しとして光源氏は青海波を舞うことになっていた。帝が藤壺にも見せたいからと先立って宮廷で行なった試楽で光源氏の出来がすばらしかった。藤壺も「夢の心地」がするほどだった。そういう話題からこの巻は始まる。

こういう感覚が紫の物語の特色なのだ。光源氏の物語を主軸として、それに紫の物語が絡んでゆく。紫式部の書いた物語はいわば先行する光源氏の物語をなぞりながら、新しい登場人物として創作した紫の君の物語が絡まるように展開して行く。それが評判にもなったのだから、公任がその物語を指示する際にも「若紫やさぶらふ」ということになる。しかし、紅葉賀の巻において、紫の物語は始ったばかりであるにも拘らず、紫の君についての記述はなかなか現れない。わずかに、「幼き人は見ついたまふままにいとよき心ざまかたちにて……」と概況を伝えたり、「少納言は覚えずをかしき世を見るかな」という乳母の感想を通じて、その置かれている立場を説明したりしているに過ぎない。それよりも極度に接近を恐れている藤壺への思慕と顔を見ることも叶わぬ若宮への焦慮とに狂わんばかりになっている光源氏のほうに、作者の意識の重心も傾いている。

源氏物語はこういう感触の物語なのだ。紅葉賀の最後の部分は書き入れの疑いの濃いところなのでそれを保留すると、次は花宴の巻になる。紫の君に次ぐ重要人物の初登場として力の入っているところだろうが、注目されるのはこの巻の短篇としての出来のみごとさばかりでない。この後、朧月夜の尚侍《ないしのかみ》という個性ある存在を捉えて、権力の転変に揉まれる人間の運命などをみごとに描き出して目を驚かせるものがあるからだ。紫式部という作家は、この人物描写の力量をもってしても文学史に名を留めるに値するだろう。

この巻でも紫の君に関しては、さほどの叙述があるわけではない。光源氏はこのところ用務も恋も多端で留守がちにしているので、紫の君がふさいでいるだろうと気にかかって二条の院に帰りはするが、琴を教えたりしているうちに夕方になるとまた出かけて行く。紫の君は「くちをし」(じれったい)とは思っても、「今はいとよう慣はされて」しつこく後追いしたりしない。そして物語の筆もなかなか紫の君に集中してはいられないようだ。

次の葵の巻は周知のとおり、葵の上と六条の御息所との間に斎院の御禊《ごけい》の行列を見物する車を立てる場所をめぐっての「所争い」が起こって、光源氏を中に置く女性二人が主役となっている。しかし、紫の君もこの巻では光源氏とひとつ車に乗って祭りの見物に出かけて、誰だろう、誰だろうと人々の注視の的になったりする。出かける前にも、しばらく髪を削がなかったからうっとうしいね、どれ削いであげよう、と光源氏が手ずから削いでくれるという場面がある。巻としては副人物であろうとも、物語全体の主人公らしく、作者の筆が心を留めていることが見えて、読者に印象づけられる。こういう場面の積み重なりが読者の心に好感を育ててゆくのだろう。

主要人物の勢揃い

葵の巻・賢木の巻と、葵の上や六条の御息所が主要人物となってクローズアップされる巻が続くが、いずれも旧人物が退場してゆく経緯を語るという側面を含んでいる巻だ。次の花散里の巻は既述のとおりで、ここで特に付言することはないが、ともかくひとりの新人物が登場したのだった。そして、須磨・明石の巻での明石の君の登場。次の澪標の巻で、これは光源氏の妻妾のひとりとなるのではないが、社会的にも政治的にも光源氏の陣営の主要な一員となる秋好《あきこのむ》の宮が登場する。

実は物語の背景においては、政権の交代が大きなできごととして語られている。光源氏を須磨へ追いやって政権の安定を図った右大臣と弘徽殿一派の策謀は長続きしなかったのだ。天がそれを受け容れなくて世間に不安が拡がったとか、人心が安定しなかったとか、婉曲に表現されているけれども、要するに光源氏の左遷に納得しない反対意見が大勢を占めて政局が不安定だったということだ。第一に中心となるはずの帝（朱雀院）が帝位にあることに不安を感じている。桐壺の帝の亡霊に叱責される夢を見たりして、光源氏を呼び戻したいと思っている。とどのつまりは政権を保持できなくて、召還の勅旨が発せられる。女性の作者だから表現はおぼめかしているけれども、そういう経緯があって、政権が交代する。朱雀院から冷泉院へと皇位が移ったのだ。冷泉院は藤壺所生の皇子、光源氏との間の秘密の子だ。

話は少し遡るが、朱雀院が帝位に就いた時伊勢の神宮に仕える斎宮に選ばれたのが六条御息所所生の姫君だった。六条の御息所は前坊——先の皇太子と結婚して、その間に生まれた姫君があったが、その幼いうちに前坊が亡くなったので、桐壺の帝が自分の皇女たちと同列に大事に扱っていたという記述がある。賢木の巻は、その姫が新しい天皇の皇女格で斎宮として任に赴くという場面なのだ。

この最後の参内は「別れの御櫛《みくし》」と称せられる。天皇みずからが斎宮の額髪に櫛を挿して「京の方におもむきたまふな」と言う。そして互いに振り向くことなく別れるのだという。この場面で新斎宮は十四歳。帝もまだ二十六歳の多感な青年の時代だから、この応酬が心に深く沁み付いていた。

時移って澪標の巻。朱雀院は下《お》り居《い》の帝となって煩わしい政争などから逃れ、ゆっくりと残りの人生を送りたいという心境になっている。あの朧月夜の君は光源氏との事件で女御にすることも叶わなくなり、尚侍《ないしのかみ》(内侍司の長官)という名目的な女役人として傍に置くことはできたけれども、いまだに光源氏に心を残しているようだし、しかるべき人を選んで共に暮したいと思うようになっている。あの忘れがたい印象のある姫も今は斎宮の任を下りて都に帰ってきたことだし、そういう気持から消息を送るなど打診を進められていた。

ところが、この前斎宮には光源氏の係累が纏わっている。御息所母娘が伊勢から帰っても、以前の事情が事情だけに光源氏との交際がすぐに元に復したのではない。けれども、やがて御息所が重病に伏して明日をも知れなくなった時、光源氏としても最後の別れに訪問しなくてはならない、と決意する。御息所もそれは病床に待ち受けていたことだし、亡き後のことを托すことになる。何より懸念されるのはまだ年若い娘をひとり残して行くことだ。この娘のことをよろしく頼むと言われて、光源氏としても御息所との間のこじれた関係の罪滅ぼしとして、これは引き受けなければ、と心に思うところがある。年頃になった姫君も美しくなったことだしと感じている内心を見透すように、仮にも自身のものにしようなどとは思ってくださるな、と釘を刺される。読んでいてもぞっとするようなところだ。

世の中のあるべき姿

古代における宮廷生活を見て行くと、高貴な階級では、女性といえどもその存在は社会的なものだった。そういう社会だったということを痛感させられる折々がある。

ここでも、この姫君についての光源氏の対処を見ているとその思いを新たにさせられる。東宮の姫君として生まれ、母は大臣家の血筋。そのまま時が経てば父の即位に伴って内親王となるはずの人だった。それが父の死によって運命が一変した。祖父の天皇（桐壺の帝）の配慮によって皇女に準ずる待遇は維持されたものの、天皇の崩御と共に新しい時代が来る。新帝（朱雀院）にはまだしかるべき皇女がなかったかも知れない。先帝の殊遇のあった姫に斎宮の選が定まったのも世間の納得する成行きではあっただろう。しかし、あたら人材が局外に埋もれようとしていたのだ。光源氏は以前から母君を通してこの姫の資質に接している。それを退位した、今や世間の傍流となった上皇のお相手として終らせていいものか、その考慮が決断を導いたのだ。

光源氏は仏門にある藤壺の宮と相談する。二人の間の秘密の子、今は帝位にある冷泉院の後宮にこの姫君を納《い》れてはいかがでしょう。女院と称せられている藤壺と、つまり帝の母と実の父とが相諮って、年若い帝の後見となるべき、権威あり見識もある女性を后に据えようというのだ。

現代の人間にはこれは謀略と見えるかも知れない。しかし、当の二人にとっては、帝の御世を固めることこそ天下のためであり、すぐれた治世を実現することが一番の大義なのだ。だから、その方策を定めることになんの恥ずるところもない。朱雀院がこの姫君に心を寄せていることも承知の上で案を練り、それでは思し召しはかたじけないことながら、御息所の遺言ということで、知らぬ顔で参らせるのがいいでしょう、院も仏道のほうにお心を寄せておいでですから、あまりお気になさいませんでしょう、という藤壺のことばに力を得て、実行に移すことになる。藤壺のしたたかな判断力は読者の目を見張らせるものがある。

注意しなくてはならないのは、作中人物の光源氏・藤壺がなんのやましさも感じていないばかりでなく、これを書いている作者にもそういう疑いの存しないことだ。より大きな目的が着々と進行して行く。価値ある人をふさわしい場に置いて能力を発揮させる。そういう体制を整えてゆくことこそ光源氏のなすべき任務であり、それを成し遂げるところに光源氏の偉大さがある。個人の感傷に拘ったりする必要はないという態度だ。作者である紫式部がそれを正道として疑っていないことはおのずから行間に現れている。源氏物語は宮廷の物語なのだ。宮廷のための指針となる物語であるはずだ。物語の背後にはそういう考えが暗黙のうちに存したに違いない。いろごのみの物語ということはそういう視野を包含しているのだ。

新しい女御は梅壺の女御と呼ばれるが、その登場は、先に入内していた弘徽殿の女御との間にある種の軋轢を生じる。天子の後宮で女御たちの間に競争が生じるのはいわば必然のことなのだが、それがどのような性質のものであるかは無視するわけにゆかない。たとえば桐壺の巻で光源氏の母である更衣が後宮に生活する他の后妃たちから迫害を受け、いわば呪い殺されるような結末を迎えたことなど、さすがに作中においても批判の対象になっている。しかし、ある程度の競争はむしろあることが望ましい。それが後宮生活の華やかな彩りとなり、後宮文化を推進するならば結構なことではないかとも考えられている。絵合の巻はそういう意識のもとに書かれている巻だ。

冷泉院の帝はこの時十三歳。梅壺の女御は二十二歳。澪標の巻で入内が語られている弘徽殿の女御はここで十四歳。父は昔の頭の中将。今は権中納言だが、名門の出としてやがて大臣ともなろうという人だ。出自に問題はない。早くに入内して、帝のお遊び仲間というくらいの感覚でお気に入られている。やがては父の権勢の一翼となることだろう。そういう期待を持たれているところへ光源氏を後ろ盾とする競争者が現れたのだから、目に見えない火花が散ることになる。帝は年上の、大人という感じの梅壺の女御になじみにくい感じを持たれていたが、もともと絵がお好きだった。この女御も絵が好きで上手に描きもする。そんなことにお心が留まってそちらへのお渡りが繁くなる。

帝のお足を止めようというので権中納言は一流の絵師たちに物語絵を制作させて弘徽殿のもとに贈る。帝はお気に入るが、それを梅壺の方にも持って行って見せたいと言われたのをお止めした、というようなことから、それではと光源氏がみずからの秘蔵する絵を取り出す。その機会にみずからが描いた須磨の絵日記も紫の上に初めて見せる。これはまだ手許に留めておくが、選び整えて梅壺のもとに贈られた絵が今度は帝の足をこちらへ引き寄せる。こうして物語絵の話題が後宮を席捲することになる。

絵合の巻の意図

絵合せというのは歌合せに倣って生み出された物合せの一種で、ここで行われたのは正確に言えば物語絵合せということになる。物語に題を取った絵を左右双方から出して論議を戦わせ、優劣を競う。もちろん和歌を伴っているので歌合せでもあるのだけれども、絵という具体性のあるものに拠っているので理解しやすいし、絵に対する感興も心を打つ。それで後宮の競技として適切だったのだろう。

絵合せの場面の描写なども細かくて、清涼殿のどこに天皇の御座を設け、左右の方人がどう並んでというふうにこまごまと描写している。南北朝時代に書かれた注釈書である『河海抄』は、この箇所に天徳歌合の記録はどう書かれているかを引用して、おそらくこの箇所が天徳歌合になずらえて描写されているという考えを示している。その天徳歌合というのは、村上天皇の天徳四年、源氏物語から四十年くらい前に宮廷で行われた御前の歌合せで、天皇みずからその記録を書き留められたくらい評判になり、その規模や内容が後世の規範として称えられた。だから、紫式部もその記録に拠ってこの箇所を書いたのだろうという考えを示しているのだが、ありそうに思われることがらだ。

村上天皇の治世は「天暦の治」と言われた聖代で、政治・文化の上に一時期を画し、後世から規範とされている。天徳歌合もその成果のひとつだった。源氏物語が冷泉院の時代を理想的な聖代として描き出そうと企図したと考えることは、いかにも妥当な感じを与える。そして物語に対する作者の目標がいかなるものであったかをも、われわれに教えてくれるだろう。

権中納言、昔の頭の中将は左大臣の子であり、母は桐壺の帝の妹の皇女が降嫁して葵の上とこの人とを生んだのだった。だから光源氏といとこの間柄でもあり、自分だって皇族の血を承けているという自負を抱いていた。しかも、光源氏が葵の上と結婚したから、幼時からの親しさは一層輪をかけることになった。物語の上にも、左大臣家のほかの兄弟と違ってこの人だけは光源氏と隔意のない親しさを持ち、親友として心を許し合っているということが説明されているし、行動の上にそれが具現されてもいる。

ところが年月を経て、たがいに社会の枢要な地位を占め、権中納言には摂政太政大臣家の後継者として大きな将来が懸かっている。そうなると、立場上譲れないことも生じてくる。

源氏物語ではそのあたりが実にうまく説明されている。たがいに自分が後ろ盾となっている女御が天皇の寵を受けるよう、全力を挙げずにはいられない。権中納言の方がややルール違反というあたりまで踏み出しているところなども、読者の応援が光源氏のほうに傾くことだろう。そして絵合せの勝敗は、最後の一番に光源氏の描いた須磨の日記が登場して決着がつく。天皇の御前の絵合せと決まったところで光源氏は「思すところありて」この日記を取り混ぜておいたのだ。いかに光源氏が上手でも、本職の絵師の描いた絵に勝てるだろうか。そういう読者の内心の疑問を予測したかのように、絵合せ終了後の宴席での人々の雑談の中に、絵合せの判者を勤めた帥《そち》の宮（後の蛍兵部卿の宮）が、光源氏の絵を余技だと思っていたのにこんなに昔の墨絵の名人以上にお書きになるとは、と感心するという一節も用意されている。紫式部はそういう思慮のはたらく作者なのだ。

絵合せが治世の理想を表現しているなどということは現代の人間からは首をかしげられるかも知れない。しかし、乱世ならば目先のことに追われて、そんな風雅が政務に当る者の心に生れる余裕はない。絵合せを催そうというゆとり自体が国家の安穏を示している。地方の治安がどうあるか、人心がやすらかであろうかなどということは直接宮廷人士の関知するところでないし、女房などの与《あずか》り知らぬことだった。政務の当局者が優雅に心を遊ばせている様を見て良い時代、良い政治と心を安んじていただろう。光源氏という人は、そういう思考の中ですぐれた治世を具現して見せる力のある人として描かれたのだ。これは時代の表現法というほかはない。

折口信夫の用語としての「いろごのみ」は、おそらくそういう属性までを包含しての男性の理想像だったのだ。古代帝王の資性として国々や氏族の信仰を左右する女性を誘引する資質を重く見ることが「いろごのみ」という概念を異性への魅力にのみ重点を置いて見られるようになった。けれども、いろごのみの本質はそういう方面の表出ばかりに意味があったのではない。優れた人格が人を魅惑し、また圧倒し、その意志に従属せしめるという人間性の力量全般に優れることがその本義だったはずだ。光源氏の力量もその全般にわたって説かれるはずで、作者がその計画を忘れてはいないのだと思われる。

政治や文化の全面にわたる力量を主題とした男性像として、絵合の巻の光源氏は評価されなくてはならないだろう。

退場する藤壺

冷泉帝を擁した光源氏の王権がその目的を達成しようとする趨勢を見せたところで、藤壺の死が語られることになる。

物語の本筋は澪標の巻から絵合の巻へと続いて、光源氏の存在はいよいよ大きく舞台正面に据えられるが、次の松風の巻は前述のように明石の方とその姫君の存在が主題となっている。しかし、そこにおいて明石の一族の社会的地位も世間に認められるひとつの水準に達し、そのプライドも満たされる。そして、光源氏は姫君を紫の上の手許に引き取るという課題の実行に着手するばかりの態勢を整えた。そういう意味ではこの巻の存在意義は決して小さくなかった。本筋の巻のひとつに数えていいだろう。その次に位置する薄雲の巻の冒頭で姫君引き取りの待望は実現することになるが、光源氏の夢のあれこれがほぼすべて叶おうというこの時点に藤壺の死が据えられていることは、印象深いものがある。

光源氏と関わりのある主要な女性たちが、物語の本格的な開始とともに次々に舞台の後景へと退いて行くことは前にも指摘したところだが、その中で六条の御息所は娘の斎宮と共に伊勢へ赴くという形で前景から退いていった。そして六年の後、斎宮の任解けて都に帰るが、ほどなく病に臥して光源氏に後事を託してこの世を去る。筋をたどって言うならば、斎宮の女御（梅壺）の登場の時の至るのを待って、その保護に当っていたということになろう。

同じように賢木の巻で藤壺も前景から退いて行った。光源氏との宿命的な恋の逢瀬の度が重なり、秘密の子の妊娠から誕生という事態に至り、二人の恋の前途にはもはや破滅しか見えなくなった。その時点で作者が設定したのが藤壺の入道という決意だった。桐壺の帝の一周忌に催された法華八講の最後の日、この日はみずからの願いを主題として、その最後に仏門に入る由を請願する。人々の驚きとざわめきが聞こえてくるような場面だが、もちろん光源氏もその座にいる。

こういう設定は作者の力量の見せ所だろうが、光源氏としては取り戻すことのできない形でことは行われてしまった。取り戻すことも、改めることもできない事態だ。そうして入道の宮となった藤壺は光源氏を裏切ることなく二人の恋の終結を告げ、東宮に対する変らぬ保護と援助とを手に入れることができたのだった。絵合の巻の入道の宮はその結実として描かれたと見ていい。そして、ここで退場の時が来たのだ。

紫式部の源氏物語は、原・源氏物語を前提にして、それを継ぐような形で、あるいはそれに凭れかかるような、時にはちょっと触れるような形で新しい展望を拡げて行く。しかし、主要な女性人物たちはそれぞれに始末をつけて退場させ、代って新しい女性たちを登場させ、今日われわれの手にする源氏物語では新しい女性たちがより大きな位置を占めるようになっている。これは源氏物語の大きな謎のひとつだろう。その新しい女性たちの代表者というべき存在が紫の君——紫の上であることは言うまでもないが、特にその登場が人気を呼んで物語も「紫のゆかり」と呼ばれ、作者の呼び名をさえ紫式部と変えてしまった。

しかし、やや例外的な印象を与えるひとりの女性がある。桐壺の帝の兄弟、式部卿の宮の娘で朝顔の宮と通称されている人だ。この人は明らかに原・源氏物語の登場人物で、当初はその断片的な消息がちらほらと残っている。その全貌がしっかりと伝えられるわけではないので、断片として興味をそそるだけだけれども、葵の巻で六条の御息所の娘が斎宮になったのと同時に斎院となる。こちらは京都の内、宮廷に近く、いわば地主《じしゅ》の神として大切にされている神に仕える巫女になるわけだ。同じように、新しく帝位に就いた朱雀院に適当な皇女がいないために選ばれてその任に当てられたのだが、歴史の上でも伝統的に斎院では風流の行事が多く、歌合せや物合せの催しが行われた記録も残っている。伊勢の印象の厳しさとは対照的だが、とは言うものの神に仕える生活だから、恋の対象などにはなるわけでない。光源氏との交渉もほとんど絶えているのだが、藤壺の死が語られた頃、父の式部卿の宮がなくなる。朝顔の宮が俗世間の生活に戻ってきたわけだ。

そんな経緯があって、この人はわれわれの読む源氏物語の中のひとつの巻「朝顔」の女主人公として登場する。

第七章　朝顔の宮追従

宮と光源氏との位置関係

前章の最後に名を挙げた朝顔の宮は、源氏物語の女性たちの中で少し特殊な様相を見せている。女性たちが新旧の人物に二分される中で、明らかに旧人物に属すると見られるにも拘らず、いったん舞台の後景に退いた後に薄雲に続く一巻に再登場し、光源氏を悩ませ、紫の上の心労の種ともなる。そしてなおしばらく物語の中に滞留する。巻の名の「朝顔」はこの人の呼び名に拠っている。

この姫君は桐壺の帝の弟である桃園式部卿の宮の娘だ。桃園はその邸のあった地名だが、何人かいる親王たちの中でも名目的にせよ式部卿に任ぜられたのは、天皇の信任が厚かったことを示しているだろう。そして、姫の母親についての記述はないけれども、ほかのきょうだいたちはみな異腹であり、この人だけが斎院にも選ばれ、桃園の邸をもみずからの住居としているところを見ると、母が宮の正室だったと考えるべきだろう。つまり、朝顔の宮は帝の兄弟中でも最も重みのある、宮家の正室の腹に生まれたただ一人の姫君で、世間からも重く見られている。光源氏とはいとこ同士、それも特に親しい間柄のいとこだったことが推量される。光源氏の嫡室葵の上の母女三の宮と朝顔の宮の後見人ともなる叔母女五の宮とが親密なことは女五の宮と光源氏との会話に現れている。

そういう諸条件を総合すると、光源氏が朝顔の宮を妻としたい心情はよく納得できる。当代第一の男性として最上流の女性を妻としなければならない。それは愛情などとは別の次元でのいろごのみの男の使命なのだ。紫の上はすばらしい女性ではあろうけれども、母が正室ではなかった。だから、光源氏が朝顔の宮に心を動かしていることを知っても表立って反対することができない。現代のわれわれにはまことに理解しにくい問題なのだ。けれども、光源氏はどうにかして朝顔の宮の心を捉えたいと思うし、それを知っても紫の上は口出しをすることができず、なんとも苦しい悩みに心を疲れさせるばかりなのだ。

この時代の男女は同腹のきょうだいは別として、一緒に育つことのない異母のきょうだいとは精神面でもかなりの距離感を持っている。同様にいとこ同士となると、親しいいとこと言っても、男女が顔を見合うというようなことはまずないものと考えなくてはならない。にも拘らず、光源氏はこの姫君の寝起きの顔を見たことがあった。光源氏と朝顔の宮の間柄にはまずそのことが大きな問題として介在しているらしい。らしいと言うのは、そのことが推量の上で言われることだからだ。

古語辞典の類を引いてみれば一目瞭然のことだが、「あさがほ」(朝顔)という語の第一義は朝の寝起きの顔ということだ。王朝の作者や読者がアサガホという音韻から最初に感ずる意味内容はそういうことであり、ことにそれが恋愛文学中の用例であるならば、「(女性の)寝起きの顔」が連想されることになる。「朝顔」という用語に接するにはまずそういう心用意が必要だ。源氏物語の読者たちは「朝顔」の巻と聞くと同時に、まずそういう内容に対する予期を抱いたことだろう。光源氏が出かけて行って、どんな経緯があって誰の朝顔を見たのだろう。物語に対する予測ないしは期待としてそういう心の働きが起こるはずだ。

もうひとつ当時の読者たちの持っていたと考えられる予備知識として言っておかなければならないのは、和歌に対する教養の水準のことだ。和歌は単に教養として必須だったのではなく、貴族の生活の要素のひとつとして必須のものだった。生活上の場面場面で和歌の応酬をもって対することが求められるし、また小さな会話の中にも和歌の知識がキイとして働いていることがある。男女の気のきいた応酬などではそれが必須のこととして作用する。「朝顔」という語ひとつにしても、和歌的な教養の面から言えば、それが朝の寝起きの顔と朝顔の花との両様の意義の懸詞として常用されるものであると知っていることが必要なのだ。

朝顔の宮に関する話題には終始朝顔の花が登場し、それ故に宮の通称としても、巻の名としても朝顔が用いられているのだが、それはおそらく光源氏が姫宮の寝起きの顔をかいまみることがあったことによるのだろうし、そのことを暗示しつつ思いを寄せる歌が姫宮のもとに送られたという話題が二人の間に存したに違いない。

朝顔の名の初出

本章では、朝顔の宮と光源氏をめぐる記述のすべてを検討して、物語の上に現れている朝顔の宮とその背後に存する知識の存在を追求してみようと思う。

たまたま朝顔の宮の名が初めて登場する箇所に近い記述の中に「追従（ついしょう）」という用語が見出される。光源氏の空蟬に寄せる恋に同情した小君が自分の車に光源氏を乗せて、門番の目をごまかして姉のもとに連れて行く。こどもの車だからというので、番の者が「見入れ追従」しようとしない。そういう記述が空蟬の巻にあるのだ。車の中を覗き込んだり後を追って人の有無を確認しようとしない。字義どおりの「追従」で、今日ならばツイジュウと音読しようというところだ。ちょうどこの時代、その後追いの意味と、後を追って口先ばかりのお世辞を言う、今日のツイショウと意味が分化しようとしている。その言語史の生きた実例がおもしろいので、ここで朝顔の宮を課題とするこの章を「追従」と称してみたのだ。

源氏物語を読み出して、読者が最初に朝顔の宮——ここでは「式部卿の宮の姫君」という名に接するのは帚木の巻、光源氏が方違えのために紀伊の守の中川の家に出かけてきた場面でのことだ。案内されて設けの席に就いた光源氏が、紀伊の守が接待のために忙しくあちこちと歩き回っている、その暇にあたりの様子を見回していると、西面《にしおもて》に人がいるらしく話し声がする。紀伊の守の父の伊予の介が任地に行っているので、その家の女たちが来ていると恐縮していた、おそらくその人たちなのだ。狭い家だから障子（今日の襖）ひとつを隔てて隣にいるのだろう。空蟬もいるに違いない。それに興味をそそられて障子のそばへ行ってみるが、隙間もないので覗くわけにはゆかない。際まで行って聞き耳を立てていると、どうやら自分のことを噂しているらしい。

ここのところの文章が不思議に錯綜していて、どうも自分の噂らしいが、「ことなること（特別なことは）なければ、聞きさしたまひつ。」といったん切っておきながら、それに続けて、

式部卿の宮の姫君に朝顔奉りたまひし歌などを、少し頬ゆがめて語るも聞こゆ。

と補足している。光源氏にとって、自分が宮の姫君に朝顔の花に付けて歌を送ったことがどうでもいい話であるはずがない。それなのに、どうという話はなかったから立ち聞きを止めたという。

源氏物語を読んでいって、こういうところの作者がどういう考えを持って書いているのか解らないと思う人があるに違いない。これは一人の作者が矛盾した内容を書いていると考えるから解らないので、別人が別の動機をもって書

き入れたとすれば理解できることだ。ある読者が帚木の巻を読んでいって、光源氏が空蝉とその女房たちの会話を立ち聞きして、「ことなることなければ、聞きさしたまひつ。」ではおもしろくない、いま光源氏にとって関心の的であるはずの朝顔の姫君のことをちょっと入れておけば、そう思って作者に代って書き入れた、しかも「ことなることなければ……」までは訂正しようと思わなかった、そういうふうに考えれば納得がゆくのではないだろうか。

本書の敏感な読者は、それよりもここが武田説でいうところの玉鬘系で、紫式部の筆ではないとされている部分であることに問題を感じられているかも知れない。その通りなので、しかも玉鬘系の筆者が書いた本文にもの足りなさを感じた読者が入れごとをしたのだった。読者がすぐに作者の立場になることにためらいのない時代であるし、筆と硯はいつも身近に置かれている。しかも、さらに想像をたくましくするならば「ことなることなければ、聞きさしたまひつ。」を消して「式部卿の宮の姫君に……」に続けるはずのところを、その手間もかけていない。ほんの出来心程度の行為だったのだ。しかし、お蔭様で大変ありがたい手がかりを後世に残してくれることになった。前述のように、ここに書き留められているのは光源氏が姫君に朝顔の花に付けて歌を送ったという噂と、少し誤り伝えられた歌の辞句を耳にしたという事実だけだ。歌の辞句そのものが書き留められているのではない。しかし、和歌の贈答、ことにそれが物に関係している場合、大まかではあろうともどんな趣意を持っているかはおよそ推測することができる。ことに朝顔の宮の場合、終始それが朝顔の花ないしは朝の寝起きの顔に纏わっていることはまず予測して間違いがないはずだ。

花の盛りは過ぎやしぬらむ

われわれが現在手にする朝顔の巻は前述のようにずっと後年、帚木の巻で十七歳だった光源氏が三十二歳になっている時点での話だ。宮の年齢については物語中どこにも記述がないから、仮に光源氏より五歳年下としてもこの時すでに二十七歳ということになる。この時代の感覚で言えば、適齢はとうに過ぎている。その朝顔の宮を光源氏はまだ忘れることなく口説き続けている。自身出かけて行っていい返事を得ることができなかった翌朝に、ここでも朝顔の花に付けて消息を送る。この宮と朝顔の花とは離れがたい関係にあるのだ。その消息の最後に添えられた和歌がやはりその花に絡んだ修辞を見せている。

見しをりのつゆ忘られぬ朝顔の花の盛りは過ぎやしぬらむ

あの私がはっきりと見た、その折のことがちっとでも忘れることができないあなたの朝起きのお顔の美しさは、もう盛りが過ぎてしまいはしませんでしょうか。

こう訳してみても、「花の盛りは過ぎやしぬらむ」は時代の感覚が相違する今日では随分ぶしつけなもの言いだと感じられる。消息を結び付けた朝顔の花も「あるかなきかに咲きて、にほひ（見た目の美しさ）もことに変れる」を選んだとある。しかし、この歌を受け取った朝顔の宮が別に感情を害した様子もなく、その花が「似つかはしき御よそへ（わたくしに似合ったたとえ方）」だなどと応じているところを見ると、容色の衰えは逃れようのない事実だというのだろう。

話をもとに戻すと、物語の上で朝顔の宮の場合は特に朝顔ということに拘泥して書かれている。それは女性の顔を見るということ、それも化粧していない寝起きの顔を見ることがどれほど印象深いことであるかを示しているだろう。

そして、朝顔を見られた宮が十二歳くらいだったと考えれば、まだこどもらしさの抜けない姫が光源氏にたまたま朝顔を見られたこともありそうに思われる。それでもその「見た」ということが問題にされずにはすまないものだったらしい。

帚木の巻に光源氏が朝顔の花に絡んだ歌を送ったという噂話を書き入れた人も、やはり朝顔の宮に関してはそのことを話題にしないではいられなかった。お蔭でわれわれは朝顔の宮の物語推定のための有力な手がかりを得ることができたのだ。朝顔の宮が物語の上で「朝顔」をもって呼び名とされ、始終そのことが話題となる。そういう基盤の上に立って考えてみると、現在ある朝顔の巻はむしろかつて存在した朝顔の巻の後日譚ということになるだろう。光源氏がしかるべき嫡妻たる人を得ようといま一度朝顔の宮に求婚を試みている。未練たっぷりな描写は光源氏のファンを喜ばせていないし、紫の上に心を寄せている読者たちをも満足させていない。ただ、物語の論理として、光源氏の心には朝顔の宮のような女性を求めずにいられない必然性があり、すでに朝顔の宮が物語の上で確固とした存在である以上、この人を無視するわけにゆかないのだろう。

原・源氏物語には、人気のあった朝顔の宮が存在していることは既定の事実だった。紫の物語を展開しようとする作者には、これをどのように処理するか、大きな課題だったと思われる。これまでにも紫の物語出発に伴って旧人物たちが次々に退場するよう計らわれている物語の様相を各所に見出し、指摘してきたが、朝顔の宮の場合も基本的にはその一例であって、後景に退いていた朝顔の宮が再び正面に登場してきたのは本格的な退場のためであり、これをもって朝顔の宮は再び登場することはなくなるはずなのだ。それが藤壺の退場に続く話題として、薄雲の次の巻であることも、この推測を支持するひとつの根拠になるだろう。

光源氏が高貴な妻を得たいと思っていたことは作者の相違を越えて、若菜上の巻に再出する。朱雀院最愛の女三の宮の婿探しに当って、打診を受けた光源氏がこの世での出世繁栄は身に過ぎてなんの思うところもないが、ただ「女の筋にて」人も非難し、わが心にも飽き足らぬところがあると語った、という記述がある。今のところ推定不能の若菜上の作者も、光源氏が自分の結婚に満足していると考えてはいないのだ。これが若菜上下における光源氏の女三の宮との結婚の基底にある事実だと考えると、大変意味深いものがある。

朝顔の宮の物語の特殊性

帚木の巻の次に朝顔の宮が登場するのは葵の巻で、これはひとまず紫式部の筆と考えていい巻だ。紫の物語に初めて登場した朝顔の宮がどのように性格が規定されているかが注目されるところだ。巻頭から間もなく六条の御息所の話になって、光源氏が通っていることが世間に漏れて帝はじめ多くの人々がその仲を知らぬ者がなくなったのに、光源氏がそれらしい扱いをするでもなく、相変らず忍びの通い所としていることにプライドを傷つけられて、御息所が悩み苦しんでいるという話がある。その後に、ほんの二、三行だが、大切なことが言われている。

かかることを聞きたまふにも、朝顔の姫君はいかで人に似じと深う思せば、はかなき様なりし御返りなどもをさをさなし。さりとて、人憎く、はしたなくはもてなしたまはぬ御気色を、君もなほことなりと思しわたる。

こういう（御息所に対するお取扱いの）ことをお聞きになるにつけても、朝顔の姫君はなんとか世間並みの、人と同じような目には合うまいと心の奥深くお思いになるものだから、これまでもご返事らしいご返事というほどでなかったのが、この頃ではぽっちりとも来なくなってしまった。だからと言って憎たらしく、こち

らが立場に苦しむというふうにお取り扱いはなさらない御様子なのを、源氏の君はやはり他の人とは違うな
あ、と思い続けていらっしゃる。

というふうに、消息が伝えられている。短い一節だけれども、これから先のこの女性の基本的な心情をほぼ規定していると言ってもいい。先の想定で言えば十七歳くらいと考えられる宮が少し大人び過ぎているという感を与えるが、そこまで求めるのは無理というものだろうか。

葵の巻には、朝顔の宮が父の式部卿の宮と一緒に、斎院の御禊の行列を物見に出かける場面もある。御息所と葵の上の車の所争いがあった折のことだ。こちらは桟敷での見物だが、父宮が「まばゆきまでねびゆく人の容姿《かたち》かな。」と光源氏を賛美するのを耳にしながら、姫宮はその人が自分に心を寄せている、並の人だって知らぬ顔はできないところだのに、まして、と心に深く感じながら、

いとど近くて見えむまでは思し寄らず。

とある。それだけ心惹かれながら、だから一層近寄るまい、と心を固める。なぜそれほどに、と読者のほうが疑いたくなるもの堅さだ。その理由としては近いところに六条御息所の例があるのだが、その心の堅さはあるいは作者の計画で、この人を光源氏に靡かせまいと初めから決めているためかとも思われる。

右の二箇所がいずれも三、四行の記事であるのに比して、やや長いのはこの巻の末尾近く、葵の上の没後光源氏が喪に服している間に、秋のあわれの思い知られる折からに、

わきてこの暮こそ袖は露けけれもの思ふ秋はあまた経ぬれど

いつと言って露っぽくないことはないのですが、とりわけ今日のこの夕暮は、涙に袖がぬれることです。もの思いする秋の夕べは、これまでも数重ねて経験してきましたけれども。

という歌を送る箇所だ。妻を失った人の秋の夕の哀傷。こういう折を過ぐさないのが朝顔の宮の美点で、予期したような返歌が来る。

秋霧に立ち後れぬと聞きしよりしぐるる空もいかがとぞ思ふ

秋霧の立つ時分、あなたが御不幸に取り残されたという報せを受けましで以来、きょうこのごろ時雨に晴れる間もない御身辺はどのようかとお案じ申しています。

朝顔の宮のあわれを知る人として評価せられるところで、まさにそれを具体的に読者の前に見せた場面と言えよう。ただし、気になることは、この巻の三箇所が三箇所とも書き入れかも知れないという疑いを持たせることだ。前の二箇所は共に三、四行の短さ、そして、朝顔の宮はこういう人ですという人物紹介だけであること。最後の一箇所は歌の贈答の小場面で、物語の上に美しい印象を与えて結構なのだけれども、「なほいみじうつれづれなれば……」というその段の冒頭は挿入部分の典型と言ってもいい書き出しに始っている。そしてその内容もまさに目的通りという隙のないところが、却って疑いを持たせると言えよう。

しかし、後入としても、それは作品の本体成立とごく近い段階のものだろう。

朝顔の宮描出の意図

次に朝顔の宮が登場するのは賢木の巻で、光源氏の五歳年下という推定で数えて十八歳。ここで話題となったのは宮が斎院に任ぜられたという運命の転換のためだ。恋とか、結婚とか、若い女性にとって最大の関心事となることを心から絶って、ひたすら神に仕える道に専念しなければならない。それも、いつまでと期限のある任務ではない。しかも、朝顔の宮のような当時の知識階級の女性にとって最大の生活指導原理となる仏教からも隔離されてしまうのだ。――それがどれほど切実なものとして生活に関わってくるかに個人差はあるだろうが。また、斎院では和歌や物語など風雅の遊びに心を委ねることができたのも事実だが、それも際限なくという訳のものではないだろう。斎院任命はそういう諸条件を課するものだったはずだ。

たまたま藤壺との恋に悩む光源氏が雲林院に籠っていて、斎院とは程近い所なので文を送ってきたり、宮がそれに応えたことが同じ巻に出てくる。これは右大臣側に漏れ聞えて非難の的になっている。光源氏ばかりでなく、斎院にもその非難は及んだことだろう。

斎院任命によって、当面物語の上に朝顔の宮が登場することは絶える。次にその消息が語られるのは九年を隔てた薄雲の巻で、藤壺の死と前後して父の式部卿の宮が逝去される。ここで朝顔の宮再登場となり、宮の名を冠する朝顔の巻が展開することとなる。が、これは既に触れたようにあまり楽しい巻ではない。朝顔の宮がはなやかな恋の主人公となるような存在として期待されていたのは、現在ある源氏物語以前のことなのだ。その人気を負って「紫の物語」でも葵の巻から登場してきたが、既にこの時から宮は光源氏に対して否定的な女性として紹介される。もっぱらその点が強調されて、間もなく斎院となって読者の前から退いて行った。そして朝顔の巻でも、既にはなやかな年頃は過ぎているし、光源氏の求婚にも全く応ずる気配がない。源氏物語を心ときめく恋の物語として読もうとしている読者にとっては大変期待外れだということになる。

朝顔の宮の性格は、原・源氏物語と新・源氏物語(本書で紫の物語と呼んでいる巻々)とでは別人物と思ってもいいほどの大きな相違がある。ただ原・源氏物語における朝顔の宮の根強い人気が、新しい物語創出に際しても、その中に朝顔の宮の存在を求めてやまなかった。それ故朝顔の宮は新・源氏物語にも登場したが、読者は古い朝顔の宮の記憶をもって迎えようとした。新しい物語の作者はそれを打ち消すように、朝顔の宮の上に新しい女性像を創造することを試みたものと考えられる。

新たに登場した朝顔の宮はたとえば六条の御息所のような思いはしたくない、たとえ光源氏であろうとも、一旦そのことばに従ったならば、恋が冷めた暁には辛い思いをしなければならない。どうぞ、それだけはしないでおきたい。そのためには男の申し出をのがれ続ける以外にない。朝顔の宮という人は光源氏に惹かれながらもそう心を固めて、それを守り通した、そういう、これまでなかったような女性像を創出しようとしたのだろうと思われる。

花散里を、まったく男に従順な、男を恨んだり、その心に逆らったりすることのない、それによって評価を受ける女性として描き出したのと対照的に、男を受け入れることなく、それによってまた別の評価を受ける女性、それが朝顔の宮の創造にあたっての目標であったのだろう。男を振り通す、そんな女が評価されるのか。当然提起される異議を予想して、朝顔の宮は「あはれ」を知らない人ではない、むしろ世間にまれなほど深く、自然にせよ人事にせよ、折節につけてその情趣を知り、それにふさわしい心の働きのある人として評価されることを強調しよう。葵の巻に見られる朝顔の宮には作者のそういう意図を読み取ることができそうに思われる。

欠点として言うならば、紫の物語における朝顔の宮は人物が硬化している傾向があって不自然だという、作家の筆の硬さを指摘されるかも知れない。それは作者がこのあたりの巻々の作者と同一人であるかという疑問をも誘発することだろう。しかし、その点についての結論を急ぐことは、今は避けておきたいと思う。

結婚しない女の人生

朝顔の巻において、光源氏は二度にわたって朝顔の宮を訪ね、直接に自身の真意を説き示そうとする。光源氏ほどの身分になるとその外出は自由でなくなるから、それにもいちいち理由を付けなくてはならない。斎院を退下した宮は桃園の宮に戻っているが、ここには父と同母の叔母だろう、女五の宮が住んでいる。おそらく結婚しなかった人だろう、式部卿の宮邸は実妹と娘とによって継承されたものと見えて、そしてこの叔母が宮の後見人といった立場で一緒に暮している。花散里を思い起させるような家族の住み方だが、光源氏は父の帝が式部卿の宮と親しかったこともあって、それに多分これも同母の姉妹だろうが、葵の上の母女三の宮の縁故もあって、女五の宮とは親しくしている。その人を訪問することを表向きとして桃園へ出かけて行く。

その第一回の訪問は、やはり宮のそっけない対応に終始したようで、光源氏は落胆して帰ってくる。その翌朝、けざやかな——きっぱりとしていて、取りつく島もないようなお取扱いでした、と恨んだ消息の末に前出の「……朝顔の花の盛りは過ぎやしぬらむ」の歌が添えられるのだが、その恨みがましい歌に対しても宮は、

秋果てて霧の籬にむすぼほれあるかなきかにうつる朝顔

秋ももう終りになって（盛りの時期はもう過ぎてしまって）霧のこめる垣根のあたりに絡み付いて（心の晴れない憂鬱な人生にながらえ残って）、そこにあるのかないのか分らないほどに（この世に生きているものとも、なくなったものとも判じ分けることもできない程度に）咲き残っている朝顔の花です（衰えてしまった私なのです）。

という歌を返してくる。自らの衰えを嘆いていることはよく分かるけれども、宮が結婚自体を拒否しているとまでは受け取りにくい。だから、光源氏はふんぎり悪く、宣旨という宮の女房、宮の腹心であり、訪問の際には会話の取り次ぎに当るその当人をひそかに邸に呼び迎えて相談する。光源氏の常用しそうな手段だが、しかし、今度ばかりはそれも通用しない。

二度めの訪問では、光源氏は紫の上に女五の宮の体調がすぐれないのでと断りを言うが、いずれそんなのは見抜かれている。もう止めておこうかというくらい気の弱くなっている光源氏だが、訪問を予告してあるからいまさらと思い直して出かけて行く。そうして女五の宮の果てし無い昔話に付き合っているうちに、話し疲れた女五の宮のいるあたりから鼾が漏れてくる。やれやれと座を立とうとすると呼びかける女がいる。こんなところで誰がと思ったのが、昔頭の中将と二人でおもしろがって老女の恋の醜態を演じさせた源典侍が生きながらえていて、今はこの邸に仕えているのだった。それもほどほどにあしらって、やっと朝顔の宮の前へと移るのだが、そこらの作者の筆はうんざりとしている光源氏を十分に読者に感じさせてくれる。

しかし、今夜も話に進展はない。宣旨を招いた折に、結婚成立後の生活の細部まで、具体的な話は提示してあるだろう。本当にここでは宮の決心だけが求められているのだが、依然として煮えきらない。とうとうそれでは「憎し（きらいです）」というひと言をせめて宮のお口から直接聞かせてください、それを諦める拠り所にしましょう、とまで迫ってみるが、宮の心は動きそうにない。ここらの作者の不思議なのは、黙っている宮は心の中でたがいに若かった頃、父宮などもこの人ならばと思っていらっしゃった、その頃でさえ気が引けたのに、どうしていまさらと、そんなことを繰り返し思っていたと説明していることだ。結婚自体を否定している宮の心境に作者が及んでいないようだ。しかし、ともかくここで光源氏がついに諦めることで、話は決着する。

古代日本の女性の中には景行紀に見える美濃の八坂入彦の娘の弟媛《おとひめ》のように、生まれ付き「交接の道を欲せず」という人もある。この人は地方豪族の娘として、おそらく神に仕える立場にあったのだろう。美女としての評判が聞えて天皇がその家に幸せられたが、竹林に隠れて出てこなかった。天皇が一計を案じて池に鯉を放って朝夕に見て楽しまれたところ、それに惹かれて出てきて、皇命の畏《かしこ》さに一度は御意に従ったが、これは望むところでないからと願って、代りに姉を推挙して許しを得た。これはおそらく地方的な信仰に奉仕する女性なのだろう。古代以来こういう伝統はあるので、その意識せざる欲求が朝顔の宮という存在を描かせることになったかも知れない。ともかく、源氏物語中ただひとり生涯光源氏に従わなかった女性が登場することになったのだ。

日本古代において神に仕えることを願った女性の伝統は、平安朝の社会では仏という外来の神に新たな信仰の対象を見出している。斎院から退いた朝顔の宮は仏法から遠ざけられていた信仰の空白を少しでも早く、少しでも深く取り戻さねばならないと意識している。光源氏が帰った後、

年頃沈みつる罪うしなふばかり御行ひを、とは思したてど

幾年この方仏法に離れた境遇にどっぷりと浸っていた罪障を取り除くよう、仏道修業に励まなければ、と決心なさりはするものの

急にそうもできないで云々と、歯切れの悪い物思いにとらわれているが、救って理解すれば、神から仏へと急に乗り換えるわけにもゆかない、賀茂の神に対する遠慮が決断を鈍らせているということになるだろう。

しかし、巻々を遠く隔て、年月を隔てて、さらに言えば作者も違っているだろうが、第二部の若菜下の巻において光源氏が噂のように伝えている消息では、宮は「いみじう勤めて、紛れなく行ひにしみたまひにたなり」（一生懸命心を込めて、他のことに妨げられることなく仏道修業に専心していらっしゃるそうだよ）と言われている。初心を遂げられているのだ。

補足されるその後

朝顔の宮に関しては、この先、作者の執心を思わせるように、さらに二箇条の記事が物語の上に見えている。

少女の巻の冒頭には、朝顔の巻の話を受けて、翌年賀茂の社の祭礼の頃、斎院の御禊の日に、その思い出の頃に父君の喪の除服をなさるのですね、という歌が光源氏から贈られてくる。折からのあわれに心動かされて、これには宮も返しの歌を贈るが、宣旨のもとには衣類その他だろう、置き所もないほどの贈り物があった、という。女五の宮は昨日今日の児《ちご》と思っていたのにこの人がこんなに大人らしい配慮を、と讃めちぎるので、若女房などが笑っている。作者としては、こうして気まずくなりそうだった間柄をも大きく包み込んでゆくところが光源氏のやはり類のない人

柄なのだ、と言おうとしているのだろう。そして、その配慮は梅枝の巻に続いている。

実は少女という巻には、右の挿話はほんの枕に置いただけで、物語の終結をぼつぼつ念頭に置いて、いろいろ解決しておかねばならない、あるいは触れておかねばならない問題があるらしい。

光源氏は太政大臣になって位人臣を極め、頭の中将も内大臣に昇る。中宮にはその娘の弘徽殿を越えて前斎宮、梅壺の女御（秋好の宮）が進む。双方の後見者の間には避けられない争いが続くが、作者の案出した皮肉なシチュエーションは、東宮の後宮をめぐってのものだ。内大臣には弘徽殿とは別腹の娘があった。この娘を東宮の女御にと考え付いたのだ。ところが、母親が再婚した娘は、内大臣の母大宮のもとで育てられており、ここでは光源氏の息子の夕霧も葵の上の死後ずっと育てられていたので、二人は一緒に育ち、いつしか恋仲になっていた。そこにトラブルが生じてくる。

そういう構想のもとに少女の巻では小説的な場面が描かれもするし、夕霧の教育に関して教育論が展開されるなど、なかなか重厚な巻なのだ。そして、最後には前にも触れた光源氏の四町を占める大邸宅、四季の殿舎を持つ六条院が完成してそれぞれの引き移りが始まる。「殿移り」の場面だ。

そして話は、紫の上の手許で非の打ち所のない姫君に育て上げられた明石の姫君が、いよいよ東宮に入内するという段取りになる。それが梅枝の巻。ここでいわばそのお輿入れの準備として、光源氏が当代一、二と定評のあるその道の心得のある人々に薫香の作成を依頼する。教養あり才能秀でた、貴族中でも有数の人々が光源氏の依頼に応じてさまざまな香を調合して、贈ってくる。その中にはもちろん朝顔の宮も含まれている。光源氏はそれらを聞き比べてみようと、来合せた蛍兵部卿の宮を判者に、薫物《たきもの》合せのまね事のような形でそれぞれの人柄を偲んでいる。

話は次いで書のことになるが、同じように姫君の入内の用意の品の中に手習いの手本を揃えたい。これも人を選んで草子を送り、和歌や枕言などとりどりに書いてもらうのだが、これにも朝顔の宮の名は欠かせない。むしろそのためにこの段が構想されたのだという感を受ける。

光源氏はひと度心に銘記した人への思いを忘れることなく、生涯その気持を育て続けてゆく。自分の心を裏切った女鳥《めとり》の王《おおきみ》を追い詰めて死に至らせる仁徳天皇のいろごのみとは、もちろん時代も違うし社会も違う。しかし、後期王朝社会の理想とするいろごのみの男を物語の上に描き出したいと希求した願望がこうして理想像の創出を志向したことは現代からも容認できるだろう。

朝顔の巻で特に付言しておきたいのは、巻末に近く源氏物語中でも特異な一場面のあることだ。この頃の光源氏の動静に心を痛めているらしい紫の上に、光源氏は心配に及ばないのだと弁明しつつ、これまで関わりのあった女性たちの人柄を話して聞かせる。折からの月光に降り積もった雪が照り映えるのを見過ごしがたく、女の童を降ろして、雪まろばしをおさせになる。雪を転がして、大きな玉を作らせるのだ。小さな子たちなど、喜んで跳ね回っているのを、光源氏は夢から覚めたような気持で、紫の上とふたりで眺めている。

冷え冷えとした光の中に白と黒だけの画面の、物音の絶えたような光景が展開される。「雪まろばし」とでも名付けられる一場面だが、その冷徹と澄明の光景は比すべきもののない深い印象を与えている。

第八章　紫の物語の終局

肥大化した少女の巻

少女の巻と梅枝の巻との間には、玉鬘以下真木柱に至る十巻の巻々が割り込んでいる。武田宗俊説で玉鬘系と称される巻々で、今日ある源氏物語の姿では、このために少女の巻と梅枝・藤裏葉の巻の繋がりが迂遠に感じられるようになっている。前章の末に述べた朝顔の宮に関する補足なども、少女の巻で光源氏の宮に対する心寄せが絶えていないことを言い、それを梅枝の巻で裏付けるように薫香や書のことに関して具体化して見せたのだが、読者がその繋がりを把握できないほどに二つの巻は遠く隔たってしまっている。

少女の巻は実は、内容としては夕霧の成長と教育、そして初めて経験する恋の話題が中心になっているのだった。いろごのみの理想を具現する光源氏の生涯が完成に近づくにつれて、その繁栄は光源氏一代で終るものでなく、子々孫々に及ぶものでなくてはならないという気持が生じてくるのだろう。女の子については、明石の姫君が東宮のもとに入内するだろうという予期を読者も持っている。が、夕霧についてはこれまでほとんど触れられることがなかった。この巻誕生と同時に母を失った夕霧は祖母である大宮のもとで育てられ、父の光源氏とは比較的疎遠に過してきた。この巻で十二歳になって元服した夕霧に光源氏は厳しい方針のもとに教育を受けさせようと決意する。まず大宮のもとから膝下に引き取って、花散里に託してその世話をさせることにする。初の殿上に際しても、あえて一般貴族の子弟並に六位で殿上させたので、夕霧は周囲の冷たい視線を浴びて辛い思いをする。それでもまじめな性格の夕霧は、父の意向に従って大学の学生《がくしょう》となって勉学に出精する。

これまで読者は知らずにいたことだが、ここで夕霧には幼なじみの恋人がいたことが知らされる。雲居の雁という夕霧にとってはいとこに当る娘だ。二人の祖母である大宮の膝下で共に育って、深い仲になっていたのだ。それと知らぬ光源氏は、夕霧を手許に引き取って大宮の許に行くのも制限し、知らずして仲を引き裂いていたわけだ。加えて、内大臣が雲居の雁を東宮に差し上げようと思い付いたことから、夕霧をも雲居の雁に近付けないよう配慮するので、おもしろからぬ日々となっていた。さらに内大臣が大宮を訪ねたある日、内大臣はもう邸を出たものと思い込んだ女房同士がその親馬鹿を話題にしているのを立ち聞きした。内大臣は、大宮の不注意を責め、雲居の雁を本邸に移して、二人の恋を禁じてしまう。夕霧にとっては前途が暗闇となる事態に至るのだ。

こういう話題に続けて夕霧が新しい恋人を得た話になるのは、現代のわれわれにはたやすく同感をもって読み進むことができないが、光源氏がことの多かった一年の後に、今年の新嘗にわが家から舞姫を奉ろうと考え付いた。この時代の五節の舞姫は光源氏のような公卿の家ならば養女分として縁故の娘を差し出すのが一般なのだろう。ここでは惟光の娘が舞姫に仕立てられて準備をしている。その控えの間《ま》にひとりいるところに気晴らしにあたりをうろついていた夕霧がふいと入ってきて、それがきっかけとなって恋仲になる。夕霧に頼まれて文の使いをした弟が父の惟光に見咎められても、若君からのと言えば急ににこにことするという具合だから、なんとも安易な恋で、なんの苦労もなく成り立ってしまう。一夫多妻という社会制度の問題は別としても、恋の苦労が人間を鍛錬するというような考えは、この社会にはないのかも知れない。とは言え、夕霧もその娘をすぐに妻としたのではなく、娘は舞姫を勤めた後、典侍として宮仕えに出ることになる。この後藤典《とうない》侍《しのすけ》の名をもって物語に隠顕するのがこの人だ。

「少女」の語の指示する人物

この話に関して気にかかるのは、父の光源氏にも「五節」の名をもって呼ばれる愛人のいたことだ。実はこの巻の現時点でも、現在形で「いる」と言って構わないのだが、既述のように花散里の巻に名が出て以来、須磨の巻では当人が登場しているし、明石の巻では帰京したのに消息ひとつ遣わさない光源氏に投げ文を送ってきたりする。さして身分のある人ではないが、恋の対応のよさが光源氏の心に強く印象づけられている人だ。

この人もかつて五節の舞姫を勤めたことがあって、その時に光源氏と交渉を生じたらしい。本書で原・源氏物語の女性と呼ぶ中のひとりなのだが、花散里の巻ではひとつの女性のタイプとして物語中の役割を持つのではないかという印象を与えられていた。出番のないままにここに至って、この巻の五節の舞を見た光源氏が昔を思い出して感慨を催し、消息を送るという挿話がある。そこに意味を持たせて考えるならば、あるいはここまでの物語の上に五節が所を得なかった代償に、息子の恋人としてもうひとりの五節を登場させたのではないか、そんな推測も立ててみたい思いがする。

それより以上に放置できないのは、「少女」という巻の名についての疑問だ。用字は源氏物語の伝本によって少女・乙女の二様があるようだが、いずれにせよ「をとめ」を表記していることに疑いはないだろう。そして、この巻名が五節の舞姫の姿をあまつをとめ、天女が舞い下ったと見立てた歌語を援用したものであることにも疑いがない。「天つ風雲の通ひ路吹き閉ぢよをとめの姿しばし止めむ」の百人一首の歌でおなじみの「をとめ」であるはずだ。そうなると、この巻名は惟光の娘の舞姫をこの巻の主役と見ていることになる。これには疑義を挟まざるを得ない。この巻が雲居の雁を主役とするならばまだしも、なぜこの人がこの巻の主役とされるのだろうか。

ここまでの巻々について、このような疑問が生じたことはない。若紫・花宴・須磨・松風などと思い返してみても、巻名となるのはその巻の主役となる人物、あるいはそれに関連した用語であって、巻の含む主要な人物・内容を指示している点で一貫している。紫の物語の末近くなって、このような異例が生じたのだ。

雲居の雁の入内の計画は、夕霧――対抗する立場になる明石の姫君の兄との間になにやら問題があるというのでは話にならない。自然消滅ということになって、そうなると雲居の雁自身の身の行きどころに苦慮しなければならない。最後の巻「藤裏葉」の冒頭では情勢はすっかり変っている。そしてこの巻の命名にも問題がある。

藤の裏葉は藤原氏の末葉を意味することばで、

春日《はるひ》さす藤の末葉《うらば》のうらとけて君し思はばわれも頼まむ（後撰集巻三、読人知らず）

の歌を引いている。後撰集では読み人知らずとなっているが、いずれ藤原氏の或家筋で婿を迎えた際のめでたい歌が世間に流布したものに違いない。夕霧を婿として迎える宴席で内大臣がこの文句をうち誦《ず》して、その場を盛り上げるとともにこの宴の主旨を明示したのだった。「君し思はばわれも頼まむ」は女方としてことばどおりの心だろう。上の句では春日《かすが》の神を遠祖とする藤原の末流なる、藤の木に譬えればその末葉《うらば》にも当るわれわれが一族繁栄して、とめでたい修辞を選んでいる。そして下の句では、婿の君に対して末長く変ることのない両人両家の間柄を期待している。

藤原一族の内大臣がこの場でこの句を誦することはまことに時宜に適っている。ただし、さて光源氏の栄華の絶頂を描いて大団円にしようとする源氏物語最終巻の巻名としてはどうであろう。違和感なしとは言えないだろう。

少女・藤裏葉の二巻が夕霧の話題に偏り過ぎているという判定には、誰しも異論のないことだろう。これが光源氏の栄華の結びに際してのことでなければ、それはそれとしておもしろく読むことができるかもしれない。しかし、理由は明らかにされないが、作者はここで源氏物語を終結させることが前提条件だという感じで結末を急いでいる。それは少女の巻でじっくりと夕霧の人生を語り始めた作者とは別人ではないかという思いがする。

話を分かりやすくするために、この二つの巻における二つの主題の量的な比較を示してみることにしよう。

少女・藤裏葉の話題の構成

少女の巻の話は朝顔の宮との折衝から始まる。しかし、これはほんの繋ぎのために過ぎないので、すぐに夕霧の話題へと転じてゆく。以下○印を付したのが夕霧関係の話題だ。

少女の巻

光源氏朝顔の宮に贈り物	26行
○夕霧元服、六位で殿上する	28行
○字《あざな》を付け、博士たちを召す	32行
○入学の式あり、勉学に励む	24行
斎宮の女御立后	7行
光源氏以下それぞれに昇進	8行

○内大臣夕霧を遠ざける　10行
○雲居の雁入内の計画　24行
○夕霧来合せて気遠く扱われる　17行
○内大臣女房の内輪話を立ち聞く　16行
○二日後大宮を責める　26行
○雲居の雁悲嘆に暮れる　15行
○夕霧来訪して話を聞く　16行
○夕霧独り寝して慨嘆する　17行
○内大臣姫君を自邸に移す　21行
○夕霧来合せて悩む　25行
○乳母ひそかに二人を会わせる　18行
○夕霧ひとり慨嘆する　7行
光源氏五節の舞姫を奉る　15行
○夕霧舞姫を見て心を動かす　16行
光源氏昔の五節と贈答　12行
○夕霧舞姫に文を贈る　23行
○夕霧大宮に淋しさを訴え悲しむ　32行
年代って、二月朱雀院に行幸　28行

光源氏昔の弘徽殿を訪問する	13行
○夕霧進士になる	4行
六条の院落成	15行
殿移りが行われる	27行
春秋の争い	17行
合計	539行
内、夕霧関係	371行（約69％）

（阿部秋生校訂『完本源氏物語』〈小学館〉を使用。次表についても同じ）

一見して明らかなように、この巻の話題の構成は夕霧を第一の柱として、前半はほとんど雲居の雁との間柄がここに至らざるを得なかった必然を説明することを主眼としている。そして以下は、その展開を叙述することと並行して、それが物語の中心にある光源氏の世界の完成に伴っていることを見せている。新しく登場してきた話題だけに、夕霧関係には説明を要することも多く、また事態の必然性を納得させる挿話や叙述も省くわけにはゆかない。こちらは腰を据えて述べている。それに比して、光源氏のいろごのみの完成は、なにやら急ぎ足になっているという印象がある。

同じように藤裏葉の巻についても展望を試みることにしよう。この巻開始の時点において、雲居の雁は風評が立って入内の話も消え、父娘ともに今後の処置に窮しているという状況がある。

藤裏葉の巻

○大宮の法事の折に内大臣和解を打診	25行
○夕霧、藤花の宴に招かれる	11行

○光源氏に報告、心遣いして臨席　20行
○盛会裡に婿として迎えられる　25行
○夕霧雲居の雁とかたらう　12行
○後朝の文　9行
○光源氏教訓を与える　11行
○双方心解けてことは落着する　10行
紫の上賀茂に参詣、物見に臨む　13行
○藤典侍祭の使となる　10行
明石の姫君入内　16行
紫の上明石の方と対面、姫君の後見
を譲る　18行
光源氏も心が落ち着く　6行
四十の賀宮廷より内意があり、太上
天皇の待遇を受けることとなる　8行
○夕霧、雲居の雁の乳母に報いる　7行
○夕霧夫妻三条の大宮の旧居に移る　22行
天皇・上皇が六条の院に行幸、一門
の繁栄が頂点に達する　37行

合計　260行
内、夕霧関係　162行（約62％）

○印の並んでいる前半と、それがまれにしかない後半と、この巻でははっきりと前後の性格が分かれている。夕霧と雲居の雁の恋が暗礁に乗り上げたままで終った前巻から、巻が変って話は大宮の年忌の場面から幕を開ける。時間の経過と状況の推移を一挙に感じさせる幕開けと言っていいだろう。だからここで確認しておきたいのだが、夕霧の物語はきちんと二巻に分けて書かれたもので、下の巻が開かれた時の読者に与える軽い驚きと、これから展開する物語への期待は、作者の計算に入っていたに違いない。

夕霧の恋はめでたくハッピイエンドとなって終った。何年か先の夕霧がどんな恋に遭遇して悩み、雲居の雁がどんな妻となってそれに応ずるかはここの作者にはまず関係がないだろう。ここでの作者は光源氏の嫡子がしかるべき結婚をして、この一族が繁栄を続けるだろうという予測を与えて、任務の完了としたに違いない。

巻の後半は、物語の大団円を必要な限度に応じてそれ相応に感銘を与えるように描き上げて幕を閉じた。その程度に筆を費したから、少女の巻に比して夕霧関係の記述は少しパーセンテージが低くなったのだろう。

作者複数の可能性

少女の巻の後、玉鬘系の十巻、そして梅枝・藤裏葉という配列を見ると、少女と梅枝・藤裏葉という繋がりがいかにも関係薄く見えるかも知れない。しかし、源氏物語が今日見る形態に至るある過程においては、少女と藤裏葉という二巻が一組のものとして成立しただろうということが窺われる。本章ではその確認に多少の手間を費したのだが、その考察は、おそらくこの二巻が夕霧についての物語としてほぼ纏った形態にあっただろうという推測を抱かしめるものだった。

夕霧という呼称がこれらの巻に用いられているものでないことも、念のため確認しておきたい。夕霧の存在はその誕生（葵の巻）以来物語の上に知られているが、本書が紫式部の執筆と見て取り上げてきた巻々に語られることはほんのわずかに過ぎず、この二巻に至って初めて、主要人物として巻の過半がそれに当てられているケースに行き当ったのだった。夕霧は第一部ではむしろ玉鬘十帖に登場することが多く、第二部では主役となる夕霧の巻を初めとして、中年となって社会的にも個人的にもことの多い年代をいろいろと語られることになる。夕霧という呼称も、夕霧の巻で大きく存在する方という意味で物語を論ずる人の間で通称として用いられるようになったものだ。少女の巻では若君・冠者の君・侍従の君・大学の君・大い殿の太郎君など、藤裏葉の巻では宰相の君・宰相殿・宰相の中将・中納言などと、その場その場で分かりやすい通称が用いられている。

その夕霧が初めて大きく取り上げられたのが少女と藤裏葉の巻なのだが、紫式部が必要あって彼女の紫の物語に一応の決着を付けることになった時には、この二巻についてはすでにほとんど今日あるのと違わない姿をもって纏められたものが存在していただろうと想像される。夕霧という光源氏の後継者も物語の上に存在することが必要だというので、それを取り込んで物語の纏めを付けようと思案して、六条の院の完成や殿移り、かねてここで展開させるつもりだった春秋の争いの一端を大急ぎで書き加え、そして光源氏の太上天皇待遇や、天皇・上皇相並んで六条院に行幸あるという場面をもって大団円とした。そういう慌しい中で完成させたという事情が、今日なおその記述に名残を止めているのではないだろうか。二つの巻を呼ぶのに、あの五節の少女の出てくるほうの巻とか、藤の末葉のうら栄《は》えてのほうとか言った呼び方がとりあえずの巻名として通用され、それを草子の端にでも控えたのがそのまま千年の後に残ってしまったとか、そういう特殊な事情を考えずには理解のしようがないように思われる。光源氏に関しては、藤原氏の存在を表立たせることをあれだけ控えていた物語が、光源氏の一代の栄光の結びに藤原氏の末広く栄え行くことを意味する巻名を使用するなどということは、その理由を考えずに放置しておいていい問題ではないと思われる。

それでは誰がどういう理由あってこの二巻の原形となるものを書いておいたかという大問題が生じてくるが、それは花散里の巻に関して既に第四章（六一頁）で述べた集団制作ということに説明が求められるだろう。武田宗俊説に依拠して、源氏物語中の最も初期にこれだけの巻々がおそらく紫式部の手によって書かれたであろうと想定してみた部分の中にも、なお紫式部の筆とは思われない巻がある。そういう疑いを持って見れば、ことは花散里一巻にとどまらない。紅葉賀の源典侍の一条も疑いを持たれるし、朝顔の宮に関する条々にも別人の筆でないかと疑われる要素が存在する。

作者と作中人物の距離というものはおのずから読者に感じられるものだが、源氏物語において光源氏や紫の上が作者と非常に近い距離にあることは誰しも異存のないところだろう。ところが、光源氏の嫡子、その後継者となるに違いない夕霧がこれまでほとんど物語の上で放置されていたことは不思議としなくてはならないし、作者とやや距離を置いたその書きぶりは主要な登場人物として現れた少女・藤裏葉の巻において、われわれ読者に幾分の不審を与えることになる。

源氏物語の人物が必ずしも一貫した性格をもって書かれていると言い得ないことは、当時の物語の置かれた状況から言ってやむを得ないことだと大方の読者が寛恕している事実だが、夕霧に関しては、玉鬘系の巻々においても、また第二部にわたっても、作者はその少しひねくれたところのある、父光源氏に対する劣等感とか、外部へ向けての非協調性、事に当っての強引さなどよく前後一貫して描き出している。作家としての能力には感服せざるを得ないが、源氏物語の読者としてのわれわれが作者に対して抱く共感、親愛感において、はなはだ期待に反すると言わざるを得ない。源氏物語の謎のひとつだろう。

女房の文学の特色

夕霧のこういう人物像を一体誰が描いているのだろうか。紫式部を作者と考えるならば、その筆の先から生れたのが光源氏であり紫の上であるのはいかにも納得しやすい。しかし夕霧となると、その人物がリアリティをもち、作者の企図にふさわしく描かれているにしても、作者と人物との間に置かれている距離感に、読者であるわれわれの心にひっかかるものがあることを感ぜずにはいられない。

源氏物語など王朝の文学作品において、われわれは作者とともに、あるいは作中人物に親炙し、あるいは反感をもって対立するというように喜怒哀楽の情を共にするが、作中人物と作者と読者とが一体となって物語を享受する、それが一般の物語理解の方法であるだろう。つまり、作中人物と作者の間に持たれている距離感とか角度が読者に再現されることが要件となっているので、ことに女房の文学はその条件を無視することはできないはずだと思われる。

例えば、光源氏が明石から都へ帰って後、気にかかっていた明石の方に女の子が生れたという報せを受ける。出産、ことに女の子とあれば、成長しての先々までが心に懸ってくる。たまたま乳母とするにふさわしい女性が子を産んで心細い境遇にあるという話を聞く。宮廷勤めをしていた頃を知っている女なので、人を介して明石へ行ってくれぬかという話をもちかける。源氏様の関係ならばという承諾を得て、忍んで当人に会いに行く。その場面で、地方へ遣るのは気の毒だがとこまごまと話をした後、苦労にやつれてはいるが悪くはないな、とその様子を見ながら、冗談半分に口説いてみる。女のほうもふと、そんなことで光源氏の対象になるならよかったのに、と心が動かないでもないが、もちろん本気になりはしない。

かねてより隔てぬ仲とならはねど別れは惜しきものにぞありける——光源氏

前々から離れることのない仲だと習慣づいている二人の間柄ではないのだけれど、さあ別れるとなるとなごり惜しい気のするものだね。

うちつけの別れを惜しむかごとにて思はむ方に慕ひやはせぬ——乳母となる女房

突然わたくしとの別れが惜しいとおっしゃる、そのおことばは実は口実に過ぎないので、お心は大事なお方のほうへと跡を追っていらっしゃるのではないでしょうか。

別れに際しての贈答だ。こんな思い出に残るようなやりとりがあって、姫の乳母になる女房を送り出してやるのだが、この後も光源氏は明石への便りのある度に乳母への心遣いを忘れなかっただろうし、乳母は乳母で、光源氏の恋人になれたかも知れないという思い出を胸に包んで、明石での日々を過したことだろう。

光源氏の周辺には、名のある妻となった以外にこの程度の交渉をもった女房クラスの女性は数え切れないほどいたという想定で、物語世界が構成されている。紫式部を初め当時の物語作者の核心となったのは、同じこのクラスの受領階級出身の女性たちだった。だから心情的に、物語の主人公である光源氏を初め、主だった登場人物に対しては、この感覚をもって書かれているだろうし、読者もまた無言の前提としてそういう心情をもって物語に対していたはずだ。

もし物語の作者がいずれもこういう感覚を持つ女房階級の人々だったならば、少女・藤裏葉の巻の夕霧に対する作者のような態度はあり得なかったのではないだろうか。これはどうしても別種の感覚を持った階層の作者を想定してみなくてはならない。

この課題は大変な難問のように見受けられる。しかし、実は源氏物語自身の中に解決の鍵は残されているようだ。本書「I　源氏物語とその作者たち」の第一章（二〇頁）に、源氏物語の第二巻・帚木の巻に進んだところで、この巻が第一巻とかけ離れて全く別の話題が展開されるので、読者は唖然としてしまうということを紹介した。そこでは話題の展開に問題を絞っていたが、これは作者に関する問題でもあったのだ。ここでは対象となっているのは光源氏その人で、光源氏が世間でもてはやされているけれども、実は好色な隠し事などもあったのだと、作者はそんな暴露を企てていることを前置きにして話を始めている。そういう遠慮のない態度で光源氏を俎上に載せているので、作者がこれから空蟬や末摘花に関した話を始めようとする予告なのだ。それは、少女や藤裏葉の巻における夕霧に対する態度以上に、もっと徹底した筆付きを見せることになる。ただ断っておかなければならないのは、帚木に見られる右の事象は玉鬘系の巻におけるものであり、玉鬘系の検討に十分な記述の及んでいない本書では、源氏物語が成長する過程において、作者の問題は女房階級に主眼を置いておくことさえできなくなるだろうという予想のあることを言うだけに止めておきたい。

玉鬘系の巻々への進展

玉鬘系については、本書では冒頭部分の数巻以外には深く触れていないが、空蟬と末摘花とには後日譚と言うべき関屋・蓬生の巻があることを第五章（八八頁）に述べた。しかし、残る十巻は第一部の末尾近くに一群となって挿入されている。玉鬘十帖と呼ばれる巻々だ。これらは量的に大きいばかりでなく、内容的にも、主人公として夕顔の忘れ形見の玉鬘という名の女性が登場し、主要人物のひとりとして自由に活躍の場を与えられている。六条の院を舞台として物語に新しい方面を展開したばかりでなく、第二部に入っては物語の本筋と合体して源氏物語全体としても主要な人物のひとりとなって腰を据えた観がある。この参加によって源氏物語は新たな一要素を形成するに至っている。

顧みると、夕顔という一女性を描いた巻が源氏物語には大きな寄与をなしている。夕顔の存在は光源氏の心に強い印象を残したばかりでなく、物語の展開にも深く関与している。

思へどもなほ飽かざりし夕顔の露に後れし心地を、年月経れど思し忘れず、……（末摘花）

年月隔たりぬれど、飽かざりし夕顔をつゆ忘れたまはず、……あらましかばとあはれに口惜しくのみ思し出づ。（玉鬘）

二つの巻の新しい物語の起筆は同じように光源氏の追憶と追慕の情から筆を起しているが、それは同時に作者の創作動機をも語っている。末摘花の巻では、光源氏のその心が裏切られて滑稽譚へと転じて行くが、玉鬘の巻のほうは、作者が光源氏と心を共にして夢の再現へと進んで行く。

言い落してならないのは、玉鬘の巻と夕顔の巻とはおそらく作者が違うだろうということだ。夕顔は右近ひとりだけを連れて出たまま行方知れずになって年月が過ぎたのだが、この巻の半ばあたりで、残された若君――これが玉鬘だ――を守り育てていた乳母の一族が長谷の観音に詣でた先で、その折以来光源氏に仕えている右近と巡り合うことになる。互いにその後を語り合っている中で、右近が「さりとも姫君をば、かのありし夕顔の五条に」留めておいでだろうと思っていた、と言うことばがある。当時姫君は西の京の乳母のもとに残していたので、右近が――そして作者がそのことを間違えるはずがない。これは話を受け継いだ別人がうっかりしたと言うほかはないだろう。

玉鬘十帖はいわば玉鬘の貴種流離譚を契機として、玉鬘が光源氏の六条の院の生活に登場し、物語の新しい女主人公として存分にその魅力を発揮する。その舞台となる六条の院は光源氏の財力・勢力をもって築いた理想の邸宅であり、紫の上や秋好の宮を初めとする上の品の女人たちを集め、現世最高の美を尽くした生活を具現したのだった。作者は光源氏三十六歳の一年をここに展開される優美な生活の描写に当てようと計画したものと思われる。春の初音・胡蝶の二巻はほぼ目的通りに読者を酔わせることに成功した。初音の巻のうららかな新春。そこに交される明石の方と姫君の慕情。満ち溢れる光のもとの一滴の涙。そして場面変って胡蝶の巻では季節の行事が描かれる。桜花のもとを漕ぎ巡る龍頭鷁首《りょうとうげきす》の舟。中宮の季《き》の御読経に紫の上から奉る花は、銀の瓶に桜を挿して鳥の装束をした童《わらわ》たちが、金の瓶には山吹を挿して蝶の姿をした童たちが池伝いに舟を漕いで現れて仏前に捧げ、それぞれ鳥の楽、蝶の楽に合せ舞いつつ退いて行く。この世の極楽を現前させた趣を見せる。

夏の巻では、花散里の住む御殿の馬場で競射が行われるなど新たな趣向を見せるが、この間だんだんと生活になじんできた玉鬘が、男性たちの関心の的となり始める。光源氏は玉鬘の結婚の候補者としては兵部卿の宮を薦めるが、自身も玉鬘本人に心惹かれずにいられない。動揺に意を決しかねているが、ある夜訪れた兵部卿の宮と応接している玉鬘の座近く忍び寄った光源氏が、袖に隠し持っていた蛍をぱっと放って一瞬その姿を浮び上らせる。こういう幻想的な美しさがどれほどか物語の人気を高めたことだろう。玉鬘の物語は、その着想の枯渇を憂える要はなかったのかも知れない。

しかし、右の蛍の巻以後は次第に題材が平常化してくる。にも拘らず、読者の要求に応えたものだろう、秋の野分、冬の御幸《みゆき》（＝深雪）など四季を経た後にも、玉鬘の運命を追って十巻まで巻を重ねることになる。光源氏以上の人気を占めてしまったのではないかと懸念されるほど、それは新しい有力な傾向であり、物語の長篇化が定着する大きな契機を生み出したのだった。短篇的な巻の積み重ねという形で出発した物語は、大きな曲り角にさしかかった。しかし、玉鬘系出現以前で一線を引いてみるならば、紫式部の源氏物語はそれなりにみずからの個性を主張していると見ることができるだろう。

われわれの手にする源氏物語では、髯黒の大将に玉鬘が奪われるように連れ去られた後の六条院で光源氏四十の賀が行われるというイメージを与えられる。玉鬘系が存在しない時点で藤裏葉が書かれたとすれば、光源氏はどんな気持で四十の賀の慶びを受けただろうか。読者としてはどんな感じ方をするだろうか。その違いを考えてみることも源氏物語理解の一助となるに違いない。

終　章　男性作者の登場

物語収拾の事態

光源氏が栄華の絶頂に達したところで物語を終結させよう、という意図はかなり早くから持たれていたのではないかと思われる。これという証拠は指摘しにくいけれども、そう思っていいだろう。しかし、右に言う終結は今日見る源氏物語が一瀉千里の勢いをもって終っている、そのような終結を意味するものではない。やはり、物語らしく、読者の気持に沿うようなエンディングの曲折や、それらしい流れの豊かさを感じさせるものでなくてはならないだろう。ところが、現に見る第一部の終末は、それだけの時間やゆとりのない、ただ作者の必要に迫られての結びのことばを書いただけのものだ、という感を免れない。物語上の時間は前後するのだが、玉鬘系の作者によって描かれた六条院の春ののどけさや、桜花爛漫のもとに行われる行事の豊かさ、初音・胡蝶の巻のみごとさに接するだけでも、それと対比して藤裏葉の終結はいかに作者が心せかされているか、感じないではいられない。走り去るような作者の後ろ姿に首をかしげてしまうのだ。これは当初の計画とは違う、事情あって生じた差異だったに相違ない。

紫式部は父系も母系も共に藤原氏で、藤原を嫌っているような様子もなければ、嫌う理由もないだろう。同族の宣孝と結婚し、藤原氏の勢威の先頭に立つ道長に見込まれて娘彰子のもとに仕え、その信を得ている。藤原氏に対してなんらの隔意もないだろうが、その書く物語の上では宮廷の血統を重んじ、光源氏や紫の君を主人公として絶大の信頼と尊敬とを寄せている。その理由はもっと深く考えてみなくてはならない大切な問題だが、前章にも触れたように、光源氏全盛の結びの巻に藤裏葉という藤氏の枝葉の栄えを意味する名を付けることは、どうしても妥当と考えることができない。ここには紫式部の意思とは別個の力が働いたと考えなくてはならない。

話は飛躍して序の章における時点に戻ることになるが、寛弘五年（一〇〇八）秋、皇子誕生五十日の祝いの席で藤原公任が「このわたりに若紫やさぶらふ」と紫式部を捜して歩いていた、この時点で源氏物語が既にある部分成立して世間の評判になっていることが確認されるのだが、この七年前に夫に死去されて寡婦となった式部が光源氏の物語を構想し、既にある部分が完成し、世間にも流布して評判となっていたわけだ。それがどのあたりまで進行していたかは確証がないが、式部が宮仕えに出る以前に須磨・明石の巻前後まで書き進んでいたのでなかろうかとする見解が妥当なものと『日本古典文学大辞典』（岩波書店。「紫式部」の項。執筆秋山虔）などにも述べられている。その点は本書でもほぼ異論のないところだが、本書の見解を加えれば玉鬘系を除かなければならない。若紫から賢木の巻までが紫式部ひとりの筆だということは決定してよさそうだが、花散里の巻は第四章（六六頁）に述べたように別筆だろうから、この辺からは宮仕え以後と見ていいかも知れない。

それでも紫式部の初出仕は寛弘二年もしくは三年の年末と見られているから、それから寛弘五年の日記記事の頃まではは須磨・明石の巻を越えて、多分もっと先まで進んでいたことだろう。

同じく日記の、彰子の宮廷還啓以後いくらかの時日を経ての頃の記述だが、上の御局《みつぼね》でのことだろう、帝がお成りになって、女房に源氏の物語を読ませて聞いておいでになる。「なるほどこの人は日本紀を読んでいるのだろうな」という御感想が、女房たちの間に噂となって広まってエピソードを生む。これがどの巻についてのことなのか注目せられるが、かりに帝の関心が一度きりのことであったとしても、帝も源氏物語を知的な対象として心に留められたという事実は源氏物語の勲章として忘れられない。

こういう源氏物語にとって幸福な状況が、どのくらい続いただろうか。宮廷での生活は、女房たちにしても里にあるよりは自由になる時間はよほど少ないかも知れない。しかし、ともかく源氏物語にとって幸福な時間が続いていただろうと思われる。ゆっくりとではあっても確実に物語の進行が続いていたと思っていいだろう。

このあたりの周辺の状況を伝えてくれるのが栄華物語だ。栄華物語の「栄華」は道長のそれを意味するもので、その意図がはっきりと現れている書物だ。紫式部日記などもその資料として引用されていて、諸方に辞句そのままが用いられてもいるので、成立事情はおよそ察知できる。ともあれ、史料としては貴重なもので、源氏物語の周辺を知るには無視できない。このあたりの筆者は赤染衛門だろうとされている。

物語に関わる人物の性向

一条天皇は病身だった。その日常から見て結核などがまず疑われるが、それが生来の気質に加わってのことだろう、温和で人に強いることがなく、洞察力に優れている。反面消極的な傾向も掩《おお》いがたいが、記事の上でも周辺の人々への思いやりなどが印象に深い。枕草子でおなじみの皇后定子が障害のある人だったらしいのは意外だが、天皇はこの一家の非運にも同情的だ。いよいよ譲位を決意して東宮(即位して三条天皇)にそのことを伝えられる折にも、次代の東宮には、本来ならば定子所生の第一皇子敦康親王を立てるべきだが、はかばかしい後見もいないことだから無理しないよう、この度は彰子所生の敦成親王に、という意向を告げられる。

栄華物語に描かれている道長は、大政治家らしく剛腹で些事にこだわらない人物として登場しているが、この時ばかりは喜びに堪えない有様だったらしい。自身が東宮、やがて皇位に就くべき皇子の祖父となるのだから無理もないが、これに皇子の母の彰子が反対した。それは帝の年来のお考えと違う、帝は年の順にとお考えになっていたのだし、わが子の若宮は幼くて、将来どうなるかは宿世に任せるはずのものだ、と泣く泣く父に対して異論を唱えるのだった。今さらに変更されることではなかったが、これはまんざら作者の文飾だとは言えないようだ。彰子の妹の妍子については、三条天皇の後宮に入った後、先輩の女御に対する配慮もなく立后のことを求め続けた様子が語られている。やはりそれぞれの人柄は語られていると見ていいだろう。

彰子が結婚したのは――本来ならば入内と言うべきだが――十二歳の時で、天皇はこの時二十歳、この天皇は幼時からの在位で、天皇としての行住坐臥、思考や判断などすべてが身に付いていたと思われるが、彰子は夫君の資質に大きな影響を受けたと見受けられる。天皇の妻としての人格がその間に育ったものだろう。藤原氏の、道長家の長女としての思考や判断の偏りは、この人に認めがたいように思われる。

源氏物語の描く宮廷と臣下（藤原氏）との関係の基本的なスタンスにはその顕現を考えていいのではなかろうか。紫式部の書く物語は、おのずから彰子の基本的に持つ思考・性癖・趣味・好悪等を反映していると考えていいだろう。もちろん光源氏という人物像は、彰子や式部の関与以前から伝承されていた日本人の理想像の集約、心意伝承上の存在であるに違いない。しかし、物語作者がそれを具象化するに当っては、作者の意識下に働くものが作用すると考えられる。伝承が創作に及ぼす微妙で複雑な作用こそ物語の感性を決定づけているに違いない。光源氏という人物像の特色がそこに生れたのではないだろうか。

それでは、物語の上に彰子――紫式部という人物の気質から考えにくいような場面がなぜ現れてくるのだろうか。

この二人の周辺にいる女房団から、それに大きく離反するような個人を想定することは大変に難しい。疑問を存するのは少女・藤裏葉の二巻ばかりではない。紅葉賀の巻の源典侍の件りを思い出していただきたい。これも紫式部が書いたものだと無条件に言えるのだろうか。光源氏と頭の中将の悪ふざけを、一体どんな作者がどんな読者を喜ばせようとして書いただろうか。若い男たちのあくどい遊びを描いてお姫様にお読ませする気なのですか、同僚女房からのそういう反問を当然予期しなくてはならない。

紅葉賀の巻のあの部分はここからここまでが書き入れ部分です、とはっきり指摘できる。前後との繋がりなど不自然なく、巧妙に繋ぎ合されてはいるけれども、その部分を取り去って前後を繋いで読んでみると、なるほどもとはこうあったろうかという妥当性が感じられる（第三章・五九頁参照）。紫式部は各巻に書くべきテーマを決めて、ほとんどそれから逸れることなく記述を進めている。紫式部作と最も信じられる巻々は、冒頭以来几帳面なほどにその態度を持している。紅葉賀の巻は、それを破っているばかりでなく、さらにこの後日譚らしく、老いてなお好色の心を失わない源典侍が朝顔の巻に登場する。しかし、それも作為以上になんらの意味をも感じさせるものではない（第七章・一二四頁参照）。

見出された男性作者

これまで源氏物語の作者として、男性を除外してきた。しかし、その枠を取り外してみると、どういうことが見えてくるだろうか。彰子の近くにいる男性として、一条天皇はまず除外していいだろう。源氏物語の進行と並行するように、天皇の病状が進んでいる。寛弘八年（一〇一一）譲位があって間もなく、同じ六月のうちに崩御ということになる。まことに慌しく、もはや物語どころでないという事態になったことが推測される。

彰子の父の道長は紫式部日記の皇子誕生の場面で四十三歳、彰子や女房たちが物語の制作に懸命になっているからそれに力を貸す、下の娘の妍子が欲しがっているから紫式部の局を漁って草紙を捜し出して来る、そういうことはあっても、自身が欲しい、読みたいというのではなさそうだ。まして、自身が書こうという気持があるとは見受けられない。

ところがここに、彰子の身辺に物語の制作に興味を持っていそうな男性がひとり考えられる。紫式部日記に「段の三位の君」として登場し、彰子の周辺にいて自由に出入りもし、紫式部をはじめとする女房たちとも親しく接することができる。彰子の同母の弟田鶴君《たずぎみ》、後の関白頼通だ。

右の時点で十七歳、元服してすでに任官もしているけれども、気楽な、暇の多い身だ。枕草子を見ると、定子の兄弟の伊周・隆家兄弟が始終定子を訪れてくる。定子が上の御局にいる時にも来て、宮仕えの手助けもすれば相談にも乗る。父親よりも気安く出入りができて、女房たちも歓迎する。そういう状況がわれわれの実感を喚起する筆つきで書かれている。王朝社会では同母と異母とのきょうだい関係の差は歴然としている。伊周は定子の兄、隆家は弟になるが、いずれも同母、いかにも仲のよい同胞と見受けられる。これが当時一般のことで、特殊な例ではなかっただろう。頼通は彰子より四歳の年下だから頼もしい後見役ではなかったかも知れないが、むしろ彰子のほうがそのわがままを聞き入れる姉だった可能性がある。

この九年後には、頼通は二十六歳で早くも内大臣に昇進し、父の譲りを受けて、彰子の生んだ幼い天皇、後一条天皇の摂政となる。もちろん実権は道長が握っているだろうが、やがて関白に移り、長命だった頼通は五十年近く権力の座を占め続けることになる。この人が文学に理解と嗜好の深かったことは、例えば第四章（七四頁）に紹介した天喜三年六条斎院物語合の催しに列席していることにも現れている。その箇所では深く触れなかったが、実際にはこの物語合せ自体が頼通の意向のもとに催されているものなのだ。タイトルとされている六条斎院、禖子内親王は後朱雀天皇の第四皇女で、母は一条天皇の第一皇子敦康親王の娘嫄子《げんし》だが、その誕生直後に母を失った。この母が頼通の養女となっていた関係で、幼時から頼通の高倉第で養育され、頼通を後見としていた。禖子は八歳で斎院となり、病身だったが和歌を愛していたので、女房たちと度々歌合せを催し、中でも右の物語合せは後世に名をとどめることになった。頼通はその後見として事実上の主宰者であり、広く見ても歌壇の庇護者で、私家集の集成、歌合せの類聚などを残している。

このように、頼通に和歌や物語への親近を見ることは自然だが、この人には文学に限定することなく芸術・文化全般への嗜好が見られる。宇治の平等院の建立ひとつを取ってみても、そのことは容易に推察できる。父道長の別業を譲り受けた宇治の院を仏寺とし、現世に極楽世界を現出せしめようとしたその意図が、いかにも頼通という人物を感得せしめるものがある。今日見られる鳳凰堂はその阿弥陀堂だけが残存したものだろうが、それでもわれわれに、その志のいかに壮大だったかを示している。晩年を宇治に隠栖し、宇治関白と称せられた頼通に、宇治十帖の名がなんらかの関係を持っていないかも気に懸かることだ。

ついでに言えば、頼通は二度も道長から勘当を受けている。道長の出家後政務を委ねられたにも拘らず、宮中の諸司が懈怠しているというので、監督の不行届きを責められたのだ。おそらく頼通は政務に適してもいず、熱心でもなかったのだろう。

頼通が若年に源氏物語になんらかの関わりを持たなかったか、この点については何ひとつの証拠をも見出すことができない。それゆえ頼通が源氏物語の創作に参加したことは全くの仮説の域を出ることができない。できるのはそう考えることによってわれわれがどれだけ合理的な納得を得られるかを試みることだ。古文書などの中に確実な証拠を得ることはどれほどか揺るぎない思考の基盤を得ることだろうが、そんな僥倖に巡り合うことを待ってばかりはいられない。方法は自身で案じ出さなければならないだろう。

われわれが仮定の上に立ってもしやというもの言いを試みるのは、そこに真実に到達する道があるのではないかと切望しての企図なのだ。

仮定の上に立って

もし頼通が源氏物語の執筆に参画していたとすれば、どういう場面が考えられるだろうか。たとえば、物語に興味津々という青年が姉のもとにある新しい物語を読んでみて、これじゃあまり深刻過ぎる、光源氏は気が狂ってしまうよ、と言い出すといったことがあって、それじゃあなたならどうするの、あなたに書けるの、というようなことから、姉のもとにあった草紙を借りて行って物語の幾齣からしいものを書き加えてきた、というようないきさつを想定してみたとする。それが源典侍をめぐる光源氏・頭の中将の一段だった。彰子は一読して、まあひどい、と言いはしたものの、処置に困っているところへ紫式部がやって来る。あなた、これどう思う、まあ読んでごらんなさい。あら、田鶴君がお書きになったのですか、それでは今晩拝見します、ということでその場は逃れたものの、彰子としては本当にもてあましてしまった。文章としては決して下手ではない。それどころか、驚くほどうまいのだけれども、なにしろ話題が話題だから人前に出せるものではない、と思っていたところが、翌日出て来た紫式部は意外にも、いいではありませんか、戴きましょう、と言う。わたくしの物語は本当のところ変化が少なくて困っておりました。息の抜ける話題があればと思っていましたが、あれだけ思い切った話題の転換は田鶴君様でなければ思い付きも書きもできません。ぜひ頂戴しましょう、ということになって、彰子としては半信半疑ながら、紅葉賀の巻が内容を補足することになった。

たとえばの話だ。たとえばこういう経緯を考えてみれば、源氏物語に男性作者の参画が始まることも考えられない話ではないだろう。もう少し想定を続ければ、これが契機となって、夕霧を主人公とする巻をどこかに挿入しようという話が起って、田鶴君がそれを担当することになる。夕霧の登場が少なかったのは、そちらに任せてあるからという気持が働いたせいかも知れない。そうこうしているうちに、天皇の御健康がすぐれないことが後宮の話題となるようになる。譲位の御沙汰が出るかも知れない、という情報は彰子周辺の女房たちを愕然とさせただろう。長年慣れなじんだ藤壺を明け渡さなければならない。それだけでも大変な衝撃だっただろう。その中にあって紫式部はまず源氏物語のことを考えたに違いない。完成間近になっている物語をなんとか結末までもってゆかなければ……。夕霧のことは、田鶴君がもう出来ているとおっしゃっていた。朝顔の宮のことはどうなっているかしら。もう一巻書くことがあるとあの人が言っていた。わたくし自身は殿移りを書いて、それから明石の姫君の入内、明石のお方と紫の上との融和、ここは上手に書きたいところだった、そして最後の行幸《みゆき》の場面……。それにしても、まず田鶴君にお会いしてお書きになったものを頂かなければ……。

しかし、結局は時間が足りなかった。田鶴君の下書きに書き継いだり書き足したりして何とか形は付けたけれども、それを田鶴君に持って行かれて、その間に譲位、御出家、崩御から御大葬、宮廷からの退去、次々と続く行事の間にもうすっかり別の国の人になったような気持で、源氏物語は遠い世界のお話になってしまった。懐かしくはあるけれども手を離れてしまった存在……。

運命の変転の中に紫式部が揉まれ抜いたことだって十分考えられる。一条院の崩後、彰子は父の邸に帰って、昔懐かしい土御門殿で暮すことになった。しかし、昔のような華やぎはない。亡き夫の君の冥福を祈る日毎だった。彰子の心が物語から離れてしまえば、誰もそれを話題にする者はいない。火の消えたように、ここでは先帝の追善に関することと以外は話題に上せる人はいなくなってしまった。紫式部の名も、消えたように歴史の表面に現れなくなってしまったが、栄華物語の寛弘九年正月十五日、御念仏の催しに人々が追慕の和歌を詠んだ中に、藤式部の名が出ている。

雲の上を雲のよそにて思ひやる月は変らず天の下にて

の歌を詠んだのだが、作者名も藤式部とあるのが時世の違いを感じさせる。紫式部日記に記されたと同じ若宮誕生の頃を記した栄華物語では、紫式部を「紫」と略して呼んでいた例もある。それほどに紫式部と紫の君の物語は人の心に密着して印象づけられていた。今は藤式部の名に戻って、源氏物語は彰子周辺の遠い記憶になってしまったのだ。

最後に残る問題

頼通を源氏物語の作者のひとり、少なくとも作者たり得た存在として考えてみると、いろいろ心をそそられるものがある。大斎院と呼ばれた選子が彰子のもとに何か珍しい物語はないかと誂えたのが契機となって、紫式部が石山寺に参籠祈念して源氏物語の着想を得たという有名な伝説も、斎院と道長家の親近を語っているが、斎院禖子と頼通とはもっと近い関係にあった。頼通自身が源氏物語の作者に加わらなかったとしても、斎院での歌合せや歌会、物語の制作や蒐集に、頼通が無縁であったはずはない。源氏物語が世間に流布するにも、頼通と斎院文学圏が与《あずか》って力があったことは十分に考え得るところだろう。

紀貫之が女文をもって土佐日記を書いたのが、彰子の周辺で源氏物語の制作が進行しつつあった時期から数えてほぼ七十年前、道綱母が蜻蛉日記を書いたのが三十年くらい前のことになる。その七十年あるいは三十年の間の仮名文の進歩は、本当にめざましいものがあったと思われる。土佐日記のぽつんぽつんと寸断される、漢文訓読体の影響の強い文体とも、蜻蛉日記の切れ目なく続く女房日記の文体とも違う、新しい物語の文体がその時代に確立されている。

源氏物語が世間に受け入れられ、今日で言えばベストセラーとなった大きな成功には文体の成立という大切な要素があったはずだ。紫式部の功績の内容には、新しい文体の推進、ある場合には創造という一項目を数えなければならない。そして、その成功が源氏物語の第二部・第三部の成立には大きく関与しているだろう。本書に提示した第一部において頼通が——あるいは玉鬘系を含めればさらに何人かの男性を加えることになるだろうが——執筆に参加しているのでないかという仮説は、若菜上下以下には第一部以上に男性が関わることが多いに違いないという見通しを基盤に持っている。

それにしても、源氏物語の謎として最後まで残るのは、光源氏と藤壺との密通がなぜ書かれねばならないかという一条だ。これは原・源氏物語を継承して、二度目の逢瀬から書き出している実情においては、紫式部にはその責任の半分を負わせるしかないが、宮廷で、帝の前で読まれる物語がそれを容認されていることには、どんな理由があるのだろうか。

古代の日本では、天皇の后妃の中に宮廷の血筋を持つ者と中臣氏の血筋の者と二種の女性のあることが必要だったらしいということは、第一章（一六頁）において藤壺と弘徽殿の対立に関して触れたところだ。信仰的な理由から天皇は太陽神の信仰の力と水の呪力の二つを併せ持つことが必要とされたらしい。これは大嘗祭を初めとする古代宮廷祭祀の研究から帰納されるところだが、平安朝の后妃の選定にはそういう原則が尾を引いているように見受けられる。もちろん古代信仰が生きて人々の意識に存したのではなかろうし、紫式部がそれを考えて藤壺と弘徽殿の対立を物語化したわけでもないだろうが、意識下の制約として物語の上に現れたものと言えるだろう。

いわば宮廷生活上の最高の女性が祭祀の場の最高位に立つのだから、その任に当る人は極めて限定されている。神武天皇の崩御の後、皇位継承の資格を持つ実子を守る皇后に対して、年長の継子が言い寄って皇位を簒奪しようとする。こういうことが歴史の上に残されているが、光源氏をいわば天皇に準ずる存在として物語化してゆく過程でそれを偶像化して高巫の対象とすることはあり得たかも知れない。しかし、紫式部が自身の物語の中に公然とそれを書いたものだろうか。

源氏物語と並んで歌物語の代表とされる伊勢物語には、これまた宮廷巫女として最高の位と言うべき斎宮の密通の物語が伝えられている。王朝の物語にはなぜこのようなわれわれには解き切れないような謎が残されているのだろうか。

Ⅱ

論文三編

朝顔の宮追従に発して

朝顔の巻への疑問

桃園式部卿の宮の姫君が「朝顔」の名で呼ばれることは、この姫君と光源氏との間に朝顔の花につけての贈答があった、それによっていることは言うまでもない。朝顔の姫君（葵・賢木）・朝顔の宮（葵）・朝顔の斎院（読者の慣用）など、いずれにせよ、この姫君についての呼び名は朝顔の件の印象の強いことを示している。ただひとつ、帚木の巻に「式部卿の宮の姫君」としらばくれたような呼び方をしているのだけが例外である。

朝顔の姫君の名の由来となった、朝顔の花に関する贈答は、物語の上に語られていない。帚木の巻でも、空蟬をとり巻く女房たちが「式部卿の宮の姫君に朝顔たてまつり給ひし歌などを」噂していることが言われているだけで、贈答そのものは物語の表面に現れない知識とされている。

朝顔の姫君についての記述は、これ以後、葵・賢木・薄雲等の巻々に見られるが、いずれも断片的・挿話的なものにすぎない。この姫君が一篇の女主人公として登場するのは、その名をもって巻名とする朝顔の巻においてであるが、それ以前にすでに「朝顔」という呼称は決定している。

つまり、物語の表面に現れない、読者が知識としてだけ知っている贈答によって、この人物の呼び名が決められている。源氏物語としては異例のことである。

朝顔の巻における光源氏は女五の宮訪問にかこつけて、同じ邸内に住む朝顔の姫君をも訪れる。父宮を失い、斎院を退いた姫君の今の境遇は、その意志さえあれば光源氏との結婚に前途を托してもよいはずである。しかし、光源氏の申し出に対して姫君はなお心を動かすことがない。翌朝、憂悶の情はれぬままに朝霧をながめていた光源氏は、枯れた花の中にあるかなきかに咲いて色合いもあせた朝顔を見出し、これを折って消息を送る。

見しをりの　つゆ忘られぬ朝顔の花の盛りは、過ぎやしぬらん

考えようによっては、ずいぶん残酷な歌である。朝顔の姫君の年齢は物語の上では不明であるが、葵の巻の、光源氏二十二歳の頃に、すでに源氏の執心の久しいことが言われている。帚木の巻の記述を信じれば、光源氏十七歳の夏のころ、あるいはそれ以前に朝顔の花にまつわる贈答があったわけである。姫君の年齢を最も若く見て、光源氏より三、四歳の年下であろう。そうであれば、光源氏三十二歳のいま、朝顔の姫君ももう三十に近いか、それ以上の年齢と考えなくてはならない。斎院となる以前ならばともかく、足かけ九年の斎院の生活が経過している。まさに「花の盛りは過ぎ」ているはずである。

あなたの女としての盛りの年代はもう過ぎてしまったでしょうね。思いをかける女性に対することばとして、われわれにはかなり異様に響くのであるが、そういう前提を認め合って、なお愛を話題としようとしている。この巻における光源氏の恋は、そういう種類のものである。そして、相手の盛り過ぎたことを言うことが失礼でも皮肉でもなかったことは、これに対する姫君の反応からもうかがわれる。

秋はてて、霧のまがきにむすぼほれ、あるかなきかにうつる　朝顔

悲しみにとざされて、もう、あるかなきかというほどに衰えている私です。「うつる」は「うつろふ」と同義であろう。そう答えて、消息のことばとして「似つかはしき御よそへ」だと言っている。しおれかけた朝顔に私をおたとえになるのは、適切な比喩でございます。そう言って、光源氏のことばへの容認を示している。

この場面の光源氏も、姫君も、すでに恋の盛りの年齢にある人ではない。光源氏はひとたび自分が思いをかけた相手を見捨てることのない心長さから、今からでもなお恋の遂げられることを待ち望んでいるが、姫君のほうはいまさらにうき名の立つことは望まないし、六条御息所の例なども聞き知っている。改めて身の歎きを添えるつもりはない。

ふたりにとって、この朝顔の巻の応酬はむしろ昔日の恋の残照にすぎない。恋の経緯の全体から見れば後日譚だったのである。かつて、ふたりが共に若さの盛りにあった時分、朝顔の花につけての贈答があり、それは世間に歌語りとして喧伝されるほどのはなばなしいものであった。その印象がこの人を「朝顔」の名をもって呼ばせることになったのである。

ところが、源氏物語は最も肝要な、ふたりの恋の眼目となるべき場面を描かずに、後日譚だけを描いた。しかも、作者は朝顔の巻以前から、「朝顔」の名をもってこの姫君を呼んでいる。夕顔の巻があって後に、その巻に登場し、夕顔の花にまつわる応酬のあった女主人公が夕顔と呼ばれ、花散里の巻があって後に、その巻に初めて紹介され、深い印象を残した女主人公が花散里と呼ばれる。そういう常例と異なって、朝顔の巻はこの姫君の呼び名の拠り所とはなっていないのである。

失われた場面の存在

朝顔の巻は後日譚であるがゆえに、かつてのふたりの恋の応酬の眼目となった、大切な小道具である朝顔の花を再び持ち出している。ここではふたりの恋の境遇の変遷に伴って、はかなく色あせた朝顔の花が用いられた。しかし、十数年前に贈られた朝顔はそんな生気のないものではなかったであろう。それは当時の、若い姫君の象徴でなければならない。

「見しをりの　つゆ忘られぬ」という辞句には、ちょっと特別な注意がひかれる。それは、光源氏が以前に朝顔の姫君を「見し」おりがあったことを言っているからである。「みる」は意味内容の広いことばで、[注1]恋詞としては結婚関係をもつことをも意味することがある。「みし人」と言えば、夫婦関係にあった人ということになるが、ここではその意味に用いられているのではないであろう。光源氏が朝顔の姫君をその意味で「み」たとは考えがたい。しかし、その経験が光源氏にとって「つゆ忘られぬ」重要なものであり、ふたりの関係を位置づける条件ともなるものならば、この歌の「みる」は、何かの機会に光源氏が姫君をかいまみたと解するのが、最も自然な受け取り方であろう。

「朝顔」は言うまでもなく、植物の朝顔にかけて、女性の朝方の顔、寝起きの顔を意味している。夕顔の巻の一挿話として、六条御息所のもとに一夜を過した光源氏が、翌朝、前栽の花の咲き乱れているのをながめながら、送りに出た女房、中将の君の手をとらえて歌をよみかける場面が描かれているが、

咲く花に移るてふ名は　つつめども、折らで過ぎうき　けさの朝顔

というその歌も、やはり植物の朝顔と女性の寝起きの顔とをかけて言っている。

藤袴の巻に「御かへり、おほどかなるものから、（中略）なつかしきにつけても、かの野分の朝《あした》の御朝顔は、心にかかりて恋しきを」と言われているのは、野分の巻の暴風の翌朝、御簾の乱れている隙から夕霧の中将が玉鬘の朝明の顔をかいまみたことを指している。これは女性の顔そのものを意味する「朝顔」であるが、そういう偶然のチャンスに、男性はふだん見ることのできない女性の顔をうかがい見ることがある。

枕草子には「寝くたれの朝顔」[注2]ということばもあって、女性にとって、寝起きの顔など人に見られたくもないであろうが、「見しをりの　つゆ忘られぬ」と言う源氏は、どのような機会かに姫君の朝顔をうかがい見るチャンスを得たに違いない。それは女性側にとっては不本意な「かいまみ」だったであろうと想像せられる。

かいまみの語義や意義については『王朝恋詞の研究』に詳述したので[注3]それを参照していただきたいが、かいまみの本義は物の隙間から覗き見ることによって相手に知られることなく相手の正体を究め知ることにある。結婚においては、女性の名を知ること、種姓を知ることが男性の女性を所有する権利となるのと同じように、女性の姿を見きわめることが当の女性に対する男性の権利となる。かいまみを契機として男性が優位に立ち、恋の進展が見られるわけで、かいまみに始まる恋の物語は平安朝に数多く、源氏物語の中にも数種を数えることができる。

光源氏の朝顔の姫君に対する恋の物語にも、かつてそのような場面があったのであろうか。今日われわれに残されている源氏物語の中の、朝顔の姫君に関する部分部分を綜合してゆくと、そういう想像をもたざるを得なくなる。現在源氏物語のひとつの巻として存在する朝顔の巻は「新・朝顔」の巻であり、本来の朝顔の巻というべき「原・朝

顔」の巻がかつては源氏物語に存在した、あるいは「原・朝顔」の巻を前提として今日の源氏物語が執筆された。そう考えることによって、朝顔の姫君に関する数々の疑問が最も無理なく解決せられるのではないであろうか。

葵の巻の朝顔の宮

葵の巻における朝顔の姫君関係の記述にはひとつ大きな問題がある。この巻にある三か所の記述がいずれも、内容的に筋の発展に大きく拘わることがなく、しかも、その文章が後から挿入されたものでないかという疑いが持たれるのである。

葵の巻は言うまでもなく、葵の上と六条御息所の対立を主眼として、それが祭の物見の車争いを契機として大きく発展してゆく。その中心の筋に添えた脇筋として、朝顔の姫君のことが語られる。

1　日本古典文学大系本『源氏物語一』（以下同）三一九頁二行目—五行目

六条御息所が嘆きを重ねていることを聞くにつけて、朝顔の姫君はそれに似た境遇にはなるまいと、源氏の消息に対して返事もしない。かと言って憎いふうではなく、また源氏が立場を失うような扱いをするのではない。

六条御息所の煩悶に続けて、「かかることを聞き給ふにも」と筆を転じたのであるが、わずか三行ばかりの記述であって、内容的にも初めて物語に登場する人物を紹介するといったものではない。皆さんご存じの、という書き方で、光源氏を拒んでいる姫君の態度がいっそう硬化したことを言っているだけである。そして、話題はすぐに「おほい殿には……」と、葵の上のほうに移ってゆくのであるから、いかにもとって付けたという感じがある。
二番目は、車争いの話のあと、行列の通過と見物の人々とを描写した最後の部分である。

2　三二三頁九行目―一四行目
式部卿の宮は桟敷で見物し、光源氏がねびととのってゆくのに感嘆している。一緒にいる姫君も、年ごろ求愛を続ける光源氏の心ばえがたぐいないのに加えて、こうして目前に本人の美しさを見て心惹かれるけれど、「近くて見えむ」とまでは思い寄らない。

これも五行ばかりの記述であるが、内容的には1と同様、姫君の心を確認しているだけで、とりたてて言うべきことがない。そして、この直前には絵詞風な行列および見物の描写があって、それに付加したような趣がある。
第三のものは、葵の上の喪にこもる光源氏が朝顔の姫君に消息を送り、姫君からも弔問の意を含んだ返事があるという箇所である。

3　三四七頁二行目―三四八頁六行目
時雨が降り、ものあわれな夕方、おりからの情趣を見すごしがたく、光源氏は朝顔の姫君に消息を送る。

わきて　この暮こそ、袖は露けけれ。もの思ふ秋は　あまた経ぬれど

筆跡にも心づかいが見え、見所のある消息だ、と女房たちが言い、姫君も心を動かされて返事を書く。

秋霧に立ちおくれぬ　と聞きしより、しぐるる空もいかが　とぞ思ふ

ほのかな墨つきが奥ゆかしい。源氏はつれない相手に心惹かれる性癖から、冷淡にあしらいながらおりおりのあわれを忘れない、そういう人こそ、たがいの思いやりを見とどけることのできる相手だ、と感嘆する。

ここは日本古典文学大系本で約一頁にわたり、歌の贈答をも含んで、三か所の中では最も内容のある記述である。1・2の二か所はこの記事を出すための伏線であったと言うこともできる。しかし、光源氏が喪にこもっている期間の憂悶を三位の中将や大宮との贈答で慰めている、それを継いで、「なほ、いみじう、つれづれなれば、……」という続け方は、いかにもあとからの付加を思わせて、つなぎ目を露出している。この部分の最後も、紫の君のことに話が発展して、対の君をどんなふうに育てたいとか、久しく二条院に残したままで気がかりであるとか、言っているが、そのあとの「暮れはてぬれば、……」は、この部分を省略して大宮との贈答の後に続けて少しも不自然ではない。むしろそのほうが文章として緊密であって、もともと一連のものを切り離して、朝顔の姫君関係の挿話が割りこんできたのでないかと考えさせるものがある。

また、内容の面でも、多少の実質があるとはいうものの、朝顔の姫君について言われている、おりおりのあわれを見過ぐさないという美点を実証した挿話であるにとどまって、葵の巻全体のプロットには本質的にかかわってこない、付加的な部分であることに変りはない。「なほ、いみじう、つれづれなれば、……」という前段への繋ぎ方が、この部分の付加性を端的に示しているであろう。

葵の巻は朝顔の姫君の最初に登場する巻であるにも拘らず（帚木の巻の記事については後に述べる）、姫君についての既知の知識によりかかってものを言っているにすぎない。特に事件の発展もないし、性格や心理に新たな規定を加えるものがあるわけでもない。しかも、その既知の知識は、作者と読者がなれ合って承知しているだけであって、事実としてここまでの物語に描かれているわけではない。知識の拠り所になるものは、これ以後の巻々から逆に帰納してきたか、それでなければ失われたある巻、ある物語が先行していたのに拠ったと考えるほかはない。

賢木の巻以後の地位

葵の巻の朝顔の姫君に関する記事が右のようにあいまいな性格を見せているのに比して、賢木の巻の朝顔の姫君は物語の本筋にかかわって、確乎とした地位を占めている。すなわち、この巻で、光源氏二十四歳の春、桐壺の院の女三の宮に替って朝顔の姫君が斎院になる。以後八年半、斎院としての生活が続くのであるが、皇位や斎宮・斎院の交替はいわば源氏物語の年立の指標となっているものであるから、これは簡単に付加したり、筋を左右させたりできる種類のものではない。作者はここで朝顔の姫君という存在に、源氏物語の人物のひとりとして、明確な位置を与えているわけである。だから、これ以後、朝顔の姫君は葵の巻におけるように漠然と存在するのでなく、源氏三十二歳の秋父宮と死別（薄雲の巻）、服喪によって斎院を退き、桃園の宮に移る（朝顔の巻）というように、意識的にその動静が書かれている。こうして朝顔の巻という、この姫君を一篇の女主人公とした巻が生まれるに至るのであるが、源氏物語における朝顔の姫君の実際の登場は賢木の巻からと言い得るであろう。

ところが、賢木の巻というのが不思議な性格をもつ巻である。若紫から紅葉賀、そして花宴という好短篇を挿んで葵の巻と、源氏物語の長篇としての流れはようやく大きな展開を見せようとしている。その時期に、賢木の巻において、作者は六条御息所と藤壺の中宮という大切な人物を、二人までも舞台の正面から退かせている。源氏物語が光源氏と何人かの女主人公達との恋のいきさつを織りなしてゆく物語である以上、これは物語の進展に大きな影響を与えるであろう。

すでに、葵の巻において、光源氏の添臥しの妻であり、第一の北の方である葵の上が、その死によって物語から姿を消している。六条御息所は死にはしないけれども、斎宮に随伴して伊勢へ下向することによって光源氏との恋の生活に終止符を打ってしまう。しかも、これが物語としての必然であった。思うに反する光源氏の処遇、葵の上との世間周知のこととなってしまった烈しい対立、その死に至らしめた生霊の発動、こういう諸般の情勢が、御息所をしてなんらかの決心をせざるを得ないところまで追いつめている。斎宮の幼少であることを口実に伊勢へ下向するのは、作者の十分に計画し、また読者を納得させるだけの必然性をもった結末である。葵・賢木と対偶する二巻は同じような灰色の色調におおわれているけれども、一方は死別、一方は生別と、二様の別れを描くことに作者の計画があったものと考えられる。

こうして葵の上は死に、六条御息所は去り、さらに、それに加えて藤壺の中宮の落飾がこの巻で語られる。これも決して偶然ではなく、光源氏の危険な恋情を抑止し、春宮の出生の秘密とその前途を護らねばならぬ藤壺の、せっぱ詰っての決断であった。光源氏にとっても、物語を読み進んできた読者にとっても意外であったかも知れないが、ことがそこに至ってみて藤壺の追いつめられた心情がより深く理解される。その意味で、作者は十分に物語としての必然性を用意していることが認められる。

源氏物語の初めのほうに登場して光源氏と大切なかかわりをもっている女性たちのうち、葵の上・六条御息所・藤壺が次々と物語の中心部分から姿を消してしまった。この後に、六条御息所は再び物語に大きな位置を占めることはない。もっとも、その死後においてかえって重要なはたらきをするのであるが、怨霊としての六条御息所はまた別の主題として論じなければならない。光源氏の恋の対象としての御息所は、事実上この巻を最後として後景へと退いて行く。

その点では、藤壺の中宮とても同様である。仏門に入って後の藤壺は、春宮の母、やがて天子の母としてなお現世との縁を全く絶つことはできない。したがって、物語の中の社会の重要な存在であることににわかに変化が起ったりはしない。光源氏との交渉も、たとえば秋好中宮の入内などに関して失われはしないし、冷泉院の後盾としての連繋はみごとに保たれている。そして、その死を主題として薄雲の巻一巻が遺されるのである。しかし、表面的に光源氏との交渉が持続し、物語中における位置に急激な変化がないとは言え、心理的には、賢木の巻における藤壺の落飾はふたりの恋に事実上の終止符を打ってしまう。仏門に入った藤壺はもはや光源氏の手の届かない世界に去って行ったのである。

光源氏とその恋の対象である女性たちの物語である源氏物語が、なぜこうして重要な位置にある女性たちを物語の前面から退き去らせてしまうのであろうか。その答えはひとつしかない。この物語にとって、これらの人物はもはや不必要だと作者が考えたからである。

これらの人物がなぜ不必要であるかは後に考えることにして、さし当っての問題は、朝顔の姫君もまた、それらの去り行く女性のひとりではなかったか、ということである。物語の上に、確実な存在としては初めて登場し、光源氏の恋の対象として血筋も人柄も才能も優れた、これから十分活躍させるに価する女性を、作者はたちまちに——と言うよりは、登場すると同時に、光源氏の手の及ばない神の領域へと押しやってしまう。すなわち、斎院任命のことをもってこの巻の記事が始まるのである。そして、姫君が再び人間生活に戻ってきたときには「花の盛りは過ぎ」てしまっている。小説としては、なんとも不思議な人物の扱い方である。

女性たちの新旧交替

朝顔の姫君は、朝顔の巻において、初めて源氏物語の女主人公のひとりとしてふさわしい位置が与えられる。その巻名にも、内容にも、この姫君がはっきりとした主役として扱われている。

しかし、これが朝顔の姫君の物語としては、すでに主要な部分を経過してしまった後の後日譚にしかすぎないことは、すでに指摘した。朝顔の姫君についての主要な部分はこれ以前に存していたはずである。光源氏が熱心に言い寄り、恋の贈答なども繰り返され、そしてある朝、偶然の機会に姫君の寝起きの顔をかいまみる。そのことを暗示して、朝顔の花に付けた歌が光源氏から贈られる。姫君からの返歌がある。それでもなお、光源氏の心を信頼しきれないとする姫君は、源氏に従おうとする様子はない。ただ、おりにつけての応接は「情なから」ぬ程度に続けている。そういう内容をもつ朝顔の姫君の物語であることが前提となっていなくては、いまわれわれに残されている朝顔の姫君関係の物語はあまりにも不完全である。

原・朝顔の巻が存在したであろうという想定は、その点を最も無理なくわれわれに納得させてくれる。物語の上に主要な役割を果し終った朝顔の姫君は、いったん作者によって後景に退かされる。そして、物語がある程度進行した後に、挿話的に後日譚が描かれることになった。それが現在ある朝顔の巻だったと考えられるのである。

光源氏の須磨流謫という最初の大きなやまを越えた後、物語は光源氏の栄華を中心に安定した場面が続いてゆく。

その段階に至って、作者は蓬生や関屋など、末摘花・空蝉というかつてそれぞれ一巻の主役となった女主人公を再び登場させて、そこに新しく一巻をなす場面を展開して見せた。これらもいわば後日譚であるが、絵合・松風の二巻を間において、それに続く薄雲・朝顔の二巻が同じように後日譚と言うべき巻である。朝顔の巻が薄雲と並んで配置されていることが、右のような巻の性格なり作者の意図をいっそう明らかにしているであろう。

物語がこのあたりまで形づくられるに至って、朝顔の姫君が中間で忘れ去られている不自然さが目立つようになった。葵の巻の三か条などは、原・朝顔の巻と賢木――朝顔の巻の記述を繋ぐためのひとつの作為であったであろう。

帚木の巻の場合は、多少事情を異にするかも知れない。武田宗俊氏の紫の上系・玉鬘系の指摘、紫の上系の巻々が物語の本筋をなし、玉鬘系の巻々は付加的な結合をなすものであるという認識は、もはや動かすことができないであろう。[注4]その上に立って論を進めることが許されると思うが、帚木の巻で、空蝉づきの女房たちが光源氏のことを噂している。若いのに北の方が定まったのがものたりぬとか、忍び所が多いとか言っているのに付して、

式部卿の宮の姫君に、朝顔たてまつり給ひし歌などを、すこしほゝゆがめて語るも聞ゆ。

とあって、これについての光源氏の感想がある。二行ばかりの短い記事で、しかも、その前に「異なる事なければ、聞きさし給ひつ。」と、いったん話を打ち切っており、その後は「守出で来て、燈籠かけそへ、……」と話題が転換する。葵の巻と同じような、朝顔の姫君の存在をちりばめた後入の作為と考えることもできようが、これはむしろ、帚木の巻を本筋（紫の上系）に結び付けることに目的をもっているであろう。こういう記述によって、一方で光源氏のやんごとない女性たちとの交渉が続いている時点で、空蝉との関係が生じたのであることを説明したものと思われる。

紫の上系の巻々と話を合せるための工作であろうが、もちろんそう考えた場合にも、これが後入であるという考えをも並立させることが可能である。

雨夜の月旦《しなさだめ》を冒頭とする中の品の女たちとの交渉は別として、光源氏の恋や結婚の対象としてしかるべき地位にある、重々しい女性たちを考えてみると、以前から交渉の持たれていた主要な女性たちは、葵・賢木あたりを境としてみな姿を消していって、光源氏の身辺はにわかに寂莫としてくる。それに代って新しく登場してくるのが若紫の巻に初めて姿を現し、葵の巻において名実ともに妻となる紫の上、花宴の巻で紹介される朧月夜の君であり、やがて花散里や明石の上も登場を予定されている。紫の上・明石の上などは長篇的な構想の中に登場するので、最初から物語の本筋の人物として位置づけられていたと考えられるが、花宴・花散里の巻はいかにも短篇的である。これらの巻の女主人公は長篇の構想の中に必要な人物としてはめこんできたものだという感じが濃厚である。

朧月夜の君は、光源氏の須磨退去に至る、情勢すべてが悪化した中で、いわば破局への引き金役として登場する。光源氏を須磨へ去らせるための当面の役割をつとめるが、敵方と言うべき右大臣一族の中にあってただひとり光源氏に好意を寄せるこの姫君の存在がかえってあだとなって禍を招くという、運命的な恋の設定は巧みであり、作者が十分計画してこの人物を登場させたことが考えられる。

花散里はそれに比べて、この人物を登場させる意味がもうひとつはっきりとしない。なるほど後に至っては、六条院における光源氏のいろごのみの頂上の生活に、その一翼をになう重要な人物として位置づけられるのであるが、その登場は、光源氏の須磨退去をひかえて挿話的であり、その後も存在が忘れられてはいないという程度にその名がちりばめられている。そして、花散里の巻以後、再びひとつの巻の女主人公としての地位を占めることもない。何か作者の計画が十分に伸びなかったのではないかと思われるところがある。

源氏物語第一部の主要な部分で活躍するのは、これらの女性たちである。そこに限って言えば、この後に玉鬘という重要な女性が登場して来るし、夕霧の恋の対象である雲居の雁なども相当な位置を占めて来る。しかし、物語の最初の部分に見られるほどの大きな主要人物の交替は、その後には見られないのである。

旧女性たちの登場と退場

源氏物語が真に長篇的な展開を見せ始めるのは、葵・賢木の巻あたりからである。だから、右に述べた源氏物語の女主人公たちの新旧交替は、ほとんど物語の冒頭で行われていることになる。それ以前の部分で言えば、紫の上系の巻々である若紫——紅葉賀——花宴と続く内容が源氏物語の本筋であるが、そこでは新たに登場した紫の君に関してと、光源氏との関係が深刻さを加えてゆく藤壺の中宮に関してとが、最も重要な話題となっている。そして、ここでは、おおよそ主人公たちの私的な世界に物語が終始しており、光源氏の周辺の政治社会の状況に目が開けてくるのは、この後のことである。花宴の巻が光源氏の須磨流謫の伏線として書かれていることは、まず疑いがないであろうから、このあたりから、作者は須磨・明石という大きなやま場に目標を据えで物語の筆を進めているであろう。藤壺・紫の君を中心に置いて語り始められた物語は、ようやく広い視野を得て、ゆっくりと大きく流れ始めるわけである。

これからの源氏物語は、新旧交替した新しい女性たちの物語である。つまり、本格的に構想された源氏物語はこれらの女性群を女主人公としているものであって、光源氏の周囲に、中心となるべき紫の上、さらに配するに明石の上、花散里、朧月夜の君などを主要人物に数えているのである。

新旧交替の旧のほうに属する女性たちのうち、葵の上を除いては、みな共通の問題を有している。葵の上だけは本当に旧女性のグループに入れてよいものか、しばらく保留しておくべきであろうが、その他の女性たちはいずれも、朝顔の姫君に見たのと同様に、物語に登場する以前にすでに光源氏との間に交渉があり、読者がある程度その知識をもっていることを前提に物語が書き進められている。

六条御息所は玉鬘系である夕顔・末摘花の巻を除外して言えば、葵の巻に初めて登場する。[注5] その登場は、

まことや、かの、六条の御息所の……

と、これまた皆さんご存じのという筆法である。それも小説のひとつの技法であると言われるかも知れないが、われわれはやはり、正直にこれ以前に六条御息所に関する記述があったのではないかという疑いを捨てきってしまうわけにはゆかない。

しかも、その内容は、

かの、六条の御息所の御腹の前坊の姫宮、斎宮に居給ひにしかば、大将の御心ばへも、いと頼もしげなきを、「をさなき御有様の後めたさにことづけて、下りやしなまし」と、かねてより思しけり。

というふうに、御息所が光源氏を思い捨てて離れて行こうとする決意を語っている。すなわち、六条御息所を退場させるための段取りを作者がつけているので、登場はただちに退場のためであると言い得よう。その退場を語るだけのために人物を登場させる。そのような小説があり得るであろうか。

藤壺の中宮の場合は、さすがにそれほどに極端ではない。桐壺の巻については、それが当初から書かれていたとは信じがたいふしぶしがあるが、その問題はしばらく措くとして、桐壺の巻に入内や光源氏との関係の概略が語られていて、その後が若紫の巻に受け継がれる。物語として細部が描写されるのは若紫の巻以後と言ってよかろうが、その時点ではすでに二人の宿命的な関係は始っている。男女の恋の経緯、それらいかにして男女が結ばれるに至ったかに常に最大の関心をもっている物語のあり方として、こういうことはどう考えても異常である。それまでも小説の技法として片付けるわけには到底ゆかないのである。

若紫から賢木までの間に、光源氏と藤壺とのわりない関係は深刻の度を加える。若紫の巻が始まった時点においての知識として、二人の間にはかつて一度の過ちがあって、そのことが藤壺の心を悩ましているが、光源氏十八歳の四月、病のため宮中から退出したおりに、王命婦の手引きにより再び二人が媾うことになる。それが藤壺の懐妊に至り、冷泉院の誕生となるのであるが、こういう事件の展開や状況の進展を描いて、ある程度物語としての濃密な内容をもった上で賢木の巻に至る。ここで、桐壺の院崩御の後、三条の宮へ退出した藤壺に光源氏は強引に媾おうとする。藤壺はついに心地をそこない、光源氏は塗籠に押し入れられて一夜を過す。そういう窮迫した場面などもあって、これ以上光源氏の危険な恋情を黙止することは、二人ばかりでなく、春宮の立場をも危殆に瀕せしめることになる。そういう判断が藤壺に落飾を決意させるのであるが、作者は二人の関係の破局をここに設定したわけである。二人の恋の秘密はあくまでも守り通されたから、外面に破局は現れなかったけれども、藤壺の落飾によって、二人の人間的な、男女としての関係は終らざるを得ない。いわば、内面的な形で破局が構成されていると見られる。

藤壺の中宮については、賢木の巻の落飾に至るまでに、これだけの内容が語られている。しかし、だからと言って、それは藤壺について十分に語られたと言うことはできない。われわれは若紫の巻以前に、光源氏と藤壺の最初の媾会という重要な場面が語られていないことに、どうしても拘泥せざるを得ない。そして、この人物もやはり、物語が本格化しようとする時点で後景へと退いて行くのである。

新編としての源氏物語

本居宣長は六条御息所の物語の源氏に書かれていない部分を想定して、「手枕」を擬作した。「手枕」執筆の動機等については知るところがないが、六条御息所を女主人公とし、光源氏との出会い、その後の経緯などを書いた一巻が欠落しているのではないかという、源氏物語を読む者が誰しも感じる素朴な疑問に応えたものと思われる。作品としての「手枕」の出来はともかくとして、物語の筋の運びとしては、こういう巻があってこそ、六条御息所という人物が最も自然にわれわれの心に納得せられる。

藤壺の中宮に関しては、「手枕」のような試みはない。しかし、源氏物語の成立論の論議の中で、おのずから若紫の前にひとつの欠巻Xを想定する方向に考えが進んできている。風巻景次郎の考察[注6]などがその代表的なものであるが、同氏は帚木・空蟬・夕顔という玉鬘系の後入の巻々以前に、ここに本系の一巻が存在したであろうと考えていられる。それが「輝く日の宮」の名をもつとまで断定的に言うことは同氏は避けていられるが、このような考え方以外に、現在われわれの手にある源氏物語のこれらの女性に関する記事の不自然さを説明する方法はないのではなかろうか。

風巻氏の所論でもうひとつ注意を惹かれるのは、光源氏のひたすらな恋慕の対象が手の及ばぬ世界に消え去ってしまうという、藤壺の物語の主題を、竹取物語などにも露頭を現している白鳥処女伝説の型に求めていられることである。その種の古伝説の型が源氏物語の構想の上にも暗黙の制約としてはたらきかけて、藤壺をして永遠に去らしめてしまう。しかし、光源氏をして人間世界の生活に救いを得させなければならぬ。そこで紫の物語に対する紫のゆかりの物語として、紫の上の登場が構想されたとせられるのである。

しかし、現在われわれの手に残されている源氏物語は、旧・源氏物語あるいは原・源氏物語に対する新編と見ることはできないであろうか。世間に源氏という物語が幾種もあるということが古く言われていて、[注7]源氏物語は今日われわれの知る一種のみが源氏物語ではない。源氏、すなわち臣籍に降下した皇族を主人公とする物語が何種もあって、紫式部作の「光源氏物語」はそれらと同類の、新しい一種の源氏の物語であった。と言っても、今日の源氏物語ほどの大部のものがそう何種も存在したとはちょっと信じがたいから、紫式部の作った物語は幾種もある源氏物語を、光源氏という一人の主人公の物語に集成したものと考えるのが妥当であろう。

枕草子の「物語は」の段には、今日残存しない、いわゆる散佚物語のひとつとして「国ゆづり」の名が見えている。これが直ちに今日ある宇津保物語の国譲の巻に相当するとは言えないまでも、その内容が皇位の継承を中心とするもので、宇津保物語のそれに類することはほぼ推定して誤りがないであろう。同じく「殿うつり」の名が見えるが、これが源氏物語の六条院の造営・移転といった内容に類する物語であろうことも想像にかたくない。いろごのみの男の物語には、その頂上の生活として宏大な邸宅を造営し、多くの女性たちを引き具して移り住むというひとつの主題が語られる約束がある。[注8]散佚物語の「殿うつり」も、必ずやいろごのみの男の栄華という主題を新邸宅の造営・移転という題材にからめて語ったものであったに違いない。

宇津保物語や源氏物語も、その種の先行する物語を取り込んで長篇としての構成ができていったものであろう。長篇小説は先行の物語を書き改め、集成するという方法で成立したと思われる。それでなくとも、日本の文学作品は書き改め書き改めして作られたものであった。とりかへばやや住吉物語に新旧の二種があることはよく知られている。

その他にも物語の改作の例は枚挙にたえないほどで、これが歌舞伎狂言の書き替えなどにまで尾を引く日本文学のひとつの習癖である。源氏や枕草子に名の見えている宇津保物語が、現存のものはどうしても鎌倉時代以降の成立としか見られないことなども、[注9]物語の改作ということなしには説明がつかない。物語の成長は、こういう改作を重ねることによって実現したのであった。

改作ということばには、今日考えるよりも広い意味内容をもたせておかなければならない。同一の内容を筆を改めるといった程度のものから、大幅な書き加え、内容の書き継ぎ、さらには新編といった面目一新のものまで、同一の主題であれば、あるいは同一の主人公が登場しさえすれば、同じ物語として容認されたものらしい。

源氏物語も、今日ある源氏物語を先行する源氏物語に対する新編として見るとき、右に述べてきたような物語としての不自然さ、筋の運びの上の矛盾は、ほとんど解消せられることになる。

池田彌三郎は若紫の「若」が単に紫の上の若い時分を意味するものではないと言っていられる。ワカはワキとも通じていた、本来正の位置にある者に対して副の位置にある者を指すことばである。おほひるめという正の位置にある巫女に対して、やがてこれを継ぐべき次代の巫女がわかひるめであり、いなみのおほいらつめ・いなみのわきいらつめといった対偶が家々の神に仕える巫女にもあったと考えられる。藤壺に対する紫の君はまさにワカの位置にあり、藤壺を「紫」ということばで意味するならば、その血筋であり、やがて同じように光源氏という〝神〟に奉仕することになるはずの女性は、「若紫」と呼ばれてしかるべきであろう。

源氏物語が紫とそのゆかりの物語、すなわち藤壺と紫の上を中核とする物語であることは誰しも異論のないところであろう。しかし、その紫の物語のほうは旧・源氏物語に本格的に書かれており、紫のゆかりの物語こそが新編である今日の源氏物語を形成することになったのではなかろうか。

かつて存在した旧・源氏物語があったからこそ、その知識にのっとり、その筋の運びを継いで、新編源氏物語が書かれた。これまでの最重要な女主人公であった藤壺に代って、新編にはワカなる紫の君が登場した。これからの物語はこの新しい女主人公を中心に展開されるはずであるが、その新旧交替にはなおしばらくの時間と段どりが必要である。若紫から賢木に至る経過はそのようにして書かれ、葵の巻において成女となった紫の君は、名実ともに新しい女主人公の位置を占めるにふさわしい資格を得たのであった。かくて賢木の巻における女主人公の新旧交替が実現する。物語の中核である藤壺については、なおこれだけの筆が費やされたのであるが、六条御息所や朝顔の姫君については、それほどの顧慮も払われなかったのであろう。六条御息所は葵の巻に継承すると同時にたちまち退場のためのやま場に導かれ、朝顔の姫君にいたっては事件らしい事件もなしに、光源氏から隔離せられた世界に退去させられてしまう。これらの人物は、新しい女性たちによって構成せられる新編源氏物語にはもはや不要だからであり、物語が一段落したころになって、やっと再び引き出されて後日譚が語られることになった。

「光る源氏」と「輝く日の宮」

折口信夫は源氏物語を、男性である光源氏の物語と女源氏、すなわち王氏の血筋である女性たちの物語との複合であると見ている。[注10] 源氏物語に女源氏としての側面があることの指摘は重要であるが、男の側の源氏物語と女の側の源氏物語とがないまぜになって、今日ある源氏物語はその継ぎ目がほとんど見分けがつかなくなっているとせられるのである。

少し大胆な想像が許されるならば、若紫以前に男の側の源氏物語と女源氏の物語の二巻が存在したのではなかろうか。あるいはその二巻は二つの物語が初めて一対のものとして対偶せられたものかも知れないが、それぞれ光源氏と藤壺とを主人公としており、その名称こそが「光る源氏」と「輝く日の宮」だったのではないであろうか。

「輝く日の宮」については、風巻景次郎のほかに、玉上琢彌も上の品の恋の物語としてこの名をもつ巻があったことを推定され、「初め数帖では最も重要な人物が故意に隠蔽されている不自然さをすっきり解消さすためには、『輝く日の宮』が必要である」[注11]と言っていられる。源氏物語の成立に関心のある人々の考えはおのずからひとつ所に流れ寄っているように思われる。

こういう考え方にいささかの私見を加えるならば、若紫・紅葉賀・花宴以下の新編が創作せられる以前の原・源氏物語は「光る源氏」と「輝く日の宮」の対偶であったということである。

源氏物語には、成立の上に複雑な問題のある最初の数巻を除外して物語が本格的になるあたりから見ることとするが、紅葉賀・花宴、葵・賢木、須磨・明石という部分に、はっきりとした二巻一組の対偶を見ることができる。それらの間に花散里のような一巻きりの巻が挿まっていたり、また、澪標という独立の巻をおいた後に、蓬生・関屋という二巻一組の巻々があったりする。もっとも、この二巻は玉鬘系であり、玉鬘系では少し先に行ってまた二巻一組の巻々があるが、これらは巻名ばかりでなく、内容的にも作者に二巻を対偶せしめようとする計画のあることが読み取られる。たとえば須磨・明石の二巻は、ともに都を離れた鄙での生活であるが、須磨が真に流離辛苦の生活を描いているのに対して、明石は淋しい中にも風情のある、ある意味で理想的な趣味生活を描いている。二巻一組はそういう緊密な構想を見せているものである。

これは単に源氏物語だけのことではない。古代の日本文学の作品にしばしば二巻一組の対偶のあることは、未だにその理由を思い得ないでいるけれども、あるいは巻子や双紙を上下の対にするというような、書物の体裁に基づくことかも知れない。ともかくも、二巻を一組にしたり、それに独立の一巻きりのものが混じっていたりする。万葉集でも、巻一と二、三と四、八と十、十一と十二、十三と十六というような二巻一組の対偶が見られるし、またそうでない巻々もある。日本紀のような書物にさえも、二巻一組で性格の通じている巻々が見られる。源氏物語の二巻一組の対偶も、そういう流れの中に位置させねばならないであろう。

新編である源氏物語は、そういう巻々に名付けるのに歌枕をもってした。狭義の歌枕は和歌によまれる名所、すなわちある種の地名であって、須磨・明石など端的にその命名法を示しているが、あるいは帚木なども、有名な歌枕で、東国への道筋にあるその木の伝説が都人の空想をそそり、異郷趣味をかきたてたものであった。歌枕をもう少し広義に解すると、和歌の用語、文学語彙一般を指すことができる。能因歌枕を見ると、この歌枕の狭義・広義がよく理解せられるが、その種の和歌の用語、特殊な語感をもつ文学語彙をもって巻々の名としたのが、源氏物語の当時におけるハイカラな感覚であった。これがいかにも近代的なこの物語にふさわしい行き方として人気を博したことは想像に難くない。

たとえば、空蟬・夕顔は二巻一組の対偶と見てよいであろうが、夏の季節の一方は動物、一方は植物の、ともにはかない感覚をもつものとして、ことばそのものにある種の情緒がまつわっている。そういう名を与えることが、物語の文学的な気分を醸成するのに役立ったであろう。若紫・末摘花はともに色彩への連想をもっている。これも二巻一組の対偶をなしているが、高貴な色彩の代表である紫と紅に、いずれも王氏の出身である女性を配し、一方はあくまでも上品にゆかしく、一方はその紅を赤鼻に当てるという奇想天外な着想で、物語の悲劇性と喜劇性とを象徴せしめる。こういう命名のおもしろさも、源氏物語の作者の手腕のひとつであった。

もっとも、末摘花の巻は玉鬘系に属している。紫の上系である若紫にこれを対偶せしめたのは後からの作為ということになるであろうが、そういう成立への暗示をも含んでいて、巻名の考察は源氏物語の成立論にひとつの観点を加えることになるであろう。

右のような命名法に比して、「光る源氏」「輝く日の宮」というような名づけ方は、より古風なものであった。ここにも新旧の対照が見られるので、したがって、「輝く日の宮」と称せられる一巻が源氏物語の中に存在したという考えには、単純に従うわけにはゆかない。それは原・源氏物語の有していた巻名であろう。

新編源氏物語の成立

「光る源氏」「輝く日の宮」は、あるいはひとつの物語の名であったと言うべきかも知れない。幾種もあった源氏物語のひとつとして「光る源氏」なる、光源氏を主人公とするひとつの物語が作られ、これに対偶する形で女源氏の物語である「輝く日の宮」が配された。これが原・源氏物語として一括され、おそらく「光る源氏の物語」の名のもとに世間に流布していた。それを継ぐような形で新編の源氏物語を創り出したのが紫式部だったであろう。新編の源氏物語も、最初は藤壺に対する紫の君を描くことだけが目標であって、さほど大きな計画があったものとも思われない。しかし、その人気が次々の巻を要求せられるようになって、最初の大きな構想が須磨・明石の物語となり、やがて更に先へ先へと構想がふくらんでいったものであろう。

河海抄が多くの源氏物語の中で「光る源氏の物語」こそが紫式部の作であると言っているのは、この新編も「光る源氏の物語」として一括せられるべきものであることを示していると思われる。しかし、若紫・紅葉賀・花宴などの、巻名も手法も新しい近代的な新編と、より古風な巻々である「光る源氏」「輝く日の宮」とは同じ物語として纏めるには異質であったに違いない。新編源氏物語が首尾を具え、体裁を整えるためには、「光る源氏」の筋の運びをとって新たに改作された首巻が必要となった。これが桐壺であり、次いでは「輝く日の宮」が改作されねばならなかった。しかし、これがなんらかの事情で改作された一巻が生れぬままに終ったのが、今日の源氏物語の不自然な姿なのではないであろうか。

風巻氏が考えられた、帚木・空蟬・夕顔の位置に欠落した本系の巻Xが存在したであろうという推論は、まず正鵠を得ているであろう。しかし、そこにあるべき巻は、内容的に「輝く日の宮」の巻ではあるが、おそらく「輝く日の宮」そのものではないであろう。新編としての源氏物語にふさわしい巻名・内容をもつ欠巻Xは現実には誕生しなかったと見るほうが、より納得しやすいのではなかろうか。

河海抄が一説としてあげた、

かゝやく日の宮（此巻もとよりなし）**並の一　箒木**（うつせみは此巻にこもる）**二　夕かほ**[注12]

という巻序についての推定は、はなはだ興味深い。桐壺の次にあるべき巻として「輝く日の宮」を考える一方に、この巻が存在しなかったという考えをも割注として提示しているからである。それは、内容として「輝く日の宮」がなければならぬという必然と、同時に新編たる源氏物語には「輝く日の宮」なる巻は存在しなかったという現実を、合せ語っているものと思われる。

本系の巻Xをここに想定すると、当然帚木・空蟬・夕顔の三巻はその並びの巻として位置づけられる。玉鬘系の後入と思われる三巻の位置がそれで落ち着くことになるが、帚木の中に空蟬が含まれるという割注は、帚木がもと空蟬とともに一巻であり、そこから割り出されたと考えている私見と通ずるところがある。かくて源氏物語の冒頭の部分は桐壺――若紫――紅葉賀……と続く本系に、帚木・空蟬・夕顔・末摘花などのわき筋の巻々を付け加える形でひとまず体裁が整えられたものと考えられる。

折口信夫の学説を継承した池田彌三郎の源氏物語論は、物語の成長という観点を基底に据えている。氏の源氏物語に関する諸論考は著作集の第四巻に集約されたが、[注13]その一翼をになうものとして「『宇津保物語』の成長」のあることに、特に注目せられる。宇津保物語の場合、源氏ほどには整理編集が行き届かず、先行作品を取り込み集成した跡が未整理のままに露呈しているのであるが、その様相の解明から源氏物語を見直してみると、源氏にも同様な物語成長の痕跡のあることが明らかになる。池田の源氏論は右の宇津保物語論をも含めて、日本文学の流れの中に物語の成長という著しい事実のあることを踏まえて、立脚点としたものであった。

本稿はその学説の影響下に成ったものであるが、学恩への感謝とともに、その所論に避けられぬ重複のあったことをお断りしておきたい。

注1　西村亨『王朝恋詞の研究』「みる」の項参照。

注2　日本古典文学大系本二七八段。源氏物語の藤裏葉の巻にも同じことばがあるが、これは男性について用いられている。

注3　同書「かいまみ」の項。

注4　武田宗俊「源氏物語の最初の形態」ほか。『源氏物語の研究』所収。

注5　若紫の巻に光源氏が六条京極あたりの「しのびたる所」に「からうじて思ひ立」って訪れることがある。これも御息所を指すものと解されているが、ここでは保留しておく。

注6「源氏物語の成立に関する試論」。『日本文学史の研究』下巻所収。

注7『河海抄』。「或説云此物語をは必ス光源氏物語と号すへしいにしへ源氏といふ物語あまたあるなかに光源氏物語は紫式部か製作也云々」とある。

注8 西村亨『王朝恋詞の研究』「とのうつり」の項参照。

注9 池田彌三郎の「『宇津保物語』の成長」に詳しい。著作集第四巻『文学伝承論』所収。

注10 新全集第一六巻所収「国文学」の源氏物語についての解説その他。

注11「源語成立攷」。『源氏物語研究』(源氏物語評釈別巻一)所収。

注12 空蟬の巻、「巻並事」の条。

注13 それ以外の主要なものとして、『わたしの源氏物語』『光源氏の一生』「源氏物語試論」(その一・その二)(『わが師・わが学』所収)がある。

玉鬘十帖の論

はじめに

源氏物語五十四帖の中でも、私の源氏研究はとりわけ玉鬘十帖に関わることが多かった。それは物語の構想と人物の造型などの問題がそれらの巻々の成立と絡み合って複雑な様相を呈しており、その解明に心を惹かれるからである。本稿は多年心にかかっている諸問題の一端をまとめてみようと試みたものであるが、最初にお断りしておきたいのは、玉鬘十帖、すなわち「玉鬘」に始まって「真木柱」にいたる十巻が後入の巻々であることを前提として論を進めることである。

源氏物語の成立に関しては、諸家に論があり、本論もまたそれらと無縁であることを許されないが、与えられた紙幅の中でその詳細に及んでいては、とうてい十分な論述を尽くすことが望まれそうもない。成立に関する私見は別の機会に譲って、本論では基本的に武田宗俊氏の見解を支持し、その立場から立論していることをお断りしておく。つまり、源氏物語の第一部においては、氏の言われる紫の上系の巻々が物語の本筋であり、玉鬘系の巻々は後から補入せられた脇筋の物語であると考える。その後入の玉鬘十帖の中でこのような問題が考えられはしないかという提議が本論の核心である。

玉鬘十帖の位置

源氏物語第一部は少女の巻あたりで大体終結に向かおうとする気分が見えてくる。光源氏の栄華はほぼ絶頂に達し、その将来の安定もまず疑いのないところと思われる。残る問題としては、こどもたちの将来があるだけであろう。

作者はそこで少女の巻の主題として、夕霧の問題を取り上げた。光源氏は自己の体験にかんがみて、夕霧にまず実務官僚としての実力を身に付けさせることを考える。夕霧を大学寮に入れて学問に精を出させ、元服に際しても大貴族の子弟なら当然なり得る四位・五位の位に就けずに、六位から出発させる。このことは源氏の意図を理解し得ない夕霧自身のみならず、夕霧を溺愛する祖母大宮の反撥をも招くことになる。そこで光源氏の教育論が展開されることになるが、それを含めて、さらにもうひとつ、作者が力を込めた夕霧と雲居の雁との恋の話題とによって、かなりの内容量をこの巻は有することになる。

もうひとりのこども、明石の姫君に関しては、梅が枝の巻がその話題に当てられている。「少女」の最後、光源氏三十五歳の冬からはまる三年あまりを隔てて、光源氏三十九歳の春から梅が枝の巻が始まる。その間に姫君は十一歳になり、春宮への入内を控えて裳着の儀が行われる。入内のための薫き物や双紙の準備がこの巻の大きな話題となっている。

かくして藤の裏葉の巻にいたって懸案はすべて解決する。夕霧と雲居の雁との結婚が認められ、明石の姫君の入内を機に紫の上と明石の御方との融和もなり、源氏は太上天皇に準ずる位を得る。六条院に天皇・上皇並んでの行幸を仰ぐという栄光があり、万事めでたしめでたしという趣の中に第一部が終わる。言うまでもないことであるが、源氏物語が当初からここまでを第一部とし、第二部・第三部を予定して書かれたとは思われない。おそらくこれをもって大団円としたつもりの物語が読者の要望もだしがたく、やがて第二部・第三部が書き継がれることになったものであろう。それはともかくとして、「少女」から「梅が枝」「藤の裏葉」という巻々の流れはそういう終結部を形成していったものと見なされる。

ところが、源氏物語成立のある段階で、この「少女」と「梅が枝」との間に玉鬘十帖が割り込んできた。玉鬘は第二部には作中人物として自由に活動するから、この十帖が割り込まされたのは、物語が第二部にかかる以前のことであり、また、玉鬘は「梅が枝」「藤の裏葉」には影をも見せないから、作者は「少女」「梅が枝」「藤の裏葉」に手を着けて混然とした物語に改編しようという意図は持っていなかったものと思われる。ただ、既成の巻の間に新しい巻々を挿入して、物語に新しい局面を加え、変化と幅とを増そうとしたものであろう。

玉鬘十帖の作者

玉鬘十帖を補入した作者の意図はどこにあったであろうか。第一に考えられるのは、光源氏の六条院における栄華の生活を具体的に描写しようとしたことである。

少女の巻の最後、光源氏三十五歳の八月に六条院が完成する。四町を占める広大な邸宅に妻子眷族を集めて栄華の頂上に立つ生活を送るのは「いろごのみ」の理想であり、王朝の物語のいくつかに「とのうつり」と称すべきその主題が描かれているのを見出すことができる。[注1] 源氏物語においても少女の巻のまさにこの箇所に「とのうつり」が描かれるのである。しかし、それは決して十分なものではない。前述のように少女の巻はすでに相等量の紙幅をこれまでの話題に費やしており、作者は、あとは簡略な記述で巻のとじめを作ろうとしている。であるから、六条院の結構についても四季の町それぞれの概略を描出するのみで、それはいかにも豪奢な、贅を尽くした邸宅であるという想像はつくものの、物語としての生きた描写がなされているわけではない。わずかに、紫の上に対して秋の御殿の秋の美しさを誇示する秋好中宮の挑戦を具体的な描写として、話題を後に繋いでいるばかりである。

話がこのまま「梅が枝」に続いたのでは、読者としてはいささかの不満を残すことになろう。六条院の栄華の生活、この世で最高の高貴な生活を具体的に活写してほしいという思いは、物語の読者の誰もが抱くものであるに違いない。そういう要望に応えようとしたのが「玉鬘」以下の巻々補入の第一の理由であると見ることには、さほどの異議はないものと考えられる。

「少女」と「梅が枝」との間には年立の上で三年の開きが置かれている。玉鬘の巻以下の巻々を書いた作者は、この空白にまず光源氏三十六歳の一年を、あたかも絵巻物を繰り広げるように描いて見せようと計画した。六条院の四季、それは作者にとっても、読者にとっても、魅力ある主題であるに違いない。光源氏はこの美しい邸宅においてどんな日常を過ごすのであろうか。何を考え、何を思い、何を楽しみ、何を喜びとするのであろうか。

しかも、この有能な作者は光源氏に配するに新しいひとりの女主人公を創出した。同じく玉鬘系の巻である「夕顔」から筋を引いて、玉鬘という新しい人物が造型され、六条院の生活はこれによって一段とはなやかさを加えることになる。しかもこの女性は、物語の上でこれまでに見なかった新しい個性を備えている。これまでの女性たちが個人的な性格の違いがあるとは言え、光源氏賛美という一点においては軌を一にしていたのに対して、玉鬘という女性は光源氏の手に負えない特殊な性格を持っている。玉鬘にとっては、光源氏といえども絶対の存在ではない。その存在の大きさがともすれば圧倒的に迫ってくるけれども、やはり自分は自分であり、納得のゆかないものは納得がゆかない。この点がこれまでの女性たちが持たなかったこの女性の自主性であり、読者にとっては初めて知るこの種の人物の個性である。

一体作者はどうしてこんな個性を創り出したのであろうか。紫の上系における作者はまったく光源氏に密着している。時々草紙地と呼ばれる文章の一角に顔を出す作者は、光源氏を取り巻く作中の女性たちと同じく、何かにつけて光源氏賛美に終始する。作者と作中人物とが視座を同じくしている。これは正しくは、光源氏賛美の心情をもつ作者が描く女性たちであるから、同じく光源氏賛美の言動を折にふれては示すことになると言うべきであろう。

ところが、玉鬘十帖の作者はこの点において大きな相違を見せている。それは「夕顔」や「末摘花」など、これ以前の玉鬘系の巻々においても同様な傾向が見られなかったわけではない。しかし、「玉鬘」以下の玉鬘十帖にいたってはっきりと特色を現すようになる。それは第一に、作者自身の光源氏に対する距離の持ち方の相違として読者に感ぜられる。ここでの作者はもはや光源氏に密着してはいない。作者は光源氏との間に相当の距離を持ち、全般において好意的ではあるけれども、時には皮肉な目で批判的に光源氏を眺めている。

たとえば、玉鬘を見出した光源氏は親代りとして庇護を加えながら、ひそかな恋心を抱き始める。胡蝶の巻では光源氏が思いの一端を言い出して、わが心のうしろやすさを言い聞かせる箇所があるが、作者はそこにちょっと顔を出して。

いと、さかしらなる御親心なりかし。[注2]

という批評を加える。もっともらしく親ぶった言い方をしながら、都合よく自分の恋心をも宣伝する。なんて巧妙なやり方だろうという批評である。

また、光源氏は玉鬘に対して貴族階級の男性たちが恋心を懐くことを期待する。兵部卿の宮などが心を乱して言い寄ってくる様子を見たいものだ、と紫の上に言う。その箇所でも、作者は紫の上の口を借りて、

あやしの、人の親や。まづ、人の心励まさむことを、先におぼすよ。[注3]

と言わせている。娘をだしに使って男たちの心をけしかけてみようとする。そんな親がいますかという批評で、こういう源氏への批評性が随所にちりばめられていることが玉鬘十帖のひとつの特色となっている。

作者の批評精神は作中人物の造型にも影響を与えずにはおかないであろう。玉鬘のもつ自立性、光源氏への精神的な距離の取り方はこれと無縁ではあり得ないと思われる。紫の上系の巻々の作者の有する傾向がいかにも女房階級らしい貴人賛美の精神に溢れているとするならば、これはそれとは相当異質のものと言わねばならない。言うならば、隠者たちの超越的な精神傾向であろう。

「玉鬘」から「野分」まで

玉鬘という女主人公を案出した作者は、その登場に「玉鬘」一巻を費やした。それは長谷寺霊験譚を下敷きにしたと思われる非常に伝奇的な物語であったが、長谷寺で右近と邂逅した玉鬘は、その手引きによって光源氏の六条院に導き入れられる。このあたりの作者の手腕は大変にみごとなもので、玉鬘流離の伝奇的物語を六条院の写実的な世界

に融け込ませて、少しの不自然さをも残していない。そして、玉鬘はほとんど無理なく六条院の一員となって、光源氏と接しながらの日常が始まるわけである。

初音の巻で六条院の新年の豊かではなやかな有様を描き出した作者は、次の胡蝶の巻では春たけなわの春の御殿の美しさを、周到な準備をもって描き出す。春の御殿における船の楽、そして中宮の季の御読経に紫の上から奉られる豪華な献花。女の童四人で運ぶほどの大きな花瓶に、銀のには桜の枝を、金のには山吹の枝を盛って仏前に奉り、それぞれに蝶・鳥の扮装をした女の童たちが胡蝶楽・迦陵頻の舞を舞いながら退いてゆく。これは去年の秋の秋好中宮の挑戦に対する紫の上の返報でもあったので、優雅な消息の応酬もある。読者を十分堪能させるだけの重量感があって、六条院の栄華を描こうという作者の目的はこの二巻だけでも十分に達せられたという感がある。

胡蝶の巻の後半には、ようやく六条院の生活になじんだ玉鬘に対する求婚者たちの出現が紹介されるが、光源氏自身もまた、この美しく聡明な女性の出現に無関心ではいられない。蛍の巻は趣を変えて、玉鬘を前面に押し出し、いわば夏の恋と言うべき題材を活用する。几帳を隔てて玉鬘と対座する兵部卿の宮の眼前に突然放たれた数十匹の蛍。瞬間その光に浮き出た玉鬘の容姿。蛍の文学の伝統の集大成とも言うべきこういう美しい場面を案出したのは凡手のあたうところではないが、一転して常夏の巻においては光源氏の玉鬘に対するやり場のない。恋の苦悩を描き出す。心理的な描写に転じて、これまた効果を見せている。篝火の巻はそれが極限に達した状況で、活字本で数頁に過ぎない短編でありながら、読者の心にはその重苦しい印象が忘れられない。

このように物語を進めてきて、野分の巻はひとつの転機にさしかかったように見受けられる。すでに六条院の栄華の描写は十分に達成され、これ以上は繰り返しに陥るおそれがある。光源氏の恋も行き悩んでいる。そういう状況において、秋の何を題材として何を描けばいいであろうか。これまでの（鶯の）初音とか胡蝶、蛍、常夏など、いかにも季節を代表する題材に比して、篝火が取り上げられたこともすでに少し異風であった。荻の葉風とか萩の花、動物ならば小牡鹿とか雁の声というような、いかにも秋らしい、和歌的な季節の美を代表する題材がないわけではない。篝火は夏の気分のほうが強いかも知れない。作者自身さえも少し錯覚して、

夏の、月なき程は、庭の光なき、いと、物むつかしく、おぼつかなしや。[注4]

と、光源氏に言わせたりしている。篝火という作者の選択はむしろ心理的な面に重点がかかっているので、光源氏の暗鬱な思いを象徴することにおいて、適切だったのであろう。

同様に、野分という題材も、和歌的な美という観点からは少し特殊であろう。古今集以来、「あらし」という用語によって和歌の題材ではあるけれども、美しい草木を吹きしおるもの、秋の美を脅かすものとして位置付けられている。その野分をあえて題名とするこの巻は光源氏の築き上げた六条院の美の世界を吹き揺るがす内容を暗示しているであろう。事実、それが光源氏の子息夕霧によるものであったとは言え、光源氏があれほどに配慮をめぐらし、また自身も油断を見せることのなかった紫の上が、生涯にただ一度夫以外の男性にかいまみられる。光源氏の六条院世界の絶対性に初めて揺らぎが生ずるのである。

野分の巻は「初音」に似た構造を持っていて、夕霧が紫の上をかいまみた後、秋好中宮の御殿へ使者として訪れて女房たちの様子を瞥見し、さらに光源氏に随従して院内の女性たちのもとを一巡する。その間に玉鬘をかいまみ、さらにその後明石の姫君をも覗き見る。初音の巻では、読者は光源氏とともに六条院のはなやかな生活の全貌を見て回ったのであったが、「野分」では夕霧の視座から院内の女性たちの美しさをかいまみる。それは六条院の栄華を描

いて見せる作者の目的とも言えなくはないが、事実として六条院の秘せられた世界が暴露され、読者は不可侵の領域に足を踏み入れた印象を心に残すのである。

「野分」と「行幸」との間

これまでひとつの季節に二巻ずつを当てていた作者は、冬には「行幸」一巻だけを当てることにしたようである。「みゆき」はこの巻の冒頭の話題である大原野の鷹狩りの行幸を意味すると同時に、雪を暗示する語であるから、冬の巻の題名としてふさわしい。鷹狩りも数少ない冬の景物のひとつとして重要であろう。そして和歌の伝統から言えば、春・秋に季節の題材が多く、作品の数も偏っているのであって、『古今集』でも春秋の各二巻に対して、夏冬は一巻ずつが配当せられている。であるから、ここで冬に「行幸」一巻が当てられていること自体はさほど大きな問題ではない。

しかし、これまでの各巻が短編的な完結性をもって鮮明な印象を与えていたのに対して、「行幸」は明らかに長編的な性格を見せている。古典文学大系本で「初音」から「野分」までの各巻の平均頁数十七頁余に対して、「行幸」の三十頁はそのことを語っているであろうし、数字以上に、内容的に光源氏と内大臣双方の家庭にわたってのこまごました話題の展開は行幸の巻の長編性を実感させる。

それ以上に「野分」と「行幸」の間の間隙を感じさせるのが、話題の中心である玉鬘についての話の進行の不一致である。ここまでの知識で言えば、読者は玉鬘の身のなりゆきについて、概略次のような理解を有しているはずである。玉鬘に対する求婚者たちの中で優位にあるのが蛍兵部卿の宮であり、光源氏もそれについては悪い感情を持っていない。ただ、光源氏自身玉鬘に惹かれていて、他人のものとしてしまうことに思いきりがつかない。いっそわがものとしようかとも思うが、かと言って紫の上に並ぶほどの愛情を持つとは、われながら思われない。それではかえって玉鬘がかわいそうかと、そんな思案が循環して、決着がつかないでいる。野分の巻の最後まで言えば、事態はそういう状況にあったはずである。

ところが、行幸の巻が始まってみると、光源氏は玉鬘を尚侍として出仕させることに心を決めている。それは、後には、光源氏が大宮に事情を説明することばとして宮廷からその意向が示された、すなわち帝の意志であるとされているが、[注5]当初は紫の上に、「しかじかのことを、そ、のかししかど」玉鬘が(秋好)中宮や(弘徽殿)女御の存在を気にしてはかばかしく決断がつかない、というような話として語られる。[注6]であるから、読者としては、光源氏が宮廷出仕のことを決意して裏面の工作をし、帝の内意が下るようにしたのだなと理解する。源氏物語の記述は常にそのような行間を読みとって納得するように書かれている。

もし帝の内意が下ってから光源氏がそれに応じる決心をしたのであったならば、不可抗力に近い事態が突然出現したわけで、小説的なおもしろさは薄くなるものの、筋は通りやすいと言えるだろう。しかし、光源氏の実子であることを知り、何かにつけて光源氏を喜ばせることを心がけている冷泉院の帝が光源氏の意向を尋ねることもなしに玉鬘の宮仕えを求めるとは考えにくい。それよりも、作家としての力量の冴えを見せ続けている作者が、不可抗力によって事態が変化したというような拙劣な方法で物語の筋を操作するとは思われない。大原野の行幸を見物しに玉鬘を出立たせた光源氏が、帝を拝したならば若い女性の気持ちとして帝のおそば近く仕えてみたいという気が起こるのが当然だろうと予測することなども、これが光源氏の意向から出たことであるという証拠になるであろう。

しかし、そう考えた時、光源氏はいったいどういう考えで玉鬘を宮仕えに出立たせるのであろうか。その点について。作者は説明を避けも忘れもしていないが、光源氏の思惑と周囲の憶測との間に大きなくいちがいがあると見受けられる。この問題に関してのひとつの難点は、尚侍としての宮仕えが、尚侍という役の特殊な性格として、天子の寵を受ける可能性があるということである。ことに玉鬘のように若く美しく、家柄、後見役、どの点からも問題のない場合、その可能性は非常に高いわけで、であるから内大臣をはじめ周囲の多くがそれを既定のことのように理解している。ところが、冷泉院の後宮には光源氏を後盾とする秋好中宮と内大臣の姉娘の弘徽殿の女御がすでに厳然と控えている。その中に混じって寵を争うとなると、どちらに関しても大変おもしろくない事態を招くことになる。この点に関する光源氏の態度は大変あいまいである。前掲の「しかじかのことを、そ、のかししかど」に続いて、「中宮、かくておはす」「女御、かく又さぶらひ給へば」という二か条について、「思ひみだるめりしすぢなり」と言う。[注7]この「思ひみだる」の主語を私は玉鬘と解しているが、それが悩みの種であることについては、光源氏とても変わりはない。そして、光源氏の明確な解答はついに見られないのである。

玉鬘の人物造型

野分の巻までの理解をもって行幸の巻に対する時、読者はこういう齟齬に出会わねばならない。そして、こういうギャップは作者の構想のための無理ではなかったろうかと考えられる。物語はこの後玉鬘の思いがけない運命を追って長編的な進展を見せ、「真木柱」にいたって話は髯黒大将の家庭にまで及んでゆく。玉鬘十帖は思いがけないほどに話が発展してしまった観があるが、作者には「梅が枝」「藤の裏葉」に手をつけることなく話を収拾するという制約があったのであろう。それが源氏物語を今日ある姿にとどめさせることになった。

玉鬘十帖は当初光源氏の栄華の絶頂を描く目的をもって出発したが、主人公光源氏との間に精神的な距離を有する作者は、玉鬘を光源氏に隷属せしめなかったばかりでなく、光源氏の全盛を揺るがすような要素を織り混ぜてゆくことを考えた。おそらくそれは、話の進行に伴って次第に明らかになってきた主題で、野分の巻の六条院を揺るがす暴風を予兆とし、髯黒の玉鬘奪取をもって具体化したと言っていいかも知れない。巻を追ってその構想が進展するに従って、実は大きな問題を内包していることが明らかになってくる。

玉髪はこの十帖の終結とともに六条院の世界から消えねばならぬ人物であった。「藤の裏葉」の完結にあずかることがないと約束せられている以上、最後には六条院を去らなければならない。玉鬘の人物造型と運命にはこの制約が大きく影響しているであろう。玉鬘十帖の女主人公としては光源氏と対偶し、光源氏と深い交渉を持たせねばならない。その上で光源氏の眼前から消え去ってゆくという条件はいわば難問と言ってもいい。それに応えた作者の案出が玉鬘というこれまでなかったような性格の設定ではないであろうか。外的条件として光源氏と繋がることを許されない以上は、心理的に、精神的に光源氏にとっての大きな存在となるほかない。玉鬘の人物像はそういう方面から造型せられたと考えてみたい。

同じように、玉鬘の身の結末も最初から宿命づけられていたと言うべきであろう。玉鬘を髯黒によって奪わせる劇的な結末は、もとより作者の手腕のなさしめたところであろうが、玉鬘と光源氏との間にハッピイエンドがあり得なかったことだけは決定せられていた。考えてみれば、夕霧のかいまみも、結果としてなにも事を起こしてはいない。「かいまみ」が男女の仲の大きな進展であり、恋愛や結婚に至る物語の上の契機であることから言えば[注8]、これは異例とすべきケースである。作者は夕霧というものがたい人物を用意してはいるが、ここでは事件が起こつてはならなかったのであり、同様に藤袴の巻の夕霧の玉鬘に対する恋慕などもなんらかの具体的な意味を持ってはならない設定であった。
問題とすべき個条はまだいくつかを残しているが、要するに、玉鬘十帖は結末として「梅が枝」「藤の裏葉」の状況に回帰しなくてはならないのであり、ここに描かれた玉鬘の存在をはじめ、数々の美しいイメージはいわば白昼の幻であり、物語の上に心理的な陰影の深さを加えることにその役割があったと見るのが正しいであろう。

注1　西村亨『新考王朝恋詞の研究』（桜楓社）「とのうつり」の項参照。
注2　岩波書店「日本古典文学大系」『源氏物語二』四一一頁。
注3　「玉鬘」。同右三六八頁。
注4　「篝火」。同右『源氏物語三』四〇頁。
注5　同右七六頁。
注6　同右七一頁。
注7　注6に同じ。
注8　注1同書「かいまみ」の項参照。

六条院の女性たち

舞台としての六条院

少女の巻の終結部に、この巻の最後の話題として六条院の造営が語られる。六条院は六条京極あたりに四町を占める大邸宅で、これを造ろうとする光源氏の意図を、作者は「しづかなる御住まひを、おなじくは、広く見どころありて、こゝかしこにて、おぼつかなき山里人などをも、集へ住ませんの御心にて[注1]」と説明している。先に、薄雲の巻で、光源氏が斎宮の女御と春秋の情趣について話し合った後、紫の上に、

女御の、秋に心を寄せ給へりしも、あはれに、君の、春のあけぼのに心しめ給へるも、ことわりにこそあれ。時々につけたる、木草の花によせても、御心とまるばかりの遊びなどしてしがな。

と語るのと符節を合わせて、光源氏が風雅の極に立つ生活を、みずからも望み、また紫の上をはじめとする周辺の女性たちにも享受させたいと思っていることが示されている。

しかし、光源氏一代の物語として見る時、六条院の造営はそれだけの説明で満足できるものではない。須磨・明石

の流離の後貴族社会に復帰した光源氏は、政治的にも、社会的にも、また個人の生活としても、揺るぎのない地歩を築き、いまやその栄華の絶頂に立とうとしている。理想の男性の生涯を描くいろごのみの物語としての源氏物語は、いよいよ終結部にさしかかろうとしているわけである。ここに王朝の物語の主要な主題のひとつである「とのうつり」が登場する。

「とのうつり」は枕草子の「物語は」の条にも散佚物語の名のひとつとして挙げられているが、その主題は、たとえば宇津保物語の藤原の君正頼が四町を占める邸宅に二人の北の方をはじめとして数十人の妻子を住ませ、とりかへばや物語の大将が二条に宏壮な邸宅を造り、同じく二人の北の方を住ませるという箇所に現れている。この世で最高の男性がいろごのみの極致の生活をする時、具体的な様相として表現されるのが、四町を占めるような大邸宅に妻子眷族を集めて栄華の生活を送るという形態であり、それを「とのうつり」という用語で表したのであった。源氏物語においても、光源氏の栄華の絶頂として、少女の巻にこの主題が現れたもので、六条院はまさに四町を占める大邸宅であり、光源氏はそこに紫の上・花散里・明石の君のほかに、後見している秋好中宮や夕霧・明石の姫君というこどもたちを集め、この世をわが世と思うはなやかな生活を展開するのである。これが「とのうつり」であることは、玉鬘の巻に右近が亡き夕顔を追憶して「この御殿うつりのかずのうちには、交じらひ給ひなまし」と思う箇所があることによって、明確に裏付けられている。

六条院における風雅の生活は、移転後早速に中宮から紫の上へ秋の美しさを誇示する挑発的な消息が送られることによって具体化される。六条院は四町を占めるばかりでなく、そのそれぞれを四季に配当したことによって、いっそう豪華さが拡大されている。秋を好むがゆえに秋好中宮と通称される中宮の住む町は、秋の美しさを存分に発揮するように設計されている。春が好きで、その住む町も春の景色を主眼とする紫の上の春の御殿は、今はこれに一籌を輸せざるを得ない。

紅葉の盛りの風の吹く夕方、中宮の御殿から女童を使者として、箱の蓋に秋草の花や紅葉を取り混ぜて、消息が送られてくる。

心から春待つ園はわが宿の紅葉を風のつてにだに見よ

心がらのせいであなたは春ばかりを待っていらっしゃるけれど、秋のこの美しさはどうでしょう。せめて風のたよりにでも紅葉の美しさを御覧ください。こういう風雅の挑戦に対して、紫の上は翌年の春を待ってその返報をする。それは胡蝶の巻に描かれるが、その豪華さ、規模の大きさにおいて読者を感嘆させるに足るものである。[別注末尾] このように春・秋を象徴するような二人の女性によって、春秋の情趣が争われる。「春秋の定め」は古くから日本の文学的論争の主題であった。

六条院を物語の舞台に設定することによって、作者はこういう情趣に満ちた光源氏の豪奢な生活を具体化して読者の前に描き出して見せようとしたものであろう。

いろごのみの構図

春や秋という季節を一身に体現しているのは紫の上・秋好中宮という二人の高貴な女性だけではない。花散里も明石の君もそれぞれに夏や冬の美を一身に負っている。

少女の巻の描写に拠れば、花散里の住む夏の御殿は泉があり、木立を深く植えて山里の情趣を見せ、卯の花の垣根をしつらえ、花たちばな・撫子・薔薇《さうび》・竜胆《くたに》などを植えてある。東面には馬場を造り、池のほとりには菖蒲を茂らせる。すべて夏の情趣を主眼としているのであるが、花たちばなのことを言うのに「昔思ゆる花たちばな」と修飾句を冠したのは、単に「さつき待つ花たちばなの香をかげば昔の人の袖の香ぞする」の歌を引いただけではない。この御殿の主である花散里との交情を光源氏に思い起こさせるのが花たちばなだということを示しているのである。花散里というこの人の通称は、光源氏がほととぎすの鳴く音にかこつけて、おれはあのほととぎすのように花散る里を訪れたと言うことばに拠っており（花散里の巻）、そのことばは「たちばなの花散る里のほととぎす……」という歌を背後に負っている。つまり、花散る里とはたちばなの花散る里のことであり、この人の存在そのものがほととぎすや花たちばなという夏の景物と深く関わっている。夏を人格化したと言っていい女性なのである。

冬の御殿に住む明石の君はこれまた冬を人格化したと言っていい。その町は北半分を御蔵町に割いているが、その境に竹を植え、松の木を茂らせる。竹と松とに置く雪の風情の違いを鑑賞し分けようという意図で、そのほか初冬の朝霜のおく菊の籬、紅葉の美しい柞などが用意され、深山木を深く茂らせる。

明石の君はここに移って来て初めて光源氏の身辺近く生活することになるが、それまでの彼女はみずからの出自の低さ、地方に育った身の教養の劣ることなどを恥じて、光源氏の身近く、その日常に接しようとしなかった。明石においてこそ光源氏の心を惹くこともあり得たかも知れないが、都の貴婦人たちに混じって光源氏の寵を保ち続ける自信など持ち得なかった。それでも彼女が都近く、大堰あたりまで出て来たのは、光源氏との間に生まれた姫君の将来を思えばこそであった。大堰での生活はたまさかの光源氏の訪れを待つ淋しいものであった。松風の巻はその淋しさ、心細さを主題として印象深い一巻となっているが、ことに将来をおもんばかってわが子を紫の上に託した後は、これによって光源氏の訪れさえ絶えはしまいかという危惧から一層のもの思いに悩まなければならなかった。折しも冬深く、川面の住まいは耐えがたい思いがする。明石の君の冬の女性としての性格がそこに集約せられている。

四季の町に配せられた女性たちは、それぞれの性格をもって光源氏の周辺を彩ることになる。秋好中宮だけが光源氏の妻のひとりではなく、その点が特異であるが、六条御息所の遺児としてその性格を継承し、また光源氏の意を受けて冷泉院の後宮における勢力扶植の代理者となっている。いわば光源氏の人格の一部を分担していると言っていい。ほかの三人はその意味ではより深く光源氏の人格に関わっているのであるから、それらの女性たちが四季を象徴していることは、霊魂信仰的にも光源氏が四季の霊力を一身に集めていると言ってもいいわけである。いろごのみの理想とは根底にそういう古代的意義を持つものであると考えていいであろう。

「いろごのみ」の語義に選択の意義が含まれていることは、[注2]ここに選ばれた四人を考察する上で示唆的であると思われる。先に引用した玉鬘の巻の右近の感想に、夕顔がこの殿移りの人数の中に混じっていたであろうと推測しているのは、われわれにも同感を誘うものがあるが、光源氏は誰も彼もを殿移りの人数に加えているわけではない。そこにはおのずから選択が働いているのであって、出家した空蝉や同情的な庇護を加えているだけの末摘花などは二条院の東院に置いている。光源氏の翼下にあることに変わりはないが、光源氏のいろごのみの理想を形成する構図からは除外されている。光源氏の栄華の生活はあくまでも六条院を表立てているのである。

そのはなやかな女性たちが、いずれも源氏物語中の新世代の女性たちであることにも注意しておきたい。物語が開始せられた当初の重要な女性たち、藤壺・六条御息所・朝顔の宮などは、みな既に物語の後景に退いていった。ここに揃っている女性たちは物語が開始せられて後にわれわれの前に登場してきた人物である。私が現在われわれの手に残されている源氏物語は新編源氏物語だと言うのは、この点を指しているのであるが、[注3]六条院世界はその新世代の女性たちを揃えて光源氏の栄華の絶頂を描こうとする。ここに光源氏をめぐる小宇宙の完成が見られるのである。

玉鬘登場の意味

少女の巻には物語を終結に向かわせようとする気分が見えている。光源氏の繁栄はまさに絶頂を極めようとしており、彼自身についてはほとんど問題を残していない。そこで作者はこどもたちの将来を話題に取り上げる。光源氏にはこどもの数が少なく、その点が将来の栄華の持続に一抹の不安を残しているのであるが、絶対の秘密の子である冷泉院の帝は、帝白身が出生の秘密を知ったことによって光源氏への孝養を心がける。これも光源氏の栄華にとって大きな要素とはなるが、あくまでも水面下でのことである。光源氏一門の繁栄は表立って光源氏の子であることの知られている二人によって成し遂げられなければならない。

作者はまず少女の巻で光源氏の夕霧に対する教育の方針を語り、それに従って学問に励む夕霧の姿を描く。これに続いて、梅枝の巻では明石の姫君の裳着と春宮への入内が話題となる。それらが十分に語られることによって、光源氏の栄華は一代きりのものではなく、子の代、孫の代まで続くであろうことを読者に予見させる。藤裏葉の巻では懸案の諸事項が一気に解決し、光源氏は太上天皇に準ずる待遇を得、天皇・上皇が並んで六条の院へ行幸される。まことにめでたしめでたしという気分をもって物語が終結するのである。

これが第一部における物語の本筋である。ところが、少女の巻と梅枝の巻との間に玉鬘十帖が割り込んできた。武田宗俊氏の説[注4]に従って考えれば、氏の言われる玉鬘系の巻々は明らかに後から挿入されたと考えざるを得ない。ではなぜ玉鬘十帖を計画した作者は、ここに十巻もの大きな物語を挿入したのであろうか。それについては別に論じたものがあるので、要点だけを述べることとするが、ひとつには六条院の栄華の具体化ということがあったであろう。[注5]「とのうつり」の主題は、単に大邸宅の完成と引き移りをもって終わるものではない。そこに展開される栄華の生活の具体相が描かれなくては十分とは言われないであろう。少女の巻は春秋の定めに触れてはいるが、ほんの緒をつけたに過ぎない。であるから、より十分にそれを描くことは作者・読者双方の要求であったに違いない。

玉鬘十帖は当初六条院の栄華の生活を、あたかも絵巻物を繰り広げるように、四季にわたって描き出すことを目標にしていたと考えられる。行幸の巻あたりから計画が伸びてゆくが、これは作品を書き進んでゆく間にその必然が生じてきたもので、初音以下ひとつの季節に二巻ずつを割り当てて季節の自然の中で営まれる風雅の生活を描き出してきた。これが玉鬘十帖の第一の目的であったに違いない。

これに加えて玉鬘という新しい女主人公を配したのが、作者の非凡な手腕を見せたひとつの計画であった。玉鬘は単に六条院の四季の生活に配せられた美しい彩りの役を果たしただけではなかった。玉鬘を創出した作者の最も大きな関心は、この美しい六条院の世界、いわば現世の極楽とも言うべき世界の中で光源氏が味わう不思議な心の動揺を描き出すことにあったらしい。

玉鬘がこれまで登場した女性たちと決定的に相違する点は、光源氏を絶対の存在としないことであろう。それは作者の精神構造の相違を思わせるものであるが、物語の前半においては、作者も読者も光源氏べったりという姿勢が物語の常識であった。しかし、玉鬘十帖においては、作者が光源氏に対する好意を失っていないことはもちろんであるが、光源氏との間にある程度の距離を保って、光源氏を絶対の存在とはしていない。それは玉鬘系に早くから隠顕している精神で、たとえば帚木の巻の冒頭に、帝の御子といっても世間に秘した行動がなかったわけではないと言って空蟬や夕顔に対する恋を語り出すところにその一端を見せている。

玉鬘十帖においては、その精神はさらに顕在化して、光源氏に対する皮肉な批評を随所に挿入するばかりでなく、光源氏の絶対性をも揺るがすような話の筋が展開されてくる。野分の巻のかいまみは夕霧というもの堅い人物によってなされるので、結果としてトラブルを生じなかったとはいうものの、紫の上や玉鬘など光源氏がもっとも愛し、身辺に警戒を怠らなかった女性たちが人の目にさらされることになる。さらに玉鬘が髯黒に奪われるに至って、そして光源氏の意向を無視した髯黒の応接によって、光源氏はこれまでに味わったことのない屈辱の思いを味わう。六条院の繁栄の外見に変化は生じてはいないけれども、内面的には光源氏の絶対性は大きく揺らいでいるのである。

玉鬘が六条院世界に登場した当初、光源氏はこの美しい女性をわが子を尋ね出したということにして、「すき者どもの心つくさするくさはひ」にしようと考える（玉鬘の巻）。これなども少し異様な感じを読者に与えるが、恋愛を趣味的・享楽的に享受しようとする作者の嗜好が現れたものであろう。光源氏はその計画に従って玉鬘を兵部卿の宮に接近せしめるが、その間に自身この女性に惹かれる気持ちが押さえきれなくなる。

ここまでの物語の筋に矛盾はないが、この後野分の巻と行幸の巻との間にギャップがあって、行幸の巻の冒頭では光源氏が玉鬘を尚侍として宮廷に仕えさせようとしていることが語られる。こういう考えはこれ以前に全く示されていなかったばかりでなく、光源氏の意図としても納得のゆく説明が与えられていない。尚侍としての宮仕えは天子の寵愛を受ける可能性を含みとして持つもので、その場合玉鬘は光源氏を後盾とする秋好中宮や内大臣の娘、みずからの姉に当たる弘徽殿の女御と寵を争わなくてはならなくなる。その点についての作者の意図が十分に説明されていない。作者がなんらかの理由からやや強引な筋立てを試みたと思われるのである。

この後玉鬘は髯黒に奪われるようにして六条院を去ってゆく。その構想の必要は玉鬘が後入の玉鬘系の人物であって、藤裏葉の光源氏の繁栄に関わらないというところにあるのではなかろうか。玉鬘の巻以来発展してきた物語の筋を、梅枝や藤裏葉の巻に手を加えることなく収拾するには玉鬘を物語の舞台から去らしめる以外に方法はない。かくて玉鬘は六条院世界の人物としてその完成に与かることがないのである。

六条院世界の変質

源氏物語が藤裏葉の終結の後にさらに第二部が書き継がれたのは、読者の要望もだしがたいものがあってのことであろう。第二部は玉鬘系をも含めた第一部全体を受けて構想されたから、玉鬘も六条院内部の人でないまでも、光源氏の四十の賀をまっ先に祝うなど、六条院世界の栄華を担う一翼に参加するようになる。しかし、それはあくまで外部からの参入である。

玉鬘に代わって六条院世界の新しい存在として重要な位置を占めるのが女三の宮である。女三の宮の登場はこれまた光源氏のいろごのみの完成と深く関わっている。

いろごのみの極致に立つ男性は王氏と他氏と双方の高貴な女性を妻とする必要があるらしい。これもつきつめて考えれば霊魂信仰の問題に帰するであろう。つまり女性の保持する霊力が重要な意味を持つのである。古代の天子の結婚の対象となった后妃の出自を検討してみると、宮廷の血筋を引く高貴な内親王と、他氏の出自で大きな勢力を持つ豪族の娘と、この二種の妻が必要とされていることが知られる。たとえば、仁徳天皇における八田皇女と磐之媛とである。

光源氏の場合も、その結婚については同じ論理を適用することができる。他氏の妻は葵の上がその条件を満たしているが、王氏の妻についてはこれまで不足があった。紫の上は孫王であり、母も嫡妻ではない。父に顧みられない孤児同然の身の上であった。光源氏が朝顔の宮への求婚に熱心だったのも、同じ孫王とは言え、こちらは血筋もよく、内親王格の斎院となったほどの人である。女三の宮の降嫁の話があった時、伝聞ではあるが、光源氏がこれまで「女の筋にてなむ、人のもどきをも負ひ、我が心にも、飽かぬこともある」と語ったと記されている。それは、これまでの妻がみな「かぎりあるたゞ人ども」で、不足があるが、女三の宮ならば、その不足を満たすことができようというのである（若菜上）。光源氏が紫の上の悲しみを無視してまで女三の宮との結婚を望まなければならなかった最大の理由はここにあるであろう。

女三の宮を迎えた六条院は一層の華やかさを加えたかに見えて、かつての調和を失おうとし始める。女三の宮はその資質をもって六条院世界に加わるには余りにも未熟であった。六条院の日常に不協和音が混じるようになる。若菜下の巻の女楽、朱雀院の五十の賀を契機として催されたこの遊びが、実際には六条院繁栄の最後の様相であった。女三の宮や今は女御となった明石の姫君をも加えて、光源氏の晩年のひと時ははなばなしく輝いたかに見える。

しかし、源氏物語第二部の作者は、玉鬘系の作者以上に光源氏に対して冷酷な現実への直面を求めている。女三の宮は光源氏の栄華のために登場したのではなく、むしろ六条院世界の崩壊のために登場したかの観さえある。女三の宮と柏木との密通は、これ以上望み得ないほどの繁栄を築きあげた六条院世界を、少なくともその内面において、氷に閉ざされた世界へと変質させてしまった。最愛の紫の上をさえ失った後の光源氏は、今はその転変を静かに眺めるのみである。光源氏の最後の一年を描いた幻の巻は初音から行幸に至る一年と対応してみごとな対比を見せているが、これ以後の六条院は事実上その存在価値を失ってしまう。六条河原の院が源融の没後荒廃に帰したように、光源氏の六条院も物語の精神としては荒廃への道をたどるのである。

注1　引用は日本古典文学大系『源氏物語』（岩波書店、昭33―38）による。ただし、表記は改めた箇所がある。

注2　拙著『新考王朝恋詞の研究』（桜楓社、昭56・1）「いろごのみ」の項および補注1参照

注3　拙論「朝顔の宮追従に発して」（『王朝の歌と物語』桜楓社、昭55・4＝本書所収）

注4　『源氏物語の研究』（岩波書店、昭29・6）

注5　拙論「玉鬘十帖の論」（芸文研究第58号、平2・11＝本書所収）

二〇五頁別注　詳しくは、秋の盛りの中宮の消息に対して、紫の上はとりあえずの返信として、送られた箱の蓋に細工して岩根の松を作り、「風に散る紅葉はかろし春のいろを岩根の松にかけてこそ見め」という歌を付けて返す。とっさの工夫は中宮の御殿で讃められはするものの、なんと言っても盛りの秋には敵しかねて、光源氏も春を待って返報するようにと助言する。そのことば通り、翌春中宮の里下りされた折に、女房たちを招いて、春の園の花の盛りを、竜頭鷁首の舟で池水を漕ぎめぐりつつ鑑賞し、中島を眺め、釣殿で交歓の宴が開かれ、宴は夜に及ぶ。翌日には中宮の「季の御読経」に奉った盛花と共に中宮を感嘆させ、これをも併せて春秋の争いに優位を占める。

Ⅲ　知られざる源氏物語

第一章　不幸な大作、源氏物語

源氏物語は読まれていない

源氏物語は長すぎることが不幸だ。折口信夫はそう言っていた。

源氏物語は長すぎるためになかなか人に読まれない。読まれて正当な評価を受けることがむずかしい。それが源氏物語の不幸なのだ、と。

たしかに源氏物語は長すぎる。われわれの周辺を見まわしてみても、源氏物語を原文で通読したという人はめったにいない。あの独特の文体と、全体の分量を考えた場合、専門家はともかくとして、一般の人々が尻ごみし、つい敬遠したくなるのも無理はない。源氏物語は長すぎるために、その全貌を知ってもらえない。その真価がどこにあるかも知られていない。これは本当に作品として不幸なことと言わなければならないだろう。

源氏物語の名は日本人にとって決して親しみの薄いものではない。日本人で源氏物語についてまったく何も知らないという人はいないだろう。われわれの日常生活の周辺には、醤油を「むらさき（紫）」と呼ぶことがかなり普遍的に広まっているのをはじめとして、「松風」（干菓子）とか「ゆかり紫蘇」（ふりかけ）のような菓子や食品の名、和風の商品の名、あるいは「源氏名」ということばそのものが代表する、ひと昔以前の遊廓の女性の呼び名など、源氏物語にちなんだ呼称をいくらでも見いだすことができる。

源氏物語に出てくるような風俗を描いた絵を「源氏絵」という。今の若い人々は名を聞いたこともないかも知れないが、その源氏絵に出てくるような車が「源氏車」で、これは紋所の名にもなっているし、同じく源氏絵によく描かれているような雲の形を「源氏雲」と呼ぶ。そのほか源氏何々という名の付いているものを挙げてみると、源氏糸・源氏織り・源氏打ち（組紐）・源氏油・源氏箱・源氏襖・源氏窓・源氏塀などがあり、「源氏香」という香の薫りを嗅ぎ当てる遊び、「源氏酒」という源氏物語の巻の名を挙げながら酒杯のやりとりをする酒席の遊びもある。これらはみんなどこかで源氏物語に関わっていることから付けられた名称で、源氏物語の日本文化への浸透を十分にうかがい知らせるものがある。つまり、日本人は直接源氏物語に触れているか否かを問うまでもなく、源氏物語の伝統のしみ込んだ社会に生活し、その空気を呼吸して生きているわけだ。

さらにまた、源氏物語という作品そのものにまったく触れたことがないという人もかえって珍しいかも知れない。かつての小学校の国語の教科書には、源氏物語の末摘花の巻の一節が載っていた。光源氏が幼い紫の君を相手に絵など描いて遊んでいる場面だが、もちろん原文ではない。こども向きにリテイルされた、やさしい現代文だ。その程度にしても、当時のこどもたちが源氏物語の一面に触れていたことは確かだし、源氏物語への親しみは、まったく触れたことがないのと比べれば、格段のものがあったに違いない。

現代の若い人々はもっと密接に源氏物語に接しているはずだ。それはたいていの高等学校の国語の教科書に、源氏物語の原文が載せられているからだ。量としては、ほんの一節に過ぎないし、教科書という制約によるのだろうか、選ばれている場面も、桐壺の巻の「野分《のわき》だちて、にはかに肌《はだ》寒き夕暮れのほど……」で始まる、靫負《ゆげい》の命婦《みょうぶ》が桐壺の更衣の母を訪ねる場面、あるいは若紫の巻の北山の草庵で、小柴垣のほとりから光源氏が紫の君をかいまみる場面、

「雀の子を犬君《いぬき》が逃がしつる」と泣いている紫の君の描写とか、ほとんど選択が限られている。夕顔の巻の怪異の場面を選んでいるのなど、珍しいほうだろう。

源氏物語は民間伝承か

現代の日本人の多くは源氏物語の原文にこの程度の接触を持っている。そして、それ以上は、特に関心があれば現代語訳で通読してみる人もあるだろうし、たまたま上演・上映される演劇や映画、あるいはテレビの番組などで源氏物語に接することもある。近頃では漫画化・劇画化された源氏物語も何種類か刊行されているから、それらを通じて源氏物語に親しむ人の数も少なくないことだろう。しかし、教科書などでいやおうなしに読まされるのとは別に、進んで源氏物語を、それも原文で読んでみようという人の数となるとずっと少なくなるだろう。一般の知識階級、読書人と呼ばれる人々の中にも、源氏物語を原文で読んでいる人の数はさほど多いとは思われない。

まして、原文での通読ということになると、その数はごく限られた、ほんのひと握りの人々ということになってしまう。昔から「須磨返り」ということばがあって、須磨の巻あたりまで読みはしたものの、そこで中断して、しばらくしてまた最初から読み直そうとする、そんな人を光源氏の須磨からの帰還にひっかけて「須磨返り」と呼んだものだ。昔の人々にもこの長い作品を通読することは、さほどたやすいことではなかったので、まして現代の人間が源氏物語を読みこなそうとするには、それなりの習熟が必要だろう。

しかし、重要なのは、源氏物語がこうして名前ばかりが有名で、実態を知られることの少ない作品になってしまったという事実だ。誰もが名前を知っている、多少は内容に触れたこともあるとはいうものの、本当の理解がなされていない。それがいつわるところのない実情だろう。源氏物語についてのこういう情況は、作品としての源氏物語を奇妙な立場に追いやることになった。

秋山虔氏が注目されたことで、私も同氏の指摘によって知ったことなのだが、日本の古典文学に詳しく、源氏物語の翻訳もあるE・G・サイデンステッカー氏がある講演の中で、

今日紫式部の故国では「源氏」は文学の領域に属するというよりは、むしろほとんど民間伝承の領域に属していると見ることができる。

という発言をされているということだ。これはまったくわれわれには耳の痛い発言で、文学作品ならば、それは読まれなくてはならない。けれども、源氏物語は日本人の大半に直接読まれていない。民衆のみんなが名を知ってはいても、伝承によってイメージを形成しているのだから、それは民間伝承というべきであろう、というわけだ。

日本人が偉大な文化遺産として世界に誇っている源氏物語が、文学として正当な価値を知られているのでなく、その名前ばかりが民間伝承として享受されているだけだとなると、ずいぶん考えさせられることが多い。源氏物語の文学作品としての価値がどこにあるかということなども、あらためて反省してみる必要があるだろう。われわれは源氏物語の何を誇りとし、その何が人類に寄与すると考えていたのだろうか。そういう価値の原点にまで立ち戻って考え直してみると、日本人が源氏物語を知っているかということについては、いろいろ疑問に思われる箇条が浮かんでくる。

源氏物語悪文説

源氏物語はいろいろな俗説や誤謬に取り巻かれている。源氏物語は本当に「知られざる物語」なのだと思われる。たとえば、源氏物語の文章は悪文だという根強い評価がある。実は源氏物語の文章は女房たちの作り出した「かな文《ぶみ》」がここまで表現力を付けてきたかと驚かれるほどの有力な文章なのだが、独特の文体で、現代の人間であるわれわれに読みやすい文章でないことは事実だ。ある程度読みなれて、読みこなすことができなければ、その価値を評価できないということも確かだろう。

ところが、源氏物語をよく読みこなしてもいない人たちの間から、源氏物語悪文説が起こって、それが文壇の著名人であったりしたために多くの人に信じられて、源氏物語の評価を傷つけているという事実がある。これなども源氏物語が本当に読まれていないことに起因する誤った評価のひとつだと思う。源氏物語が正当な評価を受けていないことの一端として、まずこの問題を取り上げてみよう。

源氏物語悪文説というのは、おそらく森鷗外あたりから始まったことだろう。鷗外が与謝野晶子の源氏物語の口訳、いわゆる与謝野源氏に寄せた序文の中にこういう一節がある。

わたくしは源氏物語を読む度に、いつも或る抵抗に打ち勝った上でなくては、詞から意に達することが出来ないやうに感じます。そしてそれが単に現代語でないからだと云ふ丈ではないのでございます。或る時故人松波資之さんに此事を話しました。さうすると松波さんが、源氏物語は悪文だと云はれました。随分皮肉な事も言ふお爺さんでございましたから、此詞を余り正直に聞いて、源氏物語の文章を謗られたのだと解すべきではございますまい。併し源氏物語の文章は、詞の新古は別としても、兎に角読み易い文章ではないらしう思はれます。

（岩波書店版『鷗外全集』に拠る）

ずいぶん慎重と言うか、もってまわった言い回しで、自分では源氏物語の文章をひと言も非難していない。けれども、これを読んだ人たちが短絡して源氏の文章を悪文だと極め付ける恐れはあるかも知れない。森鷗外もなかなかずるいところがあるなと思わせられるが、事実、こういうところから悪文説が起こったのではないだろうか。

もうひとつ、自然主義の作家として有名な正宗白鳥も源氏物語の文章が読みにくい、アーサー・ウェーレイの翻訳で読むほうがかえって分かりやすいと言っている。これも、直接に源氏物語の文章が悪文だと言っているわけではない。しかし、源氏物語の文章を苦手とする人たちに悪文説を唱える根拠を与えることになったかも知れない。

どうも源氏物語悪文説というものは源氏物語にさほど親しんでいない人たちの間から起こったのではないかと思われる節がある。外国の文学のことならよく知っている、外国語ならどんどんと読みこなす能力があるという人々が、日本の文学の特殊性や源氏物語の文章表現の特異さに対する理解がかえって薄くて、源氏物語の文章が読めないのは文章のほうが悪い、源氏物語の文章は悪文なのだという単純な結論へと急いで、それが隠然たる評価の因となったのではないかと思われる。ともかく、はっきりした根拠のない悪文説がひと頃横行したことは事実で、源氏物語にとっては不幸なことのひとつだった。

「かな文」の表現力

源氏物語の文章が悪文かどうか、実例を挙げて検討してみよう。

文章にとって何よりも大切なのは対象を表現する力のあるなしということだろう。もちろん、それが読者により理解しやすく、聞いて耳に快いというような条件が付加されればそれに越したことはない。しかし、千年前に書かれた文章について余りに多くを望むことは無理というもので、その文章に慣れていた当時の人々に分かりやすかった文章が千年後のわれわれにも無条件に同じように分かりやすいなどということは、要求するほうが無理というものだ。だから、たとえそれを読みこなすために多少の条件を伴うとしても、その文章自体が筆者の表現しようとする対象を把握できているとするならば、少なくとも悪文と呼ぶべきではないだろう。

源氏物語の文章はいわゆる「かな文」と呼ばれるもので、女房階級によって創られ、磨かれてきたものだ。だから、そういう文章の生まれてきた歴史を背後に負っている。日本人が漢字を借用して自分たちのことばである日本語を日本語そのものとして表記するようになった時、それは「語り」のことばに近いものだった。しかし、まだ書きことばとしての文体が完成していなかったから、不自由な点が多かった。たとえば、文末をどういう形で終止するかという法則が決まっていない。文を切ることができなくて、だらだらと続いていってしまう。女房たちの文章である「かな文」も口の上のことばをそのまま文章に移そうとしたものだから、ねちねちと続いてゆく歯切れの悪さを宿命的に持っている。

たとえば、同じかな文でも、男性である紀貫之の書いた土佐日記を見ると、ずっと歯切れがいい。ひとつひとつのセンテンスが短くて、

卅日、雨風吹かず。海賊は夜《よる》あるきせざなりと聞きて、夜なかばかりに舟を出だして、阿波の水門《みなと》をわたる。夜

なかなれば、西東も見えず。男女からく神仏を祈りて、この水門をわたりぬ。寅卯の時ばかりに、沼島《ぬしま》といふところを過ぎて、田奈川といふところを渡る。からくいそぎて、和泉の灘といふところに至りぬ。けふ海に波に似たるものなし。神仏のめぐみかうぶれるに似たり。けふ、舟に乗りし日より数ふれば、三十日あまり九日になりにけり。今は和泉の国に来ぬれば、海賊ものならず。

というような具合だ。この引用は海賊を恐れ、水路の難所を恐れながら海路都へと向かってゆく途中の描写だが、ほとんど解釈に苦しむことはないだろう。男性の文章がこのようにセンテンスが短くて分かりやすいのは、おそらく漢文の訓読の影響が文章の上に現れたものだろう。漢文の訓読で文章を短くくぎる習慣がついているので、こういう明快な文章が書けたのだと思われる。

ところが、女性のほうは、たとえば天子の仰せを書き留めたり、日常の言動を記録したりする女房の実用から出発した文章なので、文体が練られていない。センテンスを短くくぎることをしないので、文脈が込みいって、理解がむずかしくなってしまう。土佐日記より四十年ばかり後に書かれた蜻蛉日記を見ても、その点ではずいぶんの差がある。

三月ばかり、ここにわたりたるほどにしも苦しがりそめて、いとわりなう苦しと思ひまどふを、いといみじと見る。言ふことは、ここにぞいとあらまほしきを、なにごともせむにいと便《びん》なかるべければ、かしこへものしなむ。つらしとな思《おぼ》しそ。にはかにも、いくばくもあらぬ心地なむするなむ、いとわりなき。あはれ、死ぬとも思し出づべきことのなきなむ、いと悲しかりける、とて泣くを見るに、もの覚えずなりて、またいみじう泣かるれば、「な泣きたまひそ。苦しさまさる。よにいみじかるべきわざは、心はからぬほどにかかる別れせむなむありける。

（中略）」など、臥しながらいみじう語らひて泣く。

というような文章だ。ほぼ同じくらいの分量を引用したのだが、土佐日記に比べてだいぶん読みにくいのではないだろうか。ここは藤原兼家が作者の道綱母の家に来て病気になり、ひどく苦しがったが、ここにいては万事具合が悪い、申し訳ないが本邸に帰ろうというので、泣く泣くその言い訳をしている場面だ。兼家が泣きながらそう言うので道綱母も泣き出してしまう。それを兼家が慰めてこう言った、などというところがセンテンスを切らずに続いてゆく。センテンスを切って、「……とて泣く。見るに、もの覚えずなりて、（われ）またいみじう泣かる。されば、『な泣き給ひそ。……』……」とすれば、それだけで、だいぶん分かりやすくなるはずだ。

こういうところに女房文体の理解の障害になる条件がある。右の引用にも現れている主語の欠落ということも、同じように理解の障害になるだろう。三月ごろにここにやって来たのが誰なのか、「もの覚えずなりて」泣くのが誰なのか、考えれば分かることだけれども、意識のどこかでひっかかって、その疑問を解決しながら進むのだから、文章として読みにくいという印象を与える。

蜻蛉日記は全編ほとんど作者と兼家との交渉ばかり書いているのだから、こういうことを言うのが誰で、こう感じるのが誰かということなど、作者には自明のことかも知れない。けれども、そういう文章の習慣がいつまでも女房たちのかな文に文章としての自立性を与えない。分かり合っている仲間うちだけの表現といった文章から抜け出せないことになる。蜻蛉日記から源氏物語まで、また二、三十年が経過するが、源氏物語がやはりこういう文章の系列にあることは言うまでもない。

敬語の特殊性

もうひとつ、敬語の多用ということも源氏物語の文章の特徴として挙げられる。これも読み慣れない人には、少し煩わしい感じを与えるだろう。

大体源氏物語は貴族社会の物語だから、敬語の使用が多い。「おぼす」「のたまふ」などの尊敬語、「きこゆ」「まゐる」などの謙譲語が頻繁に用いられるし、「たまふ」や「はべり」といった補助動詞も常用される。それらが貴族階級に属する作中人物について用いられるのだから、敬語の使用頻度は非常に高くなる。貴族どうしの会話に敬語が多いのはもちろんのことだが、こどもを相手にする場合でも敬語でものを言う。たとえば、光源氏が幼い紫の君を相手にしている場面でも、

けふよりは、おとなしくなり給へりや。（葵）

というように、相手の動作に「給ふ」という尊敬のことばを添える。ここは、正月を迎えて光源氏がこどもっぽさの抜けない紫の君に、きょうからはお利口になりましたか、と言っているのだが、それに続いて、紫の君が雛の御殿が壊されたと泣きそうになるのを、光源氏が、

いま、つくろはせ侍らむ。けふは言忌みして、な泣き給ひそ。

と慰める。私が繕わせようというところに「侍り」ということばを添えてもの言いを丁寧にする。繕わせましょうとなるわけだ。ここには尊敬と丁寧の用例が出てきたが、このほか「人に見え奉る」「思ひ聞こゆ」などの謙譲の表現も始終用いられる。こういうのが源氏物語の会話の一般の様相なのだ。

さらに、源氏物語の作者は貴族階級に近侍する女房の立場で物語を語っているという条件がある。これは、作者が本当に女房であるかどうかとは別に、物語を語る態度として女房の視座から語るということなのだが、そのために作者は常に登場人物である貴族の男女に敬意をもって語ることになる。それぞれの人物がなさいました、おっしゃいましたという言い方を離れることがない。

時には、敬語の用法がやや病的に感じられることさえある。われわれの感覚から言えば、行動の主体となっている作中人物の立場から敬意を示せばいいと思われる場合にすら、作者の敬意がかぶさってくる。

（光源氏は）紫の上にも、「おぼし疑ひたりしよ」など、聞こえ給ふ。　（真木柱）

というように、光源氏が紫の上にものを言う場合にも「きこゆ」を使っている。これなど源氏物語としては少しも珍しい例ではないが、「きこゆ」は「言ふ」の謙譲語で、申し上げるという意味を持つ。光源氏が紫の上に申し上げる、では立場が転倒しているようだけれども、これが一般的な敬語法なのだ。

それは作者の紫の上に対する敬意がはたらいてくるからで、ふたりの貴族男女の応酬を見ている作者が、紫の上に対しては「きこゆ」という光源氏を経過しての謙譲語で、光源氏に対しては「たまふ」という尊敬語で尊敬の気持ちを表現する。もっと程度が強くなれば、

もの聞こえて、おとゞもほゝ笑みて、見たてまつり給ふ。（野分）

というような用例もある。光源氏が紫の上に対して、なにかお話し申し上げて、にっこりしながら（その顔を）お見申し上げていらっしゃる。ことばどおり訳したのでは現代の人間には非常に奇異に響くもの言いになる。これも作者の紫の上に対する敬意が光源氏の動作に覆いかぶさっているのだ。女房の立場としては、どうしてもこういうふうに言わなくては敬意が足りない気がするのだろう。

こういう敬語法の特殊性も慣れてしまえば、さほど理解の障害となるものではないけれども、源氏物語は読みにくい、文章が悪いのではないかと思わせる大きな要因となっていることは否めない。源氏物語を、日本人が日本語で書いた作品なのだから誰でも分かる、簡単に評価できる、と思い込んでいる人たちにも、こういう点の理解は求めなければならないだろう。

やはり、源氏物語の文章は今から千年も前に書かれたもので、平安朝中期の語彙や語法によっており、特殊な文体と独特の表現法を持っているということを知っておかなくてはならない。さらに言えば、風俗も、習慣も、社会も、今日とは大きな隔たりがあり、思考や思想の上でも相当違う時代の作品なのだということを十分了解して、覚悟をもって作品に対することが必要だろう。

文章表現の次元が異なる

源氏物語の時代の敬語は時には人称の代わりをすることさえある。現代の日本語でも、「お荷物はどれですか」と言えば、あなたの荷物ということで、敬語の「お」が人称の代用を兼ねているが、平安朝の語法でも、これと同じように「御（おほん）」が人称を代用することがある。

かの、親なりし人は、心なんありがたきまでよかりし。御心も、うしろやすく思ひきこゆれば……

（玉鬘）

という例では、「御心」があなたの心という意味を示している。これは玉鬘を六条の院に引き取ろうとする光源氏が、花散里にその世話を委託しようとして言っていることばなのだが、あの人の母親は心のよい人だったと言い、そして「御心」、あなたの心も安心のできる有様だから、あなたに頼むのだと語っている。

あるいは、「たまふ」という尊敬語が人称を示すこともある。

近きほどに八幡の宮と申すは、かしこにて常に詣で祈り申し給ひし松浦・箱崎、同じ社なり。かの国を離るとて、おほくの願どもを立て申し給ひき。いま、都に帰りて、かくなむ御しるしを得てまかり上りたる、と早く申し給へ。

（玉鬘）

という例では、「かしこにて常に詣で祈り申し給ひし」が誰なのか、「おほくの願どもを立て申し給ひき」が誰なのか、あるいは誰が「早く申し給へ」なのか、どこにも主語が示されていないので、人称が分からない。しかし、「給ふ」の存在によって動作の主体が尊敬すべき相手であることが示される。ここは豊後の介が主君である玉鬘に言っていることばなので、「給ふ」を用いることによって、あなたがという人称がおのずから明らかになるわけだ。

しかし、考えてみると、源氏物語の敬語が人称を表しているとしても、それは人称を表すこと自体が目的だったのではない。表現が結果的に人称を示しているに過ぎないのだ。源氏物語の文章は人間関係の把握が重んじられている文章で、常に人間と人間との位置関係を大切にしている。その表現が結果として人称を示しもするし、主語の欠落を補いもしているのだ。

当時の作者にしても、読者にしても、大切なのはそこに出てきた登場人物相互がどういう位置関係にあるかということで、いま相手を敬うべき立場にある人がものを言っているとすれば、（あなたが）こうなさいましたので、（私は）こう思っております、というもの言いになるのが当然だ。なさいましたと言うからには、それは相手の動作であり、思っておりますと言うのは自分の側だということが当然の含みとして導き出される。

自分たちの実際の社会生活でも、常に人間関係を大切にし、相手とどの程度の上下関係にあるか、いま話題になっているのは自分の側の人か、相手の側の人かということに気を配り、それにふさわしい動作・行動をとることを心がけている。もちろん、言語表現もその一端なので、文章の上にもそれが反映してくるのは当然なのだ。

われわれは文章を理解する場合に、文法という、文章の法則を頭に置いている。その文法は主として明治以後、西欧諸言語の文法を規範として作られたもので、それに慣れているわれわれは日本の古典の言語をもその感覚で捉えようとする。しかし、古典の言語は西欧風な文法意識とは別種のものの上に成り立っているので、そこにギャップを生じてしまう。源氏物語の文章は人間関係を最も大切なものとして意識に置いているが、その人間関係は上下や内外という相互の位置関係に重点がある。自他の対立を重く見る西欧の言語とは論理が異なっている。だから、人称などが第一義のものとして文章表現の上には出てこないのは、やむを得ない。これはそういう種類の文章として把握するしかない。あるいは、外国語の場合と同じように、翻訳（口語訳）を通じて理解に達するしかない。

獲得された表現力

源氏物語の文章の特殊性については、まだまだ言うべきことが多い。しかし、ここではそういう特殊な言語表現をもってどれだけの表現を成し得たかという一点に話を絞っておきたい。

源氏物語の文章は確かに癖の多い、なじみにくい文章かも知れない。が、それによりながら、源氏物語の作者は相当高度な表現力を獲得している。それは先にほんの一部分を挙げた蜻蛉日記の文章とは格段の差がある。蜻蛉日記では、作者の感情なども表現しようとしているけれども、それは嬉しかった、悲しかった、と概念を述べているに過ぎない。源氏物語以前の国文表現はみなそうなのだが、本当の意味での文章表現にまだ到達していない。文章をもって論理を整理し、心理を分析し描写するというはたらきがまだ十分な訓練を経ていないのだ。それらに比べると、源氏物語の文章はどうしてこれだけ飛躍的に文章の表現力が磨かれたのか、驚くほどのものがある。

ここに一例として挙げるのは、藤袴の巻の冒頭だが、主人公である玉鬘には尚侍として宮仕えに出る話が起こっていて、玉鬘はそのために大変悩んでいる。それというのは、この宮仕えの話が光源氏の意図から出たことなのに拘らず、光源氏の気持ちに解決のついていないところがある。光源氏は玉鬘に惹かれる自分の心を抑えきれないで、いっそ思い人のひとりにしてしまおうかとさえ思うが、一方考えてみると、わが心ながら紫の上に並ぶほどの扱いができるとも思われない。迷ったあげく、それならば宮仕えに出して、玉鬘に新しい運命が開けるのを見てその将来を決めようかというつもりになっている。

しかし、尚侍という官職は天子の寵愛を受ける可能性が多い役柄なのだ。と言うより、たとえば光源氏との関係が周知のものとなった朧月夜の君が朱雀院の尚侍として後宮に入ったように、事情あって女御や更衣として入内できない時に、尚侍という、表向きは女役人である地位に据えて、内実は天子の妻のひとりとする。そういう形が当時の慣習として世間に認められている。玉鬘を尚侍として出仕させることはそういう意味合いを含んでいるので、話を聞いた周囲の人々もそのように了解している。

ところが、玉鬘が尚侍として宮廷に上がり、もし天子の寵愛を受けるようなことになると、大変苦しい立場に立たなければならない。それは冷泉院の後宮にすでにふたりの有力な女性が控えているからだ。ひとりは光源氏が後ろ盾となっている秋好中宮、もうひとりは内大臣の娘、玉鬘にとっては実のきょうだいである弘徽殿の女御だ。いずれも、玉鬘とは密接な縁故関係にあって、競争者の立場に立つわけにはゆかない。この点について、光源氏がどう考えているか、問題のあるところだが、藤袴の巻の冒頭で玉鬘はそういう悩みを抱いているわけだ。この巻の文章は、次のように語り出される。

尚侍の御宮仕へのことを、たれもたれもそゝのかし給ふも、いかならむ、親と思ひきこゆる人の御心だにうちとくまじき世なりければ、まして、さやうのまじらひにつけて、心よりほかに便なきこともあらば、中宮も、女御も、方々につけて心置き給はば、はしたなからむかし。わが身は、かくはかなき様にて、いづかたにも深く思ひとゞめられたてまつるほどもなく、浅きおぼえにて、たゞならず思ひ言ひ、いかで人笑へなる様に見聞きなさむとうけひ給ふ人々も多く、とかくにつけてやすからぬことのみありぬべきを、ものおぼし知るまじき程にしあらねば、さまざまに思ほし乱れ、人知れずもの嘆かし。

尚侍としての宮廷御奉仕のことを、あの方もこの方もお勧めなさるのも、考えてみれば、それはどうであろう、親と思ってお頼り申し上げている人（光源氏）のお心だって、すっかり気を許してかかるわけにはゆかない身辺の有様であることだから、より以上に、そういった宮中でのお付き合いに関連して、もし思いがけなく具合の悪いことになったならば、（秋好）中宮も、（弘徽殿の）女御も、あれこれのことに関して隔て心をお持ちになるだろうが、そうなったならば、きっと立場のないようなことになるだろう。自分自身はこんな取るに足りない有様で、（光源氏と内大臣と）どちらの側にも深く心にかけていただける身の程でもなく、世間の信望も浅くて、それなのに、並大抵でなく憎んだり、悪く言ったりして、なんとか世間の笑い者というふうに見たり聞いたりしてやりたいものだ、と呪っておられる人々もたくさんあって、あれにつけこれにつけ安らかでいられそうもないということを、もののわけが分からないほどのお年頃でもないのだから、よく分かっていらっしゃって、いろいろと思案に迷って、人知れず溜め息づきたいような気持ちでいらっしゃった。

例によってセンテンスの長い、歯切れの悪い文章で、口で語るままに写してゆくような文脈だから、ずいぶん飛躍もある。前に付くのか、後に付くのか分かりにくい句もあるが、語り手の気分に従って解してゆくと、この文章は文章なりに、実によく玉鬘の心理を分析し表現していることが分かる。

玉鬘の心理は論理的に整理されているだけではない。描写が的確になされているから、玉鬘の嘆きが読む者にも実感として伝わってくる。読者を同感に誘うほどの感覚的な同化力を文章が備えているのだ。これだけの表現力ある文章は少なくとも悪文と言うべきではない。悪文と評するほうが過っているのだ。

物語としてのおもしろさ

同じ「藤袴」からもう一か所、心理のあやが描かれている部分を引用してみよう。

現代の小説でも同じことだが、作家がこの人物はこう思っています、それに対してこちらの人物はこう思っています、というように作中の人物相互の意思の対立を描くのは、物語をおもしろくする基本的な技法のひとつだろう。それも、作者が概念として説明したのではおもしろくないので、人物の会話や描写の間におのずから感得せられるように書かれていてこそ、感興をそそる楽しさがある。

場面は玉鬘のもとに夕霧が訪れて来たところだが、夕霧は最初光源氏が玉鬘をきょうだいとして紹介したので、周囲もそのように扱っていた。訪問に対しても簾越しにではあるが、直接話を交わす。それがきょうだいではなかった、玉鬘は内大臣の子であったと分かった今も、急に扱いを変えるのはおかしいからと、同じような取り扱いを受けている。けれども、夕霧の心の中には微妙な変化が生じている。内大臣の子ということは、いとこどうしに当たるのだが、結婚の対象として見ることが許されるとなると、心が穏やかではいられない。長年の恋の対象として思い続けている雲居の雁も、腹違いではあるけれども玉鬘の妹だ。一夫多妻の社会のことだから、この人だってという気持ちが、夕霧のような堅い人の心にもきざさずにはいない。光源氏からの使者ということを口実に、他聞をはばかるからと言って女房たちも遠ざけてしまう。そしてちらちらと玉鬘に対する恋心をちらつかせるのだ。

ふたりはいま共通の祖母である大宮の喪に服している。ふたりとも鈍《にび》色の喪服を着ているが、間もなく喪が終わるので、河原に出て祓えをすることになる。その日取りのことなども光源氏から託された伝言のひとつだが、夕霧はわたしも一緒に行きましょうと言い出す。玉鬘は、

たぐひたまはむも、ことごとしきやうにや侍らん。忍びやかにてこそ、よく侍らめ。

御一緒においでになりますのも仰山なふうになりましょう。ひっそりと参るのがよろしゅうございましょう。

と、さりげなく夕霧の申し出をかわす。自分の立場からは、万事世間のおもわくをはばかって人目に立つようなことはしたくない、と言うのだ。こういう配慮のあるのが玉鬘の聡明なところで、作者も、

この御影などのくはしき様を、人にあまねく知らせじ、とおもむけ給へるけしき、いと労あり。

この、大宮の喪に服している自分の細かい事情を、世間にあんまり広く知らせたくないと心を決めていらっしゃる様子が大変世間慣れしたふうでいらっしゃる。

と褒めている。

ところが、夕霧も引っ込んではいない。

もらさじとつゝませ給ふらむこそ、心憂けれ。しのびがたく思ひ給へらるゝかたみなれば、脱ぎ捨て侍らんことも、いともの憂く侍るものを。

あなたが世間に伝わらないようにと隠していらっしゃるのが、情けないことですね。わたしにとっては、がまんができないほど恋しく思い出されるお祖母様の記念の着物ですから、脱ぎ捨ててしまうことも、辛く思

われますのに。

と、迫ってくる。わたしにとっては世間に隠すどころではない。脱ぎ捨てるのも辛い記念のしるしですのに、あなたはそれを人目にかけまいとおっしゃる。それではお祖母様に対する情愛が薄いようではありませんか、というわけだ。そして、その喪服のことにひっかけて、自分たちの関係の深さを言う。

さても、あやしうもて離れぬことの、また心得がたきにこそ侍れ。この御あらはし衣の色なくは、えこそ思ひ給へ分くまじかりけれ。

それにしても、あなたとわたしとの関係が不思議なほど深く繋がっていることが、これまたなぜなのか、納得しにくいような気がします。ふたりの繋がりを示すこの喪服の色がなかったとしたら、判断がつかなかったかも知れませんね。

夕霧が言おうとしているのはこういうことだ。最初はきょうだいだと思っていたのに、そうでないと分かった。が、あかの他人かと思ったら、実はいとこだった。共通の祖母の喪に服している、この喪服の色でなるほどという気がするけれども、本当にあなたとわたしはなんという不思議な運命で繋がっているのでしょう。

だからふたりは特別の間柄だ、もっと親しくしてもいいのじゃありませんか。そんなふうに夕霧は言い絡んでこようとしているのだが、様子を見てとった玉鬘はそこらへんでするりと体をかわしてしまう。

なにごとも思ひ分かぬ心には、ましてともかくも思ひ給へたどられ侍らねど、か丶る色こそ、あやしくものあはれなるわざにはべりけれ。

どんなことにしても分別のつかないわたしの心には、より以上にそんなむずかしいことは見当もつきませんけれど、でも、こういう喪に服している衣の色は不思議にしみじみとした気持ちのするものでございますね。

話題を一般的なことに転じてしまうのだ。そうしてしんみりとものを思っている様子が大変に風情がある。夕霧は手にしていた蘭の花を御簾の下から差し入れて、歌を詠みかける。こういうふうに、生活の節目となるような場面場面、感情の昂揚した場合、抑え切れない感動を相手に伝えたい場合に、それを三十一文字の和歌の形に託するのが平安朝の貴族生活の発見した優美であり、貴族であることのステータスシンボルでもあるのだが、夕霧が詠みかける歌は手にした蘭の花に絡んで思いを言い表す。

おなじ野の露にやつるる　藤袴。あはれはかけよ、かごとばかりも

わたしと同じ一族として悲しみにこもっている、この花のようなあなた。ほんの申し訳程度にもせよ、わたしにしみじみとした思いを持ってください。

蘭は今日の洋種の蘭ではない。中国渡来の種類だが、日本風には藤袴と呼ばれる。藤袴はまた藤衣への連想があって喪服を暗示するから、ふたりが共に喪服を着ている今の場面にふさわしい。同じ一族の人間として、あなたに恋心を持っているわたしにせめて同情の気持ちは持ってください、と言うのだ。それだけならば、この歌、おとなしい歌

のようだが、最後の「かごとばかりも」という一句は、

東路の道のはてなる　常陸帯の、かごとばかりも相見てしがな　（古今和歌六帖）

東国の地方の国々の一番最後にある常陸の国——その常陸の帯の特徴であるかご（留め金）ではないけれど、かごと（言い訳）程度でも、あの人と媾いたいものだなあ。

という歌を引用している。この歌、下の句は「かごとばかりも逢はむとぞ思ふ」という異伝もあるようだが、いずれにしても、恋人に媾いたい、ふたりの仲を成就させたいという歌で、夕霧の歌が「かごとばかりも」の一句で暗示しているのは、あなたに媾いたい、恋人として受け容れてほしいという気持ちだ。こう詠みかけながら玉鬘の袖を引き動かしたりするので、玉鬘は、

尋ぬるにはるけき野辺の露ならば、薄紫や、かごとならまし

わたくしがあなたと縁の遠い人間でしたなら、それはこの花の薄紫を口実に言い寄ることがありもしましょう。でも、わたくしたちは、紫のゆかりなどという間柄ではありませんわ。

そう答えて、なおも言い続ける夕霧を置いたまま奥へ引き入ってしまう。藤袴の花の薄紫から、武蔵野に紫のゆかりを尋ねる和歌の修辞の習慣を連想して、尋ねようにもはるかに遠い野辺の草の露ならば、とわが身を譬えたのだが、そういう遠い縁故の対象を一生懸命に尋ねるのなら、恋の誠意も認められましょう、でもあなたのはわたくしが目の

前にいるから言い寄ってみるだけじゃありませんか、そう言っている。つまり、あなたの言うことなんかお手軽よ、と夕霧の言い分を頭から撥ね返しているわけだ。これはずいぶん強い歌で、玉鬘はこういうしんの強さを持っている人なのだ。

こういうやりとりは、源氏物語の文章を読み慣れて行間が読み取れるようになれば、そのおもしろさが十分に味わわれる。そのためにはある程度の修練が必要だが、ここで言いたいのはそういう理解のための条件が伴いはするものの、源氏物語の文章がそれだけの内容を表現し得ているという事実だ。手段を尽くしさえすれば、作者が表現しようとしたものに到達できる。しかも、これだけの表現をしている文章は源氏物語以前にはないし、源氏物語以後にだってそうたくさんあるわけではない。ことに、右に引用したように、和歌という短詩形ながら複雑な意味内容や気分・イメージを表すことのできる特殊な文学様式を利用して、要所要所にそれが挿入されているから、人物の心理の微妙な動きなどが表現されていて、表現の奥行きは非常に深いものがある。

源氏物語の文章は読むに値するだけの価値を持っていることを確認しておきたい。

第二章　源氏物語は何を書いた物語か

光源氏は女性の敵？

いったい、源氏物語は何を書いた作品なのだろうか。

源氏物語が光源氏の生涯を書いた物語だということは誰でも知っている。光源氏が多くの女性たちと交渉を持った、そのさまざまな恋が描かれているというあたりまでは誰しも異存がない。しかし、それがどういう意図をもって書かれたかという理解になると、あまりはっきりした答えは出てこない。あるいはそれをどう評価するかとなると、意見はさまざまに分かれてくる。文学作品として一番大切な、一番基礎になる作品の性格の把握が、源氏物語の場合はっきりしていない。大多数の読者に共通する理解が得られていない。この点においても、源氏物語は知られざる物語だという感が深い。

ひとつの試みとして、東京に近い首都圏のある女子短期大学で、学生たちから源氏物語についてのアンケートを取ってもらったことがある。この学校は経営学やマーケッティング・情報処理など経営実務を主眼としている学校で、実業高校出身の学生も多い。その意味では源氏物語に距離の近い文学科を持つ学校と違って、学生たちが特別な知識を持っていない。源氏物語についてごく普通の、平均的な理解を示す若い女性たちが対象となったと考えていい。

予想されたとおり、アンケートに答えた百名足らずの学生の中には、源氏物語を通読したことのある学生は一人もいなかった。原文はもちろん、現代語訳についても同様だ。大半は高校時代に教科書で学んだという以上に源氏物語についての知識を持っていないようだが、高校時代に古典という課目を学ばなかった学生もいる。その反面、『あさきゆめみし』という源氏物語を劇画化した作品によって知識を得たという学生が数名いたのも注目を引いた。この解答の中から、学生たちが源氏物語をどういう作品として理解しているかを、キイワードを抽出するという形で整理してみた。

一番頻度数の高かったのは「プレイボーイ」ということばだ。源氏物語の主人公光源氏はプレイボーイであって、多くの女性たちと交渉を持った。源氏物語について深くは知らないけれど、そういう物語だと思います、という答えだ。なるほど現代風に表現すると、このことばが彼女たちの理解を示すには最も端的な表現になるのだろう。そして、その理解から導き出されるストレートな批評は、だから、光源氏は「女性の敵」だということになる。プレイボーイという理解に直結する半数の意見が、光源氏は女性たちを不幸にした、光源氏は女性の敵だとするものだった。

次いで頻度数の高かったのは「はなやか」とか「優雅」ということばだ。源氏物語を単純にははなやかな宮廷生活を描いた作品として受け取っているものも、光源氏はプレイボーイだけれども、源氏物語は作品として美しい、そういう容認を持とうとするものも含めて、かなりの解答がこのことばに要約される理解を見せている。そして、このことばに伴うのは、そこに源氏物語の作品としての価値を認めようとする傾向だ。

物語の内容にやや通じている解答では、光源氏が母親の面影を追い求めて、継母である藤壺と密通するに至るという点に関心が集まっているように思われる。その理解を集約するキイワードは「マザコン」ということになる。マザーコンプレックス、母親に対する憧憬がこの物語の根底を貫いているという見方はかなり多くの賛同を得るだろう。

アニメーションとして映画化された源氏物語や『あさきゆめみし』もその理解においては共通しているものがあるから、これは現代における源氏物語受容の一面を代表すると言っていい。

中には、それと並べて、幼い紫の君に対する光源氏の愛着を「ロリコン」と表現している解答もあった。源氏物語はマザコンとロリコンの物語だと思います、というのだ。おもしろい見方ではあるけれど、光源氏の紫の君に対する愛をロリータコンプレックスと判断するのは、ちょっと問題があるだろう。光源氏のそれは少女に対する性的な偏執と言うべきではなさそうだ。そういう嗜好を含んでいるとしても、その枠組みで捉えては、余りに現代的な解釈になってしまうだろう。

その他細部は省略するが、以上のようなのがアンケートを集約した大体の傾向だった。これはほんの小さな調査に過ぎないのだけれども、これだけの資料からでも、源氏物語が世間一般からどのような感覚をもって受け取られているか、おおよその見当をつけることができる。

源氏物語は淫靡な作品か

右のアンケートを整理しながらつくづく感じたのは、源氏物語に対する理解が現代的になされているということだった。源氏物語を余り深く知らないという学生はもとより、源氏物語の内容にやや立ち入った理解を見せている学生たちも、その判断の基準が現代に据えられているという一点はゆるがない。

たとえば、光源氏をプレイボーイと理解することは、それが現代人として便利で、理解の早道であることは確かだろうが、それはあくまでも便法であり、いわば比喩として理解しているのだ。だから、プレイボーイということばにこだわって、プレイボーイの属性としての軽薄・好色を光源氏の上に移すなら、光源氏は「女性の敵」ということになるかも知れない。しかし、源氏物語の原作では光源氏を女性の敵として非難するような記述はなされていない。源氏物語の、ことに光源氏がたくさんの女性たちと交渉を持つ初めのほうの巻々など、光源氏に対する賛美にあふれており、多くの女性たちとの交渉は、むしろあるべきこととして書かれている。その一点だけからしても、プレイボーイということばで光源氏のすべてを律してしまうわけにはゆかないことが明らかだ。

源氏物語が本当に読まれているならば、こういう誤解は解消されるだろう。しかし、ここでまず言いたいのは、源氏物語を現代の基準で評価するのはおかしいということだ。源氏物語はなんと言っても千年もの昔に書かれた作品で、その時代の社会も思想も道徳も、現代とはずいぶんかけはなれている。だから、その中で生まれた作品を現代の思想なり道徳、あるいは生活感情で批判するのは、大変見当はずれなことになりかねない。われわれが古典に対する場合には常にそういう注意が必要なので、現代人が現代の基準をもって古典を批評したのでは、作品の真実を失うことになりかねない。

源氏物語に対するこういう現代的理解は、一般の読者だけの問題ではない。国文学の専門家たちの間にさえ、五十歩百歩と言わなければならない情況がある。かなり以前のことだが、わたしが勤めていた学校の学内の研究会で、当時若手の助教授だった某君が、源氏物語なんていう男と女のいちゃいちゃしたことを書いた作品は好きではない、と言い出したのに驚かされたことがある。国文学を専門とする人の口からこういうことばが出ようとは思わなかったので、大変ショックを受けた。しかし、考えてみると、源氏物語に対するこういう評価は案外根強くゆきわたっているものかも知れない。

昔から、源氏物語は大変に名声が高い一方に「誨淫の書」だという厳しい評価を受け続けて来ている。誨淫とは淫を誨える、みだらなことを教えるということだ。嫁入りする娘の手筥にそっと枕絵を忍ばせておくのと同様に、男女のことを知らない若い娘に恋愛や性愛の手ほどきをする、そういう書物だという評価なのだ。

大体、源氏物語が書かれた当時だって、好色な物語だという評価は避けることができなかった。紫式部日記の一節に、藤原道長が源氏物語を読んで紫式部に冗談を言いかかり、こんな歌を詠んで与えたという記述がある。

すきものと　名にし立てれば、見る人の折らで過ぐるはあらじ、とぞ思ふ

お前は（こんな物語を書いて）「すきもの」という評判をとっているのだから、この物語を読む人でお前を手折ろう——わがものにしようと思わない人はあるまいと思うよ。かく言うおれだって……。

梅の枝の下に敷いてあった紙に書いて下されたということで、梅にひっかけて、酸き物とか、（花を）見る、（枝を）折る、といった用語で修辞を整えてあるが、「すきもの」とは好色な人間ということだ。物語の上にさまざまな恋のありようを描き出して見せた、その作者であるお前自身もきっといろいろな経験を持っているのだろう。だから、どうだ、おれといい仲にならないか。そんなことを言われて、現代の女性なら腹を立てるところだろうが、道長という当代一の大貴族とその邸に仕える女房との関係だ。紫式部は、

人にまだ折られぬものを、たれか　このすきものぞ、とは口ならしけむ

わたくしはまだ人に手折られたことなどございませんのに、いったい誰がすきものなどと言い習わしたのでしょう。とんでもございません。

という歌を返してその場を逃れている。

こういう小さなエピソードを見ても、源氏物語が好色な物語、男女の仲を描き出した色めいた物語だという評価が、ほとんど物語の誕生当時から一方にあったことが分かる。

「狂言綺語」の罪

中世における源氏物語はさまざまな伝説に包まれる。中でも代表的なのが、源氏物語の作者紫式部が「狂言綺語」の罪によって地獄に堕ちたという話だ。

大体仏教的には物語、ことに男女の恋を描いた源氏物語のような物語は、現世をかりそめのものとし、執着を持つことを戒める仏の教えに背くものとして歓迎されていない。更級日記の作者などは、若い時分にはあれほど源氏物語の世界に憧れていたのに、中年以後は、物語などはありもしない幻影なのだ、それに夢中になって長い年月仏の教えを顧みようとしなかったのはなんと愚かなことだったろう、と反省の思いを日記に記している。こういう立場からは、物語はまさに「狂言綺語」なのだ。狂言はたわごと、ふざけたことば、綺語は美しく飾ったことばということで、いずれも人生の真実から離れた、軽佻浮薄な言説を意味している。時代の思想を支配した仏教の見地からこういう批判をもたれ、一方文学や芸術の価値などしっかりと理論づけられていない当時にあって、いかに優れた作品であろうとも、源氏物語がどんな非難を受けなければならなかったか、おおよそ想像がつくというものだ。

物語を作ることを罪悪視する立場からは、紫式部は当然死後に地獄に堕ちたに違いない、そればかりでなく、その書いた物語によって、読者である大勢の人々をも地獄に堕ちさせた、そんな空想がいつしか生まれて来て、平安朝の末期には世間に広く流布していたようだ。紫式部の亡霊が人の夢に現れて、みずからの罪の重さを告白したという。そういう話が書物の上に見られるようになり、中世に受け継がれてゆく。

この話で有名なのは謡曲「源氏供養」だ。能の「源氏供養」は今日でも上演されることのある曲だから、御存じの方もあるだろう。源氏物語を書いた紫式部がこの物語を供養しなかったので、死後浮かばれずにおり、石山寺参詣の僧の前に現れて供養を頼むという筋立てだ。

なぜ供養をしなければならないのか、この謡曲の詞章の上にははっきりと説明されていないのだが、それはこれ以前に紫式部が狂言綺語の罪によって地獄へ堕ちたという話が繰り返され、積み重なって、一般の知識になっていたからだろう。「源氏表白」とか「源氏願文」と呼ばれる文章が何種類もあったらしい。仏の前に願い事の趣旨を述べるのが表白・願文の目的だ。源氏物語についてのその種の文章に慣れているので、こと新しく趣旨を説明するまでもなかったのだ。「源氏供養」では、ただ、紫式部が源氏物語の供養をしなかったので浮かばれずにいる、どうぞ供養をお願いします、と僧の前に言いに出て来るのだ。

しかし、実は、この一編を作った作者の関心はもっと別のところにあったと見受けられる。「源氏供養」という作品の眼目は、

桐壺の夕べの煙、速やかに法性の空に至り、帚木の夜の言の葉は終に覚樹の花散りぬ。空蟬の空しきこの世を厭ひては、夕顔の露の命を観じ、若紫の雲の迎へ、末摘花の台に座せば、紅葉の賀の秋の落葉も……（後略）

という、僧の祈りのことばを曲中のやまに据えることにあった。この文句はもっともっと長くて、延々と続くのだが、

こうして源氏物語の巻々の名と法華経の中の語句を織り込みながら供養の趣旨を述べてゆく。その興味がこの一編を成り立たせる動機だったと思われる。源氏物語の巻名を読み込んだ願文を創るという着想はなかなかしゃれている。しかし、実はこれは謡曲作者の発案ではない。ここに利用されている文章は、先行する「源氏表白」から借りたもので、作者は説経僧として有名な聖覚だと言われている。この聖覚作の表白に人気があったのは、源氏物語の巻名にひっかけて法華経二十八品の主要な語句がちりばめられているところにその理由があった。たとえば、右の引用の冒頭の「桐壺の夕べの煙、速やかに法性の空に至り」という句は、桐壺の更衣の葬送の煙が法性（この世は一切空だという不変の真理）の教えを示しているという意味だが、こういう具合に法華経の用語を引用しながら供養の趣意を述べてゆくのだ。謡曲「源氏供養」は、この世間で人気のある表白の文章を核として一編の戯曲を創り出したもので、そういう趣向は謡曲ばかりでない。御伽草子の『源氏供養草子』なども同じ表白を芯にして一編の物語が仕立てられている。

こういうふうに、仏教世界に取り込まれた源氏物語は、まったくその立場から評価を受けてゆく。さすがに源氏物語の人気は無視できないので、作品そのものを抹殺しようとはしないけれども、根本仏教的な罪悪を負った存在として扱われてゆく。この側面からする源氏物語の評価はどうしても否定的な傾向を脱することができないわけだ。

源氏見ざる歌詠みは……

しかし、源氏物語が物語として大変おもしろく、人を惹きつけずにおかない作品だったことは、昔も今も変わりがない。当時の物語は婦女子を対象としたものだったにも拘らず、源氏物語が書かれている当時から、道長とか公任など貴族階級を代表する男性たちまでがこの物語には興味を持っていたようだし、一条天皇も源氏物語を女房に読ませて聞いたことが紫式部日記に見えている。

更級日記の作者孝標女などはすっかり源氏物語に心酔して、自分もいまに年頃になったら夕顔や浮舟の君のようになるのだなどと、少女らしい空想を抱いている。更級日記の記述を読むと、そういう作者の気持ちはいかにも実感にあふれていて、真情に触れる思いがする。それに比べれば、先に述べた、中年になってからの物語を空虚なものとする反省はどうも頭だけでものを言っている感じがある。作品が読者を作品の世界に巻き込んで、作中人物に同化させる同化力の強さは、何よりも作品の力量を語るものだと言っていいだろう。源氏物語が理論的な評価を受けるより先に、まず作品として大きな実力を持っていることは、争えない事実だった。だから、源氏物語が男女のことを書いた色めいた物語であるという非難が一方に存しようとも、その人気は絶大で、みんなが争って読むという趨勢は時代とともに衰えることがなかった。

そういう源氏物語の人気を受け入れて、それを積極的に評価しようとしたのは和歌の世界だった。和歌では早くから題詠ということが行われている。題を設けて和歌を詠むということは、いわば小説を作るのと同じことで、自分の経験でなくともかまわない。たとえば恋愛の一場面を空想して、その境遇に身を置き、その人物になり代わって、心境を和歌に仕立てる。だから、男が女の境遇を詠むこともあるし、坊さんだって恋の歌を詠むことがある。「百人一首」にも入っている、有名な歌だが、

「いま来む」と言ひしばかりに、長月の有明の月を　待ち出でつるかな　（古今和歌集・恋歌四）

あの男がいますぐ訪れてこようと言った、そのひと言を信じたせいで、秋も末の長月（九月）の、それも有明の月が出る頃まで待ち続けてしまったことだ。

の作者の素性法師。有名な僧正遍照の子で、自身も出家した人だ。この歌は、秋が結婚の季節であった習俗を踏まえて詠まれたものだが、明らかに女の境遇で作られている。代作という可能性もなくはないが、おそらくはフィクションだろう。

古今集の時代から和歌のほうではこういう題詠の歌が行われている。その傾向は歌合せや百首歌などの定数歌の盛行によって一層輪をかけるから、平安朝後期には、作者の実生活と離れて、和歌の上に特殊な境地を空想することは少しも珍しいことでなくなっている。それどころか、恋歌の上に、身に沁みるような境遇を創り出し、その幻影にしみじみした思いを味わおうとみんなが競争するようになる。新古今集の恋歌の部など、当時の歌詠みたちのそういう幻影の集積のようなものだ。

新古今集の時代には、歌人たちの間に源氏物語を恋歌を詠む場合の手本にしようとする傾向がはっきりと現れてくる。恋のいろいろな境遇を歌に詠むのに、源氏物語のある場面を思い浮かべ、あるいはそれに似たような境遇を心の中に設定して、その空想の中の人物になったつもりで歌を作る。そういう方法が自覚的なものとして歌壇にゆきわたるようになる。

源氏見ざる歌詠みは遺恨のことなり。

源氏物語を読んでいない歌詠みというのは残念なものだ。

という有名な俊成のことばはこういう趨勢の中で言われたものだった。藤原俊成は言うまでもなく平安末期の大歌人

であり、新古今の時代をリードした大先輩だった。右のことばは「六百番歌合」の判のことばとして言われたもので、

見し秋を何に残さむ。草の原　ひとつにかはる野辺のけしきに　（藤原良経）

私があの人に媾《あ》った秋の思い出を何にとどめて見ることができようか。この草の原全体が同じように枯れて変わってゆく野の様子を見るというと……。

という歌の「草の原」という一句について、和歌の用語として聞き慣れないという非難が出たのに対して、これが源氏物語の花宴の巻にあることばだと指摘した後に、歌人として源氏物語を読んでいないのは残念なことだと、かなりきびしい語調でその無知をとがめている。

「六百番歌合」は建久四年（一一九三）藤原良経が主催した空前の規模の歌合せで、当時の名のある歌人十二人にそれぞれ百首歌を作らせ、その千二百首を六百番につがえたというものだ。だから、その判詞として右の俊成のことばがあることは、当時の歌壇の指導的な思潮を代表していると見ていいだろう。事実、この歌合せに出されている和歌の中には、源氏物語や伊勢物語のある場面を念頭に置いて作っている作品や、その用語を引用してイメージを重ねたりしている作品がたくさんある。源氏物語に描かれているような恋の情況・情景が美の理想として多くの人に容認され、その美に倣うことがみずからの芸術創造の方法であったことが分かる。

「もののあはれ」の論

和歌の上で源氏物語が恋の美しさを理想的に描いた作品として尊敬され、尊重されたことは、源氏物語にとって幸福なことだった。和歌はなんと言っても長い間日本の文化を代表する文芸であり、ことに宮廷文化の象徴としての権威を持っていたから、和歌の道の規範ということが源氏物語を一方で強力に支持する支えとなった。源氏物語を「狂言綺語」とする仏教の立場からの非難でさえ、作品そのものは価値あるものだがという留保をしながらの論難であることが多かった。

連歌を経過して和歌の伝統を継承した俳諧（俳諧の連歌）にも源氏物語は美しい幻想を創り出している。上流階級の気品ある恋を想像する時、俳諧師たちがよりどころとしたのはやはり源氏物語だった。

芭蕉やその一門が詠みだす恋の句には、しばしば源氏物語の面影が用いられた。

後朝や　あまりかぼそく、あてやかに　芭蕉
風ひき給ふ声の　うつくし　越人
（曠野）

明け方の別れの、この人の風情――あまりにも弱々しく、上品で……。

風邪をひいておいでになる、その声がまた美しくいらっしゃる。

源氏物語のどの巻、どの場面ということではないが、源氏物語の世界を思わせるような、高貴な姫君のなよやかな姿を描き出して、みやびの生活を彷彿とさせる。そういう付け合いの味を、芭蕉や芭蕉の一門が発見しているのだ。

待つ人入りし　小御門の鑰　去来

立ちかかり　屏風を倒す女子ども　凡兆　（猿蓑）

今晩訪れを待っていた人がそっと入った小さい御門の鍵。それを開けて……。それおいでだというので、慌てて立とうとして、ひっかかって屏風を倒す女たち。どたばたとしたその騒ぎ。

訪れて来た男が門の鍵の開く間待たされているという情景は、夕顔の巻にも末摘花の巻にもある。そんな場面を空想しながら、さすがに俳諧の世界は優美一方には終わらない。邸の内部では、客を迎える支度に慌てた女房が屏風につっかかったり、倒したり、大騒ぎを演じている。俳諧の卑俗を混じえてはいるけれども、高貴な恋の一場面をすっかり手の内に捉えている。俳諧師がどの程度源氏物語を読みこなしていたかは別として、源氏物語の世界を再現してみせる実力は注目に値するものがある。そして、こういう源氏物語理解が源氏物語の不変の価値を一層確実にわれわれのものにしているという事実も、一考してみなければならないだろう。

源氏物語はこうして一方に非難を浴びながら、一方では大きな評価を与えられて、その歴史を歩んで来た。しかし、評価はそのおもしろさに魅せられている個々の読者のものであり、あるいは和歌をはじめとする文化の側面からのものだった。だから、こと改めて道徳の立場から論じたり、風俗・風儀の問題として取り上げられたりするとなると、はなはだ弱い立場に立たなければならなかった。

源氏物語のこういう立場を擁護して、その価値はあくまでも文芸の方面から論じられなくてはならないと主張したのが、本居宣長の「もののあはれ」の論だった。宣長は源氏物語を愛して、よく読み込んでおり、『源氏物語玉の小櫛』その他の注釈や論考を残したばかりでなく、自身も「手枕」の巻を書いたほど、この物語に深い愛着を持った人だ。宣長が源氏物語の主題として唱えた「もののあはれ」は自然や人生のしみじみとした情趣を意味している。源氏物語やほかの王朝の作品、あるいは以後の文学作品にしばしば用いられることばで、季節季節につけて情趣がしみじみと感じられるというような時に言われることが多い。徒然草の、

もののあはれは秋こそまされ、と人ごとに言ふめれど……（十九段）

という用語例などがその方面の典型的なものだろう。しかし、「もののあはれ」は単に自然の情趣だけを言うのではない。自然と人事の情感を重ね合わせて感じるのが王朝の日本人の感性の特徴で、悲しい思いでいる人が月の光に向って、一層その思いを深めるという感受のしかたをする。自然の「あはれ」と人生の「あはれ」とが重ね合わせて感受されるのだ。

だから、源氏物語でも、たとえば明石の君が父の入道と別れて上京しようという場面などに、別れが迫った毎日が涙が催されてならない、折しも秋のことで、「もののあはれ」を取り重ねた心地がする。そういうふうにこのことばを用いて、しみじみとした情感を表現する。あるいは、藤壺との間に秘密の子をなした光源氏が、その子を見せてもらえないで、悶々としている。なでしこの花を見て、その名の「なでしこ」（撫でし子、愛撫して育てた子）からこどものことが連想されてたまらなくなって、花に付けた文を送る。普段なら藤壺の返事は期待できないのだけれども、藤壺のほうでも「わが御心にも、ものいとあはれに思し知らるる」折からであったので、ほんのわずかながら御返事がある。こういう情趣が「もののあはれ」なのだ。

恋の「あはれ」の特殊性

「もののあはれ」が分かること、すなわち、「あはれを知る」ことが人間として大切であることは言うまでもない。自然にしても、人事にしても、その折節ごとの「あはれ」を理解して、それに適応した応接を見せる。そういうことが上流社会の教養ある人間の証拠であり、尊敬に値することだった。

「あはれ」を知ることは、「みやび」ということばに集約されるが、「みやび」は「みや」(宮廷)の風俗に倣うことを意味する動詞「みやぶ」から出た名詞で、それを身につけた上流社会の人間だけが人間として価値ある存在と見なされていた。宮廷を頂点とする階級社会においては、下級の者も上流社会の「みやび」を学ぶことによって初めて人間らしさが認められ、人間としての交際の場に登場することが許される。だから、「みやび」の具体化された「もののあはれ」を知るか否かは、趣味や嗜好の問題ではなく、人間としての存在の価値に関わることなのだった。

源氏物語は「もののあはれ」を書き、「あはれ」を知ることを教えている。だからこそ価値ある作品であり、その内容が道徳的な善悪に捉われたりはしないのだ。本居宣長が主張したのはその点だった。人が「あはれ」を深く感じるのは、善悪に関わらない。「もののあはれ」は道にかなったことばかりにあるのでなく、道に外れたことであっても、人間が真剣に悩み、反省し、その深い心からしいだすことは、「あはれ」の深いものだ。ことに人間が深い感動を持ち、人間としての美しさを現すのが恋だ。そういう見地から、宣長は恋の「あはれ」を重く見て、源氏物語に恋を描くことの多いのもそれに拠るのだと説明した。

そうなると、宣長の主張は、和歌の道で恋のしみじみとした情趣を詠みだすために源氏物語を規範にしたのと大変に近いことになる。現に、宣長は「もののあはれ」の論を展開した『源氏物語玉の小櫛』の中に、藤原俊成の、

恋せずは、人は心もなからまし。もののあはれも　これよりぞ知る

もし恋をすることがなかったならば、人間は人間らしい心を持つこともなかっただろう。「もののあはれ」ということも、恋をすることから理解するようになるのだ。

という歌を引用している。俊成の家集『長秋詠藻』にある歌だが、この歌の趣旨と「源氏見ざる歌詠みは遺恨のことなり」という先に引いた発言とを重ね合わせてみると、宣長の主張とほとんど同じ源氏物語観が浮かんでくる。

つまり、宣長の「もののあはれ」の論は、和歌の道で源氏物語が重く見られた根拠を再発掘して理論づけ、それを「もののあはれ」という一語に集約したものだったと言うことができる。これによって、源氏物語は純粋に文芸としての立場からその価値が保証され、有力な理論的根拠を持つことになった。

しかし、こういう宣長の擁護論も、時代時代に源氏物語に当たってくる波風を防ぐオールマイティではあり得なかった。現にわれわれの体験した現代史における一時期でさえ、源氏物語は大変な苦難の時を経なければならなかった。たとえば、谷崎潤一郎訳の源氏物語が刊行に際して一部を削除しなければならなかった経緯など、未だに記憶に新たなものがある。

これは第二次大戦初期の思想統制・言論統制が強化されつつあった時代の典型的な一事例だが、いわば氷山の一角であり、源氏物語に加えられた無言の圧力は測り知れないものがあった。

昭和六年（一九三一）の満州事変の頃から、日本はいま「非常時」にあるという認識がしきりに叫ばれるようになる。日支事変、そして太平洋戦争へと事態が急になるに従って、それはいよいよ強調されてゆくのだが、この非常の時代に国家の方針に反するもの、そうでなくとも不急のもの、不要のものは社会から排除しようという気風が言論界を支配するようになる。文学作品なども、一部の戦争文学、戦争協力の文学を除いては、大変肩身の狭い思いをしなければならない時代になる。まして、恋愛文学などは、惰弱であり、ふまじめであり、反道徳的でさえあるというふうに見なされた。

源氏物語が特にそういう非難の槍玉にあがったのは、ことが皇室に関しているからだった。たとえフィクションであるにもせよ、皇室の内部に不倫が行われ、あまつさえ不義の子が皇位に即くというような内容は、天皇を神聖視し、万世一系の皇統を誇る国粋主義者たちの到底容認するところではなかった。その時勢の中にあって源氏物語の全訳を出版すること自体が相当危険なことで、今日から顧みて、あえてそれを行った谷崎潤一郎や中央公論社の勇気に感心させられるのだが、それでも光源氏と藤壺の密通のくだりだけは難を恐れて削除したのだった。谷崎源氏の刊行は昭和十四年（一九三九）一月から十六年七月まで、まさに太平洋戦争開戦の前夜と言うべき時代だった。

源氏物語の春

源氏物語が本当に自由な時代を迎えたのは、第二次大戦終了の後だ。千年にも及ぼうとする源氏物語の歴史の中で、おそらくそれは最も自由な時代の到来だっただろう。仏教的な是非善悪、儒教道徳の束縛などから逃れ、政治思想・社会思想などの指弾を受けることなく、物語が初めて物語自体として世間に受け入れられる時代が来た。池田彌三郎が言ったように、それは「源氏の春」だった。

世間に源氏物語の春を感じさせたのは映画や演劇における源氏物語の上演だった。昭和二十六年（一九五一）三月歌舞伎座で舟橋聖一脚色による源氏物語の上演が行われるが、これが口火となって、数々の源氏物語脚色の作品が上演・上映されるようになる。エノケンやシミキン、宝塚少女歌劇、はては浅草のストリップ小屋にまで源氏物語がかかることになる。それらが源氏物語をどれほど原作に即して理解し、原作の精神によって脚色されていたかは、いまは問わない。しかし、世間全般に、源氏物語というはなやかな作品があり、それを語ることがなんの差し支えもないのだと印象づけたことは大きなことだった。これ以後何度かの源氏物語ブームが世間に捲き起こるが、それらを通じて源氏物語は少なくとも明るい印象をもって日本人一般に受け容れられるようになった。今日源氏物語がなんの恥じるところもなく世間に存在している背後に、現代史の一ページにさえ、これだけの紆余曲折があったのだ。

戦後初めての源氏物語ブームが起こる少し前、昭和二十二、三年頃から源氏物語に関する数編の論評を相次いで発表したのが折口信夫だった。折口信夫は大正十二年（一九二三）国学院大学において、その師三矢重松の担当していた源氏物語の講読を継承、昭和三年専任となった慶應義塾大学にこれを移して、「源氏物語全講会」と名付ける課外の講義を始めた。以後、年によって、正規の講座で行う時は休止したり、戦争末期にやむなく中断したり、多少の欠落はあるものの、ほとんど没年に至るまで生涯源氏物語を講じ続けたのだった。

折口信夫はみずからの源氏全講会における講義を「源氏物語を講釈している」のだと言っていた。江戸時代に「太平記読み」が町の辻に人を集めて太平記を講釈したのと同じように、聴衆に源氏物語の内容を解説しながら話して聞かせる、そういう態度で口訳しているというのだった。それが源氏物語を深く読み込んでいる折口信夫の口から出ると、そのまま源氏物語の世界に引き入れられてゆくようで、聴衆は現実感を遊離してその世界に酔わされるのだった。池田彌三郎のことばを借りれば、「光源氏がきのうどこで何をしていたか、すっかり分かっているような」訳し方であり、「なるほど世間はむずかしい」などと『三人吉三』の大川端のせりふがそのまま訳になっていることがあったりしたという。

折口信夫も源氏物語を愛することの深い人だった。戦後の自由な時代が来ると、昭和二十三年から「源氏全講会」を復活する。その頃歌舞伎に関する評論を発表したり、「やまと恋」のような詩を発表したり、教室での講義に新古今や西鶴を取り上げたりする。前述の源氏物語関係の論考の発表が集中したのもこの時期だ。折口信夫の、それが自由な時代の到来の表現でもあったのだが、同時に源氏物語について自由にものを言うことのできる時代が来たことは、折口信夫を強く力づけることだったに違いない。源氏物語の本当のよさを世間に知らしめたい。そういう欲求が源氏物語の「いろごのみ」の論として、ひとつのまとまりを見せることになった。

「いろごのみ」については章を改めて詳しく述べることにするが、折口信夫の言う「いろごのみ」とは決して好色のことではない。古代社会の最上層に位置する男性が持つべき生活の目標であり、倫理的な理想と言ってもよい。源氏物語はそういう主題を書こうとしたものだ、と折口信夫は言う。ことばを平易にして言うならば、源氏物語はこの世で一番りっぱな男がいかに生きたか、その生涯を書いた物語なのだと言ってもいいだろう。そういう物語として、折口信夫は源氏物語の再発見を行ったのだった。

それは本居宣長の「もののあはれ」の論以来の新しい主題論の提唱でもあった。

第三章　物語の理想としての「いろごのみ」

をみなごよ、すこしよそはね

第二次大戦の終結は、日本人のひとりひとりに、それぞれに深い傷跡を残した。折口信夫もその例外ではなく、人間関係だけを見ても、多くの知友や弟子たちを戦場や爆撃の中に失った。沖縄の旧知の人々が悲惨な死を遂げたことも深い悲しみの種となったが、最も愛した弟子であり、養嗣子として家族の籍に加えた折口春洋（旧姓藤井）を硫黄島の戦場で失ったことは、癒しがたい大きな打撃だった。

戦後の折口信夫の関心が日本人の霊魂観や日本の神の問題に向かっていったことは、必然の成り行きだったろう。それは別の側面から言えば、日本の伝統に対する反省や再認識が求められたことでもあった。折口信夫の学問はもともと日本の伝統に対する考察を主題にしていると言ってもいい。それが敗戦を契機として、より深い省察を求められることになった。

一方、戦後のすさんだ人心も、ことに触れて折口信夫を悲しませずにはおかなかった。たとえば、若い女性たちの身を飾ることを忘れ、恥じらいを忘れた姿など、国が破れた悲しみをひしひしと感じさせるものだった。折口信夫は周知のとおり同性に対する嗜好の強い人だったけれども、女性の優しさ、みやびやかさを愛する心も十分に知っていた。それは人の心を豊かにする日本の美のひとつとして、折口信夫の内面に深く印象づけられていた。ところが、敗戦とともに、日本の女性はその種の美しさを失ってしまった。日本から恋が亡びたと言ってもいい。

昭和二十三年（一九四八）に発表した「日本の恋」（『現代襤褸集』所収）という詩がある。

日本の亡びる日が　来ても、
娘たちは　花櫛なんかさして
歌ってゐるだらう　と言ふ―
予想に、いら〳〵して居た
　我われのまへに―

につぽんの衰へる日は　来て、
日本のむすめらは　無感覚になり
　一様に　寡婦《ゴケ》の喪服の
　薄汚れたやうな物から
　　短い脚を出して　すた〳〵来る―

という書き出しだ。それがすれ違いざまに避けそこなって自転車を横倒しにした青年に、声をかけるどころか、振り向きもしないで行き過ぎる。

青年の神経は　蝙蝠のやうにうら枯れ
青年の容貌は　穿山甲の如く這ふ

孤島の戦いに苦しみながら生き延びて帰った青年が、瞬間、

憤ることに途惑《トマド》って、
忘れ果てた　青い愁ひを浮べる——

そういう描写があって、こんなふうに日本の恋は亡びるのだと言う。

恋の亡びた日本なぞ　どつかへ行了《イッチマ》へ

それがこの詩の結びの一句だ。

この短い詩篇からでも、われわれは折口信夫がいかに恋を重く見、恋によって浄化される人間の心をどれほど大切に考えていたかをうかがい知ることができる。日本の伝統として、恋の美しさが大切に持ち伝えられて来た。それなのに、いまそれが失われて、男たちは殺伐とした心を抱き、生きる目標を失っている。そういう眼前の風景に、折口の心は傷まずにはいられなかったのだ。

この詩は口語を用いているだけに表現も直截で、われわれにじかに訴えかけてくるが、実は、似たような主題はこれよりもう少し以前にも歌われている。昭和二十一年八月、戦後の混乱もまださなかという時期に、「やまと恋」（『近代悲傷集』所収）という作品が発表されている。こちらは文語を用い、古語を自在に駆使していて、それだけに表現は技巧的だ。万葉集の竹取の翁の歌のように、年老いた「われ」が「をみな子よ」と呼びかける形で歌われる。その内容は「日本の恋」に比べれば概念的で抽象的だが、まず若い女性の美しさを歌って、次に、

をみな子は　かく好かりけり――。
女ごのよかりし世には、
男《ヲ》の子《コ》らの道行きぶりの
姿さへ　清くしまりて、
　言ふことも　訛濁《タ》みては言はず――
しきしまの　やまとの国の
若き世代《ヨ》の恩寵満《サキハヘタ》りて
憑《タノモ》しみ深く　ありしか――。

と説き進む。そして、次の節では、

をみな子よ。少し装はね――。

と呼びかけ、さらに次の節では、

をみな子よ――。恋を思はね。

と歌いかける。いまのこの世の中でこそ、「やまと恋」がなくてはならぬ。

恋をせば　倭の恋
美しき　日の本の恋。
恋せよ。処女子

というのがその結びの句だ。

「いろごのみ」の論の提唱

折口信夫が源氏物語関係の評論を相次いで発表したのは、こういう時期だった。
すでに藤原俊成を中心とする和歌の道における恋の評価を、そして「もののあはれ」の論を通じて本居宣長の源氏物語評価を見て来たわれわれには、右のような折口信夫の恋愛観、日本の伝統としての恋の美学の受容が、折口の古典に対する理解に根ざしていることが明らかだ。国学の伝統の正しい継承、新たな復活を提唱していた折口信夫の、その具体化の一例と言ってもいいかも知れない。折口は日本の恋の美の具体的な顕現を源氏物語の上に見ていた。日本の恋の美しさを言う時、折口のことばの背後には、源氏物語の存在の重みが常に控えていたに違いない。「やまと恋」や「日本の恋」と前後して、源氏物語の女性たちと光源氏の心の底の思いを歌った「まぼろし源氏」(昭和二十四年発表、『現代襤褸集』所収)という詩作品のあることを指摘しておこう。

折口信夫は源氏物語の主題として「いろごのみ」を提唱した。「いろごのみ」は古代日本の神や最も高貴な男性、天皇とか天皇に準ずるような男性だけが持ち、また持つことを許された生活法であり、生活の理想であったとするのだ。それは女性に対する場合に限ったことではないのだが、女性に対する場合には美しい恋のゆくたてとして顕現する。

その点で折口の唱える「いろごのみ」は宣長の「もののあはれ」と共通するものを有している。折口自身、そのことを意識しており、また宣長が「もののあはれ」という一語に、その用語例を越えて盛り切れないほどの内容を盛り込もうとした、と好意ある批判を語ってもいる(全集第十四巻)。実は、その点は折口信夫の「いろごのみ」も同様であり、あるいはより以上であるとも言えそうだ。折口自身も自分の「いろごのみ」の論が、「宣長先生のあとを追ひさうな気がする」と言っているが、後述するように、折口は「いろごのみ」という一語に到底盛り切れないほどの内容を盛り込もうとしている。しかし、それは、それだからこそ、「もののあはれ」という語を選んだ宣長の心境が切実に同感できたのだと言うべきかも知れない。

折口信夫の「いろごのみ」の論は、「いろごのみ」という用語が適切だったかどうか、私は未だにいくらかの危惧を捨て去ることができないでいる。折口信夫という人はことばの感覚の鋭い人で、その用語も特殊だった。空襲のことを「焼き打ち」と言い、野球選手を「野球つかい」と呼ぶ。折口にとってはそういう用語の選択は理由あってのものので、それを離れては折口の表現しようとするものの必然性が損なわれてしまう。折口の学説も「まれびと」「貴種流離譚」「たまふり・たましづめ」など、いわゆる折口名彙と呼ばれる用語を核として成立している。現代風に言えば、そういう用語をキイワードとして、そこに学説が集約されているのだ。「いろごのみ」も折口名彙のひとつであって、そこに折口の王朝観・源氏物語観、あるいは精神史の上での古代日本人観などが凝集している。

だから「いろごのみ」はほかに言い換えることのできない必然の用語なのだ。けれども、なんと言っても、このことばは好色の連想を避けることができない。現代の日本人の一般は、「いろごのみ」ということばを耳にすれば、まず好色とかそれに類する内容を思い浮かべてしまうだろう。そういう先入観のあることが大きな障害になる。学術用語として折口信夫の意味する内容を説明するためには、よほどのことばを費やさなければならない。

折口信夫の古代論は大和宮廷による国家統一以前の小国乱立の時代にまで遡る。それらの小国の間には絶えず抗争と併呑とが繰り返されていた。やがてそれらの中から、大和宮廷の祖先が他に抜きん出た力を蓄えて統一国家の成立を見るに至るのだが、その間における小国どうしの対立には武力ばかりが優劣を決定する手段ではなかつた。それらの国々は男性の首長と女性の高巫との一対をもって支配されているという形が一般だった。何彦・何媛というように、その地方の名をみずからの名とする組み合わせが多いので、ヒコ・ヒメ制と呼ばれるが、政治や軍事の実際に当たる男性の首長の背後に、神の意思を聞き、それを伝えて施策の方針を示唆する巫女が存在するものだ。

高位の巫女はたいてい首長の血縁の近親の女性であり、兄と妹、甥とおばというような組み合わせで支配の権力が構成されていた。この高巫の存在が神の意思を左右することになるから、ある地方を支配下に置こうとするならば、まず高巫に求婚し、結婚をもってその地方の神を従属せしめればいい。首長階級の男性は自身みずからの神を負っているのだから、こういう場合の求婚は、男の持つ神と女の持つ神との信仰の争いということになる。古代の物語を見ると、讃岐日子《さぬきひこ》の神が氷上刀売《ひかみとめ》をつまどうた、などと書いてある（『播磨風土記』都麻の里の条）。これは讃岐の首長である讃岐日子がみずからの神を負うて、すなわち神の資格をもって氷上の地方の高巫に求婚したことを意味している。ここで信仰の争いが行われ、男の霊力がまさるならば巫女は服従し、その地方の神の信仰が奪われる。つまり、地方全体が男の支配に服することになる。

古代日本人の恋

古代における恋が現代のそれとはまったく次元の違うものであることは、右の説明によっても理解していただけることと思う。古代における恋は男女が持つ信仰の争いであり、霊力の闘争であると言ってもいい。そしてこの闘争には、それぞれのくにの存廃がかかっていた。だから、りっぱな男というものは優れた霊力を持ち、近隣の多くの高巫をわがものとする資格や能力を持っていなければならなかった。先に引いた『播磨風土記』の讃岐日子などは、結局兵をもって戦って敗れ、「我は甚《いた》く怯《つたな》きかも」（俺はひどくだめな男だな）と言い残して去って行ったという。女と土地と、ふたつながら手に入れることができなかった。こういうことでは、到底「いろごのみ」の男たり得なかったわけだ。

女性の側から言っても、みずからの向背がくにの命運を分けることになるから、たやすく男性に屈従するわけにはゆかない。求婚に対しては、右の例のように、女の側が兵力を備えて迎え戦うこともあるし、また、圧倒的な勢力を持つ隣国の首長から「つまどひ」を受けた場合など、逃げ隠れて所在をくらまそうとする。『播磨風土記』印南《いなみ》の別《わき》嬢《いらつめ》は景行天皇の巡行に際して、南毘都麻《なびつま》の島に渡って逃れようとしたという。「なびつま」は逃げ隠れる妻という意味を持っている。同時に「なぶ」は拒否することでもある。同じ景行天皇に関して、日本紀は美濃の八坂入彦《やさかいりひこ》の娘の弟媛《おとひめ》がやはり天皇の求婚を避けて竹林に隠れた話を伝えている。こういう「いなみ妻」の物語の類型も、「いろごのみ」のひとつの側面を説明するものだ。

古代日本人の理想とした男性は、多くの高巫をわがものとすることによって多くの地方を支配下に収め、それを一身に保ってゆくことができなければならなかった。垂仁天皇の后となった狭穂姫《さほ》のように、自身は天皇の求婚によって后となり、宮廷に入ったが、それはとりもなおさず狭穂の地方が天皇に服属することだった。だから、兄の狭穂彦がわが土地の支配を取り戻そうとすると、兄と夫との板挟みになって苦しまなければならない。結局は兄に従って反乱者として終わる命運となるが、天皇の妻のひとりひとりはそれぞれの地方を代表する象徴的な存在だったわけだ。

いろごのみの男は多くの妻を持ち、そのそれぞれに正当な処遇を与えて満足させ、円満な結婚生活を遂げなければならない。一夫多妻というのもこういう族長階級の有する結婚形態で、それが古代の貴族社会のルールとなりはするけれども、本来は限られた少数の上層階級だけに許されたことだった。そして、それは好色とか多情という観念で見るべきことではなく、賛美すべき美徳なのだった。大国主の神や景行・仁徳・雄略などの天皇の伝記に多くの「つまどひ」の物語があり、多くの后妃との愛の物語があるのは右のような事情によるものだ。これらの偉大な神格・人格の特性として「うはなりねたみ」の物語や容赦のない激しい怒りの物語が付随するのも、同じ観点から説明される。

いろごのみの男の嫡妻は、背後にある一族の命運を背負う、一族の代表者だった。夫との間に生まれたわが子は、当然夫の跡を継いでくにの主とならなければならない。もし、夫が自分と対立するような有力な氏族から出た別の妻を愛し、その腹に生まれた子を跡継ぎに決めるようなことがあれば、ゆゆしい問題と言わなければならない。宮廷で言うならば、皇位継承の争いがそこに生じるわけだ。

古代のことばで嫡妻を「こなみ」と呼び、これに対立する第二、第三の妻を「うはなり」と呼ぶが、「こなみ」には「うはなり」をねたむ権利があった。「うはなりねたみ」は単なる個人的な嫉妬の感情を言うのではなく、いわば公的な、嫡妻の社会的な地位をかけた闘争の発現だった。大国主の神の嫡妻である須世理毘売《すせりびめ》は夫の神を困惑させるほどの激しい「うはなりねたみ」を示したと言い、またその怒れる魂が鎮まりゆく鎮魂の歌の物語を伝えているが、須世理毘売の「すせり」は嫉妬を意味している。その名からして、激しい「うはなりねたみ」の持ち主であることを見せている。

仁徳天皇の嫡后石《いわ》の日売《ひめ》は「足もあがかに」うわなりねたみをしたという（古事記）。嫉妬のためにじだんだを踏んで怒ったというのだ。しまいには帝のもとを去って行こうとまでしたが、これらの激しい「うはなりねたみ」は、いわば夫たる神や帝王の「いろごのみ」の逆説的な表現であったと見てもいい。「うはなりねたみ」は「いろごのみ」に伴う条件であり、「いろごのみ」の証明でもあったのだ。

「やまとごころ」と「いろごのみ」

「いろごのみ」は失敗することを許されない恋だと言うこともできる。ひとつの地方なり氏族を代表する女性が「つまどひ」に応じないならば、それはすなわち敵対関係を意味する。たとえば天皇がしかるべき豪族の娘や地方を代表する女性に求婚して拒否されたならば、それは反乱と同じ意味を持っている。人民に対する仁慈の心を持ち、その徳を称えられた仁徳天皇にさえ、この点に関しては残虐なまでの厳しさを見せた逸話が伝えられている。

天皇が同じ王族である女鳥《めどり》の王《みこ》に求婚したところが、女鳥の王はすでに速総別《はやぶさわけ》の王《みこ》と深い仲になっていて、天皇を拒絶した。天皇は軍を起こして二人を追いつめ、殺戮する。これが仁慈の君と言われる天皇の所業かと思われるような逸話だが、「いろごのみ」を保つためにはこうあらねばならないので、そこには妥協の余地はなかったのだ。

折口信夫は三十歳代だった大正年間に、すでに右のような古代的論理を把握していた。折口の古代観は「万葉びと」という名辞に集約されるが、その内容となる学説がまとまりを見せてくるのが大正の末期なのだ。たとえば大正十一年（一九二二）に発表された「万葉びとの生活」という論文を見ると、「嫉みを受ける人として」「倭成す神の残虐」などの小見出しが付いている。前者は古代日本の理想の君主が「うはなりねたみ」を受ける人であることを言っており、後者は同じく理想の神や帝王が自己の「いろごのみ」に背く者に対して残虐なまでの厳しさを見せることを語っている。

ただし、ここではまだ、「いろごのみ」という用語は用いられていない。学説成立の初期に折口が用いているのは「やまとごころ」もしくは「やまとだましひ」という名辞なのだ。一般の用語としてのこの両語、特に「やまとだましひ」は、戦時中に特殊な用い方をされたために印象を悪くしているが、折口がこれらの用語で表そうとしたのは、儒教や仏教以前の日本人の倫理、日本人の固有の思想だった。古代の日本人が理想としたのは、神の意思を体現し、神の心をもって喜び、悲しみ、あるいは楽しみ、怒る、大きな魂を持つ君主だった。それを端的に表すことばが「やまとごころ」「やまとだましひ」なのだ。

「やまとごころ」が「いろごのみ」に通じることは、早くから折口信夫の意識の中に置かれていたようだし、昭和九年（一九三四）の信州での講義のノートを見ると、歴代の天皇はみな「いろごのみ」と言うべきで、大国主はその標本のような神だったと言っている。さらに、源氏物語は色好みの極致なのであります。

ということばも見られるので、源氏物語の主題としての「いろごのみ」の論はすでにこの時期に骨格を成していることが分かる。それが戦後の一時期に、先に述べたような社会情勢、また折口自身の内面的要求から、大きなまとまりを見せるようになるのだ。それは「やまとごころ」の論の後期王朝的な表現だったと言ってもいい。

一例として、「いろごのみ」ということを最も正面から説いている「伝統・小説・愛情」という文章を取り上げてみよう。昭和二十三年（一九四八）一月「群像」に発表されたものだが、この中には恋愛に関する話はまったく出てこない。「いろごのみ」を語りながら、その引いている事例は恋に関わらないのだ。

私はあまり祖先を傷けない語で、又あんまりちやほやすると謂つた軽薄らしさのない語で、祖先のよさを語りたいと思ふ。其には、彼等が、色好みであつて、いろごのみであつたが為に、極度に寛大であり、又際限なく恋にものをしながら、少しも邪悪をふるまはなかつたことを話すのが、一番適当なのではないかと思ふ。

こういう書き出しから始まる文章で、古き世の日本人の神のようなおおらかさを説こうとする。その例に引かれるのが光源氏で、光源氏が心のままにふるまいながら美しい生き方を遂げてゆくことを語る。

その白眉となっているのは、女三の宮と密通した柏木に対する光源氏の処断で、ただえ罪の意識と光源氏に対する恐れから半病人のようになっている柏木を呼び出して酒を強い、鋭いまなざしで睨み据える。柏木はその恐怖から

病が悪化して、遂に死に至る。そういう経緯を説明して、折口は、

> **源氏読みの人々からは、円満具足した人格のやうに見られてゐる源氏が、かう云ふ残虐を忍んでするのだ。**

と言っている。これはまさに折口が「倭成す神の残虐」と名付けるものと同じ性質の行為であり、折口が光源氏の上に古代の理想の男の残照を見ていることが分かる。

光源氏のこの行為を、折口はさらに次のように説明する。

> **怒りでもない。元より嫉妬でもない。此ではやまとの国の貴人のみさをが、どう維持せられるのだ。さう考へることから、名状出来ぬ怒りが、心の底に深い嫉妬を煽り立てゝ来る。計画をせぬ、美しい心のまゝに動いた青年以来の、又壮年になつても変らぬ純な心動きが、今もそのまゝに、源氏の心をおし動かして、思ひはかつたやうな形に、事を導いて行つた。運命が事を牽いてゐるのではない。源氏自身が、すべての運命を、展いて行つてゐるのである。**

そういう光源氏の生き方そのものを折口は「いろごのみ」と称している。世間の人が「いろごのみ」ということばから受け取る語義と語感がそれからいかに隔たっているかは、もはやことばを費やすまでもないだろう。

用語例を検討して

実は、「いろごのみ」ということばの古典における用語例を集めてみても、折口信夫の言うような用例はひとつとして見いだすことができない。

「いろごのみ」は平安朝になって用いられるようになったことばで、それ以前の用例はない。古今和歌集の「仮名の序」にある、

（今の和歌が）いろごのみの家に、むもれ木の人知れぬこととなりて、まめなる所には、花すすきほに出だすべきことにもあらずなりにたり。

という有名な用例などが最も古いものだろう。この一節は、和歌が公的な場面で用いられることがなくなったことを嘆いている箇所で、現今の和歌は「いろごのみの家に」うずもれて人目に立たなくなり、まめなところ、すなわちまじめな場所には出すことができなくなったと言うのだ。「いろごのみ」の家にうずもれたというところを、同じ趣旨を述べている「真名（漢文）の序」と比較して見ると、意味がはっきりする。「真名の序」には、

好色之家、以レ此為二花鳥之使一。

とある。「花鳥の使」は男女のなかだちをする者、恋の使者のことだから、ここで言おうとしているのは和歌が恋を

媒介する手段になっているということで、「好色の家」は、恋に心を労している男、色事の好きな人ということになる。それに「いろごのみの家」を当てているのだから、「いろごのみ」をあまり褒めた意味には使っていないことが分かる。古今集という一等資料に出ている最も古い例がこういう使われ方をしている。

これ以下多くの用例がみな似たり寄ったりで、好色という非難の気持ちを混じえた用い方が多くなされている。源氏物語には「いろごのみ」の用例はあまり多くないが、

あだなる男、いろごのみ、ふたごころある人　**（若菜下）**

というような使い方を見ると、やはり好色の意味に用いられている。

しかし、「いろごのみ」を多少違った感覚で用いていると見られる用例が二、三ある。ひとつは伊勢物語に「天の下のいろごのみ」ということばが用いられているものだ。これは、ある内親王の葬りの夜、男が女車に相乗りで出かけたのを、源至が言い寄って来て、蛍を取って車の中に入れるという話で、この源至のことを、

天の下のいろごのみ、源至といふ人　**（三十九段）**

天下第一の「いろごのみ」である源至という人。

と呼んでいる。この章段では、女車に蛍を取って入れるというような行為自体を優雅なものと見ているのだろうが、何よりも、「天の下のいろごのみ」ということばが「いろごのみ」への賛美の気持ちを見せている。「いろごのみ」と

いうことを肯定しようという感覚を認めることができるのだ。

もうひとつ、竹取物語に、かぐや姫に言い寄って来た求婚者たちの中で、最後まで諦めず、熱心に言い寄り続けた五人の貴公子を、

いろごのみと言はるるかぎり五人

世間から「いろごのみ」だと言われている人ばかり、五人。


と称している例がある。これも皇子・右大臣・大納言・中納言といった人々を称しているので、社会的に軽蔑されるような人々ではない。「いろごのみ」と言われることが不名誉ではなかったことが知られる。

宇津保物語にもこれに通じるような用例があるが、こういう少し異風な用例がわずかながら認められるのは、もともと日本人にとって、「いろごのみ」の生活自体が悪いことではないという感覚が存したからだろう。儒教や仏教が多淫や多情を戒め、現世への執着を禁ずるようになると、過去の伝統的な生活に反省が加わって、「いろごのみ」を恥じなければならない未開の風俗と考えるようになる。しかし、理屈の上でそう考えても、なお生活的な感覚や感情はそれを否定し切れない。その相克が、たてまえとして「いろごのみ」を排しながら、なおどこかで容認するという屈折した様相を呈したのだと思われる。

折口信夫の「いろごのみ」の論は、そういう実際の用語例を超越して、遠い古代へと遡及している。だから、文献上の用例をいくら検討しても折口の言うところに適合するような例を見いだすことは不可能なのだ。折口の用語としての「いろごのみ」は現実の用語例を修正し、古代的意義を復元して用いている。宣長の「もののあはれ」以上に用

語例を超越しているわけだ。

理想の貴人の生涯

源氏物語は西暦一千年頃にそのある部分が書かれていたことは間違いがない。紫式部日記の記述などがそれを裏付けている。平安朝中期の、摂関政治全盛のその時代は当時の人々にとって十分新しい時代だったろう。源氏物語も決して昔風の物語ではなく、物語の中にも、新しい意識をもって書かれていることが随所にうかがわれる。しかし、にも拘らず、作者の意識の底には、日本の物語の古い伝統が脈々と生きている。物語の題材や型、あるいは物語の精神などに、われわれはそういう様相をうかがい見ることができる。

古代の文学の種子となったのは、まず第一に尊い神や貴人に関する物語だった。自分たちの祀る神がいかに偉大であり、どんな神秘な事績を残したか、あるいは、祖先の天皇や天皇に類するような貴人がどんな偉業を成し遂げ、どんな輝かしい生涯を過ごしたか、そういう伝承が第一義的に保持され、継承されなければならないものと考えられていた。古代の文学はその種の伝承が保持せられる間に文学性を発見し、展開してゆくのだが、さらに、ひとりの貴人を記念する部曲が設立されるというような社会慣行のあることを考えると、貴人の物語が伝承され、流布されてゆく理由が納得せられやすいだろう。

たとえば、御子代部・御名代部という名称で知られているが、有力な后や皇子・皇女などの記念として、特殊な部曲が設置されることがある。やまとたけるという英傑の名を記憶にとどめ、歴史に残すために建部《たけるべ》という部曲が置かれるという具合だ。古代史に言うところの「かきべ」の民だが、この人々はやまとたけるの名を伝え、事績を伝えることがみずからの存在の理由であり、目的でもあるのだから、ほとんど信仰的な気持ちをもってその伝承を受け継いだに違いない。それは神の伝承が大切に保持され継承されるのとほとんど相違がなかっただろう。こうして、部曲の伝承の中から偶像的な物語の主人公が生まれ出、物語を語ることを職とする語部と呼ばれる人々によってそれが語り伝えられることになった。

古事記や日本紀、風土記などを見ると、文字による記録が行われるようになった古代の社会に、その種の物語がたくさんに語り伝えられていたことがうかがわれる。おそらく、それは文字の記録に先立つ長い年代を口承によって語り伝えられていたものだろう。すでに物語化という芸術的な動機も見えているし、口承の間に伝承が崩壊したり、二次的に組み合わせられたりした様相をも見ることができる。それが古代の人々の感動を誘う文学の種子でもあり、また歴史の素材ともなったことは周知のとおりだ。

源氏物語は古事記や日本紀の編纂された奈良朝から数えても三百年くらいの年月を経ている。その間に仮名文字が使用されるようになり、かな文という特殊な文体が生まれ、女房と呼ばれる階級が物語の制作に携わるようになる。文学の歴史の上だけで見ても大きな変化が生じているのだけれども、物語の持っている目的は根本のところで変化していなかった。

源氏物語もまた、貴人の生涯を書き記した物語だった。源氏物語の主人公光源氏は天皇の子として生まれ、臣籍に下って源氏となりはするけれども、生涯父帝の大切な皇子であるという尊敬を受け、最後には太上天皇（上皇）に準ずる待遇を与えられて、輝かしい一生を送る。時代を隔ててはいるけれども、これは軽皇子ややまとたけるなどの尊い皇子の物語と同じ性格を持つ物語と見なければならない。その生涯の輝かしさを謳歌し、物語の主人公を理想の存在として賛美する語り手の気持ちも、基本的に変わるところがない。

折口信夫の「いろごのみ」の論をことばを換えて言うならば、源氏物語は光源氏というこの世で最も尊い、天皇と言ってもいいような貴人の生涯を、心からなる賛美をもって書いた物語だということになる。それは古代の物語の精神を受け継いでいるものだから、多くの女性たちとの恋も語られなければならないし、主人公たる男性はそれらの女性の愛を集めて、円満で具足した理想の生活を遂げなければならない。それを貫くのは、主人公の「やまとごころ」であるはずだ。

「いろごのみ」の論は、それだけの内容を「いろごのみ」という一語に集約しようとしたものだった。

折口信夫と源氏物語

折口信夫はその生涯に万葉集に関する文章は、論文を初めとして数え切れないくらいたくさんに書いている。しかし、源氏物語に関しては、その数は比較にならないくらいに少ない。折口信夫においても源氏物語は不幸だったと言わざるを得ないが、生涯にわたって講じ続けた源氏全講会のノートを別にすれば、全集に収められているのは、

日本の創意——源氏物語を知らぬ人々に寄す——　昭和十九年頃、草稿
伝統・小説・愛情　昭和二十三年一月「群像」第三巻第一号
反省の文学源氏物語　昭和二十五年七月「婦人之友」第四十四巻第七号
もの、け其他　草稿。一部、昭和二十六年九月、潤一郎新訳源氏物語巻二付録、「紫花余香」第二号
源氏物語における男女両主人公　昭和二十六年九月「源氏物語」朝日古典講座第二集

人間としての光源氏　昭和二十九年一月「雪炎」第二十六号　（以上第十五巻）

源氏物語（「国文学」第二部第三章）　昭和二十六年一月、慶應義塾大学通信教育部教材　（第十六巻）

文章の数は意外なほど少ない。

がそのすべてだ。もちろん、このほかに文学史の記述の中に源氏物語に触れたものなどは数多くあるが、まとまった文章の数は意外なほど少ない。

最初に名の挙がっている「日本の創意」だけは戦時中のものだが、これは国際文化振興会という団体の求めによって中国の雑誌に掲載するために書かれたものの草稿が残っていたというような事情がある。そして最後の「人間としての光源氏」は、生前の講演の筆記が没後に発表されたものだ。その講演の年月は明らかでない。これらを除くと、折口が源氏物語について書いたもののすべてが昭和二十三年（一九四八）から二十六年（一九五一）という数年間に集中していることが見てとられる。世間の「源氏の春」にさきがけて、折口における「源氏物語の春」があったのだ。

しかし、あれほど高く源氏物語を評価し源氏物語に対する理解の深かった折口がなぜ源氏物語について書くことが少なかったのだろうか。ひとつには、これまでに述べて来たように、源氏物語について語ることがはばかられるというような雰囲気が、世間にも学界にもゆきわたっていたことがあるだろう。だからといって、学者の間で源氏物語に関する研究がなされなかったわけでもなく、論文が発表されなかったわけでもない。また、折口信夫は必要とあれば世間の風潮に逆らってでも言うべきことを言うだけの勇気を持っている人でもあった。

右に挙げた諸編を見渡して明らかなことは、源氏物語に関しての折口の発言が「いろごのみ」をはじめ、源氏物語の主題や価値を世間に知らしめようという意図で書かれたものが多いことだ。光源氏の人間性、その美質を見ていこうとすれば、おのずから「いろごのみ」を説くことになるが、あるいは物語の精神を言い、時代や社会の特質を言うことも評論的になりやすい。そういう方面に発言が偏っているのだ。

戦争前について見ても、大正十二年（一九二三）三矢重松の源氏物語講読を継承して以来、源氏の講義を継続してはいるものの、源氏全講会が源氏を「講釈する」つもりで講ぜられたことが端的に示すように、口訳し、解説することが主眼で、たとえば源氏物語の素材論とか成立論・構想論というような、専門分野に踏み込んでの議論ではなかった。つまり、折口の源氏物語の講義は源氏物語を世間に知らしめる解説的な方面に終始していたように思われる。戦後の文章もその延長線上にあるものと考えていいだろう。

源氏物語の主題として「いろごのみ」を提唱した折口が源氏物語についてより専門的な見解を残してくれなかったことは大変残念に思われる。折口が源氏物語の作者や成立についても独特の考えを持っていたことは、講義や座談の端々にも現れていた。その全体を知りえないことは悔やんでも及ばないが、源氏物語に対する基本的な観点は学説の全体から理解が届くことであり、また、源氏物語に言及した片言隻語からいろいろな想像を試みることもできる。それらの総合の上から源氏物語を眺めたならば、どのような源氏物語像が描かれるだろうか。

以下に述べてゆくところは折口信夫の学説に依拠した、折口信夫的な源氏物語の理解であり、把握であると思っていただきたい。

第四章　あまたある源氏の物語

「源氏の物語」誕生の理由

古代の物語の理想として、極めて尊い主人公の美しく輝かしい生涯を語り伝えなければならない、そういう暗黙の約束があり、意識的にも、また意識せられない目的としても、大切に持ち伝えられていた。それは物語が創作せられる時代が到来しても、作者の創作動機を制約し、同時に読者の物語に対する欲求をも支配していた。だから、物語の主人公として描かれるのはまずそういう人物であり、そういう人物以外が描かれたとしても読者に受け入れられることがなかった。源氏物語誕生の前夜における物語とはそういう性格のものだった。

われわれの文学史は、文学の歴史の流れを十分明らかにするだけの豊富な資料を常に持ち合わせているわけではない。また、その欠落を補うだけの十分な説明の力を常に持ち合わせているわけでもない。文学史には、文学史の空白と言うべき部分があちこちにある。源氏物語の場合にも、古代の語部たちの物語と源氏物語との間には、埋めることのできない大きな欠落がある。源氏物語はこういう前代の物語を継承して出現したとか、こういう古い作品を改作して成立したというような説明を、今のところ試みることができない。

しかし、それにも拘らず、源氏物語には、中間の空白を越えて、遠い古代の物語の投影を認めなければならない事実がある。それは物語の素材とか話型などについても認められることだけれども、ことに物語の精神において最も注目されるところだろう。

藤原氏全盛の時代に、藤原氏の娘である紫式部がなぜ王氏の血統である光源氏を主人公として源氏物語を書いたのだろうか。池田彌三郎が折にふれてはわれわれに提示した疑問なのだが、確かに藤原氏の出身の作者なら藤原氏の血統の男性を主人公として理想的な栄華の物語を書いてもいいはずだった。それなのに、紫式部は光源氏を主人公とした。この疑問は長い年月にわたって私の心の中であたためられていた。今でも十分の自信をもって答えられるわけではないけれども、これに答えるとするならば、それは当時の人々の懐いていた物語の概念がそういうものだった、物語と言えば尊い皇子を主人公とする物語が思い浮かべられやすかったのだ、と答えるほかはないようだ。

日本の古代社会において、極めて尊い人と言えばまず天皇で、古事記や日本紀を見れば、歴代の天皇の生涯が大切に語り伝えられたことは疑いを容れない。天皇の系譜や誕生の奇瑞、結婚の経緯、治世の上の主要な事績、そして陵墓の記録などが天皇の一代記を形作っていることは周知のとおりだ。しかし、天皇の物語ばかりではない。前章で述べた御子代部・御名代部が設立される契機になったような尊い皇子の物語も、部曲設立の由来として、また、部曲の存在そのものを意義づける伝承として大切に語り伝えられていた。たとえば、建部の人々にとって、やまとたけるの物語は自分たちがこの地上にあり、部曲の生活を営んでゆくための証拠であり、証明でもあった。しかも、文芸としての興趣という点から考えてみても、天皇の伝記が型にはまりやすいのに比して、より自由な物語性を存分に発揮しているのが、尊い皇子の物語だった。やがて皇位を継承し、天皇となるべき皇子がまだ若い自由の身で、あるいは結婚を控えた雄々しい青年として登場する。そういう物語が物語としての変化に富み、魅力にあふれていて、古代の人々を惹き付けずにおかなかったものと見られる。

やまとたけるや軽皇子、おけ・をけの皇子の物語など、古事記や日本紀の中にもわれわれはたくさんの「皇子《みこ》の物語」と言うべきものを見いだすことができる。やまとたけるの物語ひとつを取り上げてみても、その変化に富んだ物語性、人の心を打ち、嘆き悲しませずにはおかない悲劇性など、この種の物語が世間に喜ばれ、発展の契機に富んでいることが直ちに了解されるだろう。少し想像の力を借りるならば、万葉集の背後にも有間皇子・日並知皇子（草壁皇子）・高市皇子・大津皇子など、数多くの「皇子の物語」を想定することができるはずだ。

折口信夫が『死者の書』の中で描いている当麻の語部の姥の物語は、古代社会に「皇子の物語」が生きて語られていた姿の具体的な描写だ。この語部の姥は、今はもう世間に忘れられようとしている滋賀津彦（大津皇子をモデルとする）の物語を語り聞かせるのだが、その「ひとりがたり」はわれわれ読者に、物語が実際に語られる様相はさもあったろうという実感を与えてくれる。折口は古代研究の究極の表現として、小説や戯曲の形式を用いることを考えていたから、『死者の書』のこういう描写も単純な古代生活の空想ではない。論文をもって表現するのと同じような裏付けを持ち、具体性においてはそれ以上に生々しい古代社会生活の考察の結実なのだ。

嵯峨源氏のひとり、源融

そういう数多い「皇子の物語」の蓄積の後に平安期の「源氏の物語」の盛行があったのだろう。説明するまでもないことだろうが、「源氏」は「皇子」とほとんど同等の意味に用いられている。皇子を臣籍に降下させる場合、皇族には姓がないのだから、初めて姓が与えられる。源とか、平・橘など、縁起のいい姓が選ばれるが、ことに源の姓が数も多く、賜姓の代表的なものだったから、源氏ということばが、臣籍に下った皇子を言うことになる。しかし、実際の用例は語義が少し偏っていて、もともと皇子であったということに重点がかかっている。「源氏」と言えば、「皇子」と言うに等しい響きを感じさせるのだ。

歴史の上で源氏の存在が世間に有力になるのは平安朝の初期、嵯峨天皇の時代あたりからのことらしい。嵯峨天皇には皇子の数が多く、幾筋もの源氏の家系がこの天皇を始祖として始まっている。嵯峨天皇の血統だからというので嵯峨源氏と呼ばれるが、嵯峨源氏の一族は源信・源弘・源常など、この時代には珍しい一字名前を持っており、そのハイカラな感覚でも注目されていた。中でも栄えたのが源融で、平安初期の大貴族の代表的な人物だ。

融は若いうちに臣籍に下り、源朝臣の姓を賜ったが、参議に列した頃には大納言に源信、中納言に源定と源弘、参議に融のほかに源多がいるというように、源氏が大きな勢力を持っていた。当時は藤原北家が権力を拡充してきた時代だが、良房没後に融は左大臣に昇進する。しかし、やがて基経が台頭し、右大臣でありながら摂政に登り、融を越えて太政大臣に任ぜられる。そういう世情を見て、融は政界から身を引いて嵯峨に隠棲するが、陽成天皇が退位して皇統がどこに移るかという大きな動揺があった際には、

近き皇胤をたづねば、融らもはべるは。　（大鏡）

天皇の血筋に近い者を捜し求めるならば、この融なんかもおるのだ。

と言って、自身即位しようとの意向を示したりする。しかし、いったん臣下に下り人臣として仕えた者が皇位に即いた前例がないという基経の反対にあって、志を遂げなかったという。これは大鏡が伝えるひとつのエピソードだ。

政治社会における融は結局藤原氏の力に対抗できなかった。しかし、融はその盛時には六条京極に広壮な邸宅を構

えて風雅の生活に心を遣り、平安初期の社会に大きな印象を残した。賀茂川に近いその邸は河原の院と呼ばれたが、賀茂川の水を引き入れて奥州塩釜（松島湾）の景色を移し、難波から日毎に海水を運ばせて、海人の塩焼く風情をまなばせたという。あるいは洛北の嵯峨に別邸を持ち、栖霞観と名づけ、これは後に清涼寺の一部になっている。宇治にも広大な別荘を建てたが、それが伝領され、頼通によって寺院に改築されたのが有名な平等院であるなど、その豪奢な生活は後世にも跡をとどめている。

源氏物語の夕顔の巻の光源氏が女を連れて出かけて行く「某の院」は、河原の院がモデルだろうと言われている。五条の夕顔の宿から出て、「そのわたり近き某の院」に行ったと言うのだから、読者はすぐに河原の院を思い浮かべたに違いない。しかも、河原の院は源融の没後荒れ果てて、紀貫之が、

君まさで、煙絶えにし塩釜の　うら淋しくも見えわたるかな　（古今和歌集・哀傷）

あの方がおいでにならなくなって、塩を焼く煙も立たなくなったこのお邸は、塩釜の浦ではないが、うら淋しく眺めわたされることだなあ。

と詠んでいるし、百人一首に名高い、

八重葎しげれる宿の淋しさに、人こそ見えね。秋は来にけり　（恵慶法師）

荒れ果てて蔓草が茂り合っているこの家の淋しい眺めの中に、あの方も、また人は誰ひとりとして見えない。ただ秋だけが訪れて来たことだ。

も、融没後時を隔てたこの邸宅の荒れた様子を詠んでいる歌だ。

それぱかりではない。河原の院はそうして住む人もなく荒れているうちに、いろいろ怪異の噂を生じて来た。『江談抄』や『古事談』、あるいは今昔物語がこの院に融の幽霊が出たり、怪しいできごとが起こったという話をいくつか書き留めている。融という人は河原の院ひとつをとってみても、伝承の背後にその存在がいつも意識されている。平安朝の人々にとっての源融はそのようなイメージを有している人だった。

光源氏その人にも、融のおもかげは重ね合わせられている。光源氏が仏道に心を寄せて嵯峨野あたりに御堂を建て、仏像を祀ったり、月ごとの供養の日を決めたりする松風の巻あたりの描写は、当時の読者に源融を連想させずにはおかなかっただろう。今度源氏様がお建てになっている御堂は大覚寺の南に当たり、滝殿の心ばえなどもそれに劣らないように趣向を凝らしたなどと記述して、作者は物語に現実性を与えようとする。

大覚寺は嵯峨天皇の離宮であったのを正子内親王が寺にされたもので、広沢の池に臨み、池に落ち込む滝の風情は世間に名高かった。これも源氏物語の時代には往時のおもかげはなかったらしく、紫式部と同時代の人である藤原公任が、

滝の音は絶えて　久しくなりぬれど、名こそ流れて　なほ聞こえけれ

（千載集・雑歌）

滝の水も流れなくなって、その音が絶えてから久しい時が経ったけれど、その優れた風情は評判となって、今も世間に言い伝えられていることだ。

と詠んでいる。こういう知識を持っている源氏物語の読者は、源氏物語の文章の向こうに源融の存在をごく自然に意識しただろうと思われる。源氏物語を源融その人の物語と思わないまでも、それに近い気持ちでこの物語を享受したに違いない。

物語化された源氏の事績

伊勢物語に登場する在原業平も、物語の主人公となった源氏のひとりだった。業平は系図の上で言えば平城天皇の皇子阿保親王の五男であるから、孫王ということになる。しかし、母も桓武天皇の皇女伊登内親王であって、それだけ宮廷の血筋を濃厚に継承している。二歳の時に兄行平などとともに在原の姓を賜って臣籍に下ったけれども、当時の人々は「皇子の物語」の主人公たる資格をこの人の上に感じていたのかも知れない。だが、それ以上に、正史である『三代実録』にさえ「体貌閑麗、放縦不拘」（姿が美しく、性格が自由であった）とか「善く和歌を作る」と言われた個人的な魅力が世間の人気となって、この人を物語の主人公に仕立てていったものだろう。

月や　あらぬ。春や　昔の春ならぬ。わが身ひとつは　もとの身にして

月は昔の月でないのだろうか。春は昔の春でないのだろうか。そんなはずはない。それなのに、おれひとりはもとのおれであって、月も、春も、すっかり変わってしまったように思われる。

起きもせず　寝もせで　夜を明かしては、春のものとてながめ暮しつ

恋の思いのために、起きているでもなく、寝ているでもなく、毎晩、夜が明けるまでを悶々と過ごして、昼はと言えば、春のものである長雨ではないけれど、ながめて——ぼんやりともの思いをして日を暮らしていることだ。

などの情熱的な恋の歌群とそれにまつわる物語が業平と伊勢物語の名を不朽のものとしている。
しかし、「皇子《みこ》の物語」としての伊勢物語は、もう少し別の要素を含んでいる。伊勢物語の百何十段かある章段の中には、同じ人物にまつわる関連性を持った章段群がいくつか認められるが、その中でも有力なひとつに惟喬親王に関する章段群がある。惟喬親王が山崎の先、水無瀬に別邸を持っていて、毎年春の桜の盛りには業平はじめ腹心の従者たちを率いて桜狩りに出かける。この人たちは「(桜)狩りはねんごろにもせで、酒をのみ飲みつつ」和歌にかかりきりになっていた、と物語は伝えている。そんな生活の中から、

世の中に　絶えて桜のなかりせば、春の心はのどけからまし

この世の中にいっそ、すっかり桜というものがなかったとしたならば、どんなにか春の時分の人の心はやすらかなことだったろう。

あかなくに　まだきも月の隠るるか。山の端逃げて、入れずもあらなん

まだ存分に見飽きるほどに見たとも思わないのに、早くも月が隠れてしまうのか。月の入ろうとする山の端が逃げて、月を入れずにおいてくれ。——早くも寝所へお入りになろうとする皇子様をお入れしないでおい

てほしい。

などの秀歌が生まれるのだが、やがてその親王がまだ若い身の盛りに髪をおろして、洛北の小野という所に隠棲してしまう。正月の雪の深い日に年賀のために参上すると、往時が思い出されて悲しくてたまらない。男（業平）が涙ながらに、

忘れては　夢かとぞ思ふ。思ひきや、雪踏み分けて君を見むとは

これが現実であることをふと意識の上から失って、その度に、夢を見ているのかという気持ちになってしまう。雪を踏み分けてあなた様にお目にかかりに来ようなどと、あの当時思ったことでしょうか。思いもかけなかったことではありませんか。

と詠むという、あわれ深い話で結ばれる。そんな章段群があるのだ。

惟喬親王は文徳天皇の第一皇子で、母は紀名虎の娘、静子。静子の兄有常の娘を妻とする業平とは姻戚続きということになる。だから、業平は親王に親しくお仕えし、親王のほうでも事ある度に必ずお供に召し連れるという、特別な間柄であった。

ところが、惟喬親王は第一皇子の身でありながら、皇位に即くことはできなかった。父天皇には惟喬を皇太子に立てようという意向があったというが、六歳下の第四皇子である惟仁親王が生後わずか八か月で東宮に立ち、後の清和天皇となる。惟仁の母は藤原良房の娘明子で、藤原氏の力の前には父天皇すらなすすべがなかったのだ。その惟喬の

伝記の一部が伊勢物語の資料に入り込んでいることは疑いのないところで、不遇の皇子の悲劇的な境遇が物語のひとつの彩りとなっている。伊勢物語はこのような視座から「皇子の物語」と見ることができるのだ。

流謫の源氏、高明

源氏物語の古い注釈書のひとつに『河海抄』がある。順徳天皇の血を引く学者四辻善成が将軍足利義詮の命を受け、源氏物語の諸注を集めて作った注釈書で、幾多の細流を集めて大成したという意味で『河海抄』と名づけられている。南北朝時代の成立だ。源氏物語からは四百年くらいも下る書物だから、源氏物語の成立その他について伝えるところが必ずしも無条件に信頼できるわけではない。しかし、この時代の人々の間に源氏物語についてこのような考えが持たれていた、あるいはこういうことが信じられていたという観点で見るならば、なかなか興味深い箇条のいくつかが載せられている。

たとえば『河海抄』が「この物語のおこり」として説いているのは、以下のような事情だ。西宮左大臣源高明が安和の変によって左遷されたので、幼い時分から高明に親しかった紫式部がそのことを嘆いていた。たまたまその頃、お仕えしている上東門院（彰子）のもとへ大斎院（選子）から物語の御注文があった。「めづらかなる草紙」（珍しい物語）はないかとのお尋ねなので、宇津保・竹取などの古物語では目慣れていておもしろくない、いっそ新しく作り出して差し上げようということになって、紫式部にその御下命があった。式部は石山寺に参籠して、このことを祈っていたところ、折しも八月十五夜の月が湖水に映って、心が澄みわたるにつけて物語の情趣が浮かんできた。それは高明の配流をモデルにして、須磨の海辺のあわれ深い風景の中に流謫の生活を写し出そうというもので、忘れぬうちにと、仏の御前にあった写経のための料紙を拝領して、その場面を書き出した。須磨の巻に「今宵は十五夜なりけりとおぼしいでて」とあるのはそれによってである、と説明する。この源氏物語執筆の由来は今も石山寺に伝えられていて、その執筆の部屋だという本堂脇の「源氏の間」が観光客の関心を集めている。『河海抄』の説が基になって石山寺にこの伝説が根付いたのか、あるいはこの説が世間に流布しているのを『河海抄』が採り上げたのか、明らかでない。また、この伝説の真偽はもとより問うところではないけれども、源氏物語が源高明を偲んで作られたという考えがあることには関心を惹かれずにいられない。これまで見てきたのと同じような不遇の源氏の存在が源氏物語自体の背後にもちらついて見えるからだ。

源高明は醍醐天皇の皇子で、才学優れた源氏として左大臣の要職にまで昇った。その娘は村上天皇の皇子為平親王の妃となるが、この親王は冷泉天皇の東宮となるべき有力な候補者として世間の評判が高かった。高明が将来天皇の外戚となって権勢を得ることを恐れた藤原氏は為平の弟守平親王を立てて皇太子とし、さらに画策して、高明に為平親王擁立の陰謀があるとして罪に陥れ、大宰の権の帥に左遷したものらしい。安和二年に起こったこの政変を「安和の変」と呼ぶが、これが伊尹・兼家等藤原氏の陰謀であったことは栄華物語の記述にもうかがうことができる。

藤原氏が摂関政治を確立して揺るぎのない勢力を築いてゆく裏面には、それに対抗しては敗れた何人もの源氏の存在があったので、源氏物語の成立に近い時代の政治社会にもその一例を見ることができるわけだ。高明は『西宮記』という故実の書を残した学者でもあって、われわれには権力欲の強かった人と思いにくい。歴史の真相はなかなか知り得るものではないけれども、時代の大きな流れとして捉えてみても、藤原氏がその時々に勢力を得そうな源氏の存在を排除して一門の地歩を固めていったことは間違いのないところだろう。だから、摂関政治確立の蔭にこうした志を得なかった源氏、無念の涙を飲んだ源氏たちの怨念があったと見ることは、さほど的を外れた見方だとも思われない。

源氏物語をそれら源氏の怨念への鎮魂の書だと見ることもできるかも知れない。才能と美貌に恵まれた源氏の主人公が思うままの栄華を極め、多くの美しい恋を遂げる。そういう物語が泉下の源氏たちの鎮まらない霊魂への挽歌として書かれたという見方はなかなか魅力的に感じられる。けれども、それを証明するためには、源氏物語創作の動機として、たとえば怨霊の跳梁があったとか、誰と誰とに系譜の繋がりがあるというような具体的な証拠が示されなければならないだろう。ここでは、あまり空想の翼を拡げることをしないで、源氏を主人公とする物語が遠く古代以来の日本の物語の主流であったということを確認しておきたい。

それとともに考えてみたいのは、今日われわれが手にするただひとつの源氏物語に先立って、複数の、あるいは数多くの源氏物語があったのではないかという想定だ。『河海抄』は「或説に云く」とおぼめかしながらだけれども、

この物語をば必ず光源氏物語と号すべし。いにしへ源氏といふ物語あまたあるなかに光源氏物語は紫式部が作なり。

この物語のことを必ず「光源氏物語」と呼ぶのがいい。昔、「源氏」と呼ばれる物語はたくさんあった、その中で、「光源氏物語」は紫式部の作ったものだ。

と言っている。この説は出所も明らかでないし、これ以上の説明も付けられていないのだから、全面的に信じるわけにゆかないだろうが、「源氏」という物語があまたあるという考え方自体が大変刺戟的に感じられる。源氏物語以前に多くの源氏物語があり、それらを前提にして今日われわれの手に残された、言うなれば「光源氏物語」なる物語が

紫式部の手によって成立した。そういうことがあり得てもいいのではないだろうか。

物語は成長する

大体、日本の物語は書き直され書き直されして成長したものらしい。物語が成長するという考えは折口信夫の文学史のひとつの重要なポイントとなるものだが、源氏物語にもこういう考え方を適用してみて初めて納得がゆくという一面がある。

古代の伝承的な説話が語り伝えられてゆく間に変化し成長したという事実は比較的受け容れられやすいのだが、物語が筆で書かれ紙の上に形をとどめるようになってからの作品は、今日のものと同じように、固定的に考えることが普通になっている。しかし、印刷術が普及していない時代にあっては、作品が世間に流布するためには原作を次々と書き写していったものだった。本を借りてきて読むということはたいていの場合写しているので、読むことは写すことだった。物語の読者もまた筆を持っているわけで、しかも作者と読者の間に教養の差が少ないから、いつでも読者が作者の立場に転ずることができた。王朝の文学に異本が多いのもそれが大きな理由だし、その場合に著作権というような考えも存在しなかった。作品が人から人へと伝播してゆく間に自由に手が加えられるので、変化が起こりやすい。作品というものの形がかなり流動的だったことを考えてみなくてはならないだろう。

一方また、物語に対する受容にも今日とは異質のものがある。まず物語がもっている信用ということを考えてみなくてはならない。「物語」ということばは作品としての物語を指すほかに、日常の人と人との会話の中のある種のものをも意味していて、源氏物語の作中にも「やうやう細やかなる御物語になりて」（だんだんこまごまとしたお話し合いになってきて）というような使い方がされている。それはきちんとした内容のある話を意味していて、口から出てその場で消えるに任せる「雑談《ぞうだん》」とはわけが違う。「雑談」は、柳田国男が言っているように、後世発音が変化してジョーダンとなることばだが、昔の日本人にとっては、きちんとした正式な内容を持つ言語と、日常の、伝承に値しない言語との二種類があったのだ。

作品としての物語も、いい加減なものではないという信用が第一にあった。ここに語られているのは大切な、世間に伝えるべき意義のあることなのだという根本的な信用があった。物語はいい加減な虚構ではない。伝えるべき価値と責務との感じられる存在だった。だから、まったく架空の新しい物語というものはできにくいので、物語が世間に受け容れられるにはそれだけの信用がなければならない。源氏物語だって作中の人物やできごとなどにいろいろとモデルがあって、ああ、これはあの事件を書いているのだな、あの帝の時代のことなのだと思わせるような書き方をしているし、部分部分の小道具に実在した貫之や伊勢の名を出したり、有名な絵師の名を使ったりして、読者の歴史知識に訴えて信用を得ようとしている。

物語はまったくの創作でなく、しかるべき拠り所があるものなのだから、新しく作品として創られる物語も、歴史知識を普遍化したり、すでに流布している題材を語り直したり、あるいはそれらの続編・新編という了解のもとに創り出されたりする。物語の元祖とされる竹取物語を見ても、説話的な骨組みの上に、部分部分には新しく作意の見えるものが付加されている。この物語の場合はもともとが伝奇的な、非現実的な物語なのだが、その種を真実らしく、できるだけリアルな物語に作り替えようとしている意図が見られる。

つまり、伝承的なかぐや姫のお話を新たに時代に合うように色づけをしながら語り直し、細部に創意を加えて読者の興趣をそそるようにする。その過程のある時期に優れた作者が出て、ほとんど改変を許さないほどの完成度を備えた物語にしあげた。それが今日われわれの見る竹取物語だというわけだが、今日ある竹取物語を見てもそういう物語の変化成長の過程が透けて見えるようだ。

たとえば、かぐや姫に言い寄る五人の貴公子が奈良朝に先立つ時分の貴族社会の実在の人物の名を借りているらしいということがある。これは、加納諸平が『竹取物語考』において考証していることで、「持統紀」の十年十月の条には五人のうちの三人と思われる大伴御行・阿部御主人・石上麻呂の名が見えており、同じ記事の前後に名の記されている丹比真人が作中の石作皇子、藤原不比等が車持皇子のことらしいと言うのだ。その細部の考証を紹介したり検討したりすることはここでは止めておくが、ともかく正史に見える実在の人物の名を借りて物語の登場人物の名とし、物語をいかにも歴史的な事実であるかのように思わせる。そういう作者の作意が見えているわけだ。そして、それらの人名は、実在の人物たちの印象が世間の記憶に残っている時代においてこそ効果を発揮するのだから、およそいつ頃そういう作為がなされたかということも、見当がつくはずだ。

この五人の貴公子がかぐや姫に求婚する箇所が大変リアルに描写されている。この部分は柳田国男の言う説話の自由領域で、難題を入れ替えてもいいし、人物を差し替えてもかまわない。作者が存分に手腕を発揮できる部分で、竹取物語の作者もここに力をこめていることが見て取られる。しかし、注目されるのは、人物や難題の目新しさばかりでない。右大臣・大納言・中納言、あるいは皇子という上流階級の人々を対象にしてかなり批判的な、辛辣な筆つきを見せていることだ。

くらもちの皇子は心たばかりある人にて……

と始まる「蓬莱の玉の枝」のエピソードは、中でもできばえのみごとな一段で、皇子の狡猾な策謀があわや成功しようとする。鍛冶の工匠たちとともに隠れて作った玉の枝をかぐや姫のもとに持参して、もっともらしく、にせの苦労話を語り聞かせる。遠い海原に漂流して辛うじて蓬莱の島にたどり着いたというものだから、翁などは信じこんで、野山に竹を取る代々の竹取りさえも「さやはわびしき節をのみ見」(それほど悲観するような場面に出会っ)たろうかと、感動の思いを歌に詠んだりする。かぐや姫も、せっかくの難題が果たされてしまったのでは逃れようがないと悲観しているが、そこへ報償を与えられぬ工匠たちが訴え出て皇子の策謀は暴露し、事態は逆転する。構想もよくできているけれども、皇子の陰険さ、悪辣さを書こうとする作者の計画が計算どおりの成果を挙げている場面だ。

かぐや姫の与えた褒美の物を持って喜んで帰る工匠たちの帰途を皇子が待ち受けて、褒美の物を奪い、血が流れるまで叩きのめしたとか、その後皇子は山に入って行き方知れずになったとかいう結末も、読者を納得させる説得性を持っている。上流階級の人物をこれだけ徹底して悪人に仕立て、その敗北を快しとしているこの作者は、貴族とか権力に対してどういう位置にあり、どういう気持ちを持っている人なのだろうか。それに同感して快哉を叫ぶ読者と作者とが共有する思想はどういうものだろうか。次々と考えさせられることが出て来るが、それは作者の新しい時代に生きる人間としての意識を見せているものだろう。

伝承の説話の型を追っている竹取物語にも、こういう新しい肉付けがなされている。

成長する歌物語の一例

伊勢物語は歌物語で、たくさんの短い章段から成り立っている物語だから、事情は少し違うだろうが、やはり物語として成長した跡を見ることができる。近年の伊勢物語の研究はこの物語が何次かにわたって増益を重ねたものだという点で見解が一致しているようだが、今日われわれに残されている伊勢物語の冒頭に近い、主人公である「男」が高貴な女性と関わりを持つ話とか、「男」が都に「住みわびて」東国へ下ってゆく話、あるいは先に引いた惟喬親王に関する章段など、人によく知られた世評の高い章段群は大体古い、一次的なものらしい。

古今集には伊勢物語と共通するいくつかの和歌とそれにまつわる説明の物語とが収録されている。直接にどちらかがどちらかをそのまま取って使ったというような関係ではないけれども、おそらく成長過程のある時期の伊勢物語が古今集の資料になったと見ていいのだろう。古今集は歌集であり、それも勅撰集として権威のあるものなのだから、作者名をあいまいにしてはおかれない。伊勢物語が「昔、男ありけり」として、その男が詠んだ、その男に相手が答えたという書き方をしている和歌を、はっきりと在原業平の作、業平に対する女の答えというように明記しているが、そういう和歌集編纂の厳密な態度とはうらはらに、伊勢物語と同じような、かなりの長さをもつ歌の説明の物語を詞書として取り込んでしまっているものがある。

伊勢物語の「男」が都に住みかねて、住むべき国を求めて東国へ下って行く、いわゆる「東下り《あずまくだ》」の章段の中で、古今集が共通して採り上げているのは、

唐衣　着つつなれにし妻しあれば、はるばる来ぬる旅をしぞ思ふ

唐衣、それが着慣れてなじんでくる、ではないけれど、狎れなじんだ妻があとに残っているのだから、はるばるとやって来たこの旅をしみじみ辛く感じることだ。

名にし負はば、いざ言問はむ　都鳥。わが思う人はありやなしや　と

名前どおりにお前が都の鳥であるならば、都鳥よ、どれ、問いかけをしてみよう。おれの大事に思っている
あの人は無事でいるのか、どうなのだ。

の二首の歌と説明の物語なのだが、この二首に付けられている詞書は古今集の詞書一般の例を破って、非常に長いものになっている。普通ならば詞書は一行か、長くて二行といったところなのに、六、七行、十二、三行も費やしている。つまり、詞書の中に歌物語が取り込まれてしまっているわけで、それはこの箇所ばかりでない。伊勢物語と共通する業平の歌に関しては、随所にそういう現象が起こっている。歌集としての編纂態度が統一を乱しているのだ。それは明らかに物語の文章のおもしろさに引きずられてのことだろう。

古今集と伊勢物語との間にはこういう興味ある事実が存在するのだが、この場合は古今集以前に現存の伊勢物語の原態となる伊勢物語があって、古今集はそれを資料として編纂された、そして、その文章に引かれて異例の長文の詞書を付けてしまった、と見るのが最も妥当な見方になるだろう。

反対に、伊勢物語の中に古今集を材料として作者が創意を加えて小さな物語に仕立てたと見られる章段もある。一例として短い話を、全文を引用してみよう。

むかし、男ありけり。逢はじとも言はざりける女の、さすがなりけるがもとに、言ひやりける。

秋の野に笹分けし朝の袖よりも、逢はで寝る夜ぞ　ひぢまさりける

いろごのみなる女、返し、

見るめなきわが身を　うらと知らねばや、かれなで　海人の足たゆく来る

昔、ある男がおったことだ。あなたには逢いますまいとも言わなかった女で、でもやっぱり、なかなかうんと言わなかった女のところへこう言ってやった。

秋の野に笹を分けて帰ってきた、その朝の袖よりも、あなたに逢わないで独り寝をしている私の袖は、もっとひどく、びっしょり濡れていることです。

すると、もののわけの分かったこの女の返事はこうだった。

わたしの身の上を、海松布のない海岸みたいなものだ——みるめ（男女の逢う機会）のない情けない境遇だと知らないからだろうか、漁師でもないあの男が飽きもしないで、足がだるくなるまで、始終やって来ることだ。

なかなか気のきいた男女のやりとりで、女は事情があって、男と恋仲になるわけにゆかなかったのだろう。それを知らない男が熱烈な思いを告げたのに対して、女がちょっとよそごとみたいに言いながら、その情けない境遇を（「浦」に「憂し」を効かせている）嘆いたものなのだ。女の身分が高くて、男のほうが低いのだろうか、少し見下しているような態度があるけれども、男の情熱に女が息苦しくなっている趣がある。読者としてはいろいろ男女の間がらについての空想を描きたくなるような話だ。

ところが、これが古今集では、巻十三・恋三の巻に両方とも題知らずで、二首並んでいる業平と小野小町の歌なのだ。

（題知らず）

秋の野に笹分けし朝の袖よりも、逢はで来し夜ぞ　ひぢまさりける

業平朝臣

見るめなきわが身を　うらと知らねばや、かれなで　海人の足たゆく来る

小野小町

男の歌のほうは多少字句が違っているが、このあたり、古今集では男女が逢わないで焦がれているという境遇の歌が並んでいるところだ。たまたま並んでいる二首が有名な業平と小町の歌なので、あたかも二人の間に恋の交渉があったかのようにとりなして、小さな物語を作って見せたものらしい。

これは古今集を種として、伊勢物語が成長してゆく過程の一端をかいまみせている例と言えるだろう。

源氏物語以前の古物語

竹取物語や伊勢物語ばかりではない。源氏物語以前にあった古い物語の中で今日残っている物語というと、それほど数が多くあるわけでないけれど、それらを見ても物語成長の跡をうかがうことができる。

源氏物語の絵合の巻の物語絵合せの場面で左方の竹取物語に対抗して右方が提出する宇津保物語は、当時の世間に人気のある物語だったと思われる。ここでは「宇津保の俊蔭」とあって、その内容も清原俊蔭の漂流譚を中心としているようだから、今日残されている宇津保物語の俊蔭の巻に近似する物語があったと分かるのだが、源氏物語の蛍の巻には「宇津保の藤原の君の娘」ということばも出てくるし、枕草子には涼と仲忠の優劣が話題にされたりしている。

われる。

「俊蔭」ばかりでなく、「藤原の君」そのほかの巻々もある程度具備した宇津保物語が源氏物語以前にあったのだと思われる。

しかし、われわれの手に残されている宇津保物語を見ていつも不思議に思われるのは、源氏物語とさほど違わない時代に存在した物語としては、宇津保物語は格段におもしろくないことだ。物語の筋は書かれているのだけれども、人物の性格とか心理とかがまったく書かれていない。源氏物語が文章の行間に人物の感情や心理を描き出すのに比して、概念としてしかそれらを述べようとしていない。源氏物語以前の物語とはこのようなものであったのかも知れない。

ところが、一方もっと不思議なのは、宇津保物語が源氏物語以前の物語にしてはクラシックな感覚に欠けるという気がすることだ。大貴族を実名で呼んだり、人物の官位に対する感覚が違っていたり、何より貴族に対する尊敬と親愛の情が乏しい。文章も王朝風な味わいをもっていない。王朝生活の盛時に書かれた物語としては、その点に、読者として大変不満を感じざるを得ない。

宇津保物語については池田彌三郎が「宇津保物語の成長」という論文を残している。宇津保物語が先行する中編小説の二つのプロットを取り込みながら、十分融合できないまま終わってしまったことを論じているもので、宇津保物語の成長については是非参照してほしい論文だ。その中に、折口信夫も今日の宇津保物語には鎌倉以後の語法があり、おそらく鎌倉以後に書き改められたものだろうと言っていることが紹介されている。

折口信夫は落窪物語の文章も鎌倉以後のものだと見ていたようだ。落窪物語の名前は枕草子に出ているので、これも源氏物語以前に存在した物語のひとつに数えていいだろう。しかし、現存の落窪物語が時代的に新しいことは、その文章ばかりでなく、折口信夫は継子いじめということをも問題点として挙げている。継子いじめというと、われわれはすぐに昔話に出てくるような、あるいは御伽草子にあるような継子いじめを連想するが、王朝の生活では、貴族は複数の妻をもっていて、それぞれの妻の子がそちらの実家で育てられている。母親が死んでも、ただちに前の妻の子が後の妻に育てられるという形の継母継子の関係が生じるわけではない。葵の上が死んだ後の夕霧は祖母大宮のもとで育てられており、継母である紫の上との関係は継子いじめとは縁の遠いものだ。継母継子の問題に関しては、われわれの先入観を排してかからなければならないだろう。だから、落窪物語のような継子いじめの物語については十分慎重でなくてはならないというのが折口信夫の考えなのだ。

源氏物語に名の出てくる物語で、これも継子いじめを主題にしているのが住吉物語だ。住吉物語の名は枕草子にも出ているし、源氏物語の蛍の巻では女主人公である姫君が主計頭という老人のために危く危難に陥ろうとする場面のあることが語られていて、それが現存の住吉物語と共通しているので、源氏物語の時代に今日ある住吉物語と同じ物語があったように思われがちだった。けれども、古い住吉物語と後世の住吉物語とは内容が違うのでないかという疑いは江戸時代末期から持たれていたし、近年私家集などの研究が進むにつれて、古い住吉物語は今日のものと違うことがはっきりしてきた。それで、住吉物語には新旧二種があるというように考えが改められてきたのだが、新旧二種というようなことでなく、書き改められ書き改められしたと見るほうがより納得がしやすいだろう。今日残っている住吉物語の異本でさえ百二十余りの伝本があって、中には御伽草子同様なものまであるという（岩波書店『日本古典文学大辞典』）。それなどは、おそらく物語の読者層が変わってきて、幼い読者を対象に書き改められたものなのだろう。

今日残されている伝本の間にそれだけ異同の見られる作品がそれ以前の書写段階で改変が加えられることがなかったと考えるのは、不自然だと言わざるを得ない。王朝の物語に対する場合、むしろ改変・成長ということを前提にしてかかるほうがその実態を捉えやすいと思われる。源氏物語の場合も、たとえば宇津保物語がひとつの明確な意図をもって構成されているとは見られないという事実と並べてみると、こちらもやはり一貫した構想をもって全編が統一されているとは言いがたいことが明らかになるだろう。阿部秋生氏が源氏物語は建て増し建て増しした家みたいなものだと言われているのは、長年源氏物語の成立を考え続けた学者のことばとして、おおいに傾聴すべきものがあると思われる。

第五章　源氏物語はこのようにして作られた（一）

作り物語の虚と実と

同じように王朝の物語であっても、大鏡や栄華物語のような歴史物語と源氏物語のような作り物語とでは、物語に対する作者の態度が根本的に違っている。歴史物語は作者が史実を語り伝えるのだという保証を前提にしている。それが今日から見て歴史的真実であるかどうかは別として、作者は自分の信じているところを真摯な態度で語っている。しかし、作り物語にはその保証がない。

いづれの御時にか……

と語り出される源氏物語は、その書き出しからして作者が物語の真偽を保証しないという断りを言っている。どの帝様の御治世のことでございましたでしょうか、さあ、はっきりとは申しかねますが……という断りが源氏物語冒頭のこのことばなのだ。

今は昔、竹取の翁といふものありけり。

で始まる竹取物語や、たくさんの章段が

昔、男ありけり。

昔、田舎わたらひしける人の子ども、……

などのことばで始まる伊勢物語など、作り物語はみな、物語の冒頭部にこういう断りを置いている。

柳田国男が昔話を伝説と比較して、時や所、人物を特定しないで、漠然とある時間、ある場所に類型的な主人公を登場させるのがその形態的な特徴だと指摘しているが、作り物語はまさに昔話と同様に、時代を特定せず、人物を特定しない。源氏物語の語り出しは場所だけは宮廷およびその周辺ということで、かなり特定されているようだけれども、歴史知識として断定するほどには個性的でない。ただ読者に親しい宮廷貴族の生活圏が示されているだけなのだ。

作り物語は、かと言ってまったく架空の物語ではない。前章にも述べたように、まったくの架空の物語というものは昔の読者には受け容れられなかった。初めから嘘を標榜してかかる「をこ物語」はまた別の系統を持っていて、それに対する時は読者も初めから嘘を承知で、おおいに笑おう、笑わせられようとして臨んでいるが、一般の物語に対する場合は、読者のほうでは、これは作者がおぼめかしているけれども歴史上のあの事件のことを書いたのだ、皆が知っているあの人の身の上なのだというふうに受け取っているし、作者もそういう所では十分思わせぶりな表現をする。読者に史実として読もうとする暗黙の要求があるのだし、作者もそれを否定しないのだから、双方の要求が合致して、そこに独特の架空の物語世界が展開する。作り物語というものはそういう虚と実の危うい一線の上に成り立っているものだ。

話は少し飛躍するが、女優の星野知子さんがＮＨＫの連続テレビドラマ「なっちゃんの写真館」の主役を演じていた頃のことだ。日本中の大勢のファンが劇中のなっちゃんの身の上に起こるさまざまな転変に一喜一憂していたわけだが、その時分郷里のお母さんに会った近所の人が「お宅のお嬢さんもいろいろと御苦労が多いようで、大変ですね」という見舞いのことばを述べたという。日本には昔から歌空言、絵空事ということばがあって、文学や絵画の作品が決して現実にある人生や風景だけを写すのでなく、フィクションを混じえているものなのだということはよく知られているはずなのだが、それでいて、その一方には作品に描かれているところは真実なのだと思いこもうとする傾向がある。いわば、物語に対する深い信頼が日本人の心の奥底に保たれ続けているのだろう。民俗的な心理の習性と言うべきもので、右のエピソードはそのことを如実に示しているようだ。

斎宮に添って下る母

源氏物語から作り物語の虚と実を語る一、二の例を挙げてみよう。

賢木の巻の冒頭、六条の御息所が身の振り方に悩んでいる箇所のことだ。葵の上の死後、世間は光源氏が六条の御息所を北の方の地位に据えるであろうと推測しているが、生霊となった御息所をまざまざと知ってしまった光源氏にその気持ちはない。その後は御息所を訪れることさえ絶えているので、それは御息所のほうにも思い当たるところがある。だから、源氏の愛情がいまさら元に戻るなどと期待してはいない。けれども、このままの生活を続けて光源氏の心が離れ切ってゆくのを見届けるのはあまりにも辛い。いっそ、前坊（亡くなった前の皇太子）との間にできた娘が斎宮に卜定されたのに付いて伊勢へ下ってしまおうかという気持ちになっている。斎宮がまだ年がゆかなくて、ひとりで遣るのは不安でしかたがない。そういうことを口実に、自分も一緒に伊勢へ行ってしまおう。それで光源氏との仲も自然に絶えてしまうだろうし、世間も納得して、いつしか光源氏との関係を忘れてしまうだろう。

そういう御息所の思惑を述べている箇所で、作者は、

親添ひて下り給ふ例も、ことになけれども……

母親が付き添って（任地に）お下りになる前例も、特にあるわけではないけれども……

と言っている。斎宮が幼いから母親が後見として付き添って行くということは特に前例がない、と言うのだ。前例のあるなしをなにかにつけて判断の基準にしたこの当時として、前例がないことは問題になる点だろう。それを言っているのだが、実は斎宮に母親が付き添って下った例が歴史の上には確かにあるのだ。それも当時の貴族社会の人間なら知らないはずのない例なのだ。

村上天皇の女御のひとりになった徽子女王は、醍醐天皇の皇子重明親王の娘だが、自身も若い時分斎宮となって伊勢に下ったことがある。任が解けて後入内して斎宮女御と呼ばれ、規子を生む。この内親王が天延三年（九七五）斎宮に卜定され、母子二代の斎宮となるのだが、この時徽子は伊勢に同行する。規子はすでに二十七歳だから、斎宮が若くて心もとないというのには当たらないが、斎宮に母親が添って下った前例としては世間に知られた事例だったはずだ。斎宮女御の名は歌人としても印象を残しているので、徽子のこの行動は源氏物語の当時、ひと昔前のこととし

て宮廷社会に知られていないはずがない。それにも拘らず、源氏物語の作者がそんな前例はないけれどもと書いているのは、少なくともその場面では前例がないという状況を設定しているのだ。つまり、六条の御息所を徽子の立場に置いているので、徽子の心境を御息所の上に重ねていると見るほかない。

物語のなりゆき全体から徽子を六条の御息所のモデルと見る理由はないようだが、これが作者のひとつのテクニックで、あれこれ悩んでいる御息所の上に徽子のイメージを重ねて、現実感を与える。作り物語というものは場面場面に即して史実を引用したり、モデルを引き合いに出すことによって物語のリアリティを獲得する。そういう手法を用いて読者を物語の世界に引き込んでゆくのだ。

夕霧誕生と葵の上の死

もうひとつ、同じような、そしてより顕著な例を挙げておきたい。

話は少しさかのぼって、六条の御息所の生霊に悩まされながら、葵の上の出産が迫った葵の巻の一場面だ。執拗なもののけに苦しめられて、葵の上は弱り込んでいる。光源氏も産褥近く見舞いに来るが、その目の前で御息所の生霊が病人に取り付いて恨み言を述べる。生霊の描写として大変具体的で、読者に強いインパクトを与える場面だ。そんなことがあった少し後に葵の上はやっと男の子を出産する。これが後の夕霧だが、それで人々がほっと息をついて、光源氏も、父の左大臣も、兄弟の公子たちもみな宮廷へと出仕する。

ちょうど秋の司召し（京官の任命）で、公務多端な折からだったのだ。左大臣邸は人少なになり、そば近く仕えている女房たちもちょっと気を許していた間のことだ。治まったと思っていたもののけがこの隙を狙っていたのだろう。

にわかに荒れだして、産婦を苦しめる。葵の上は胸をせき上げ、たちまち絶え入ってしまう。

こういう場面の描写は、当時の読者にすぐに思い起こされる歴史上の知識があったはずだ。平安朝の宮廷や貴族たちの生活につきもののように付随して恐れられていたのが怨霊の存在で、さまざまな猛威を振るった怨霊の話が伝えられている。中でも恐ろしかったのが元方の大納言の怨霊で、村上天皇の血統に祟って、何代もの天皇やその周辺を悩ませる。ことの起こりは皇位継承に絡んでいる。村上天皇の後宮に民部卿藤原元方の娘祐姫がおり、この腹に第一皇子が誕生する。元方はじめ母方の一族はこの皇子が東宮に立つことに大きな期待を抱いていたが、時の権力者藤原師輔の娘安子の腹に第二皇子が誕生し、生まれて五十日というのに東宮に立つ。栄華物語はその後元方も祐姫もがっかりして、そのことばかりを気に病んで、相次いで空しくなってしまったと伝えている。

やがて元方の怨霊が跳梁し始め、まず東宮に祟るので、東宮はしばしば精神の安定を失い、結婚生活もまともにできなかったようだ。この東宮がやがて即位して冷泉天皇となるが、在位はわずか二年で皇位を去る。一代おいて即位するその皇子花山天皇がまた少し性格が変わっていて、同じく在位二年の後突然宮廷から出奔し、花山院に入って出家してしまう。在位中の天皇が出奔するなどということは後にも先にも例のない話で、これも怨霊のなせるわざだと当時の世間は受け取ったようだ。一代おいて即位する三条天皇はやはり冷泉天皇の皇子だが、即位はしたものの、目が悪く、あまり幸福な生活を送ったようには見受けられない。その弟たちに当たる為尊親王・敦道親王のふたりが共に和泉式部を恋人にしていたことは有名だが、その言動にはやはり常軌を逸したところがあったようだ。どうもこの天皇・皇子たちには不思議な性癖があって、それを世間ではもののけの所為と解していたらしい。

もののけの論理として言えば、このように恨みを懐いた当面の相手ばかりでなく、その血統を絶やすまで次々に祟ってゆくというのが最も執拗な報復のあり方なのだろう。その意味で元方の大納言の怨霊は平安朝の怨霊の代表的なもので、当時の人々にとってはすこぶる恐ろしい印象を与えたものだったらしい。
話の順序が乱れてしまったが、もののけが最も深い恨みを懐いたはずのひとり、東宮の母である安子もやはり無事ではあり得なかった。村上の治世も末に近い康保元年（九六四）、安子がちょうど懐妊中にもののけの悩みが激しくなるので、読経や修法など手を尽くして安産を祈るのだが、もののけの勢いが強くて治まらない。いよいよ出産というところで元方の怨霊が一段と荒れ狂う。この場面の栄華物語の描写は大変印象的で、

かの元方の大納言の霊いみじぐおどろおどろしく、いみじきけはひにて、あへてあらせ奉るべき気色なし。

あの元方の大納言の怨霊がひどく激しく荒れ狂って、大変な勢いで、とても生かせ申してはおかないという剣幕だった。

とその激しさを述べている。大勢の僧たちが集まって誦経の声が響いているが、安子自身は弱り果てて息もしない。まるで死んだようで、部屋の内外にいる人々が一団となって口々に神仏の名を唱えている。そこへ「いかいか（おぎゃあおぎゃあ）」と産声がするので、みんなほっと安心するのだが、赤児は無事に生まれて、母の安子は絶え入ってしまう。
この時生まれたのは皇女で、選子という。後に長い問斎院を勤めて、大斎院と呼ばれるが、彰子に物語の注文をしたというのはこの人だ。それはともかくとして、葵の上の死と安子の死と、実に印象がよく似ている。特に無事に赤児が誕生して人々が気を許したところで、もののけが母君を引き入れてしまう。劇的な逆転が同じ型をもって描かれている。

源氏物語の読者がひと時代昔の恐ろしい話として、しかも当代にもその余韻が尾を引いている怨霊の物語としてこれを想起しないはずがない。誕生した赤児が男と女と違っていたり、その後の人生に相似点がなかったり、葵の巻の場面がそのまま歴史をなぞっているのでないことはみな理解しているだろうが、それでも当時の読者は二つの話を重ね合わせずにいられなかっただろう。作者があの話を書いているのだ、あれと同じ情況なのだと思ったに違いない。そういうリアリティの与える感動が作り物語の真実だったのだ。

ついでに言えば、物語の話題性というものもこの程度に世間のできごとと関わっていたのだろう。源氏物語などの物語を今日の週刊誌と同じような存在で、貴族たちの生活をモデルにして秘密を暴露したのだと見る意見もあるようだけれども、そういうことばどおりに受け取ることはできない。世間の話題になっているような話の種を取り入れていることは確かだろうが、それは物語のリアリティを狙いとしたもので、個人生活の暴露を目的としたとは考えられない。

「とのうつり」の主題

源氏物語は物語の虚と実をないまぜにしながら、光源氏の輝かしい生涯を描き出した。源氏物語は何次かにわたって書き継がれたり、補われたりして今日の姿にまで膨張したものだろうが、なんと言っても光源氏その人の生涯が中心だ。しばらく匂宮の巻以下は除外して、光源氏の生涯の物語としての全容を眺めてみたい。

源氏物語は一般に三部構成と見られているが、その第一部・第二部がそれに当たるわけだ。第三部は橋渡しの三巻と、舞台を宇治に移した十巻、いわゆる宇治十帖とで成り立っているが、光源氏一代の栄華を描いた物語とは性格が違ってきている。これらはやはり「光かくれ給ひにし後」（匂宮の巻冒頭のことば）の物語で、偉大な貴人の生涯を書こうという目的も失われている。薫個人の内面的な悩みなどに関心が移って、源氏物語本来の性格が薄れてしまっている。だから、本書では第一部・第二部に話の主眼を置きたいが、源氏物語はそれだけでも何千頁を要する長大な物語だ。その大きな物語が何を素材とし、何を話題として構成されたのか、その辺に焦点を当てて見てゆきたい。

源氏物語が「尊い皇子の物語」の大枠の中で書かれていることは繰り返し述べてきた。帝の最愛の女性を母とし、聡く、美しく、才能豊かで、この世で第一の貴公子と言うにふさわしい。そういう理想の主人公を据えて、理想の人生を描こうとする。古代の文学の正統を継ぐ「いろごのみの物語」がこれから展開するのだが、実は、「いろごのみの物語」は源氏物語に近い前代にも存在したのではないかと思われる。たとえば、「とのうつり」というひとつのことばをめぐって、次のようなことが考えられる。

枕草子が「物語は」の条に挙げているたくさんの物語の名の中に「とのうつり」というのがある。

物語は住吉、うつぼ、とのうつり。国譲りはにくし。（以下略）

と出てくるのだが、「とのうつり」は今日に残されていない、いわゆる散佚物語の名で、残念ながらその実態を見ることができない。「住吉」「うつぼ」はそれぞれ住吉物語・宇津保物語で、今日残っている同じ名の物語そのままのものが枕草子の時代にあったとは言えないだろうが、前章で述べたような物語成長の過程にあるひとつの姿だったと想像していいだろう。

「国譲り」は同じ「国譲り」を名とする上中下三巻の巻々が宇津保物語にあって、そこでは物語中の朱雀院が皇位を譲ることが主題になっている。また文中にも「御国譲り」ということばが繰り返されている。だから、この題名が天皇の治世が交替し、政権が委譲されることを意味していることは疑いがない。「国譲り」はそういう政治社会の大きな関心事を中心にひとつの物語が構想されているものだろう。

もうひとつの「とのうつり」という物語の名も、ことによると宇津保物語に関係があるかも知れない。「とのうつり」はことばとしては文字どおり「殿移り」であり、高貴な人のお引っ越しを意味している。もちろん、単なるお引っ越しでは物語の主題とはなりにくいかも知れない。しかし、いろごのみの男の生涯を考えてみると、主人公が出世して高位に到り、大勢の妻子を擁して一門が繁栄する。そういう栄華の極を描くことはいろごのみの物語としては大切な主題だったはずだ。その具体化された姿として、主人公が新たに大きな邸宅を造営し、いよいよ「殿移り」を行う。これは十分読者の興味を引くに足る話題だっただろう。

作品の上で言うと、宇津保物語の藤原の君の巻や『とりかへばや物語』にその実例を見ることができる。『とりかへばや物語』のほうは男に戻った大将が二条に邸を造り、吉野の宮の姉君と右大臣の四の君とをそこに住まわせる。この物語は、物語全体としていろごのみを描こうという目的を失っているように見えるけれども、それでも痕跡をとどめるかのように、邸宅の造営と、主人公が交渉を持つ女性たちを一所に集めるという類型的な場面が出てくることに注意が引かれる。

宇津保物語のほうはいろごのみの理想を書こうとする目的がより明確に見えている。藤原の君の巻はあて宮という美しい姫君のことが中心になる巻で、まずその父である源正頼が紹介される。この巻では事実上の主人公はあて宮なので、正頼については筋書き程度にはしょって書かれているのだけれど、この人物の設定が光源氏と似通っている。正頼は「一世の源氏」(天皇を父とする第一代の源氏)で、童より名高くて、顔かたち、心魂、身の才人にすぐれ、学問に心入れて、遊びの道にも入り立ち給へり。

元服する前の少年の時分から評判が高くて、容貌・容姿、精神の持ち方、その身の学識・教養、みな人にずぬけていて、学問を熱心に学び、音楽その他の趣味の方面にも深くはいりこんでおいでになった。

というふうに書かれている。その正頼が時の太政大臣の娘と、嵯峨の院の皇女、今の帝の妹に当たる一の皇女《みこ》というふたりの北の方を持ち、三条大宮のあたりに四町を占める邸宅を造り、男女二十七人の子を儲けて、栄華の極と言うべき生活を展開する。子孫の繁栄という点で言えば光源氏以上だ。

四町を占める邸宅

ここで注目されるのは正頼の邸宅が四町を占めていることだ。平安京の市街の碁盤の目のように仕切られた区画のひとつの単位になるのが「町」で、四十丈（約一二一メートル）四方、大体四千五百坪（一五〇アール弱）くらいだそうだ。これが大貴族の標準的な邸宅の敷地なのだが、物語の上の約束としては、栄華の絶頂にあるいろごのみの男はその四倍、四町を占める邸宅を造って、そこに妻子眷族を伴って移り住み、豪奢な生活を展問するという型があったのではないかと思われる。宇津保物語の正頼はまさに光源氏の先蹤で、これもひとつの「源氏の物語」だったのだ。

宇津保物語はいろごのみの極致の生活の概念だけを述べて、物語らしい細部を描写していないので、これがすぐに枕草子に名のある「とのうつり」だと言うことはできない。けれども、「国譲り」が独立した物語だったのが宇津保物語に取り込まれたというような事実を想定するならば、「とのうつり」もその筋書きだけが宇津保物語の中に残されたということがあるかも知れない。枕草子が「うつぼ。とのうつり。国譲り」と並べて記していることには、そういう想像をそそるものがある。そして、正頼の物語のようないろごのみの男の物語が源氏物語以前にあったとすれば、源氏物語のあれだけの大きな構想がまったく突然にひとりの人間の空想から生まれたというような無理な想像をする必要はなくなるだろう。少なくとも、いろごのみの男の物語という骨格はそれ以前にもあったと考えることができるのだ。

正頼はひと腹に生まれたこどもたちをひと町に住ませることにするが、光源氏は紫の上・花散里・明石の君と、養女として入内している秋好中宮の四人を四つの町の主人公として、それぞれの町を四季に配するという計画を立てる。春の好きな紫の上の御殿は春を、秋の好きな中宮の御殿は秋を、そしてその人柄として夏にふさわしい花散里の御殿は夏を、冬にふさわしい明石の君の御殿は冬を、造営の主題とする。それぞれの季節に美しさを見せる樹木や草を植え、それぞれの季節を楽しめるような庭の情趣を作る。つまり、四つの町を四季に配して、同時にその町の主人公たる女性はその季節の象徴でもあるのだ。

これが光源氏晩年の栄華の舞台となった六条の院の構想だ。六条の院は都の繁華からやや離れた六条京極あたりに造営されるが、これが源融の六条河原の院をモデルにしていることは明らかだ。河原の院は八町を占めていたと言われるが、やはり六条の、賀茂川の河原に近いあたりに位置し、数奇をこらした造作や賀茂川の水を引き入れた池苑の風情は長く都びとの間に語り伝えられていた。根拠に不確かなところがあると言われるけれども、『河海抄』は河原の院が六条の院とも称せられたと伝えている。

六条の院の四季の御殿の構想は宇津保物語の吹上（上）の巻のかんなびの種松の邸宅が影響を与えているだろうと

言われる。これも『河海抄』が早くに指摘しているところだけれども、種松が吹上の浜に造った邸宅は三重の垣根をめぐらし、垣の外側に、東には春の山、南には夏の蔭、西には秋の林、北には松の林が植え込まれている。四面に四季を配しているので、六条の院の前型だと言われるのだが、それに比べると、六条の院の季節との関わりはもっと徹底している。四つの町に四季を配当しただけでなく、それがそこに住む人の人格と融合し、自然と人間生活とが一体化している。

たとえば、六条の院への殿移りが行われた直後、秋の盛りの時期に、秋の御殿の主人公である秋好中宮から紫の上のもとへ紅葉に託した便りが届けられる。箱の蓋に紅葉が散り敷いた風情を見せ、

心から春待つ園は、わが宿の紅葉を　風のつてにだに見よ　（乙女）

御自分の心がらのせいで春ばかり待っていらっしゃるお庭の主——紫の上様は、せめてわたくしどもの住まいの美しい紅葉を、こんなふうに風の便りにでも御覧くださいませ。

という歌が添えてある。本当に風が散らしたというふうに紅葉が飾ってあるのだ。秋を主眼に造園の粋を集めた西南の御殿はなるほどみごとな情趣だろうと、自然に想像がはたらいてしまう。それほど時に合い、趣向を凝らした便りなのだ。悔しいけれども、紫の上としては今はこれに対抗する手段がない。じっと時を待って、春の盛りの季節にその返報を企てる。

紫の上に光源氏も肩入れした計画はこんなふうだ。中宮御自身に軽々しく来ていただくというわけにはゆかないので、中宮にお仕えしている若い女房たちを春たけなわのこちらの庭に招待し、池に竜頭鷁首の船を浮かべ、漕ぎめぐ

りながら音楽や和歌を楽しむ。暮れかかる頃に岸に漕ぎ寄せると、今度は釣殿で宴会が始まる。終日春の美しさを堪能し、春の遊びに酔って女房たちは帰ってゆくが、その美しさ、楽しさは当然中宮のお耳に達せられるわけだ。翌日は中宮の御殿で季の御読経（春秋二季に多くの僧に大般若経を転読させる儀式）がある。大勢の親王たち、上達部、殿上人が集まって法要が始まろうとするところへ、紫の上の志として仏前に花が奉られる。鳥と蝶の装束をした女の童《め》四人ずつが、鳥のほうは大きな銀の瓶に桜の枝を、蝶のほうは大きな金の瓶に山吹の花を挿し、二つの町を繋ぐ池を漕ぎめぐって御前近くに進んで花を奉る。そうして、それぞれに鳥の舞（迦陵頻）、蝶の舞（胡蝶楽）を舞いながら引き下がってゆく。春の御殿から鳥や蝶が花園の花を奉りに来ましたという趣向なのだ。みごとな演出に付け加えて、こんな歌が奉られる。

花園の胡蝶をさへや　下草に秋まつ虫は、うとく見るらん　（胡蝶）

花の咲き乱れている春の庭のこんなかわいらしい蝶々までも、木蔭の目に立たない叢の中で秋を待っている松虫は、うとましいものだと思っているのでしょうか。中宮さま、いかがでございましょうか。

秋の好きなあなたは春のこんなよささえも無視なさろうとするのですか。こんなふうに言われては、秋好中宮も抵抗のしようがない。紫の上の計画はみごとに効果を挙げるのだが、こうして、それぞれの季節につけて、風雅な応酬を繰り返しながら六条の院の生活が営まれてゆく。

具体化された栄華の描写

源氏物語が描こうとしたのは概念的な栄華の生活ではない。光源氏の栄華が王朝の貴族生活の真の意味での理想であるためには、誰しもを納得させるだけの具体的な内容がなくてはならない。源氏物語のこの箇所の作者の力量がわれわれを感心させるのは、大貴族にふさわしい風雅の生活をみごとに具体化して見せたことだ。右に引いた胡蝶の巻の一節など、広壮な邸宅の寝殿に参集した貴族たち、大勢の僧たちの姿が目に浮かぶとともに、庭前には花の色や、女の童たちの衣裳のはなやかさが溢れ、舞に伴う楽の音色さえ聞こえてくるような心持ちにさせられる。

王朝の趣味生活の極致は自然と人間生活とを融合させるところにある。平安朝の自然観は閉鎖的で、貴族たちは進んで自然の中に出かけるよりは、自然を自分たちの身近くに取り込もうとする。たとえば、前栽と呼ばれる庭園の植え込みに季節季節の草花を植えて、その風情を楽しむ。宮廷でも天皇の常の御殿である清涼殿の裏のほう、後涼殿との間には「朝餉の壺」「台盤所の壺」と呼ばれる二つの中庭があって、小さな自然が楽しまれる。桐壺の巻には、更衣を失った桐壺の帝が朝餉の壺の秋草の植え込みを眺めながら亡き人のおもかげを偲んでいる場面がある。時はちょうど秋で、しみじみとした思いがいっそう深く心にしみるのだが、こういう自然と人事の融合が王朝びとの愛した趣味生活の理想だった。

これは経済力を伴わなくてはできることではないけれども、また経済力だけでできることでもない。金や権力だけではできない栄華を現実に築くとともに、またそれを純化して、作品の上にその理想をとどめたところに王朝最盛期の文化の並々でない水準の高さを見ることができる。

前栽は季節季節によって植え替えたものだ。常夏の巻では、光源氏は玉鬘の住む夏の御殿の西の対のあたりの前栽をなでしこ一色に統一する。玉鬘の人柄を象徴するような植物としてなでしこを選んだのが、大和なでしこ・唐なでしこのさまざまな品種を植え込ませて、その情趣を楽しんでいる。また、だいぶん先のほうの巻になるが、鈴虫の巻では女三の宮の住む寝殿のあたりの前栽を秋の野の趣に仕立てて、そこにたくさんの鈴虫を放って、その音色を楽しむ。こんなふうに、六条の院の四季の生活は今日のわれわれが想像してみてもいかにも優雅であり、そこに生活する人の心のやさしさが思われるような描き方がなされている。

実は、六条の院に殿移りが行われるのは乙女の巻でのことだが、六条の院の栄華の生活が本格的に具体化されるのは玉鬘の巻を中に隔てて、初音の巻からだ。光源氏数え年三十六歳の一年の、春から始まって冬に至るまで、季節の推移を追いながら描写が続けられる。「初音」「胡蝶」（春）「蛍」「常夏」（夏）「篝火」「野分」（秋）「行幸」（冬）というふうに、巻ごとにくふうを凝らして、光源氏の栄華の極があたかも絵巻物を繰り広げるように描き出されてゆく。その間に、この構想の女主人公として新しく登場した玉鬘という美女をめぐる恋の心理のあやが織りなされてゆくのだから、実にはなやかな巻々だ。源氏物語の中でも特に価値の高い部分のひとつと言えよう。

「とのうつり」の主題はいろごのみの男の伝記を形成するには欠かせぬ要素だが、光源氏の生涯を書こうとした作者は物語のこの部分に特に力を入れて、数巻にわたって栄華の絵巻を繰り広げて見せた。これが当初からの計画でなく、後から補入されたと考えられることは後に述べるが、ともかく「とのうつり」の主題は源氏物語においてこのようにみごとな結実を見せている。

文学史上の四季の邸宅の具体化もこれが最高峰で、前にも後にも匹敵するものがない。かんなびの種松の吹上の浜の邸宅も概念だけが述べられているに過ぎないし、説話の世界や室町期の小説類に出てくる四季の御殿は東面の障子を開ければ春の景色が、南には夏の景色が、西には秋の景色、北には冬の景色というふうに、非現実的な空想へと変化していってしまっている。

春秋の争い

源氏物語の中に六条の院の四季の殿造りが主題となった要因については、もう少し別の方面からの説明を補っておく必要があるだろう。

理想の男性の理想の生涯を描くという物語の目的は、作者と読者の間のいわば暗黙の約束で、作者も十分承知していたことだ。作者としてのはたらきはそれをいかに具体化し、いかに読者の同感を得られるようにリアルに語ってみせるかというところにあったと思われる。「初音」以下の巻々における六条の院の四季の美の描写は、それが存分に成し遂げられたものとして、読者の賞賛を博しただろう。しかし、それに重ねて作者がより意図的に、作家らしい計画を見せた要素がある。

日本人が大陸の先進国の影響を受けて文学を意識するようになったのは、奈良朝以前からのことだろう。万葉集にはすでに十分文学的自覚を持った人々のいたことがうかがわれるが、文学的な題材というものもその頃から人々の意識に上ってきたと思われる。万葉集には有名な額田王の春秋の情趣の優劣を判定した歌があるが（巻一・一六）、この歌は天智天皇が藤原鎌足に命じて群臣を二手に分け、「春山万花の艶」と「秋山千葉の彩」を競わしめた時のものだという詞書がある。いわば文学的な競技として春と秋との優劣を論争させたのだ。それが全員が歌をもってしたものだとは書いてないけれど、後世の歌合せに通じるような催しであったことは想像に難くない。これ以後、古今集の時代、源氏物語の時代と王朝の各時代を通じて、春と秋との情趣のよさを比較論争することが文学的な競技として、貴族階級の趣味生活を飾っている。平安朝の用語で言えば「春秋の争い」あるいは「春秋の定め」というのがこれだ。

源氏物語以前の春秋の争いは和歌をもってなされることが多かった。源氏物語と古今集との関わりはまた後の章に述べるつもりだが、源氏物語は古今集の見いだした文学の境地を散文によって敷衍したという一面がある。春秋の争いもこれまで歌の形をもってなされていたのを、源氏物語は散文で描き出している。当然のことだが、それはより精細であり、より具体化されることになる。和歌の表現では限界のあった春秋の情趣の表出を、源氏物語では人物の人格と融合させ、貴族生活のはなやかな断面とすることによって、格段のリアリティを与えることになった。

乙女の巻では、光源氏が、

しづかなる御住まひを、おなじくは、広く見どころありて、ここかしこにておぼつかなき山里人などをも集へ住ませんの御心にて、六条京極のわたりに、中宮の古き宮のほとりを四町を占めて造らせ給ふ。

しっとりとしたお住み場所を、それは、同じことなら広々としていて、見るに値するようないいところがあり、あちらやこちらに別れていて、十分面倒を見てやれない山里住まいの人なんかも集めて住ませるようにしよう、というおつもりで、六条京極へんに、（秋好）中宮様の昔からの御殿のあたりを、四町の広さをわがものとして、邸をお造らせになった。

という計画を立てることが語られるが、それはそれに先立つ薄雲の巻のひとつの場面を受けている。秋の雨が静かに降り続く頃、里下りしてきた秋好中宮と光源氏が静かに語り合うという場面だが、そこでの会話の中で、光源氏が

「春の花の林、秋の野の盛り」を人はとりどりに争っているが、いまだにはっきりした判定はつかないでいる、自分もその季節季節につけて目が移って、判断に困るのだが、

狭き垣根の内なりとも、その折の心見知るばかり、春の花の木をも植ゑわたし、秋の草をも掘り移して、いたづらなる野辺の虫をも住ませて、人に御覧ぜさせん。

わたくしどもの狭い邸の中でございましょうとも、その季節の本当のよさが了解できるほどに、春に咲く花の木を植え並べ、秋の美しい草を掘り移してきて、むなしく鳴いている野原の虫もそこに居つかせて、あなたに楽しんでいただこう。

と思っている、と語るのだ。それが「ゆきかはる時々の花、紅葉、空のけしきにつけても、心のゆく（満足する）」ことをしたいという光源氏の願望なのだ。ここでは、新しい邸でそれを実現しようとはまだ言っていないけれども、四季の邸宅の構想はここから筋を引いている。そんなふうに秋好中宮と語り合った後、光源氏は紫の上に、女御が秋に心を寄せるのも、あなたが春のあけぼのに心を打ち込んでいるのも、それぞれもっともに思われる。だから、季節季節につけてあなたがたの心に深い印象が残るような催しをしてみたいと語るのだ。

光源氏のそういうことばには、これが紫の上と秋好中宮による春秋の争いに発展してゆくだろうという物語の趨勢がうかがわれるようだ。もっとも、乙女の巻の秋好中宮の挑戦はともかくとして、胡蝶の巻の紫の上の返報までがここで作者の計画に入っていると言うことはできないかも知れない。「胡蝶」の作者が別人である可能性は捨て切れないから、このあたりの物言いも慎重でなければならない。けれども、現在ある源氏物語をひとりの読者が読み進んだ

場合、「薄雲」から「乙女」「胡蝶」と進展する物語に一貫して春秋の争いのテーマを読み取るのはごく自然なことだろう。作者の創作意図として春秋の争いははっきりとした計画を見せているのだ。

源氏物語の筋立ての中心となる光源氏の恋や身の上の変遷に混じえて、「雨夜の品定め」の女性論や絵合の巻の物語絵合せに代表されるもの争いなど、知的な、論理的な主題を取り上げようとしたのは作者のかなり高度な創作的意図だったのだと思われる。物語の中の「論議」ということばでこの種の主題を総称しておくのがよさそうだが、「論議」はこの時代の作者と読者が共有した水準の高い知的嗜好だったのだ。同じように前代の文学に含まれる要因を取り上げて再生産したと言っても、いろごのみの男の理想的生涯を描こうというような場合はほとんど思考以前の伝承だが、それとは違って、ここには明確な創作の意識を見るべきだ。

物語の部分部分の主題の選択に、意識の上で幾つかの水準の差があることに留意しておきたい。

第六章　源氏物語はこのようにして作られた（二）

光源氏の苦難の時代

前章では光源氏の一代がいろごのみの男の栄華を描く物語の型を踏襲していることを述べた。物語の骨格は決して突如として現れるものでなく、前代以来の伝承を継承しようとする暗黙の欲求に支配されていると思われる。光源氏の生涯に現れているその著しい事例を、もうひとつ挙げておこうと思う。

光源氏は生まれつき優れた資質と境遇に恵まれてはいたけれども、なんの苦労もなく高位に昇り、一代の栄華を築いたわけではない。光源氏にも苦難の時期があって悩み苦しんだので、それを乗り越え、人間としても一段大きくなって、栄光に到達したのだった。

昔の人々も、恵まれた条件を持った主人公が当然のように栄華に達するのでは、物語としてのおもしろみが乏しいと感じたことだろう。主人公が優れた資質を持ちながら、逆境に苦しみ、辛酸を重ねるところに人間らしい同情や同感を感じたに違いない。光源氏も父帝崩御の後にしばらく不遇な時期を過ごさなければならなかった。

賢木の巻のあたりの話になるが、世の中は朱雀院の時代になっている。朱雀院自身は光源氏に対して悪意はない。むしろ、この人は終始光源氏に対して好意を持ち続けているのだけれども、政治上の実権は母である弘徽殿の女御と外祖父右大臣の手に握られている。帝は、東宮と光源氏を大切にするようにという桐壺の帝の遺言に背いていることを心苦しく思いながらも、世の中が光源氏の側に不利に不利にと動いてゆくのをどうすることもできないでいる。そういう時勢の中にあって、光源氏と朧月夜の君との恋が決定的な事態をもたらすことになる。

朧月夜の君は、右大臣の娘、弘徽殿の女御の妹に当たる。しかも近く入内することが決定している。その娘と、光源氏は花の宴のひと夜の逢う瀬から深い仲へと進んでゆく。この政治情勢の中で、対立している当の相手である右大臣の娘と恋をするなどということがどれほど危険か、光源氏もよく分かっている。しかし、光源氏の朧月夜の君への打ち込み方には、重苦しい世情に反撥するような、危険であるからこそ情熱が掻き立てられるという一面があって、まっすぐに破滅の淵へと向かってゆく。警戒厳重な右大臣の邸に忍び込んで朧月夜の君と逢っていた光源氏は、雷雨のため帰るに帰られず、娘を見舞いに来た右大臣に現場を見つかってしまう。

これが直接の引き金となって、光源氏は都にとどまっていられなくなる。光源氏がみずから身を引いて都から退去すればよし、さもなければ謀反の罪名を着せて流罪に処せられるやも知れぬということになって、光源氏は須磨隠棲を決意する。数え年二十六歳の春のことで、これから足かけ三年の須磨・明石での生活が始まる。

須磨での生活は、都だけが人間らしい人間の住む所と思っている当時の貴族にとっては、それは淋しく、辛いものだった。愛する紫の君とも離れ、数人の従者だけを相手に、手すさびに描く絵や琴の音のほかには心を紛らすものもなく、波の音が寝ている枕元まで聞こえてくるような毎日なのだ。これが夏から秋、冬と続くと、さすがの光源氏も耐えがたくなってくる。須磨の巻は光源氏のそういう淋しい生活をしみじみと描いて、読者の同情の涙を誘うのだが、明石の巻になると一転して、淋しいながらも風雅な、恋もあれば音楽の名手の演奏もあるという生活へと変わってゆく。「須磨」と「明石」とでは、同じく淋しく辛い生活の中にも明暗の違いがあるのだが、ともかく、光源氏にはその輝かしい生涯にこういう苦難を経験しなければならない一時期があった。

源氏物語の作者が光源氏の栄光の前提のようにこういう苦難の時代を描いたのは、先に言ったように物語をおもしろくする技巧でもあったのだけれども、実はこれにも前型があった。古代の物語の種の中に、すぐれて尊い人、あるいは神がさすらいの旅を続け、苦難極まって死んでしまったり、逆に一転して幸福な境涯に達したり、神ならば偉大な神として転生したりする、そういう大きな類型があって、長年にわたって人々の口に語り伝えられていた。日本人の心の中に深い印象をとどめた文芸の萌芽で、その伝統ははるか後世にまで続いている。源氏物語の光源氏の履歴にさすらいの苦難があるのもそれを継承しているのだった。

折口名彙「貴種流離譚」

すさのをの神の来歴などがこの一類の物語の代表と言うことができるだろう。すさのをは天照大神のきょうだいとして優れた血統・資質を持ちながら、高天原で罪を犯して下界へと追放される。長雨の折から青草を束ねて蓑とし、神々に宿を乞うても拒絶され、風雨の降りしきる中を辛苦しながら下ってゆく。日本紀に伝えられているすさのをのさすらいの情景は印象深いものだが、古代のいろいろな記録に現れるこの神は農耕に関係が深く、また根の国の支配者としても恐ろしい神威の持ち主だったらしい。その偉大な神の伝記にさすらいの苦難の一節があるのがひとつの特徴と言えるだろう。

これよりもっと文学化しているが、『丹後風土記』の逸文が伝えている奈具の社の由来譚も、神のさすらいを核とした物語だ。古代にいくつかの類例のある白鳥処女伝説のひとつだが、丹波の郡の比治山の山上に真井があり、ここに天から下ってきたおとめたちが水浴びをしている。和奈佐老夫という土地の老人がそのうちのひとりの衣を隠して、自分の娘にならないか、と言う。おとめはやむなくそのことばに従って、老人夫婦の家に暮らすことになる。ところが、おとめの作る嚙み酒は万病に効くというので評判になり、多くの人々が争って求めに来る。老人夫婦はたちまち富裕になる。ところが、そうなると、夫婦はおとめを邪魔者扱いにして、家から追い出してしまう。おとめは泣き悲しみながらさすらって行き、行く先々に悲しいエピソードを残している。船木の里奈具の村に至った時、「わが心なぐしくなりぬ」と言って、この村にとどまった、というふうに物語は伝えている。「なぐし」というのは穏やか、やすらかだということだが、折口信夫の解釈では、ここでおとめが飢え極まって死のうとしているのだと言う。「わが心なぐしくなりぬ」は死の直前の心の平穏を得たことを言っているので、やがておとめは死んで神に転生する。

この神がとようかのめの神で、この地方に広い信仰を持っていた穀物神だ。この場合も偉大な神がその大きな神格を得る以前にさすらいの苦難を経ているので、こういうのが古代の神の伝記に、そして同じように貴人の伝記にしばしば現れた類型だったのだ。

日本の神の伝記のすべてがさすらいの物語の要素を持っているわけではない。しかし、古代の日本人が最も尊い神として崇めていたのは年に一度というように時を定めて訪れて来る遠来の神で、神の旅ということが深い印象をとどめていた。神が旅をして人間世界にやって来る。苦しい旅をして、はるかな異界から訪れて来る。こういう考えが神のさすらいの物語を生み出し、また神のように尊い人間の伝記にも同じ類型を持たせることになった。

折口信夫の学説が、学説を集約するような特殊な語彙を核として成立していることは、前に「いろごのみ」を説明する箇所（第三章・二七〇頁）でも述べた。そういう特殊な語彙を折口名彙と称するが、中でも重要で、折口信夫の学問の中核をなしているのが「まれびと」という名辞だ。ここで述べている遠来の神がまさにその「まれびと」なので、折口信夫は日本人の信仰の中心にまれびとの来臨を置くことによって「まつり」の意義を解明し、これが文学や芸能の発生の基盤になったという文学・芸能の信仰起原説を唱えた。「まれびと」がはるかかなたの異界からやって来て祭りの場に臨み、道中の辛苦を語ったのが原型となって、古代の文学の中に、神や神のように尊い人がさすらいの労苦を重ねるという、たくさんの類似する伝承的な物語を生み出した。これを折口は「貴種流離譚」と名付けた。「貴種流離譚」は、これも折口名彙として重要なもののひとつだが、やまとたけるや軽皇子、おけ・をけの皇子の物語など、古代の文学の上にたくさんの類例を見いだすことができる。

貴種流離譚はおそらく古代社会に根強い支持を得て、広く分布した物語の種子だっただろうと思われる。折口信夫は『日本文学の発生　序説』に収められた「小説戯曲文学における物語要素」という論文の中で、これが粗野でものに悲しむことを知らなかった古代の人々の心に初めて「あはれ」を知ることを教えたものだと言っている。日本人が文学を知るようになった最初だというわけだ。

継承されるモティーフ

折口はさらに貴種流離譚がなぜそれほどに広く国中に広まったかについても、独自の考えを持っていた。日本の国家が国家らしい形を整えてきたころ、すなわち大和宮廷が中央集権の力を強めてきた時分、かつて地方地方に勢力を持っていた豪族たちの力が弱くなり、地方の神の信仰がその支えを失ってきた。神に仕える神人たちの集団も庇護者を失って、流浪の旅に出なければならなくなった。それが、これも折口名彙で「巡遊伶人」とか「ほかひびと」と呼ばれるさすらいの民の集団だが、その人々の演ずる宗教的な所作が芸能と化し、口に唱える宗教的な詞章が文学以前の文学と化していった。芸能や文学の発生がここに見られるわけだ。

貴種流離譚もこういう道筋の中で文学的な鑑賞の対象になっていった。かつて神に仕えていた神人たちが今は零落して、口を糊するためにみずからの神の来歴の物語をあわれ深く語り演じるのを、村の人々が悲しんだり楽しんだりしながら見聞くという場面が生まれてきたのだった。やまとたけるの物語なども、その存在を記念するために設けられた部曲「建部」の民が離散して、さすらい流れて行く先々で、その華々しかった生涯や悲しいさすらいの最期を語り聞かせたとすれば、それが日本国中に伝播した筋道が想定できるだろう。

折口信夫はこのように貴種流離譚が流布する過程を想定した。物語が流布するためには物語の足となるものがなければならぬ。そう考えて、物語を運搬し、流布した人々の存在やその状況を考察したのだった。

折口信夫は貴種流離譚を単に物語の型とか類型というふうには見ていない。古代日本人の心の中に持ち伝えられていて、折に触れては復活し、新しい衣をまとって語り出される物語の「たね」というように考えている。だから、貴種流離譚を説明するのにも「物語要素」と言ってみたり、時には「モティーフ」ということばを用いたりしている。外面的に物語の型を考えているのではなく、物語の精神と言うべきものを古代の伝承の中に把握しようとしているのだ。

貴種流離譚のモティーフは古代の神や貴人たちの履歴ばかりでなく、人の世の文芸の上にも繰り返し繰り返し語り出される。かぐや姫の人間世界での生活も、業平の東下りも、そして光源氏の須磨流離も、みなこのモティーフのバリエーションだと考えられる。日本文学には近世に至るまで、実に数多くの貴種流離譚の類例を数えることができる。折口はさらに、これが実在の人物の履歴にさえはたらきかけることを指摘している。源義経の奥州落ちは歴史的事実に違いないのだが、源氏の嫡流として生まれ、平家追討の華々しい功績を挙げながら、落魄して奥州に落ち下る。その生涯は貴種流離譚が現前に出現したように受け取られたであろうし、『義経記』などの文芸の上にはそういう感受がいっそう顕著に、伝承的な型にはまって語られている。

折口がモティーフという用語を選んだのは大変適切だったと思われる。折口名彙としての「貴種流離譚」は外面的に物語の型を区分しているものではない。折口の思考は、物語の根源にあって、物語を生み出させる人間の精神のはたらきを凝視している。古代の日本人がこれだけは後世に伝えねばならぬ、これだけは消滅に任せるわけにゆかぬという強い願望に動かされて語り出した、悲願とも言うべき伝承のエネルギーが幾世代にもわたって継承され、やがてそれが文芸化して最初の目的を忘れる時代が到来しても、なお語り伝えずにいられない潜在的な動機となって人々を突き動かしたことを見ているのだ。

だから、これらの物語には、物語を伝承した人間の精神の痕跡がとどめられている。折口信夫は貴種流離譚の伝承には海人部の民が深い関わりを有していたと考えているが、それが物語の上に水辺の抒情として現れてくる。貴種流離譚ではさすらいの辛苦が抒情的に歌い上げられることが多いが、それがしばしば水に関している。追放された軽皇子の姿を想像して、軽郎女が、

夏草の　あひねの浜の蠣貝に、足踏ますな。明かして通れ　（允恭紀）

いとしいあなたがあひねの浜（所在不明）の牡蠣の貝殻に足をお踏みになりませんように。どうぞ夜が明けてからお通りください。

と歌う物語のクライマックスにも海辺の風景が印象しているし、梅若丸を尋ねる母親がはるばると下って来て、亡き

子の一周忌にめぐり合うのも隅田川の岸辺での話だ。折口は、こういうふうに水辺での抒情が語られることが多いのは、海人部の民の生活が物語の上に反映しているのだと考えている。光源氏が上巳の節供に海辺に出てわが身の罪なきことを訴える須磨の巻のクライマックスが約束通りの水辺であるのも、その一例であることは言うまでもない。

源氏物語には女性を主人公とする貴種流離譚もあることを付言しておきたい。光源氏の栄華が絶頂に達して、六条の院が造営されたところで、作者はこの新しい邸宅での豪奢な、かつまた風雅な生活を具体的に描き出そうと計画する。そして、光源氏に配する新しい女主人公を創造する。それが玉鬘だが、物語のずっと初めのほう、夕顔の巻に話を結び付けて、亡くなった夕顔が残した忘れ形見の女の子、当時三歳だったのが成長して年頃になっていて、偶然のことで光源氏に見いだされ、六条の院に引き取られるという筋立てを考え出すのだ。なかなか気のきいた構想で、「玉鬘」から「真木柱」に至るまで十巻にわたってこの人が活躍するので、この部分を「玉鬘十帖」と呼ぶ。

玉鬘も物語に登場してきて、いきなり幸福な生活が待ち受けているのではない。苦労があって、その苦労が極まって、ほとんど絶望の淵に陥ろうとする。そこで運命が一転して幸運がひらけてゆくところが貴種流離譚の約束通りなのだ。しかも、この人ははるかに筑紫（九州）まで下って行く。肥前の片田舎で成長して、危うく土地の豪族の男と結婚しなければならないような局面にまで追い込まれる。当時の人々の感覚で言えば、筑紫などという土地にはまともな人間が住んでいるとは思っていないので、貴族の女性としては死ぬに等しい思いなのだ。かろうじて逃れて都に上ろうとするのだが、それもしっかりした目当てのある旅ではない。この筑紫への往復にさすらいの悲痛な思いが描かれる。瀬戸内海を船で往き来するので、ここにも水辺の抒情が出て来ている。

死にに行くおとめ

源氏物語は写実的な物語で、場面場面もリアルな筆致で描かれている。しかし、右に見てきたような伝承的な性格が物語の根幹にあって、それが読者を安心して物語の世界へ身をゆだねさせる要因になっている。読者にとって、この物語はどこかでなじみがあり、まったくの架空の話という気がしないのだ。宇治十帖は源氏物語の中でもとりわけ新しい意識の感じられる部分で、同じ源氏物語の中にあっても別種の物語の観があるのだが、その宇治十帖にしても、骨格をなしているのはやはり古代の物語のモティーフのひとつなのだ。

万葉集において、高橋虫麻呂歌集と田辺福麻呂歌集に収められている長歌に詠まれ、また大伴家持も長歌に詠んでいる「葦屋の菟原《うなひ》処女《をとめ》」の物語がある。三人もの歌人が題材にしたということだけでも、いかにこの物語が人気のあるものだったかが分かるが、話の要点はこのようなものだ。今の兵庫県芦屋市の海辺近くに住んでいたひとりのおとめがふたりの男から求婚される。そのどちらも大変に熱心で甲乙を付けることができないので、おとめは思いあまって川に身を投げてしまう。われわれに不思議なのは、死にに行くおとめが父母に別れの挨拶をし、父母もこれを止めようとしないところだ。古代的な論理として、おとめには生きる手段が残されていないという情況なのだろうが、そのおとめの苦衷が昔の人々の悲しみの心を誘ったものだろう。おそらく、この物語の根源は人間の男に身をゆだねることを許されない宗教的な女性、巫女の生活を主題にしたものだろうと言われている。神のものであるおとめが人間的な生活を拒否して死におもむく。それが信仰を離れて、人間世界の苦しい恋の物語として人気を博するようになったのだと思われる。

万葉集には同じ類型に属すると見られる話が真間の手児名や桜の児・鬘の児などの物語として数例見えているから、

これまた古代社会に有力な話の種だったに違いない。中でも葦屋の菟原処女の物語に人気があったのは、都から西国へ向かう道筋に、おとめの墓を挟んでふたりの壮士の墓と伝えられるもの、併せて三つの塚が並んでいて、往来の人の目を引き、土地の伝承に対する関心をそそったことに拠るのだろう。万葉集以後にも大和物語に大同小異の話が載せられているし、それを絵に仕立てたものが後宮の女性たちにもてはやされた様子がうかがわれる。下って謡曲「求塚」として人に親しまれ、近代に至っては森鷗外が戯曲「生田川」として脚色しているのも同じ題材だ。

源氏物語の時代にこの物語が世間に広く知られていたことは想像に難くない。万葉集に見られるように、同じモティーフを持つ類話がほかにも知られていたかも知れない。源氏物語の作者が宇治を舞台として物語の新たな展開を構想した場合に、このモティーフが潜在的にはたらきかけることは十分にあり得ることだった。誠実な薫の大将と情熱的な匂宮との板挟みになった浮舟が身の置き所に困って宇治川に身を投げようとする。こういう物語の筋立ては読者にとってはやはりおなじみのものだったに違いない。

源氏物語には「昔物語」ということばがしばしば用いられている。物語の中に、むかし作られた物語、あるいは昔のことを書いた物語の一類があって、それらの古風な物語は自分たちがいま作り出そうとしている物語とは別種のものだという意識を見せている。確かに源氏物語は新しい、今の世の物語で、昔物語ではないのだけれども、その新しい物語の根幹には昔物語が持っていたのと同じような伝承的な物語のモティーフが潜んでいる。おそらく、作者のほとんど意識していない次元において伝承性が露頭しているのだ。

繰り返して言えば、源氏物語の骨格となったのは、まず「尊い皇子の物語」であり、それは当然「いろごのみの物語」であった。その一代の栄華の前提として「貴種流離譚」のモティーフがはたらきかけ、流離の苦難の後に最高の栄華に到達するが、栄華の生活の具体化としては「とのうつり」のモティーフが展開する。これまで述べてきたところを要約すれば、こういう骨組みが見えてくる。その骨組みの上に、さまざまな話題が展開されているのだ。

光源氏の「つままぎ」

源氏物語の内容を形成する題材の中で質・量ともに大きな部分を占めるのは、光源氏の恋と結婚に関するさまざまな話題だろう。

古代の帝王や皇子たちの伝記を見ても、それらの貴人の「つままぎ」の話題が大きな要素になっている。大体、古事記や日本紀に編纂された貴人の伝記には、さほどに変わった題材があるわけではない。類型的な話が時代や固有名詞を変え、細部を変えて繰り返されている趣がある。天皇の一代の伝記の要素は、第四章（二八四頁）にも触れたところだが、繰り返しその箇条を挙げれば、

一　その系譜　　二　誕生の奇瑞　　三　つままぎの物語　　四　皇子女の記録
五　陵墓の所在　　六　特殊な事績

というくらいに整理されてしまう。この中で人の興味を惹きやすく、話の数も多いのが「つままぎの物語」で、早くから文芸化する傾向を見せている。たとえば、「仁徳記」の女鳥の王の物語、「允恭紀」の衣通の郎姫の物語など、古代においても十分に人の感興をそそり、鑑賞に堪えた様子がうかがわれる。

「つままぎ」とはつま（配偶者）を求めることであり、求婚を意味している。「つままぎの物語」は求婚譚・恋愛

譚ということだ。源氏物語が光源氏と多くの女性たちとの恋の物語を主要な内容としていることは周知のとおりだ。それだからこそ源氏物語はエロティックな物語だと思われたり、誨淫の書だというような不本意な評価を受けもしたのだった。それが古代の精神を理解しなくなった後代の受容だということは先に述べた。古代日本の高貴な男性は多くの女性の愛を一身に保持し、円満な恋の調和の上に立つ生活をすることが理想として求められていた。光源氏も暗黙のうちにそういう貴人の伝統を受け継いでいる。それはおそらく、無意識のうちに作者や読者の心の中に継承されている古代的な論理の反映だろう。だから、光源氏のつまぎには、古代精神の残照を見ることができるのだ。

高貴な男性のつまぎの対象となるのは、それにふさわしい高貴な女性でなければならない。貴人のつまぎでまず問題になるのはそういう恋や結婚の物語だ。古代の天皇の結婚の対象とされた女性たちを見ていって気づかれるのは、他氏、すなわち天皇家以外の氏族の血統の女性と、王氏、すなわち天皇家の血筋を引く女性と、二種の后妃が存することで、理想の帝王はこの二種の女性を後宮に保持する必要があったらしい。このことは歴代の后妃の出自を検討すればおのずから明らかになるが、仁徳天皇が后である磐の媛の強い反対を押し切っても異母妹の八田の皇女を後宮に入れようとしたのは、いかにその要求が切実なものであるかを語っている。

日本古代の宮廷の信仰は天照大神に象徴されるように、太陽神の信仰だった。宮廷の血統を持つ后妃はおそらく同族の巫女として宮廷の神に仕える信仰的な役割を果たしていただろう。それに対して、他氏出身の后妃は水の信仰をもって宮廷に奉仕したと考えられる。これも折口信夫が考証したところで、折口は宮廷の祭儀に他氏出身の女性たちが果たす宗教的な役割を追求して、こういう考えに達した。そして、これらの女性を称するのに「水の女」ということばを用いた。「水の女」も折口名彙の重要なひとつとなっている。

磐の媛は大和の盆地の西南隅、葛城山の麓に本拠を持つ葛城氏の出身で、有力な他氏の后ということになる。これに対立するだけの有力な王氏の女性を後宮に入れなければ、仁徳天皇の「いろごのみ」は完成しなかったのだろう。磐の媛の激しい怒りを買ってまで八田の皇女に求婚した仁徳天皇の古代的論理はこういうところにあったと思われる。

記紀の后妃の記録を見てゆくと、不思議な事例に行き当たることがある。たとえば、安閑天皇の陵墓の記事に、天皇と同じ陵に皇后と天皇の異母妹神前の皇女を葬ったことが見えている。皇后はともかくとして、なぜ妹を、それも多くの姉妹の中から特にひとりを同じ陵に葬るのだろうか。こういう記録の裏面には、おそらく神前の皇女が安閑天皇の宮廷において、皇后と並ぶほどの重要な任務に就いていたのだろうという推測が浮かんでくる。天皇にとって、近親の皇族の女性が側近にあって宗教的な任務を遂行することが欠かせない条件だったのではなかろうか。この記録の場合、神前の皇女は天皇の后妃の中には名を連ねていない。八田の皇女とはその点が違うけれども、結婚という形で結び付くほうがむしろ後世的であるかも知れない。

宮廷巫女の末裔

光源氏の父桐壺の帝は、物語の冒頭に「女御更衣あまた侍ひ給ひける……」(女御や更衣がたくさん伺候していらっしゃった)と書かれているように、いろごのみの帝として登場する。たくさんの身分家柄のいい、そして美しく、才知すぐれた女性たちを後宮に侍らせて、いろごのみの理想を遂げようとしている。ただ身分の低い桐壺の更衣に対してあまりに寵愛が深く、この点ではいろごのみの調和を失って世間の非難を浴び、そのあげくに更衣に死なれて悲嘆の淵に沈むことになる。

物語の作者の意識しているところでは、藤壺の登場は桐壺の更衣を喪失した代償として、帝が更衣に似た人を求めた結果ということになっている。しかし、藤壺が後宮に入ってからの形を考えてみると、藤壺は先帝と后の宮を父母とする王氏最高の女性であり、これに対して、他氏である藤原氏の有力な血統を受けた右大臣の娘弘徽殿の女御が対立、拮抗している。いろごのみの理想から言えば、王氏と他氏の最高の女性を揃えた最も望ましい後宮が形成されたわけだ。

光源氏が藤壺に惹かれ、わりない仲になるのは、この人が亡き母に似ていると聞いて、母恋しさが恋へと転化するので、これも近代的な意識としてはそういう説明になるだろう。しかし、作者も読者も自覚しない意識の深いところで古代的な論理がはたらいていると考えてみると、光源氏のいろごのみの形成のために宮廷最高の女性をわがものとしたいという暗黙の欲求が光源氏を動かしていないとは言えない。

神武天皇が亡くなった後に、皇子たちのうち、長兄であるたぎしみみが継母に当たる嫡后いすけよりひめと結婚する話がある。この話では、たぎしみみがいすけよりひめの生んだ腹違いの弟たちを亡き者にしようとするのを、后がわが子たちに歌をもって知らせるというところに重点が置かれているので、皇子とその継母に当たる父の后との結婚という大事な問題点が注意から逸れてしまいそうだが、新しい王権の確立には宮廷巫女として重要な位置にある女性をわがものとすることが必須の条件だったことを語っているのではないかと思われる。いすけよりひめは他氏の系譜だから水の女ということになるが、信仰的に重い立場にある女性の帰趨は、いずれにせよ王権に絡む重大事だっただろう。光源氏と藤壺との恋を説明するのはこういう観点ではないだろうか。

光源氏の六条の御息所に対する恋なども同じように説明されるかも知れない。六条の御息所は大臣の娘で、十六歳で前坊に入内し、娘を生んでいる。前坊没後に桐壺の帝からそのまま宮中に住むようにとの勧めがあったことなどから見ても、その地位の重さがうかがわれるが、前坊がもし生存していて帝位に即いたならば、その後宮において最も重要な存在となっただろう。父の大臣は宮廷の血筋ではないようだから、この人も水の女ということになるが、前坊王権を想定してみると、やはり宮廷巫女として重きをなすはずの人で、光源氏がこの人に対して抱いた関心の根底にはそういう認識があったのではないかと思われる。

光源氏は王氏の女性としては、藤壺の姪に当たる紫の君を妻とする。紫の君の父は藤壺の兄弟である兵部卿の宮だから、紫の君は孫王ということになる。孫王でも必ずしも身分が低いとは言えないけれども、紫の君の母は兵部卿の宮の嫡妻ではない。しかも早くに亡くなって、紫の君は祖母に育てられている。それも亡くなって、継母である兵部卿の宮の北の方のもとへ移されようとする寸前に光源氏が盗むようにして自分の邸に引き取り、手もとにおいて養育する。理想の女性に育て上げて、やがて妻とするのだ。

この結婚の形はいわば「嫁盗み」に相当するもので、正式の結婚ではない。貴族社会の普通の形では娘は親の家にあって、そこに婿が通うようになる。婿の身のまわりから供人の世話まで一切が妻の側の負担で、それでこそ妻が夫婦生活における権威を保持できるのだ。ところが女の側にそれだけの資力がない場合、男のほうが経済的な負担を負って妻の面倒を見る。こういう形をとることがあるが、それは妻を「据える」という言い方で呼ばれる特殊な結婚の形なのだ。男の愛情がそれだけ深いという点では羨まれもするけれども、女にとっては引け目を感じざるを得ない境遇だ。紫の君はいわば「据え」られた妻なので、光源氏の庇護のお蔭でなに不自由のない生涯を送ったけれども、心の奥底でその引け目から解放されることはなかった。物語の上でも、紫の君のことを「上」という貴族の邸宅の女主人を意味することばで呼ぶようになるのは物語がずっと進行して薄雲の巻あたりになってからのことだ。

王氏の妻を求めて

紫の君に比べると、同じ孫王でも朝顔の宮のほうが血統が優れていると言えるだろう。桐壺の帝の姪、朱雀院のいとこというのも物語の上で現在の皇統に近く、社会的な重みを感じさせる。

朝顔の宮の母のことは物語の上にはっきりと書かれていないけれども、その腹に生まれた朝顔の宮が大事にかしずかれている様子から見て、おそらく式部卿の宮の嫡妻だと思われる。この腹にはほかにこどもはなかったようだ。朝顔の宮は朱雀院が帝位に即くと賀茂の社に仕える斎院に選ばれている。斎院は斎宮と同じく当代の天皇の皇女が選ばれて神に奉仕するもので、適当な皇女がいない場合範囲を広げて近縁の皇族の中から候補者を求め、おそらく天皇の養女分としてそれに当てられる。だから、朝顔の宮は皇女並み、内親王格という血統上の重みをもっている。

光源氏が最初この姫君とどういうふうに親密な関係になったか、物語の上にはっきりと書かれてはいない。光源氏がまだ若い帚木の巻に、ふたりの間に和歌の贈答があって世間の話題になったことが出てくるが、その後とびとびに、光源氏がこの人に心惹かれている様子や、姫君のほうでは、六条の御息所の有様など見るにつけても、光源氏に対して深入りするまい、一時的な情熱を信じて嘆きを繰り返すようなことにはなるまいと用心している様子などが説明されているに過ぎない。その後朝顔の宮は斎院に選ばれて神に仕える身となったこともあって、恋の交渉は絶えているが、斎院から解かれた朝顔の巻にいたって、光源氏が非常な熱意を見せることが書かれている。朝顔の宮についての話題が初めてひとつの巻の主題となるので、ここはまさに朝顔の巻であり、この巻の女主人公であるからこそこの姫君が朝顔の宮と呼ばれるようになったのだ。

朝顔の巻では、宮は父君を失って淋しく暮らしており、そこへ光源氏自身が二度にわたって求婚のために訪れる。

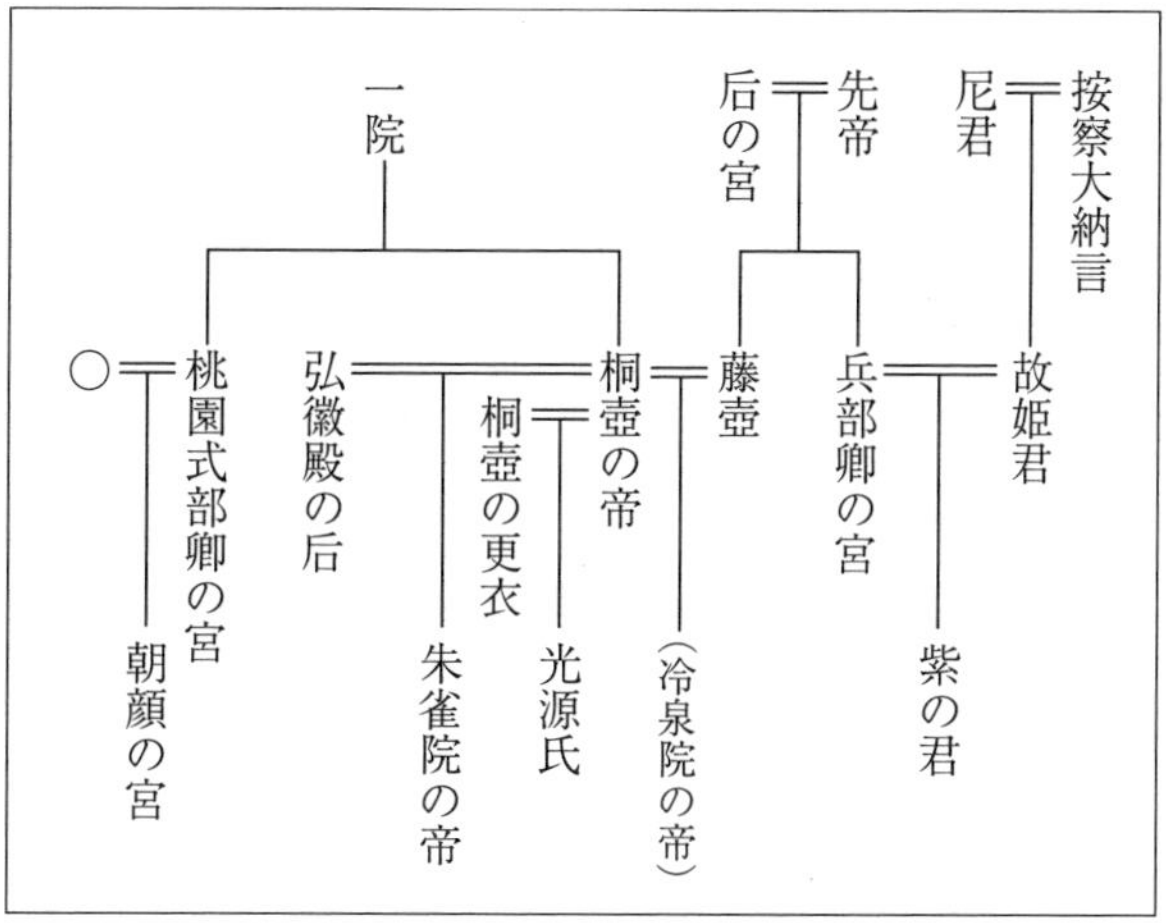

ふたりともすでに中年と言うべき年代にさしかかっており、前途を考えれば自分と結婚するのが当然という光源氏の態度だ。宮本人に対してことばを尽くすばかりではない。宣旨の君という宮の秘書であり後見役でもある女房を味方に引き込んで、宮がうんとさえ言えばすぐにもことを運ぶよう手はずを整えている。圧倒するような迫り方だし、周囲もそれを容認している。ただひとり紫の上がひそかに心を痛めているが、光源氏はそれさえも無視しようとしている。光源氏が紫の上を慰めてしみじみと語り合うのは、朝顔の宮が拒否の態度を変えないと見極めがついて、諦めてから後のことだ。

光源氏はなぜこんなにも朝顔の宮に対して熱心なのか。もちろん朝顔の宮は当代における最高級の女性だ。光源氏に対する応接にしても、恋の消息に対してこそ沈黙を守っているけれども、四季折々のあわれは見過ごさないし、光源氏が葵の上を失って喪にこもっている時にはひっそりと弔問の文を送ってくる。筆跡とか香の調合などにも並々ならぬ才能のほどを示している。女性としての教養・才知・態度・応接にまったく申し分のない人だということは物語の随所に示されている。だから、光源氏が心をそそられることに無理はない。しかし、光源氏の恋情に応える意志のないことは朝顔の巻以前にもう分かっていたのではないだろうか。朝顔の巻の光源氏はひとりで熱を上げ、ひとりで落胆しているという観がないでもない。少なくとも、朝顔の宮の拒絶は読者にとって意外なことではない。むしろ、分かっていながら強引に押しきろうとする光源氏の意志力に恋とは異質のものを読み取らずにはいられないのだ。

結婚における男の使命

光源氏の恋愛・結婚に関して、源氏物語は一方に藤壺に対するような激しい情熱の発露を描いている。しかし、その一方に、必ずしも愛情が結婚の動機ではないのではないかと疑われるような、別の側面も描かれている。この点では、朝顔の宮以上に女三の宮の場合が問題点をより多く提示しているように思われる。

光源氏の晩年において、思いがけない結婚の問題が生じてくる。源氏物語の第二部、若菜上の巻においてのことだ。源氏物語は明らかに話を継ぎ足し継ぎ足しして伸びていった跡が見えている。ここでも第一部の藤裏葉の巻で大団円を迎えたはずの物語がまた書き継がれることになったのだろう。新たに女三の宮の結婚問題が発生して、その候補者として光源氏が指名されるということで話題の発展が図られる。

女三の宮のことはそれ以前には物語の上に出てこない。本人ばかりでなく、母の藤壺の女御のことさえこれまで触れられていない。ということは、これらの人物は作者がここで物語の上に新しい筋を立てるための必要から案出してきた人物だということになる。藤壺の女御は、母は違うけれども、われわれになじみの深いあの藤壺の中宮の妹で、朱雀院が東宮の時人内して藤壺を局としたらしい。その腹に生まれた女三の宮が朱雀院最愛の内親王で、朱雀院が出家し、西山の寺に移ろうという際にその前途が気遣われてならなくなる。あれやこれやと悩んだ末に、やはりこの姫君を預けてしっかり後見してもらえるのは光源氏以外にないということになる。そんな形で光源氏のところに縁談がもたらされるのだ。

光源氏としてはいまさらそんなこどものような姫君に興味はない。父帝がそんなに御心配ならうちの夕霧などが御結婚の相手として適当でしょうなどと返事しているが、朱雀院から是非にと頼まれるといやとは言わない。光源氏の心の中に藤壺の中宮の姪だということへの興味もなくはない。あの藤壺と血が繋がっていて、父帝に鍾愛されているというのはどんな姫君だろう。そういう興味から女三の宮を見てみたいと思いもする。それは光源氏のすき心と思っていいが、光源氏が本気でこの姫君を自分のものにしようと考えるには、もっと複雑な事情がある。

折口信夫はこの時の光源氏の頭の中には朱雀院という後院が有している財産のことがあるのだと指摘している。日本の天皇は在位中は私的な財産を持っていない。退位して上皇になって、そのために用意せられた御所（これを後院という）に入って、初めて財産を持つようになる。朱雀院というのは後院の中でも特に大きな財産をもっている。だから、朱雀院が西山の寺に移るに当っては愛している女三の宮にたくさんの財産を譲るに違いない。そのことを光源氏が考えている。折口信夫は源氏全講会若菜上の巻の講義でこう言っている。

> **源氏が女三の宮を迎えることは、表はきれいだが、裏を言えば、実は朱雀院の財産が付いている。この宮を迎えると源氏に大きな財産が付いてくる。朱雀院という御殿は、御殿にも諸国にも大変な財産がある。領分がたくさんあるのだ。これが流れ込んでくる。**
>
> **（折口信夫全集ノート編追補第四巻）**

光源氏はそれでなくとも、大きな財産を持っているではないか。それなのにまだそんなに、という気がするかも知れない。しかし、光源氏はいまさら若い妻も、より以上の財産も欲しくはないかも知れない。しかし、これがよそへ行くことは見逃すわけにゆかないのだ。

たとえば、絵合の巻の物語絵合せを見ても、光源氏は権中納言方が新しい物語絵を描かせだのに対抗して二条の院に納められている伝来の物語絵を取り出してくる。伊勢物語の絵巻とか正三位の絵巻など、光源氏は父の桐壺の院から譲られたもの、母方から相続したもの、その他、人から譲られたり贈られたりした名品を揃えている。さらに加えて、朱雀院から醍醐天皇が当時の年中行事を描かせ、みずから解説を加えたという絵巻を贈ってくる。これらによって絵合せに勝ちを収めるので、財産と言っても貨幣価値だけで考えられるようなものではない。朱雀院には楽器や書画・装束・香木など、いろいろ名のある名品・名器が収蔵されていると考えられる。それが源氏に対抗するほどの有力な一門に渡ったならば、ことある折の脅威になるに違いない。現に、いま源氏一門に対抗する第一の勢力を持つ太政大臣の嫡子柏木も女三の宮の婿の候補者に名が挙がっているひとりなのだ。そこに女三の宮とともにいろいろな財産が渡るのは望ましいことではない。

光源氏の心の中にはすき心もあれば、打算もはたらいたに違いない。しかし、物語の記述の上で読み過ごすことのできないのは、光源氏自身が自分の結婚生活に関して満足できない点があると言っていることだ。朱雀院の周辺で女三の宮の婿の候補者をあれこれと論議したあげく、やはり光源氏がということになった時、光源氏の内意を知りたいというので、宮の乳母が兄の左中弁に相談する。左中弁は光源氏のもとに出入りし、朱雀院にも長年奉仕している人だ。左中弁は妹の問いに対して、光源氏が気を許した相手だけの打ち解け話の折にこう言っている。だからきっと承知するだろう、という憶測を語る。

この世の栄え末の世に過ぎて、身に心もとなきことはなきを、女の筋にてなむ人のもどきをも負ひ、わが心にも飽かぬこともある。（若菜上）

現世における栄達がこの末世には十分過ぎるほどで、自分にとって気がかりだということは何もないけれども、女に関する方面で世間の人の非難をも受け、自分の心としても満足できない気がする、そういうことがある。

そう常々言っている、と言うのだ。光源氏が自分の結婚に関して不満足な点がある、しかもそれは世間の人も光源氏に足りない点だとして批判していることだと言うのだ。それはどういうことなのだろうか。

光源氏の結婚の対象を眺めわたして、やはり足りないとすれば、王氏の高貴な女性がいないということだろう。他氏出身の女性は早くに亡くなったとは言え、葵の上が申し分のない資格を備えている。それに比して、王氏の血統を引く女性は紫の上では不足がある。朝顔の宮はあれだけ熱意をもって迫ったけれども、ついに諦めざるを得なかった。結局多くの妻たちの中にその条件を満たす女性がいないのだ。いろごのみの理想としては、その一点だけは欠けているると言わざるを得ない。女三の宮との結婚話は降って湧いたようなものだったけれど、光源氏にとってその欠を補うという点で見逃すには惜し過ぎる。表面ではいまさらと辞退を続けているように見える光源氏がのっぴきならないという体裁を作ってこの話を受け入れることにしたのは、これによって理想の結婚が完成するというやみがたい欲望がそれをさせたのだと思われる。

女三の宮との結婚は最愛の妻紫の上に大きな打撃を与える。紫の上は住み慣れた六条の院の寝殿を女三の宮に譲って東の対に退く。聡明な彼女は女三の宮を立て、女三の宮の幼稚さを知ってからは、幼子をあやすように優しく接してゆくが、その心の中には冷たい諦観が住みついてしまう。病を得た紫の上は静かに、万事を悟りすましたように光源氏の前から去ってゆく。光源氏は失ったものの大きさにただ呆然とするのみだった。

これほどに大きな犠牲を払ってまで光源氏が手に入れなければならなかった女三の宮とはどういう存在だったのだろう。読者は光源氏とともに大きな溜め息をつきながらその結末を見つめるのだが、おそらく光源氏も意識しないところで光源氏を動かしているのは、この世で最高というような地位にある男の結婚生活に課せられた、いわば使命と言うべきものだったのだろう。

＊本書では原著の第七章以下第十章までを『源氏物語とその作者たち』と重複するところが多いので省略し、結語と直結することとする。

結　語　知られざる大作、源氏物語

源氏物語全編中の最高峰

折口信夫は源氏物語の中でも、「若菜」上下を最も高く評価していた。

源氏物語は、ある点、若菜の巻さえ読んでおけばわかるといえる。

（折口信夫全集ノート編第十五巻）

これは戦後の源氏全講会の藤裏葉の巻の解題の冒頭のことばだ。戦後の源氏全講会は玉鬘一連の巻々が話もよくまとまっているからそこを読みましょうということで、玉鬘の巻から始められた。玉鬘十帖のおもしろさはこの時の講義に躍如としていて、そのノートは全集のノート編（十四・十五巻）に収録されているから、今でもおもかげをうかがうことができる。しかし、折口自身は玉鬘系統の巻々のおもしろさは小味なおもしろさだと言っている。作品としてのもっと本格的なおもしろさは「若菜」上下にある、と考えていた。

源氏もこの巻々を読まぬと、本当に源氏を読んだとは言えない。

若菜上の巻の解説ではこう明言している（ノート編追補第四巻）。「若菜」の何がそれほど価値高く評価されるのか。それはひと口に言えば、物語としてのスケールの大きさだろう。折口は右の解題では、こう言っている。

源氏が人生を昇りつめたところの生活を書いていて、これ以後は下り坂になる。源氏の人生の花の時代を書いている。内容も他の巻に比して小説的に優れている。大まかな味わいがある。小味なところでは玉鬘の系統の巻々が優れていて、いいものだが、「若菜」になるとさすがにえらいものだと感じる。

折口の「若菜」への傾倒がうかがわれることばだが、この解説は前提となっているところを省略しているので、少し説明を補っておく必要がある。

源氏物語の価値として、まず光源氏という人物を主人公として据えたことを、第一に評価しなくてはならないだろう。この世で最高の地位にある人、その存在が社会全体のありように関わってくるような人という主人公の設定は、世界の文学とまで言わないとしても、日本の文学の歴史を見渡してみて、他に類例を見ることができないだろう。源氏物語以後の文学作品の中で、こういう偉大な人物を描こうとするスケールの大きさを他に見いだすことができるだろうか。その数の多さ、内容の多彩さを誇る近代の文学にも、こういう主人公は見ることができない。市井の片隅にうごめくような人物を取り出してくるのが約束のようになっている自然主義の文学などには、これは及びもつかない作家精神の相違なのだ。

社会で最高という人物が持つ大きな志、腹の据わった処世法、威厳に満ちていると同時に豊かな包容力を持つ対人態度、これは高貴な人にはそれに相応する大きな霊魂が内在するという感覚を持った古代日本人の伝統から来るものだった。大国主・やまとたける、仁徳・雄略などの神や帝王、あるいはそれに準ずるような貴人の上に思い描かれた偶像だった。折口信夫が「いろごのみ」の一語をもって説明しようとした古代精神の顕現であり、その伝統が最後の花を開かせたのが源氏物語だった。折口信夫にはそういう理解があって、その偉大な主人公光源氏の人生の、最も昇りつめたところを書いているということばが発せられたのだった。つまり、ある時代の社会を代表する人物、その存在が社会を左右するような人物の人生の最も優れたところを書いている。そこに大きな価値を感じているのだ。

しかも、光源氏の人生の頂上は愉楽に満ちた花園のようなものではなかった。外見をもってすれば、何ひとつ欠けるもののない栄華の頂上に、光源氏自身予想もしなかった苦難が訪れる。光源氏の強靭な精神力はそれに耐え、貴人としての誇りを全うするが、人間光源氏は傷つきもし、力を失ってもゆく。源氏物語は決して空虚な理想像を描きはしなかった。人間らしい弱さも欠陥もないではない、しかも自分の負っている大きな責任をプライドをもって守り通す。そういう光源氏が描かれた。それは光源氏以前にモデルがあったのではなく、物語の進行の間に、光源氏の人間像が創造されていったのだ。源氏物語の文学作品としての最大の価値はそこに見いだされるだろう。

成長する光源氏

源氏物語も最初のほうでは、光源氏が理想の男性として描かれていると言っても、それはずいぶん甘いものだった。高貴で、美男で、才能があって、女に優しい、なにひとつ不足のない、絵に描いたような理想の男性の、作者も読者もうっとりとするような人物像が描かれていた。源氏様、源氏様と作中で褒め称えられているのと同じように、作者がまず源氏賛美に終始していた。それが段々に光源氏を客観視する目が生じてきた。第一部の玉鬘系の作者は少し皮肉な目で光源氏の口先のうまさやずるさを指摘している。その程度でも作者が作中人物を客観視できるようになったのは、大きな進歩と言えるだろうが、やがて作者は玉鬘の結婚の経緯を通じて光源氏に不如意な、ほろ苦い思いをさせたりする。ここではもはや光源氏は絶対者ではない。成就しない恋に苦しみ、心に反することの成り行きに唇を噛みしめるひとりの凡夫として描かれる。

さらに「若菜」上下になると、作者が強靭な神経をもって、苦難に耐える光源氏をじっと見据えている。柏木も女三の宮も、もとより人間としての光源氏の足許にも及ぶ存在ではない。にも拘らず、若いふたりの無分別が光源氏に怒りでも憎しみでもない、言いようのない苦々しさを味わわせることになる。ふたりの愚かさを白日のもとに曝すわけにはゆかない。それは光源氏自身のプライドをも傷つけるだろう。光源氏はすべてを心ひとつに納めて、表面ほとんど波風を立たせることなく、ことを処理してゆく。世間は柏木の若死にを惜しみ、女三の宮の出家を意外なことと受け取る。光源氏も同じようにそれを惜しんでいるが、その心中の複雑さを知る人はいない。『源氏物語絵巻』には柏木の巻の一葉が残されているが、薫の五十日の祝いの場面で、光源氏が乳母の手から赤子を抱き取って、じっとその顔に見入っている。無心の赤子は人見知りもせず、にこにこと笑っている。よく肥えて、白くてかわいらしいその顔を見つめている光源氏。その心中の無量の思いがよく表されている画面だ。その画面を見るにつけても、運命に耐え、運命を切り拓いてゆく光源氏の人間としての大きさを思わずにいられない。

こういう光源氏像の創造は、作者と作中人物との精神力の戦いと言ってもいいだろう。文学作品における作中人物は決して作者の筆先だけで創り出せるものではない。作中人物を生かし活動させるためには、作者が作中人物に負けないだけの知性や人間性、それに何よりも強い精神力を必要とするだろう。「若菜」上下の作者は光源氏に負けていない。この偉大な人物と対抗するだけの精神力をもって、光源氏と対決している。折口信夫が「さすがにえらいものだ」という嘆声を発したのは、その作者の人物を作品の背後に思い描いているからだろう。

光源氏は作品の中で成長している。作者が光源氏にべったりと張り付いて光源氏賛美に熱を上げていた間は、光源氏の人物像も本当の意味での人間性を獲得することがむずかしかった。しかし、作者が光源氏との間に距離を保ち、光源氏を作中人物として支配できるようになると、真実の人間の偉大さをこの人物の上に描くようになる。光源氏に対する作者の好意は全編を通じて変わることがないけれども、光源氏を冷静に見据える目が獲得されてゆく。それによって光源氏は物語の中で成長してゆくのだ。源氏物語と言うと初めのほうの、女性たちとのさまざまな交渉を描いている部分ばかりを問題にしがちな世間は源氏物語を正当に評価していない。折口信夫は源氏物語のためにそれを惜しんでいたのだ。

源氏物語の未来のために

折口信夫が「若菜」上下を称揚したのは、作中の最も価値高い部分を特に指摘したので、その他の部分の価値を没却したのではない。源氏物語としては最も素朴な部分かと思われる第一部の紫の上系の巻々でも、たとえば若紫の巻の紫の君の可愛らしい描写は凡手のなし得るところではないし、光源氏と朧月夜の君の恋を左大臣家と右大臣家というふたつの大きな家系の抗争の中に位置付けて、政治的な視野を背後に繰り広げたことも、女房の筆としては空前のことだっただろう。それらの価値を折口信夫が認めなかったのではない。それらは自明のこととして、自身は人の言わない側面を強調したのだった。万葉集で高市黒人や大伴家持の価値を発見し、勅撰集の中で『玉葉集』『風雅集』

の価値を発見した折口信夫らしい評価への反省であり、評価の発掘の一端なのだ。

この大きな物語は峰を連ねた連峰のような趣があって、ひと口に全容を語り尽くせるものではない。個々の箇所に即して源氏物語を紹介することはまた別のしごとになるだろう。しかし、ともかくも、源氏物語を知るためには源氏物語に接していただきたい。いきなり原文に取りつくことは容易でないかも知れない。しかし、まず作品そのものに接することが源氏物語理解のための第一歩で、なるべく多くの人の直接な理解なくしては、源氏物語はいつまでも不幸な、知られざる大作で終わることになってしまうだろう。

近頃漫画や劇画の形で源氏物語を紹介する企画が相次いでいるのも、その意味では悪いことではない。漫画で読んだ源氏物語に触発されて大学の国文科に進んだという学生の話を聞いたことがあるし、源氏物語の入り組んだ人物関係を理解するにはまず漫画で読んでごらんと勧める高校の先生がいるとも聞いている。それらが源氏物語理解への橋渡しとなっていることは間違いない。が、同時に、それが源氏物語自体を対象とするのとは相当な隔たりがあることも否定できない。

源氏物語の口訳についても同じことが考えられる。数多い口訳源氏物語がやはり源氏物語への橋渡しとなっている効果は貴重なものと言うべきだろう。しかし、誤訳とまで言わないにしても、解釈が十分でないことはいくらもあり得る。ことばへの理解、習俗への理解、時代への理解、さまざまな水準において、痒いところへ手が届かない憾みが残る。源氏物語の真価のための仲介役となるこれらの存在にもより高い水準が望まれるだろう。田辺聖子氏や橋本治氏など作家による再創造のしごとには、作家ならではの鋭利な切り込みや豊かな想像力に感嘆させられることが多いが、それぞれの解釈であり、創造であることは言うまでもない。これによって原作が不要になるわけではない。

作品の理解にはまず作品に接することが必要だ。批評はそれから始まるので、一般世間を対象として言うならば、源氏物語を食わず嫌い、読まず嫌いのまま敬遠することだけは避けてほしいと思う。源氏物語は読んでみれば、かならずその労に報いるだけの収穫を読者それぞれに与えてくれるに違いない。

紫式部が源氏物語のある部分を完成させていたと見られる確実な年、寛弘五年（一〇〇八）をめどに数えれば、やがて源氏物語の誕生から一千年という記念すべき年が来ようとしている。源氏物語一千年記念の企画として何が行われるだろうかと考えてみるのは楽しい空想を刺激するが、その頃までに、これまで十分幸福であったとは言いがたい源氏物語によりふさわしい情況が訪れるだろうか。源氏物語のためには、その真価にふさわしい理解と評価の与えられる時世の来ることが待望されるのだ。

付　折口信夫の山田孝雄観

折口信夫の山田孝雄観

上

昭和二十六年の九月・十月にわたつて、雑誌『三田文学』(四一の5・6)に「源氏物語研究」と題する座談会の記録が掲載された。この座談会の出席者は折口信夫先生のほか、小島政二郎・池田彌三郎・奥野信太郎・木々高太郎の諸氏で、『三田文学』の同人が折口先生を囲んで源氏物語の話を聞こうという企画である。池田先生は折口先生の介添えとして、また同人たちとの話題の橋渡し役として参加された。

座談会が行われたのはその年の六月十一日のことであるから、雑誌に発表されるまでにかなりの日数がたっている。その日のことは、池田先生の『まれびとの座』の「私製・折口信夫年譜」に左のように記録されている。

十一日　先生と演舞場。帰りは、銀座裏禿天にて、「三田文学」主催の源氏物語座談会。小島政二郎、奥野信太郎、木々高太郎の諸氏に私も加わる。先生の源氏観を伺うには大事な座談会である。

このことばどおり、座談の随所に折口先生の源氏物語観が語られていて、学問的にも興味深く、刺激に富んでいる。

折口先生は平素、源氏物語は不幸な作品だ、不幸な作品だ、と口癖のように言っていられたが、それは源氏物語があまりにも長編であって、読者が全編を通読するのに容易でなく、研究者が読みこむための障害になっているというのが、その理由である。しかし、その折口先生自身も、長年源氏全講会で源氏物語を講じ続けられたにも拘わらず、活字にされた源氏物語の研究あるいは論文となると、少なくとも万葉集の場合と比べ物にならないくらいに少ない。源氏物語は折口信夫にとっても不幸な作品だったと言わざるを得ない。それだけに折口先生の源氏物語の理解が示されている右の座談会は貴重なのである。

今度、折口信夫全集ノート編（第十五巻、源氏物語2）にこの座談会を収録するに当たって、『三田文学』誌上に活字化されたものを、現代仮名づかい・新字体に改めたが、その機会に池田先生のもとに保管されていた速記原稿と対照してみた。この原稿は速記者が文字化したものに出席者がそれぞれ自身で手を入れているが、「藤壺の女御」を速記者の耳の誤りで「藤壺の女房」としているのが、そのまま活字になっているというような発見もあった。その種の明らかな誤りは訂正したが、速記原稿に折口先生がどのように手を加えているかがわかるのも興味深かった。

ところが、『三田文学』に発表されたものでは——ということは、今度ノート編に収録されたものも同じことであるが——知ることができないが、座談の際に折口先生がかなり自由な気持で述べられたことを、発表に際しては対人関係を顧慮して大幅に削除し加筆されている一部分があった。これは当時として、また折口先生の気持からして当然な措置ではあったのであるが、関係者の大部分が故人となった現在では、事情がかなり違っている。折口信夫の源氏物語に対する愛情、それにからんでの山田孝雄観など、学問的にも、学界の歴史のひとこまとしても、そのまま埋没させるには惜しいものがある。もちろん、折口信夫の門下である筆者は、ここにも折口信夫という人物の偉大さを痛感させられるのであるが、だからと言って、わが仏を尊しとする気持から山田孝雄氏をおとしめ傷つけようという意図はない。山田氏が国語国文学界の巨星であり、その業績が大きなものであったという事実は、これによって変わるはずがない。ただ、山田孝雄と折口信夫という、それぞれに偉大であった学者の人柄や学問の態度にこれだけの相違があることに、尽きない興味を感じるのである。

座談会は、最初に木々氏の断りがあるように、同人の集りが遅くて、折口先生と池田先生、木々氏の三人によって始められる。途中木々氏が所用があって座を立たれ、折口先生と池田先生と師弟さし向かいという形になったりする。座談会としてはいささかさまにならないが、前半はほとんど折口先生の独演という具合であって、それだけに内容的には密度が濃く、話題が掘り下げられている。後半に至って小島氏・奥野氏が参加されてからは、折口先生は聞き役にまわることが多く、発言の数が少なくなっている。

問題の箇所は、この後半にはいって間もなく、前後合わせて二百字詰めの原稿用紙で二五一枚ある中の一五〇枚目から一五五枚目にわたるあたりである。その部分における折口先生の発言は先生自身によって全面的に削除されている。速記原稿はさきの太い色鉛筆で線を引き抹消されているが、ことに一五一枚目の一枚は赤と青の鉛筆で二重にも三重にも消されていて、全く読みとることができない。そして、行間欄外の余白に緑色のインクでびっしりと書き込みがなされている。さいわいに抹消せられたのが色鉛筆であったから、削しゴムを用いて、消されていた文字を判読することが可能だったのである。その部分の全体は、『三田文学』掲載の原稿と抹消せられた速記原稿とを対照して「下」に示すが、ここではおおよその概略を紹介しておこう。

座談会の話題がたまたま源氏物語の口語訳のことから谷崎潤一郎訳の源氏物語、いわゆる谷崎源氏のことに及んできた。この座談会の行われた前月の五月に谷崎源氏の戦後の改訂版、いわゆる「新訳」が出版されたばかりであったから、これはごく自然なことであった。『三田文学』では、ここに「谷崎源氏と校閲」という小見出しが付けられていて、その部分の冒頭なのである。ここで、この新訳も山田孝雄氏の校閲を受けているのかという質問に対して、折口先生が『三田文学』に掲載された加筆後の原稿（以下、これを「加筆原稿」と呼ぶ。加筆前の、抹消部分を復活したほうの原稿を「速記原稿」と呼ぶ）では「頼みに行かれたようにありましたね」と答えている。ちょっとふしぎな語法であるが、頼みに行かれたように書いてありましたね、という意味であろう。

これに対して、速記原稿のほうでは、折口先生は谷崎氏自身のことばから受けた印象を根拠として、谷崎氏は儀礼的に頼みに行っただけで、おそらく旧版のときと同じような形で山田氏の校閲を受けることはしなかったであろう、という推測を述べている。谷崎氏が折口先生にそういう意向を漏らされたとしたら、それはいつ、いかなる機会であったか、興味のもたれるところであるが、その点は明らかでない。ともかく、折口先生は谷崎氏が新訳に際して山田氏の校閲を受けるつもりがなかったと信じていられたようである。事実はそうではなかったのであるが（「下」参照）、この時は、「まあ、かりに見せたとしても……」というくらいの口ぶりで話されている。

速記原稿では、ここのところの折口先生の発言は「頼みに行っただけです。山田さんも卑怯です」とあって、かなり烈しいことばつきと見受けられる。もっとも、折口先生の上方弁は痛烈な内容をもその場ではさほどに感じさせないオブラートのはたらきをもっているから、座がしらけるといった様子ではなかったであろう。ことに一座は慶應関係者ばかりの、いわば内々の人の集まりといった雰囲気である。折口先生自身、少しあとのほうに「山田さんのところは削っておいたらいいでしょう」と言って、これはその場だけの話のつもりにしていられる。しかし、「山田さんも卑怯です」と言い切った折口先生のことばの背後には、並々でない強い信念が秘められていたのである。

山田孝雄氏の国語国文学者としての経歴は周知のとおりであるが、折口先生とは学風も学問の態度もかなり相距たったものがある。ことにここで問題になるのは学問の対象である作品への愛情の有無であるが、折口先生の拠っていられた民俗学に対しても山田氏は冷淡であった。戦時中、ある学会の席上山田氏が民俗学を「野蛮学」と呼び、折口先生がその取消しを迫ったというエピソードもある。柳田国男・折口信夫の民俗学が民衆の生活への深い愛着から出発していることを、山田氏は理解も、理解しようともしなかったであろう。それが「野蛮学」ということばになって現われるのであるが、折口先生と山田氏とでは、それほど学問的に異質であった。

源氏物語に関しても、この座談会での池田先生の発言にあり、ここで折口先生が厳しい山田孝雄観を述べられた遠因のひとつとなっているように、昭和九年に刊行せられた山田氏の「源氏物語の音楽」の自序では、真向から源氏物語を道義的に否定されている。一体、文学の学問が作品への愛情なしに成り立つものであるか。道義的に認め得ないという作品を、それではなぜ研究の対象とするのか。源氏物語がともすれば「誨淫の書」というようないわれのない非難を受けることに対し、終生それが誤った源氏観であり、源氏物語に説かれている「いろごのみ」こそ、古代日本の恋愛道徳の理想であったのだ、と説き続けた折口先生としては、いわば信念から出た抗議の気持が、この学界の大先達に対していだかれていたはずである。この昭和九年という時点において、折口信夫四十八歳、山田孝雄六十二歳である。

谷崎潤一郎氏が最初折口先生に校閲を依頼しようとしたというようないきさつ（「下」の速記原稿参照）は、折口先生にとって問題ではなかったであろう。第一に不精者の折口先生があれだけ綿密な、根気のいるしごとをやりとげたかどうか、疑わしい。しかし、時代の趨勢とはいえ、山田氏が谷崎源氏の校閲にあずかったこと、そして、藤壺の密通に関するくだりが省かれたことには、折口先生として深く感じられるところがあったに違いない。それはまだしもとして、戦後の自由な時代になって、なおかつ、「道義心よりして是認しがたし」とする作品のために、校閲を引き受けなければならない理由があるのであろうか。

折口先生のことばの背後にあるものを忖度すれば、右のような考えが先生の心の中にあったはずである。その推測の当否は筆者の責任であるが、山田氏も谷崎氏も存命であった当時、そういうなまな発言を公にすることには折口先生らしい顧慮があって、記録を訂正されたのであろう。

下

「上」に述べたように、『三田文学』の座談会において、折口信夫先生は谷崎源氏の校閲にからんで、山田孝雄氏に対する厳しい見解を述べていられる。座談会の速記原稿にはかなり烈しいことばも含まれているし、谷崎潤一郎氏が最初折口先生に校閲を請うたというような事情が明らかにされてもいる。折口先生はそれらの発言が公にされた場合、関係者を傷つけ、あるいは先生の真意が心ない誤解によってゆがめられることを恐れて、発表前にかなり大幅な削除と補筆とを施されている。

しかし、その訂正は都合の悪いことばを消し、あたりさわりのない字句に代えるといった安易な態度ではない。慎重な言いまわしで先達に対する礼を守ってはいるものの、やはり言うべきことは言い、批判すべきことは批判するという線を一歩も譲っていない。むしろ、その加筆原稿のほうに、ぎりぎりこれだけは言わねばならぬという、折口先生の執念のようなものが感じられる。それはこの解説に千万言を費やすよりも、加筆原稿と速記原稿を読み比べていただけば、おのずから明らかなところである。

この一挿話の関係者たる折口先生、山田孝雄氏、そして谷崎潤一郎氏もみな現在では故人である。座談会の出席者で健在なのは小島政二郎氏と池田彌三郎先生だけである。二十年という歳月はすべてを過去の事実としてしまった。そして、その事実そのままを世間に発表しておくことが、今は何よりも大切だと考えられるのである。

（『三田文学』掲載、加筆原稿）

池田　谷崎さんは山田さんの校閲を受けたんでせうか？

折口　再刊した方の本のこと。さあ頼みに行かれたやうにありましたね。山田さん[注1]の源氏に対する態度が問題なのです。否定するなら否定するで一つの主張です。尤、小中村清矩翁の「歌舞音楽略史」[注3]を見ても、自分にわからないで、研究は研究だからしてゐられるのです。あれは研究を委嘱せられから〔ママ〕出来たのでせうが、実におもしろい。学問と対象に対する自分の好悪といふものを、はつきり別々にしてゐられる。山田さんも、其態度です。さう言ふ点から見れば、山田さんが、あの本の校閲をするといふことにも、学者の歴史があるのです。

小島　さうですか[注5]。

（速記原稿）

池田　谷崎さんは山田さんの校閲を受けたんでしょうか？

折口　頼みに行つただけです。山田さんも卑怯です。藤壺事件とか起り得ないですね[注2]。谷崎さんか、中央公論か、とにかく行つたら承知したのですから。こんどは谷崎さんは見せないでしょう[注4]。

小島　そうですか。

折口　学問にも、追放や、解除など言ふことのあるのをまざまざ見て来ました。けれども学者自身には解除してくれるものを予期することが出来ないし、勿論追放に脅えることもないのです。まあ覚悟は、さう持つてゐますが、実際はなか〳〵さう行きませんでした。我ながら、自分は「学問の上の弄臣《フウル》」だなと、ふがひなさを思つたことが屢ありました。でも私どもは、学問自身を追放しようとしたことはありません。而も偉大な源氏ですもの。

小島　はあ、はあ。

折口　前に逢つたときに見せない、といつていましたから、見せたかも知れないけれど、とにかく時勢が変つたんだから、山田さんとしてはもつと操守厳重に。「そうだけれど、俺はやつぱり態度を変えない」というのが本当でしようね。こんどは見た形になつていますね。

小島　はあ、はあ。

折口　おかしいと思いますね。

小島　谷崎さん[注6]に逢つた時では、はじめは先生（折口氏）に見ていただきたかつたそうです。

折口　そう言いました。

小島　時代が時代なんで折口先生じや危なさそうだというので、山田さんに行つたんだ、と言つていました。つまりハッキリ言えば、山田さんには文学が解らないから折口先生に自分は見ていただきたかつたのだ。が、

木々　敬遠[注7]したのですね。

折口　山田さんは、お気の毒でした。でも我々には人生を深く思はせて下さいました。

木々　それこそ書き足しもしていただいて……。

折口　よい世の中も、さう見て暮さなかつたけれど、わるいあんな世間もなかつた。源氏と西鶴・芭蕉・近松だけ、どんな世になつても、指もさはらしたくないものです。

池田　「源氏物語の音楽」[注9]の序文なんかの……。

折口　学問の対象としてよかつたら、解らなくても研究する。小中村さんの話、山田さんもそれなんです。でもやつぱり、すきでないものを研究しないですましたいものです。其か弱い我々学究の心を守る道になるで

時代が時代ですから、折口先生はちよつと。（笑）

木々　敬遠したのですね。

小島　もつと軍部から何か言われる危険があつたんじやございませんか。それで山田さんに行つたんだ……と。

折口　山田さんのところは削つておいたらいいでしよう。

木々　それこそ書き足しもしていただいて……。

小島　私[注8]は構わないですよ。谷崎さんは困る。

折口　孤城落月だから可哀想です。あの時分は、調子に乗つていましたから。

池田　「源氏物語の音楽」の序文なんかの……。

小島　痛烈なものです。

折口　昔の学者は面白いものです。自分は認めないでも学問としては読むんですね。小中村清矩氏は「歌舞音楽略史」[注10]の序文を見ると「ぼくは一つも解らない」解らないということをハッキリ書いておられるでしょう。

せう。

小島　さうですね。

それで「歌舞音楽略史」を書いているのです。解らないで書くんですからね。学問の対象としてよかつたら、解らなくても面白い。あんな徹底したあれはありません。山田さんもそれなんです。

小島　ああ、なるほどね。

折口　山田さんとしては、時代が変つたつて、道徳にたいする態度は違うわけではありませんからね。

小島　さう《〔ママ〕》ですね。

注1　原稿では「山田さん」も抹消されているが、それでは文が続かないので復活した。

注2　意味が通じにくいが、「藤壺事件といつたことが再び起こりかねない」と解すべきであろう。旧訳の谷崎源氏に藤壺密通の部分が省かれた事情は旧訳の序・奥書、新訳の序に谷崎氏自身が述べているが、山田氏の意向が加わっていたことが想像せられる。

注3　明治二十一年刊。跋文に「……明治十三年の七月、官より休暇を賜へる日より筆を起して、六十日ばかりを経で稿本の成りぬるを、（中略）浄書せしま丶にて、八とせの星霜を過ぐせり。」とある。「研究を委嘱せられたから」というような事情は見えないが、あるいは裏面史があるのであろうか。

注4　事実は山田氏が新訳にも関与し、玉上琢彌氏も加わった。昭和四十一年中央公論社刊の『谷崎潤一郎全集』の月報23の玉上氏、月報26の榎克朗氏の文章に詳しい。

注5　下方欄外に折口先生の字で「スコシツヾキアヒヲコハシマシタ。ヨロシク。」とある。
注6　下方欄外に同じく「コレハブイテイタヾカレマセンカ。コレガアルト前項ノモノイヒニ含ムトコロガアルヤウニヒヾキマス」とある。
注7　この発言はいかにも唐突であるが、速記原稿を見ると、前後が抹消されたことがわかる。原稿の回覧は木々氏が小島氏より先であったらしい。
注8　右側方欄外に折口先生の字で「コ、モナントカ。ワタシガケヅツタトコロガワカツテシマヒマス」とある。
注9　昭和九年刊。自序の冒頭に「源氏物語は余が道義心よりして是認しがたしとするものなれど」云々とある。
注10『歌舞音楽略史』の旧版を調べる余猶がなかったが、岩波文庫所収本には自序はなく、上巻の緒言に「予素より舞楽の道を識らず、又古今の書に考へ渉るべき才なしと雖も」とある。これだけでは折口先生の評は少し酷なようである。折口先生の知識には、何かそれ以上のものがあったかと思われる。なお、岩波文庫本の校訂者兼常清佐氏も小中村氏がこの書を作った動機を疑問としている。

あとがき

「折口〔信夫〕先生の源氏というのはね、光源氏が昨日の今ごろどこで何をしていたか、みんな分かっている、そういう感じなんだよ」

池田彌三郎先生がそう言われていたから、源氏全講会が再開されると聞いた時には本当に嬉しかった。昭和二十三年五月のことだ。戦後の混乱も大分収まって、万事が平常に復そうとしていた。慶應義塾でも大学学部の教授陣も整ってきて、池田先生が前年から講義を持たれることになった。私はその最初の学生のひとりだった。

源氏全講会は午後の授業が終った後、四時から六時まで三田山上の演説館で、公開の講座として行われた。折口先生のお考えで、玉鬘関係の巻々が纏まっていておもしろいからと、玉鬘十帖を読まれることになった。昭和二十六年度にそれが終った後、梅枝・藤裏葉は駆け足ですませて、先生の最も高い評価を与えられている若菜へと進まれたが、昭和二十七年度を若菜上の中途で終ったまま、翌年は全講会を続けるだけのお力が残されていなかった。この戦後の折口先生の源氏の講義は『折口信夫全集ノート編』とその追補に収められている。

私の源氏物語はこの全講会の講義に最初の拠点を持つが、池田先生が源氏物語に御自身の国文学研究の出発点を持たれていた。「『宇津保物語』の成長」が卒業論文であったし、昭和三十年代の先生の書誌には源氏物語を対象とした何冊かが並んでいる。しかし、先生は戦後、研究に復帰された時、折口先生に御相談して万葉集を研究の主目標にすることを決め、古代や文学の発生に目標を移されていた。そして私が後期王朝を領域とする研究に歩を進めることを喜んでくださった。年月など忘れてしまったが、先生からは愛蔵の湖月抄の版本を頂戴した。その一揃いを前にしている間に、私は、ああこれは源氏物語の伝授なのだと気が付いた。そして、伝授の真の意義も、単に研究者としての資格を認めることではなく、学統を継承してその責に任ずるということなのだ、と理解が届いてきた〝認〟ではなくて〝任〟なのだと理解されてきた。

◇

右に掲げたのは、本書にその全文を収めた『源氏物語とその作者たち』の「あとがき」の前半である。その書は私の生涯の学問の核心となった源氏物語研究の終着点となった。その後も源氏物語を目標としていることに変わりはないが、その後どれだけの成果があったのか、ここに記すだけのものはない。やがて九十歳の誕生日を迎える私にはもはや学問の道を進むだけの力は残されていない。本稿では源氏全購読会の恩恵を受けた私たちの当時の姿のスケッチを残しておくこととしたい。

◇

源氏全講会が行われた演説館は、三田山上の一角、小高い丘の上にあった。福澤諭吉が日本の社会にもスピーチの存在を根付かせようと、その拠点として建てられた演説館は今日では記念の建築物として使用も厳重に管理されているが、当時は教室も不足してる折柄のことで、さほど厳重な管理がなかった。塾監局に申し出れば、比較的ゆるやかにその使用が認められた。折口先生の御希望で泉鏡花の展示会を行ったのもここだった。

源氏全講会は一般授業の放課後に、塾生ばかりでなく、聞き伝えた一般の人々も参加していたので、紫夫人などと学生達が名付けていた袴の女性なども混じっていた。一般の放課後に始まるので、季節によっては暗くなる。先生のお目には辛いからと、池田先生が演台の上に小さなスタンドを用意された。お茶もこの年から混じりだした女子学生の手によって用意された。そういう準備や片付けは私たち国文科の学生の仕事だった。

玉鬘の巻に始まったその講義は、

昭和二十三年度　玉鬘・初音・胡蝶・蛍

昭和二十四年度　常夏・野分

（以上ノート編第十四巻）

昭和二十五年度　行幸・藤袴・（小講義）

昭和二十六年度　真木柱・梅枝・藤裏葉

（以上ノート編第十五巻）

昭和二十七年度　若紫（上）中断

（ノート編追補第四巻）

という形になる。

この講義の折にわれわれが考えたのが、先生の講義のしっかりしたノートを取って残したいということだった。西村が有志を募って、五人ばかりが集まった。毎度の講義の終わった後の演説館の一角に集って今回のノートを読み合わせる。瞬間に理解の届かなかった箇所があったりすると、これが役に立って、まず漏れなく進むのだが、時にはおかしな取り違えがあったりする。今でも忘れられないのはF君の起こした事件だった。

「胡蝶」の巻のある箇所だが、玉鬘のところへあちこちから恋の手紙が送られてくる。そのひとつ、右大将（髭黒）

から来たものの形容が「恋の山には孔子《くじ》のたうれ、まねびつべき気色」という部分を、折口先生は「恋の山に対しては孔子もへたばるということばを再現しそうなふうにくどくどとくどいている様子も」と訳されたのだが、F君は「富士山に登るのはくたばる」とノートしていて、そう言うものだから、皆が一瞬きょとんとして次の瞬間は大笑いになった。

F君は若くして亡くなったが、私の脳裏には今も残っている場面だ。

二〇一五年一一月

西村　亨

内容細目

伊藤好英

I　源氏物語とその作者たち

平成二二年（二〇一〇）三月、文春新書の一冊として文藝春秋から刊行された『源氏物語とその作者たち』をもとに、若干の改稿を施したものである。原本には「あとがき」が付されていた。その前半が本書「あとがき」の中に引用されている。

源氏物語の作者が複数であることを主張する源氏物語成立論で、桐壺から藤の裏葉までの第一部の巻々を考察の対象とする。外部資料によって作者の一人として紫式部を確認し、冒頭の巻の並べ方に読者が感じる違和感の分析をはじめとして、続く巻々の文章と構成を追いながら、基本的には武田宗俊の言う紫上系の物語が紫式部の筆になる巻々であろうと結論づける。さらに紫式部の源氏物語以前の「原・源氏物語」を想定し、それは、これらの巻々でいわば物語から「去りゆく女」として描かれている藤壺の宮・六条の御息所・朝顔の宮などと光源氏との恋のなりそめを描いた物語で、紫式部の物語はその「原・源氏物語」を継ぐ形で新しい展開を遂げたものとする。

かつて折口信夫は、「小説の長期発達の痕跡を残し乍ら、一篇の長物語として愛読に耐へ、首尾一貫してゐる点において、源氏ほど二重の価値を持つたものはないだらう。文学価値の上に、文学発生を窺はせる文学史的価値を持つてゐる訣なのである。」(「日本の創意」)と述べた。本稿は、折口の言うこの二重の価値の具体的な確認でもある。成稿は、本書中もっとも新しい。

Ⅱ　論文三編

「朝顔の宮追従に発して」

昭和五五年(一九八〇)四月に、慶應義塾大学国文学研究室編『国文学論叢』新集一として桜楓社から刊行された『王朝の歌と物語』所収の論考である。原題は、「朝顔の宮追従に発して——源氏物語成立に関する一考察——」。

著者の最初の源氏物語成立論である。朝顔の巻は、恋の物語としては主要な部分を経過してしまった後の後日譚にしか過ぎない。しかもそれ以前の巻々の朝顔の宮の物語はあまりにも不完全である。本稿は、物語中のこのような朝顔の宮の描かれ方を追従《ついしょう》しながら(追いかけながら)、「原・朝顔の物語」

を想定せざるを得ないことを述べる。そして、この朝顔の宮追従に端を発して、他の女主人公をも次々に追い駆けて、新編の物語が先行する物語を取り込んで成長してゆく様子を具体的に考察する。著者の成立論の骨格を形作った論考である。

「玉鬘十帖の論」

平成二年（一九九〇）一一月に刊行された、慶應義塾大学藝文学会編『藝文研究』第五八号所収の論考である。

玉鬘十帖が、少女の巻の「とのうつり（殿移り）」の主題を受けて六条の院の栄華を描きながらも、玉鬘という新しい人物の造形を介して、主人公光源氏を時には批判的に描く視線を獲得している巻々であることを述べ、そこに貴人賛美の精神に溢れた女房階級のものとは異質の、隠者的な超越精神を読み取ろうとした論考。

「六条院の女性たち」

平成四年（一九九二）五月に、「源氏物語講座3」として勉誠出版から刊行された、今井卓爾・後藤祥子・鬼塚隆昭・中野幸一編『光る君の物語』所収の論考である。原題は、「六条院の女性達――少女の巻以後――」。

少女の巻に「とのうつり」の主題を認め、この「とのうつり」によって六条の院の四季の町の主人となった女性たちが、いずれも現行の源氏物語が開始されてから後に登場してきた新世代の女性たちであることに注目して、光源氏と彼女たちとが織り成す六条院の栄華が、「原・源氏物語」に対する新編源氏物語の一つの帰結であることを述べる。さらに、そのような栄華の世界に玉鬘が迎え入れられることで、物語がどのように変質してゆくかを合わせて考察する。

Ⅲ　知られざる源氏物語

本稿の初出は、平成八年（一九九六）一月に大修館書店から刊行された『知られざる源氏物語』である。同書は平成一七年（二〇〇五）に、講談社学術文庫の一冊として講談社から再刊された。本稿は、講談社学術文庫を底本としているが、ルビの付け方などに変更がある。大修館本・講談社本ともに、「第一章」から「第十章」と「結語」の章の十一章から成っているが、本書はそのうち、「第一章」から「第六章」と「結語」とを再録してある。「第七章」から「第十章」が除かれているのは、その部分の内容が、本書の「Ⅰ　源氏物語とその作者たち」の中に発展的に取り込まれているからである。また、底本の講談社本には、「原本あとがき」として大修館本の「あとがき」が付され、加えて「学術文庫版あとがき」が付されていたが、本書ではその両者を除いている。

サイデンステッカー氏が「紫式部の故国では「源氏」は文学の領域に属するというよりは、むしろほとんど民間伝承の領域に属している」と語ったように、一般の日本人は直接ではなく伝承によって「源氏物語」のイメージを形成している。本稿は、そのようないわば「知られざる源氏物語」が、実際はどのような物語で、どれほどの魅力を持つものであるかを、成立論をも含めた幅広い視野から解説したものである。著者の源氏理解は、折口信夫の源氏講義に負うところが大きいが、本稿では、折口の物語成長論、「いろごのみ」論、「貴種流離譚」の説などを紹介し、それらを基礎に据えた上で、著者独自の源氏物語の読みを展開している。「I　源氏物語とその作者たち」と同じく、具体的な読みは第一部の巻々を対象とするが、「結語」においては、「若菜」上下を含む第二部の高度な文学的達成にも言及している。

付　折口信夫の山田孝雄観

『芸能』第一三巻第三・四号（昭和四六年（一九七一）三月・四月）に連載された論考である。原題は、「折口信夫の山田孝雄観――折口信夫全集ノート編・編集余話（3）」「同（4）」であったが、本書ではその副題を省き、二回に亙る論考の切れ目を「上」「下」に分けて示してある。

『折口信夫全集ノート編』第一五巻（昭和四六年）に、『三田文学』掲載の折口ほか五名による座談会「源氏物語研究」（昭和二六年）を収録する作業を担当した著者が、同「座談会」中の「谷崎源氏と校閲」の部分について、速記原稿と加筆・訂正された雑誌掲載原稿との対照を行い、谷崎源氏の校閲者である山田孝雄を折口信夫がどう評価していたかを追究しようとしたものである。谷崎源氏の削除（旧訳）や校閲者の問題は、谷崎源氏の校閲者としての削除案を示したと思われる書き込みが、富山市に寄贈された山田の蔵書（金子元臣著『定本源氏物語新解』）に発見されたことから（二〇〇五年、発見者は西野厚志）、近年研究者の間で注目を集めている事項である。本稿は、遡った時間の向こうから、この問題に一つの重要な肉声を提供している。

―慶應義塾大学講師―

■プロフィール

西村　亨（にしむら　とおる）

一九二六年東京に生まれる。一九四三年慶應義塾大学文学部予科入学、同級生に松本隆信、遠藤周作等がいる。一九四五年四月学制短縮により文学部国文科に進学、同月応召、九月復員。一九四六年一月、疎開先の秋田から上京して初めて折口信夫の授業を聴く。同年四月学業に復帰、折口信夫の新古今集その他の講義に心酔、生涯師と仰ぐ。その教室において池田彌三郎と出会い、池田からも学恩を被る。一九四八年慶應義塾大学文学部卒業、慶應義塾中等部教諭となる。一九六二年、雑誌『芸能』に「いろごのみ事典」の連載を始める。四年半、五十四回に及び、これが後の『王朝恋詞の研究』のもととなる。一九七〇年文学部に移籍、九月から折口信夫全集ノート編の刊行が始まり、古今集・源氏物語等の諸巻を担当。一九七四年教授となる。一九八〇年文学博士の学位を取得。同年、後輩・学生たちと奄美・沖縄の祭祀研究のグループ（水の会）を作り、以後五年にわたって同地域の共同調査を行う。一九八九年慶應義塾を定年退職。現在は同大学名誉教授。

著書・編著書一覧

1『歌と民俗学』　一九六六年七月　岩崎美術社
2『王朝びとの四季』　一九七二年七月　三彩社
3『王朝恋詞の研究』　一九七二年一二月　慶應義塾大学言語文化研究所

4 『旅と旅びと』 一九七七年一月 実業之日本社 有楽選書
5 『古代和歌概説』 一九七七年七月 慶應通信株式会社（通信教育教材）
6 『王朝びとの四季』 一九七九年一二月 講談社 学術文庫（2の文庫本版）
7 『新考 王朝恋詞の研究』 一九八一年一月 桜楓社
（3に「恋の文学形成に関する考察」を加え、学位申請論文としたもの）
8 『折口名彙と折口学』 一九八五年九月 桜楓社
9 『折口信夫事典』（編著） 一九八八年七月 大修館書店
10 『知られざる源氏物語』 一九九六年一月 大修館書店
11 『折口信夫事典 増補版』（編著） 一九九八年六月 大修館書店
12 『折口信夫とその古代学』 一九九九年三月 中央公論社
13 『王朝びとの恋』 二〇〇〇年九月 大修館書店
14 『知られざる源氏物語』 二〇〇五年一二月 講談社 学術文庫（10の文庫本化）
15 『伏流する古代』 二〇〇八年五月 大修館書店
16 『源氏物語とその作者たち』 二〇一〇年三月 文藝春秋 文春新書

写　真

折口信夫先生（1953 年 4 月、三島大社にて、筆者撮影）

池田彌三郎先生（御自宅にて）

著者（1997 年 1 月、葉山マリーナにて）

大井出石町折口信夫宅にて。前列左から二人目が折口信夫、三人目が著者。後列著者の後ろが清崎敏郎。
1950 年頃撮影。

石川県羽咋の折口信夫・春洋の墓に自著『折口信夫とその古代学』を披露する著者。1999 年撮影。

新考　源氏物語の成立

2016年4月25日 初版第1刷発行

著　　者：西村　亨

発 行 者：前田智彦

装 幀 者：武蔵野書院装幀室

発 行 所：武蔵野書院
〒101-0054
東京都千代田区神田錦町3-11 電話 03-3291-4859　FAX 03-3291-4839

印　　刷：三美印刷㈱

製　　本：㈲佐久間紙工製本所

ISBN 978-4-8386-0292-6 Printed in Japan